夏自强　著／郑必俊　编

一生的燕园

U0362627

北京大学出版社

PEKING UNIVERSITY PRESS

图书在版编目（CIP）数据

一生的燕园/夏自强著；郑必俊编. —北京：北京大学出版社,2015.5
ISBN 978-7-301-25668-8

Ⅰ.①一… Ⅱ.①夏…②郑… Ⅲ.①散文集—中国—当代 Ⅳ.①1267

中国版本图书馆 CIP 数据核字(2015)第 072813 号

书　　　名	一生的燕园
著作责任者	夏自强　著　郑必俊　编
责 任 编 辑	张凤珠
标 准 书 号	ISBN 978-7-301-25668-8
出 版 发 行	北京大学出版社
地　　　址	北京市海淀区成府路 205 号　100871
网　　　址	http://www.pup.cn　　新浪官方微博:@北京大学出版社
电 子 信 箱	zpup@pup.pku.edu.cn
电　　　话	邮购部 62752015　发行部 62750672　编辑部 62752032
印 刷 者	北京大学印刷厂
发 行 者	北京大学出版社
经 销 者	新华书店
	650 毫米×980 毫米　16 开本　19.75 印张　插页 4　327 千字
	2015 年 5 月第 1 版　2015 年 5 月第 1 次印刷
定　　　价	42.00 元

1 / 1949年10月在燕大

2 / 1951年燕大毕业照

1 2

1 / 约1977年与郑必俊在北大校园

2 / 与费孝通（居中）雷洁琼（左二）合影

1	2
	3

1 / 1990年留影
2 / 1998年4月与返校校友合影于未名湖边
3 / 2001年8月在湖北中医药职业技术学院考察

1 | 2
  | 3

1 / 约2001年留影

2 / 2004年1月在武汉化工学院考察

3 / 师生聚餐（前排左二为张芝联）

2013年春节最后的留影

目 录

序

夏晓虹

本书作者夏自强是我的堂舅。直到阅读这本书稿时，我才发现自己对他其实了解很少。

说起来，自强舅舅是我们家在北京唯一的亲戚。"文革"前，上小学的我，每年总有一两次跟着父母，到西郊来看望姥姥和舅舅。那时交通不便，中关村对于居住在东城区的我们，已是非常遥远的地方。我们到这里只是走亲戚，北大虽然近在咫尺，也明知是舅舅与舅母工作的地方，却与我毫无关系，故从未动过参观的念头。

"文革"开始后，亲戚间也断了往来，因为两家都落了难。只有一位在农大读书的表哥凭借学生的清白身份，还在两处走动。不过，很快他就写信通报了到舅舅家的见闻：家中无人，门口被贴了一副"庙小妖风大，池浅王八多"的对联。问了邻居，据说姥姥已被赶回老家，舅舅与舅母进了牛棚。自强舅舅当时已是北大校党委委员、社会科学处副处长，罪名于是被定为"走资派"、校长陆平的"红人"、忠实执行了修正主义教育路线；郑必俊舅母是技术物理系的党总支副书记，自然也逃不脱成为黑帮的命运。

接下来的是插队、去干校，直到返城，两家再通音问已是"文革"后期。而我自己真正与自强舅舅有了接触，则是在1978年3月考取北大后。入读前几年，舅舅还在北大工作，住在中关园，我一个学期大约总会登门两三次。1982年后，"文革"前的北大党委副书记彭珮云就任教育部副部长，舅舅随即被调去做高等教育一司司长。人虽然离开了北大，家并没有很快搬走。记得姥姥去世时，我和妈妈还同舅舅全家及其他亲属，一起去八宝山参加了遗体告别。

再后来，舅舅举家搬到了位于北三环的教育部宿舍，空间距离远了，加上我们自己的事情也越来越多，除了春节的例行拜年，其他时间已很少前去探望。关于舅舅的消息，多半倒是从旁人那里辗转听说的，如与他同在全国高校古籍整理研究工作委员会、担任副主任的安平秋教授，在系里见到我时，便常会提及舅舅对他们工作的支持。虽然早在1994年舅舅即已离休，可他的社会职务并未减少，还是处在工作状态。作为国家教委全国高校评议委员会委员与巡视员，十年前他还是频繁外出，甚至远到国外考察。他也很体谅我的忙乱失礼，每次见面，总是温和地询问我们兄妹以及中文系的情况。他对文史哲各系教师的熟悉，让我觉得他似乎一直没离开过北大。

和舅舅真正在工作上发生交集而联系增多，是在2011年6月以后，彼时，北大高等人文研究院院长杜维明先生邀请我担任该院创设的"燕京中心"主任。而我之所以得到杜先生青睐，与我的专业研究领域——中国近代文学与文化应无多少关系，更多的倒是因为自强舅舅乃是燕京大学北京校友会常务副会长，实际主持工作，我在人脉和资源上占有优势。而由我居间宴请，舅舅和其他两位校友会负责人与杜先生见了面，相谈甚欢。自此，燕京中心的各项工作也得到了燕大校友会的大力支持。

中心成立，我立即向自强舅舅讨教，表示希望先进行资料建设，以为研究的基础。舅舅告知，燕京研究院与燕大校友会已搜集了大量校史档案，包括从耶鲁大学购买的全套燕大英文档案缩微胶卷。我对此很感兴趣。舅舅也代表校友会表示，如果我们有地方存放，这批史料完全可以移交过来，供研究者使用。不过，因高研院的办公用房一直不足，空间狭小，此议最终搁浅。

文本档案的系统构建尽管一时难以上手，活的史料尚可设法弥补。鉴于燕大老人都已至耄耋之年，作为抢救史料的一项重要措施，燕京中心也启动了口述史计划，访谈加上录像，希望能够立体地保存和展示燕大学子的生命历程。第一批访问者名单即由舅舅提供。并且，2013年12月4日，尽管已在病中，刚刚经过了三十次放疗，舅舅仍然勉力支撑，接受了长达四十多分钟的采访。

而燕大校友会与北大高研院燕京中心规模最大的一次合作，是在今年燕大学生返校日，即4月26日，举行了燕京大学建校九十五周年纪念活动。上午的纪念大会由校友会主持，从全国各地赶来参加的白发苍苍的燕大校友竟有三百多人。下午的"燕京大学与现代中国的博雅教育传统"国际学术研讨会则以燕京中心为主，邀请了来自国内外的十多位学者发表论文。不过，当时舅舅已经病势沉重，我在会议开场致辞中，特意提到了他的缺席："只是，非常可惜的是，我舅舅因罹患癌症，最近一直在住院治疗，不能出席今天所有这些他期盼和规划已久的纪念活动。但我知道，这样隆重的庆典与学术会议的如期举行，一定会让他感到快慰。"显然，当时一种不祥的预感，让我自觉必须借这个公开的场合表达我的致敬，同时也让不在场的舅舅成为校庆活动的参与者。

开会后的几天，舅舅的身体极度虚弱，我自己也因声带充血，说话困难。延至 5 月 4 日，我和陈平原才能一起去 301 医院探望舅舅。前一日已与必俊舅母商定，带去此次会议的全套资料（提要集与论文集），外加我在纪念大会现场所拍照片，并准备了一台小笔记本电脑，以便演示给舅舅看。不料，舅舅的状况之差远远超乎我们的想象。在我们进入病房后，他照例如平常一般温和地说了一句："好久不见了。"随后便昏昏睡去，直到我们离开，再未醒来。我很了解，舅舅一向礼貌周到、温文尔雅，可见其体力已经完全不支。

虽然我知道，自强舅舅对燕大感情深厚，为组织、编写有关燕大的纪念与研究书刊投入了大量精力，做了许多工作。不过，直到舅舅去世后，舅母提出，将舅舅生前所写燕大的文字汇编成书，并把全部复印稿交给我时，我才明白其分量之重。

按照现有文稿可知，舅舅对燕京大学的研究大致始于 1997 年。当时，他作为燕京研究院副院长、《燕京大学人物志》副主编，不仅组织征集稿件，而且亲自动笔，编写了 27 篇小传。了解两辑《人物志》总共收录了六百多位燕大师生的生平事迹，总字数达一百五十多万，且大多附有传主照片，即可知四位年届七十的副主编任务之重。而冠于全书卷首的，除了一篇《我从燕京大学来》，乃是侯仁之先生 1996 年赴美参加"燕京大学经验与中国高等教育"学术研讨会的英文发言译稿，以作为代序，另外一篇重头文章，即为舅舅执笔的《燕京大学概述》。此文完整表述了他对燕大历史的理解与评价。

以此书的编撰为起点，何况，高等教育本来就是舅舅毕生钟情与投身的事业，因此，对燕京大学教育经验的总结，也成为他热切关注与探究的话题。2008 年，由他主持的燕大北京校友会编写与印行了《燕京大学办学特色》一书。作为编写组组长，舅舅也承担了最多的工作。开宗明义的第一篇文章《燕京大学的教育理念和办学特色》自然由他撰写。并且，既然出身历史系，对燕大历史系办学特色的书写，他也自觉责无旁贷，而《经世致用的史学思想，科学严谨的史学方法》这一篇名，正概要地凸显了他所认同的燕大学脉。此外，舅舅也参与了关于政治系与生物系两篇文稿的写作，或摘编、或改编，体现了他对全书总体的负责。

由侯仁之先生担任院长的燕京研究院 1993 年正式成立后，新《燕京学报》随即于 1995 年 8 月创刊。显然，创办《学报》乃是落实研究院继承燕大优良学风宗旨的具体举措，发扬光大老《燕京学报》学术传统自为其题中应有之义。从新一期到 2012 年 8 月出版的终刊号新三十期，舅舅一直出现在因老成凋谢而人数越来越少的编委名单上。特别是在主要负责刊物约稿和编辑的副主编徐苹芳先生于 2011 年 5 月去世后，舅舅在最后一期的编刊上也就倾注了更多心血。单是他异乎寻常地同期发表两篇文章，即《沉痛悼念雷洁琼老师》与《喜庆侯仁之先生百岁寿辰》，已可见其艰难时刻挺身承担的高度责任感。

实际上，几乎每一位熟悉的燕大师长、学友离去，舅舅都会动情地写下缅怀文字。如发表在新《燕京学报》的《老而弥坚　锐意求索——怀念费孝通老学长》、《送别新〈燕京学报〉的三位老编委》（为王钟翰、林焘、赵靖三位先生而作）、《悼念张芝联教授》，以及前述追悼雷洁琼先生之文；刊登在《燕大校友通讯》上的《不知疲倦的"大眼睛"——怀念（卢）念高》、《我们这一辈人中的骄傲——怀念张世龙、吴文达、孟广平好友》与《站在改革开放的前沿，创"四个第一"的洪君彦》；还有为纪念专书写作的《出类拔萃的燕京传人——〈怀念林孟熹〉前言》、《真情的孟熹》及《怀念苹芳》。并且，据我所知，舅舅应有更多关于燕大校友的追思文字。起码，2011 年 3 月，我所在的北大中文系为著名语言学家高名凯百年诞辰举办学术思想研讨会时，自强舅舅作为燕大校友会的代表曾经出席并发言。燕大校友的告别式上，也常常出现舅舅的身影，乘坐地铁到八宝山为徐苹芳先生送行，即为其中一例。遗憾的是，现在作为遗稿从他的电脑中找到的，仅有一篇 2012 年 5 月在北大生物系王平教授追思会上的发言。

我印象中的自强舅舅始终是面容和蔼，感情内敛。这与我读他回忆校友文字所感受到的勃发激情迥然不同。在纪念张世龙等三位学友的文章中，舅舅讲到了 1954 年 5 月 2 日，他与张世龙、孙亦梁三家一同举行集体婚礼的热闹场面。而我最感意外的是下面这段文字：

> 在粉碎四人帮的 1976 年，由于老潘（潘宪继学长）在公安局工作，得悉比较早，就叫我和（吴）文达到他家去，告诉我们这一喜讯。我们、还有（刘）瑞琏大姐聊了好久，心情十分激动。到了后半夜，我骑车带着文达，从黄寺一直猛蹬，回到中关园。那时年纪尚轻，精力还很充沛。由此，校友间的联系开始增多起来。虽经历坎坷，由于大环境的变化，对青年时代的友谊倍感珍贵，有

不少的话语要相互倾诉，面对时局的变化，又有不少信息要互相沟通。文达和（龚）理嘉家住对门，成为校友聚会的场所。……每次人数不一。在北大工作的几个则努力做好接待，每家提供各自的"拿手菜"。每次聚会都是欢声笑语，热闹非凡。

不过，回头想想，对于青春期特别长（我一直觉得，即使年过八十，舅舅依然显得年轻，可谓"鹤发童颜"）的舅舅来说，47 岁确属年富力强；况且，"文革"结束，长期遭受迫害的知识者群体顿感心情舒畅，有这样痛快淋漓的情感释放也很正常。而参与聚会的吴文达为北大计算数学专业的元老，1978 年调任北京市计算中心主任；龚理嘉"文革"前为经济系党总支书记，80 年代曾与所长王选合作，出任计算机研究所总支书记。也就是说，当年参与聚会的燕大校友，正不乏日后在北大学科恢复与重建中大显身手的主力。

其实，在此之前，我一直对 1948 年即成为中共地下党员的舅舅，为何对燕京大学这所教会学校怀有如此深厚的感情困惑不解。何况，由于这次参与编辑书稿，我发现舅舅原来担任过燕大进步学生团体火炬社的社长，并曾任学生会主席。而地下党与进步学生社团联手同校方的抗争，曾经是我所认为的民国大学普遍模式，燕大怎么会出现例外？其实，这样的疑问非仅存在于如我一般的局外者心中，对于过来人的舅舅，也仍是需要直面的问题。作为解惑释疑的答案，也是舅舅本人为求索真相留下的记录，他撰写了重新思考司徒雷登的《还历史以本来面目》，以及《杰出的爱国学者与教育家——对陆志韦先生的再认识》二文。通过对燕大两位校长及其办校理念与实践的还原、体认，在中国社会变迁的时空背景下，舅舅对二人的历史功过作了尽可能公正的评说。

概括说来，燕京大学最值得校友和世人怀念的，一是其致力于办成"'现在中国'最有用的学校"，二是"中西一冶"的文化理想，三是"燕大一家"的校园氛围。除重视国文、历史这类人文科学的支柱性科系外，燕大首创的新闻、社会学、医预等系，培养了大批当时中国亟须的人才；并且，直到 1949 年后，燕大学子仍然是这些领域中的领军人物。而尽管是美国教会人士办学，但燕大在地化、世俗化的追求相当明确，中西融通的意识也十分自觉。大批西方教员授课，使学生的英文程度普遍很高。对于传统文化的研究，也在守成中有新创，多种古籍引得的编纂，可谓集中体现了借鉴西方科学方法的成功之道。舅舅专门撰文介绍的历史学家聂崇岐（《至当为归的聂崇岐先生》），适为其中的典范。燕大追摹的是英国书院式的教育管理方法，注重师生间的日常交流、情感互动。校长为学生主婚，学生去教授家聚餐，在燕大相当流行。而且，由于在学人数少，司徒雷登甚至能叫得出每个学生的名字。由此营造出校园内亲如家人的温馨气氛。早年这种精神与情感的洗礼，也凝结成为一种人生的底色。尤其是经历了各种政治运动的波折与磨难之后，回首初来处，燕大更显示出其感人迷人的独特魅力。因此，即使曾出任过外交部长的黄华，晚年回忆录中，对燕大也满怀感激之情。而我所喜欢的舅舅那种纯粹、纯净的气质，现在想来，也应属于燕大精神的遗存。

2001 年 6 月，"未名湖燕园建筑"列入了第五批全国重点文物保护单位。《文物天地》的编辑随后找到我，希望请人撰文介绍。而我心目中最合适的作者当然是自强舅舅，他也毫不犹豫地接受了约稿。这篇介绍位于现在北大校园内历史建筑的文章，刊出时，却使用了"一生的燕园"这样一个相当感性的标题。我理解，这是舅舅对于燕大校园最本真的情感表达。而辑录他对燕大历史与人物评述的文集，也因此有了一个最恰切的书名。

本书分为四辑：第一辑大致围绕燕京大学历史展开；第二辑全部采自《燕京大学人物志》；第三辑专收论说与忆述燕大师生的文章；第四辑均关涉 1949 年转折期的燕大往事。

我读这部书稿，重新认识了自强舅舅，也真正理解了他的"燕大情结"。

2014 年 8 月 20 日于京西圆明园花园

魂魄入梦：同为燕京人（代序）

郑必俊

　　老伴儿夏自强匆匆而去，似水流年，一别永生。坐在他的书桌前，对着他面带微笑的照片和他写燕京的这本书稿，我的思绪骤然飞回到了从前。

　　夏自强和我同为燕京人。他 1947 年考入燕京大学历史系，我是 1950 年进入燕京大学心理系，1951 年我转入历史系时，他正好毕业留校任教。1952 年院系调整，燕京大学从此消逝，我们两人都被转入北京大学。1953 年我调到团委工作后，我们之间的关系由原来的同窗、师生变成了同事；由相识、相知、相爱而结合。一路走来，脚步匆匆，不觉已是六十多年。在这看似漫长却十分短暂的人生里，无处不留下燕大学习生活的印迹。以燕大校训"因真理，得自由，以服务"为内核的燕京精神，始终是我们的人生信念和做人准则。我们热爱燕大，为是燕京人而骄傲。

　　燕大师生亲如一家，老师、同学都管夏自强叫"小宝"，随着年龄的增长，慢慢才改称"夏宝"，这一叫就是一辈子。他纯洁善良，激情似火，参加"高唱队"、组织"火炬社"，忘我地投身学生运动，和革命的大哥哥、大姐姐一起在地下工作中，在"兄弟们向太阳向自由，向着那光明的路，你看那黑暗已消灭，万丈光明在前头"的歌声里，仰望黎明，迎接解放，浑身有使不完的劲儿，心中充满了希望。一年后，也就是在解放前夕的 1948 年，他加入了中国共产党。这意味着，他比我更早就已经把燕京精神融入入党誓言，并随时准备为创建一个自由、民主、人民幸福的新中国贡献甚至牺牲自己的一切。十七八岁青春年少时铸就的梦，无不与燕京大学、燕京精神紧密地联系在一起，这就是他之所以一生难以割舍燕京情结的根脉和深爱燕京的理由。

　　最近重读了他写的《胡适在燕京谈"做梦"》。他说，胡适"所说的'做梦'，讲的是理想，比喻人要有理想的追求，特别强调要有实现梦的勇气"。联系到他一生坚忍不拔、忠贞不渝地为教育事业献身，离休之后全力以赴地写燕京的这些事儿，我想这就是他在"追梦"、"续梦"。

夏自强这个人的性格就像他的名字，自强不息，只要是他认准了的事就会心无旁骛，一股劲儿地干下去。他从燕大到北大再到教育部，做的是同一件事——中国高等教育。这是他一生的主题，为此他默默耕耘奉献了一辈子。自60年代后，他长期从事教育行政工作，可是骨子里仍然保持着我们那一代中国男性知识分子的特点，居家不问家事，在外不懂社交，把行政工作当学术研究；尽管有时不免碰壁，却仍孜孜不倦，坚持不懈。直到病重似梦非梦中，他还在大声疾呼："要加大投入对留守儿童和女童的教育经费。"因为他深知这是高等教育的一个重要根基。而这也让我看到，当一个人把自己的人生信念、追求和他所挚爱的事业融为一体的时候，真的就像是带着使命来到人间，哪怕是到了生命的最后一息，还不肯松手放弃。

在他离休后的岁月里，除了继续在高教工作中发挥余热外，很多时间是花在燕大的事情上，这也让我渐渐地感受到他对母校的爱有多深。这种爱，体现在他对燕园一草一木、一塔一湖的眷恋，洒满在对老师、同学的关爱和追思怀念文章的字里行间。情系燕京还表现在他为了燕京校友会、研究院的工作奔走呼吁，废寝忘食，为了赶写怀念同学的文章而突发脑梗。凡此种种，他都认为是应该应分、理所当然的。

他是一个非常沉着、含蓄、理性、不轻易动感情的人，而燕京的一人一事却往往会牵动他的喜怒哀乐。我说他"爹亲娘亲，不如燕京亲"，他只是一笑置之。有些工作难以推动，是不以人的意志为转移的，我说不要知其不可为而为之，可他不听劝；我刺激他说，那是没有希望的工程，他依旧一如既往。这当中反映出来的应该是一种信念、一种情怀、一种精神，但是他从不表白，也不争辩。我们同为燕京人，我当然也很爱燕京，然而彼时我实在无法理解他为什么要这样，更担心他的身体吃不消，所以经常发牢骚说，这个人就是"一根儿筋"。

在他的人生最后一个阶段，一直没有放弃对教育问题的思考，燕京大学自然而然地成了他的一个重要研究课题。他运用自己人文学科的知识基础和几十年教育工作的实践经验，对燕大的办学历史、教育特色、人才培养等方面做了大量的调查研究和总结、反思，写了许多文章，并组织编写了包括全校教职工学生在内的519人的《燕京大学人物志》。在他最后为北京大学经济研究中心所作的报告"燕京精神的承续、融合和发展"以及《燕京大学办学特色》一书中，特别提到燕京精神和燕园文化的陶冶，在学生品德素养、人格情操的教育塑造上所起到的极其重要的作用，燕京大学在当时的确如校歌中所说"人文荟萃，中外交孚，声誉满寰中"。正是在这样一所中西文化交融、荟萃的著名大学里接受到了现代化的教育，所以燕京学生的确是"人才辈出，服务同群，为国效尽忠"。他们终其一生都在追求真理，向往自由，热爱人民，忠诚于所从事的事业，并形成了自己独特的魂魄与风格。夏自强也是其中的一分子。

他是多么希望自己对燕大办学经验的总结与思考能为更多的人所了解和理解，能对自己终身所从事的教育工作有所帮助。当他在病重时听说北京大学将要拨给燕大校友会一些房子时，真是由衷地高兴。那天夜里，他急切地叫我，说是有话要说，让我一定要记下来。我以为他要留下关于家庭和个人的遗言，哪知他气喘吁吁说的竟然是"关于建立燕京大学校史馆的五点意见"，却没有一句关于家庭、个人的话。这不正是一心痴迷于自己的理想抱负的夏自强在弥留之际所表现出来的永不磨灭的信念和至死不渝的人性大爱吗！可是当时我真是不理解，已经病到这种程度，怎么还不罢休呢？现在冷静下来，我想也许用李商隐的名句反其意："春蚕到死丝未尽，蜡炬成灰泪不干"，方能表述其魂之所托、魄之所依。

遗憾的是，当我真正理解他的时候，斯人已去，他那无限求真求善求美的魂魄已在梦中飞升，这怎能不让我伤心痛惜不已！现在所要呈现的这本书，应该是他留下的最后一份教育研究成果，也是他作为一名燕京大学学生最后的一份答卷。

燕园伴随了我们一生，也见证了我们的一生。《一生的燕园》是和我相依相伴直到永远的生命伴侣——燕京人夏自强的追梦、续梦之作。愿君之梦入我梦，"忽寝寐而梦想兮，魄若君之在傍"。

2014 年 6 月 20 日

校友桥

燕京大学概述

燕京大学创建于 1919 年，1951 年改为公立，1952 年与北京大学合并。在 33 年中，毕业学生和教职工近万名。绝大多数燕京人，正如《校歌》中所说的那样，都能"服务同群，为国效尽忠"，在不同年代、不同岗位上，为祖国做出了各自应有的贡献。如今不少人已经与世长辞，健在的大多也已年逾古稀。为了介绍燕京校友的风貌，表彰他们的业绩、慰藉他们的心灵，也为了展示一些罕见的材料，积累燕京办学经验，我们编辑了这本《燕京大学人物志》，本书收入的只是很少的一部分校友，记录的也仅是他们事迹中有限的一部分。

那么，燕京大学是一所什么样的学校？燕大学生在那里受过什么样的教育？燕大师生在那里是如何学习、工作和成长的？这就需要做一番历史回顾和人物介绍，以就教于燕大的良师益友和社会上的关心者。

一

燕京大学原是一所由美国教会在中国创办的高等学府。19 世纪以来，中国近现代化的高等教育是由三类学校组成的，即国家设立的、私人开办的和外国教会举办的学校，也就是国立大学、私立大学和教会大学。教会大学是在特殊环境下出现的，它是历史的产物。在中国近现代大学教育体系中有着特殊的作用。由于办学有其特点，因此，在培养人才上，也有着特殊之处。燕京大学是教会大学的佼佼者之一，集中、典型地反映出这些特色。

外国教会，实际上是以美国教会为主，它在中国办学有较长的历史。起初，由于借助不平等条约，在中国传教虽有一些进展，但只因武力征服不能取代文化认同，传教事业一直举步维艰。于是把"办学"和"施医"作为传教的辅助手段，办学主要是为外国子弟上学提供条件，培养神职人员，同时也为培养"领袖人才"，使中国基督化。后来，教

蔡元培题燕京大学校名

会越来越重视教育。1877 年，在上海举行的第一次全国基督教（新教）传教士大会上，就把基督教教会与教育的关系问题作为讨论的重点。1890 年，在上海召开第二次传教士大会时，进一步统一认识，强调教会应该创办学校，尤其是要把重点放在创办大学上。这时，中国大地上开始掀起维新运动，倡导设立新式学堂、传播西学思潮使教会大学获得发展的机会。传教士韦廉臣（Alexander Williamson）对此表述得很明白："中国的希望寄托在青年身上，未来的中国就在于他们如何把它建立起来。因此，我们的努力应当大部分着眼于他们"、"（中国的）青年是我们的希望，如果我们失去他们，我们就失去一切"①。圣约翰大学校长卜舫济（F. L. Hawks Pott）把教会大学喻为"设在中国的西点军校"，"正在训练未来的领袖和司令官，他们在将来要对（中国）大众施加最巨大和最有力的影响"②。一向积极鼓吹发展教会学校的狄考文（C. W. Mateer）认为："一个受到（高等）教育的人，是一支点燃着的蜡烛，未受到教育的人将跟着他的光走。……儒家思想的支柱是受过儒

---

① *Records of the General Conference of the Protestant Missionaries of China，Held at Shanghai May 7-20，1890*，Shanghai：American Presbyterian Mission Press（《在华基督教（新派）传教士大会记录，1890，上海》，上海美国长老会印制）第 530 页。

② 同上书，第 497 页。

家思想教育的士大夫阶层，如果我们要对儒家的地位取而代之，我们必须培养受过基督教和科学教育的人，使他们能够胜过中国的士大夫，从而取得旧式士大夫所占的统治地位。"① 这些话语清楚地告诉我们：教会大学的共同办学宗旨是什么，它也必然深深地印在燕京大学创办者的脑海里。

在 20 世纪初，教会教育在竞争中要求联合。为了在质量上和国立、私立大学相抗衡，需要增加更多的图书、设备，聘请更好的师资，教会大学进行了调整联合。于是，出现了齐鲁、金陵、之江、文华等一批学校。正在这时，在北京，酝酿十多年的燕京大学（起初英文名称为北京大学）就应运而生了。燕京大学的前身是建于 1869 年的潞河书院和建于 1870 年的汇文学校，后改为华北协和大学和北京汇文大学。在物色新大学的校长人选时，43 岁的司徒雷登（John Leighton Stuart）成为首选。司徒雷登 1876 年出生于杭州一个美国传教士兼教育家的家庭，1887 年回美国接受系统教育。1904 年，学业完成后再度来到中国。1907 年在杭州协助兴办"育英书院"，是为之江大学的前身。1908 年在金陵神学院任教。在协调金陵神学院内部自由主义和保守主义两个宗教派别的论争中表现出了他很强的组织和领导才能。经过考察，"北京大学"董事会决定正式聘请司徒雷登担任校长，② 从此他开始了为之奋斗了 27 年的教育事业。

当时的"北京大学"情况极其窘迫，经费短缺，校舍简陋，人员很少，质量不高，矛盾又多。他不禁感叹："我接受的是一所不仅分文不名，而且似乎是没有人关心的学校。"③ 然而，这个"烂摊子"，这些困难并没有使司徒雷登却步不前，相反由此开始了他一步一步为建设一所新校而努力的艰难旅程。他采纳"燕京大学"作为正式校名，结束了长期实质上是派系之争的校名之争。1920 年，他说服华北协和女子大学并入燕京，设立女部，使燕大成为国内最早实行男女合校授课的大学之一。建校之初，男校位于北京城内东南角盔甲厂一带 10 处院落；女校仍沿用灯市口佟府夹道协和女大旧址，由于条件所限，未能合于一

① *Records of the General Conference of the Protestant Missionaries of China*, *Held at Shanghai May 7-20*, *1890*, Shanghai：American Presbyterian Mission Press（《在华基督教（新派）传教士大会记录，1890，上海》，上海美国长老会印制）第 458 页。

② 韩迪厚：《司徒雷登传》，原载香港《南北极》月刊 1976 年 6、7、8 号。

③ 司徒雷登：《在华五十年——司徒雷登回忆录》，程宗家译，北京出版社，1982 年，第 49 页。

处。1921 年，司徒雷登通过亲自勘察，从北洋军阀、陕西督军陈树藩手中买下了原淑春园和勺园故址作为校址，委派美国建筑师亨利·墨菲（Henry Killam Murphy）负责规划设计。墨菲融合中西建筑为一体。新校于 1921 年动工，1926 年开始迁入，1929 年基本完工。一座崭新的校园矗立在北京西郊风景区，十分引人注目。1928 年至 1931 年，燕大先后征得周边的朗润园、鸣鹤园、镜春园、蔚秀园等。从此，构成了燕园的总体格局。

燕京大学最初成立时只设文理科，不分设学系。学制初为专科 3 年，预科 2 年。后改为本科 4 年，预科 1 年。1929 年，对系科进行一系列调整，重新组织，成立文、理、应用社会科学三个学院。后将应用社会科学院改名法学院（英文名为公共事务学院）。另有宗教学院。共有 20 个学系，学校系科设置不断有所变动。1926 年协和医学院把预科交给燕京办理。抗战胜利后增设机械工程系。

1922 年至 1936 年，司徒雷登连续十次赴美募捐。参加募捐活动的还有专司财务（捐款）的副校长哈利·鲁斯（Harry Luce）、史学家洪煨莲、宗教学家刘廷芳等。他们不辞辛苦，巡回演说，耐心介绍，多方筹资，给燕大开辟了广阔的财源。据统计，燕大前身 1917—1918 年财政预算为 35000 美元，而 1936—1937 年已达到 215000 美元，充裕的财政收入为学校多学科的发展和建设提供了有利的条件和保证。

正当学校稍事稳定，步入轨道的时候，却面临着一系列的风暴。风暴考验着学校，学校顺应形势，进行了必要的改革；正由于改革，推动了学校的发展。这些改革，举其荦荦大端，主要有三项。

1. 促使教会学校进一步世俗化，按照西方模式办学

五四运动之后，中国人民的反帝爱国运动持续发展。1922 年发生了非基督教运动，接着 1922—1928 年发生收回教育主权运动。这对刚刚成立的燕京大学是个巨大的冲击。在这场运动中，燕京没有被动地成为革新的对象，而是成为革新的参与者，适应潮流，站在运动的前面。燕大宗教学院成为基督教现代派和激进派的大本营和本色化（自养、自治和自传）运动的策源地。吴雷川、赵紫宸、刘廷芳、徐宝谦、简又文等宗教学院的教授，成为运动的领袖人物，他们主编的《生命》（以后改为《真理与生命》）成为当时爱国基督徒最有影响力的刊物。司徒雷登站在革新者的一边。他认为，"任何一个自尊的民族有权采取此种行动"。于 1928 年在宗教刊物《教务杂志》（The Chinese Recorder）上发表了一篇重要文章《基督教高等教育的危机》，指出基督教大学缺乏专

业训练，图书及实验设备不足，中文教学不够水平，中国教职员的阵营亟待加强。他认为，当初教会靠条约保护来中国传教，并未以学术研究为急务，如今财政状况突变，各教会大学应警觉，立即改善设备与课程，增加优良的中国师资，教育政策必须反映中国舆论的要求。燕京大学的工作正是实践这些要求而向前推进的。

首先，燕大成立之初，便废除了宗教作为全体学生必修课程的规定，进而又改变学生必须做礼拜的旧例，并将宗教学院单独成立，对外不把它作为学校的组成部分。由学生自愿组织参加的宗教团契，进行一些宗教活动。后来团契的宗教色彩日益淡薄，成为一般性的群众组织。学生中的基督徒比例一度很高，如 1924 年为 72% ,① 而到后来，比例越来越小了。在学校里既有信仰宗教的自由，也有不信仰甚至反对宗教的自由。这些措施使宗教教育在燕京下降为从属的地位，从而突出了燕大的教育职能。当然，司徒雷登并没有放弃他的宗教信仰和办学理念。作为一个基督教的自由派，他懂得只有通过满足中国青年的求知渴望，反映中国舆论的要求，才能更好地赢得中国青年的信任和对美国的好感。他着力提高大学的教学水平，开展学术研究，按照西方模式，建立了一套高效率的行政管理体系和一套教学体系，包括制度、内容和方法，以培养中国的青年。

2. 使燕京大学彻底"中国化"与"国际化"

燕京大学最初在美国纽约州立案，经费来自美国的托事部。在收回教育主权的运动中，根据中国政府的要求，燕京大学于 1926 年 11 月和 1927 年 12 月分别向北洋政府和南京政府申请，表示愿意接受中国教育部的一切有关规定。注册工作于 1929 年完成。教育部规定：大学校长必须由中国人士担任。经过推举，由爱国基督徒、著名学者、前清翰林吴雷川出任。司徒雷登改称校务长，掌握实权。文、理、法、宗教学院的院长基本由华人担任。中国教员由创办时占教员总数的三分之一发展到 1927 年的三分之二，并一直保持这个比例。燕大还重视中文课程，除聘请名师提高中文教学水平外，还曾规定学生在 60 个必须要求的学分中选修 12 个学分的中国文学和 4 个学分的中国历史课程。

燕大注意让中国人在教学、行政、宗教、财务和其他部门发挥日益增多的作用。向设在美国的决策机构托事部建议，把托事部基金会化，

① 史静寰：《狄考文和司徒雷登在华的教育活动》，（台湾）文津出版社，1991 年，第 193 页。所引资料与菲力浦·魏斯特书中有所不同。

把校产管理、经济分配、人事任免的权力下放给北京董事会。1929年，校董会经过调整，由21位中国人和13位外国人组成，中国成员占了三分之二，其中包括孔祥熙、颜惠庆、胡适、陶行知等人。燕大经费来源也日益世俗化，前述1917—1918年度学校预算，其中87%来自教会，而到1936—1937年，教会来源仅占10%，55%来自美国私人捐赠，美国赫尔（Charles M. Hall）基金、洛克菲勒（Rockefeller）基金、鲁斯（Luce）基金和普林斯顿燕京（Princeton-Yenching）基金等都对学校有数目不等的资助，中国方面也提供了10%的资金，这为燕大由宗教职能向教育职能转化进一步打下了基础，也为司徒雷登掌管学校改进教学工作提供了条件。

燕京在进行"彻底中国化"的同时，也推行着国际化。司徒雷登在创办燕大之初，就提出要把燕大建成一所国际性学校的设想。燕大教师来自四面八方，世界各地，包括美、英、法、日、意、德、瑞士等国。学生也有来自国外的。这些国籍、信仰不同的师生和中国师生相聚在一起，一般地能够平等相处，友爱互助，形成一种很强的凝聚力，称之为"燕大一家"。

燕京大学和国外特别是美国的一批大学建立了校际交流，和英、美、法、德、意等国进行留学生交流。燕大毕业生出国留学人数经常名列各大学之首。燕京大学和密苏里新闻学院合办新闻系，和普林斯顿大学合办社会系。由于得到美国铝业资本家赫尔的遗产基金资助，燕京大学和哈佛大学联合创办了"哈佛燕京学社"，研究领域集中于中国的艺术、考古、语言、文学、历史、哲学和宗教史。这是一个成功的范例。

不论是中国化还是国际化对燕大的发展提高无疑都起着重要作用。中国化是办学要适应中国国情，更多启用中国师资包括行政领导。国际化要加强与世界大学的联系。两者不仅不矛盾，而且是互补互利的：这不仅使得西方的教育制度能在中国落根，又给中国的教育体制注入了新鲜活力，为中国文化走向世界进一步打开了门户，中西文化的交流得以展开。

3. 要"成为'现在中国'最有用的学校"，发展新兴应用学科，同时努力提高质量，提高学术水平

为要使燕京中国化，必须要使燕京大学适应中国的需要。旧中国生产力低下，科技文化落后。在这样的情况下，燕京大学期望"成为

'现在中国'最有用的学校"①，究竟要开办哪些专业？培养哪些方面的人才？是要认真考虑的。

本着这样的认识，燕大在20年代吸收美国发展职业教育的经验，在美国专家帮助下，先后建立了制革、家政、农科、陶瓷、劳工统计调查、教育、宗教事业和社会服务等一系列职业性专科，为中国培养出一批既具有职业技能又适应社会需要的专业人才。燕大的职业技术教育一度十分兴旺，1927—1928年达到顶峰，其学生占在校生总数的26%。以后，由于经费、师资、生源等多方面的困难，职业技术教育逐步萎缩。

但是，燕大却发展了另一些带有应用性的学科。最为引人注目的是新闻系和社会系，开启了中国高等新闻教育和社会学教育的先河。由此，也带动了燕大师生关心现实，深入社会，开展调查，进行社会救济等活动，培养了一批革命者。这在引进美国教育制度的初启时，是始料所不及的。

燕京大学要跻身于中外高等学府之列，必须重视提高学校质量，提高研究水平。于是，从1921年开始设立研究生课程。1934年，燕京大学成立了研究院，下设文、理、法3个研究所。1928年，哈佛燕京学社成立后，在燕京大学成立了国学研究所，1931年改名研究院，成为中国乃至国际上汉学研究的一个重要基地，在整理典籍、编纂工具书、出版刊物、培养人才、开展专题研究等方面做了许多卓有成效的工作。

上述三项改革，或者三项措施，是相互关联、相互促进的。这决定了燕京大学的发展方向，也对中国的近现代高等教育起着重要影响，在教会大学中起了带头作用。这是燕京大学的成功之处。司徒雷登和其他教会人士在办学上虽有某些不同，但更有其共同之处。贯彻在这三项改革中的一个非常重要也是非常动听的口号，就是"要中国化"或是"彻底中国化"。甚至说："把学校最终办成为一所中国大学"。② 由于司徒雷登的局限，是不可能做到的。要实现彻底中国化还有很多路要走。司徒雷登的"中国化"是和"基督化"也就是"西方化"联系在一起的。司徒雷登和教会办学人士都知道培养人才的重要性，要培养他们所期望的掌握未来命运的人才。可是事情的发展远远超出了他们的主观设想，这主要是由于燕京大学所处的年代正是中华民族濒临危亡奋起抗争的时代。时代培育了广大师生。从而，燕京大学的办学宗旨和所起的作用也就不受办学者的主观意图所限制了。

① 《司徒雷登讲对燕大希望》，《燕京新闻》1934年12月18日。
② 司徒雷登：《在华五十年——司徒雷登回忆录》，第67页。

二

燕京大学成立于 1919 年，正是中国人民新觉醒的年代。从此，中国人民的爱国、民主、争取独立的斗争汹涌澎湃，一浪高过一浪。燕京大学正是伴随着这个伟大斗争而成长的，可以毫不夸张地说，广大的燕京师生始终站在斗争的前列，做出了巨大贡献以至牺牲。

1919 年 5 月 7 日，在司徒雷登主持的第一次毕业训章典礼（讲道）上，燕大学生因去欢迎五四运动释放被捕同学而几乎无人与会。司徒雷登对此感触颇多，在以后写给美国托事部的报告和友人的信中，一再表示："中国学生运动是这个动荡国家的一个希望，而且是一个很大的希望。……它将成为反对外国侵略和卖国官僚的有力武器。"[①]

1925 年，上海发生"五卅"惨案，燕大师生立刻发表公开宣言，抗议帝国主义租界当局对爱国学生的镇压，要求取消不平等条约。司徒雷登对燕大师生的抗议表示支持。1926 年的"三一八"惨案和 1928 年的"五三"惨案的抗议活动，燕大师生都走在前头。

在激烈的斗争中，1923 年燕京大学有了第一名共产党员戎之桐，[②] 1925 年建立了第一个中国共产党的支部，这在全国高等学校是建立最早的一个。[③] 在中共北方区委和李大钊同志领导下，他们多次参加北平人民反帝示威大游行。"三一八"惨案当场有魏士毅同学光荣牺牲，戎之桐右手中弹致残，另有郭灿然等三位同学负了重伤。此后，除了短期（1934 年 1 月—1935 年 11 月）组织停顿外，党组织一直活跃在燕京大学。他们在困难的条件下，艰苦奋斗，团结广大师生员工，为实现党的任务而努力。他们善于做各方面人士的工作，包括司徒雷登，宣传党的政策和主张，使得许多人（其中有不少著名人士）成为共产党的亲密朋友。

1931 年"九一八"事变发生，日寇的枪声震惊了中国人民。9 月 22 日，《燕京大学全体学生对日本侵占东北宣言》发表，燕大师生立即行动起来，先后成立了"燕大学生抗日救国委员会"、"抗日战士后援会"等组织。全校师生即刻动手做卫生包，支援抗日将士。1933 年 3

---

① 顾长声：《从马礼逊到司徒雷登》，上海书店出版社，2005 年，第 457 页。

② 北京大学党史校史研究室：《战斗的历程（1925—1949.2 燕京大学地下党概况）》，北京大学出版社，1993 年，第 14 页。

③ 同上书，第 15 页。

月 17 日，以大约三天的时间完成卫生包 33,300 个，送交红十字会；并捐赠钢盔 10,000 顶，同时派出代表团赴古北口前线，慰问将士，赠送钢盔。

1935 年年底，爆发了声势浩大的"一二·九"学生运动，要求国民党政府停止内战，一致抗日。燕大学生在这次运动中发挥了带头骨干作用。燕大学生高名凯为十校学生自治会起草了《为抗日救国争自由宣言》，宣言内容深刻，文笔犀利，有很强的感染力。随后成立了北平大中学联合会。陈絜、张兆麟、黄华、陈翰伯、龚普生、龚澎等成为运动的中坚，燕大学生成为游行队伍的一支主要力量。他们中间不少人参加了南下扩大宣传，并成为中华民族解放先锋队的成员，有的光荣加入了中国共产党，走上了与工农结合的革命道路。燕大师生还组织了慰问团，由雷洁琼任团长，到绥远慰劳在百灵庙打击日寇的傅作义部队。他们深入到战士中，到医院、到蒙古包，共庆百灵庙大捷。

1937 年七七事变爆发，燕大在校园曾升起了美国国旗，成了一顶保护伞，将日军拒之门外。司徒雷登一方面与日本占领当局周旋，一方面通过关系，秘密掩护爱国师生前往国民党统治区或共产党的抗日根据地，具体工作由当时在学生生活辅导委员会工作的侯仁之负责。这时，燕大也像一块磁石吸引着沦陷区的爱国青年，一批不愿接受日本奴化教育的青年学子抱着"燕大存在一日，华北一日不亡"的信念报考燕大。一些著名教授如张子高等也到燕大任教。1941 年 9 月，燕大学生注册人数达到了创记录的 1128 人。可是不久，爆发了太平洋战争。1941 年 12 月 8 日，日军侵占燕大。司徒雷登和一些著名教授共 27 位师生被捕入狱，投入铁窗生活。他们不低头，不媚寇，表现出高尚的气节。燕大也随之在成都复校。广大师生坚持读书不忘救国的传统，在陋巷、在破庙，在食不果腹的困难环境下刻苦求学。同时，积极组织和参加"大后方"的爱国民主运动，被社会各界誉为"民主堡垒"。

1945 年，抗日战争胜利，人们欢欣鼓舞。燕大以团结协作的精神，高效率、抢时间，在日军还没有完全撤出校园的情况下，在短短的两个月内恢复招生上课。可是，这时中国向何处去已经尖锐地摆在每个人的面前，两个命运、两种前途的抉择日趋明朗。抗议美军驻华暴行，反饥饿、反内战、反迫害、反独裁、争民主的斗争风起云涌，燕大爱国师生又一次走在斗争的前列。而这时美国帝国主义已经取代日本帝国主义，成为中国人民的主要对手。他们日渐撕下了中立的伪装，站在蒋介石的一边，支持内战，镇压人民。难能可贵的是，一所由美国教会兴办，经费主要依靠美国私人捐赠的学校，其中绝大多数师生都站在人民一边，反对国民党统治，反对美国支持蒋介石，反对貌似公允实际趁机掠夺的《中美商约》。燕大师生多次举行游行示威、抗议集会。应当提到，在1948年8月19日国民党对进步青年在北平实行大逮捕的关键时刻，燕京大学代理校长陆志韦先生挺身而出，为保护学生发表了义正辞严、大义凛然的演说，在全国高校是绝无仅有的。不仅如此，一些美国教授如夏仁德（Randolph C. Sailer）先生等也站在中国人民一边，支持和帮助爱国学生运动。而这时的司徒雷登已当上了美国驻华大使，成为美国政策的代言人，越来越对爱国的学生运动不满。在反美扶日运动中，针对司徒雷登的"燕大学生拿着美国救济就不应该说什么"的谬论，学生们气愤地将救济证贴在图书馆墙上，表示拒绝，并以"不食嗟来之食"为主题贴出多幅漫画和大字报，表现了中国人民的民族气节。司徒雷登成了他的学生的对立面。"吾爱吾师，吾尤爱真理"，就是学生对他的回答。

燕京大学是一所教会大学，在动乱的旧中国可以说是"世外桃源"。可为什么在五四以后中国历次民族民主运动中却扮演了重要的角色呢？这是一个人们经常提出的问题。著名记者、中国人民的朋友埃德加·斯诺（Edgar Snow）曾写道："燕京大学是一个为上层社会办的教育机构，在通常情况下，这所大学的学生政治上本来应当是保守派。但是，随着民族危机的加深，阶级斗争和日本侵占华北这两件事搅和在一起了，激进的思潮就开始在这所大学传播开来。"[1] 首先，正是现实教育了燕大师生。燕大师生虽多数来自较为富裕的家庭，可他们绝大多数是善良的、单纯的。在那暗无天日的半殖民地半封建社会，几乎每时每刻都有一些受压迫受凌辱的事件在刺激着他们，引发他们去深思，转而奋起抗争。第二，燕京的进步组织进行了卓有成效的工作。他们进行了大量的、耐心的、深入细致的团结群众、教育群众、组织群众的工作，帮助师生认清形势，投身爱国民主运动的洪流。第三，由于燕京的特殊环境，在专制落后封闭的旧中国，燕大在政治上相对民主一些，思想上相对自由一些，文化上相对开放一些。再加上由于在中美两国双方注册，一个"美国大学"的招牌，不论在北洋军阀、国民党统治或是北平沦陷时期，都起到一些保护作用。1926年"三一八"事件中，北平几所高校都有牺牲的烈士，都立有烈士的纪念碑，而惟独燕大为魏士毅

---

① 埃德加·斯诺：《旅行于方生之地》，转引自章开沅、林蔚主编《中西文化与教会大学》，湖北教育出版社，1991年，第180—181页。

烈士所写的铭文最为鲜明：

> 国有巨蠹政不纲　城狐社鼠争跳梁
> 公门喋血歼我良　牺牲小己终取偿
> 北斗无酒南箕扬　民心向背关兴亡
> 愿后死者长毋忘

在谈到燕大的特殊环境时，不能不提到燕大的报刊和斯诺等一批友好人士在宣传报道上所起的特殊作用。在 30 年代，由于国民党的政治高压，北平地区许多进步报纸杂志被迫停办。惟独燕大的两份报刊《燕京新闻》和《燕大周刊》依然出版，给黑暗中的北平以至全国带来了一线光明。《燕京新闻》是燕大新闻系独立发行的一份中英文实习报纸。创办以来，一直坚持新闻自由，如实报道日本侵华和全国人民的抗日活动。《燕大周刊》原是一份校刊，1935 年 5 月转由学生自治会主办，从此成为学生运动的喉舌。"一二·九"运动前后，该刊发表过许多揭露反动派，宣传抗日的文章。1936 年 12 月 5 日，《燕大周刊》在第 7 卷第 17、18 期中，连续发表了埃德加·斯诺的《毛泽东访问记》，突破了国民党的文化封锁，在国内中文报刊中首次公开展示了毛泽东及其战友的形象。这在当时是很难做到的。到了解放战争时期，《燕京新闻》仍坚持出版，发表了大量揭露国民党黑暗统治、美国侵略扩张的文章，如实报道了学生运动，在北平以至全国引起很大反响。

中国人民的朋友斯诺 30 年代在燕大新闻系任教。他参加了"一二·九"大游行，随队采访拍照。当国民党对示威游行的消息严密封锁时，斯诺在当天晚上给纽约《太阳报》发了独家电讯，把中国人民抗日的吼声传到了国外。1936 年 6 月，经北平地下党和宋庆龄夫人的安排，斯诺访问了陕北苏区。此行的成果后来写成《红星照耀中国》（即《西行漫记》）。据《燕京新闻》报道，1937 年 2 月 5 日和 22 日，新闻学会和历史学会在临湖轩分别召开会议，放映了斯诺入陕拍摄的反映苏区生活的照片一百多张、幻灯片三百多张、电影三百余尺。许多师生第一次看到毛泽东、周恩来、彭德怀等红军领袖的形象以及苏区人民艰苦奋斗、蒸蒸日上的精神面貌，受到很大鼓舞。参加会议的，除本校学生，还有本校一些教授，清华大学的学生以及上海慰劳抗日军队代表团的陈波儿、北平的演员等。参加的人十分踊跃。接着 4 月，地下党又组织了两次西北访问团（其中一次与他校合组），到达延安。毛泽东、朱德、博古、林伯渠等向他们介绍了党的政策、长征经过、苏区建议等情况，影响很好。

燕京大学在为争取民族独立、人民民主的爱国主义斗争中，涌现出许多英雄人物。其中最为突出的当数烈士。现在查明的燕京大学在革命战争年代包括新中国成立以后，共有 17 位烈士。其中 12 名共产党员。他们中最年轻的仅 21 岁，最大的也才 38 岁。他们中有党的领导骨干，也有普通人。在第一次国内革命战争时期牺牲的 1 人，第二次国内革命战争时期牺牲的 4 人，抗日战争时期牺牲的 7 人，第三次国内革命战争时期牺牲的 1 人，新中国成立后牺牲的 4 人。我们收集的材料是不完备的，还有一些被敌人残酷杀害或是英勇牺牲的校友，至今还不为人知；有的虽然知道了，却没有正式命名为烈士。而他们的业绩同样与日月同辉，他们的英名同样炳照千秋，同样值得我们永远怀念。

燕大校方对中国人民的革命斗争和爱国的学生运动总的说来是同情和支持的。这对燕大的特殊环境的形成起着重要作用。当司徒雷登被任命为美国驻华大使之初，各方面曾对他寄予希望。而他却成为执行美国政策的代表。这是他一生的重大转折。真是无可奈何花落去。

三

经过几年的努力，燕大的迅速崛起引起了教育界的瞩目。燕京的教学质量和学术水平是高的，吸引了许多青年，在这里完成他们的高等教育学业，丰富的校园生活又促使他们更好地成长。燕京的教学特点可说的很多。这里主要谈四点。

1. 重视师资队伍，完善图书设备

从办学初起，燕大就重视师资队伍的建设。在 30 年代先后通过聘任和兼课方式网罗了一支阵营强大的教师队伍。他们中间既有从国外学成归来的博士、硕士，如刘廷芳、洪业、赵紫宸、徐宝谦、周学章、冯友兰、萧公权、徐淑希、许地山、熊佛西、马鉴、张星烺、黄子通、李荣芳、陆志韦、吴文藻、谢冰心、雷洁琼、齐思和、翁独健、严景耀、林耀华、周一良、侯仁之、高名凯、赵承信、林嘉通、孟昭英、赵萝蕤、胡经甫、戴文赛、陈芳芝等；又有在国内已负盛名的学者，如陈垣、吴雷川、周作人、郭绍虞、容庚、钱穆、钱玄同、马裕藻、俞平伯、朱自清、顾颉刚、张尔田、金岳霖、邓之诚、张东荪、郑振铎、聂崇岐、褚圣麟、裴文中、张子高、葛庭燧等。以后在成都燕京，有陈寅恪、吴宓、萧公权、李方桂等一流学者。在新中国成立初期，又有翦伯赞、沈志远、林汉达等教授进入阵营。还有一批优秀的外籍教师，如高厚德（Howard S. Galt）、博晨光（Lucius Porter）、窦维廉（William H. Adolph）、夏仁德（Randolph C. Sailer）、韦尔巽（S. D. Wilson）、林迈可（Michael Lindsay）、班维廉（William Band）、赖朴吾（Ralph Lapwood）、博爱理（Alice M. Boring）、范天祥（Bliss Wiant）、谢迪克（Harold Shadick）、包贵思（Grace Boynton）、柯安喜（Anne Cochran）等。燕大的师资阵营堪称国内一流。

燕大图书馆藏书丰富。从 20 年代末开始，在哈佛燕京学社的帮助下大量购置珍、善本书籍。到 1937 年，燕大的中、西、日文藏书已由原来的几万册增加到 31 万余册。其中中文书尤以丛书、史地、文集、金石为大宗。有的院、系还有自己的图书室，完备的实验室和校外实验基地。

燕大注意不断改善对中国教职工的待遇。1922 年就宣布正式实行中西籍教职员均等待遇，教授月薪 360 元，校长也如此。对教职工还采取了养老金制，按薪金的一定比例，以美元储存，退休后可以一次付给。

燕大重视师资队伍的建设还表现为利用和国外著名大学进行人员交流的协议或者利用奖学金的名额，有计划地选派青年教师出国攻读学位。最为成功的例子是在洪煨莲教授的安排下，通过哈佛燕京学社，资助一批中国学者到哈佛大学攻读学位、进修或工作。他们中间有齐思和、翁独健、邓嗣禹、周一良、林耀华、蒙思明、郑德坤、王伊同、聂崇岐、王钟翰、陈观胜等人，日后其中大多成为学贯中西、卓尔成家的知名学者，开辟了用西方方法研究中国问题的比较文化研究的新领域。燕大还实行学术休假制度，七年之后有一年假期，不少教授借此到国外收集材料，汲收信息，开展研究。

在中国各大学中，燕大教师与学生比例一直很低。在稳定发展的二三十年代，宁可在其他方面节约开支，也基本保持 1∶3 的师生比，而这一时期教会大学的平均水平是 1∶65。[①] 在"燕大一家"的氛围里，师生关系显得更为亲密。冰心在《当教师的快乐》一文中写道："回忆起那几年的教学生涯，最使我眷恋的是，学生们和我成了知心朋友。"[②] 中科院院士黄昆 1938 年进入燕京大学，年轻的英国教师赖朴吾正好来

---

① Philip West，*Yenching University and Sino-Western Relations*：*1919—1952*（菲力蒲·魏斯特：《燕京大学与中西关系：1919—1952》），哈佛大学出版社，第 141 页。

② 冰心：《当教师的快乐》，《燕大文史资料》第三辑，北京大学出版社，1990 年，第 17 页。

到学校。于是，赖朴吾就把物理系和数学系的优秀学生组成一个课外研究小组，共同学习、研讨当时世界上刚刚显现的两个新兴学科——相对论和量子力学。师生一起捕捉科学信息，勇攀科学高峰，对他们以后的发展起了重要作用。

1939 年前后，燕京大学曾实行燕京–牛津合办的导师制专修班，挑选一批学生入专修班学习，该班称作 Modern Greats，由英籍教授林迈可创始，主要教学形式不采取班级授课制，而是仿照牛津以导师辅导、自学为主。辅导又分三种形式：一是导师讲学；二是小组辅导；三是个别辅导。小组可轮流活动。可惜这个导师制只实行了三届，到 1941 年太平洋战争爆发就中止了。

2. 重视基础，严格要求

燕京大学重视培养学生的基本功，实行美国所倡导的"通才教育"，扩大学生知识面，增强适应能力，要求掌握好基本的、必需的东西，为日后深入研究或从事各项工作做好必要的准备。每个学生有主系与副系（或称辅系），主辅系可以"跨学院"。课程设置分主修、必修和选修，或是公共必修、专业必修和选修。燕京规定，在本科四年中，必须修满 140—146 学分的课程才能毕业，其中共同必修课和专业必修课一般要占 95—99 个学分。

30 年代初，来燕大教国文课的钱穆在《师友杂记》中比较了北大、清华、燕京的情况，写道："来燕大，则女生最多"，"上课，学生最服从，绝不缺课，勤笔记。""在课外之师生集会则最多。"[1] 可见，燕大教学管理较为完善，教学要求比较严格，学生学习也较勤奋，女生比例大也是一个特色。燕大对新生入学要求比较严，1937 年以前，录取新生和报考人数的比例一直保持 1：6 左右。[2] 入学以后，仍然有可能因学习成绩不好而被淘汰。淘汰人数还不少。有的系科如医预，淘汰率较高。

燕大为了鼓励学生学习设立了奖学金。当学生毕业时，对优秀学生发给"金钥匙"（斐陶斐荣誉会员称号）。同时，也为优秀学生提供出国深造的机会。

对家境贫寒的学生也提供帮助。帮助他们寻找工作，自助上学。学校也可以向学生贷款，毕业后归还。有材料认为，在 1927 年燕京大学

---

① 钱穆：《师友杂忆》，《八十忆双亲·师友杂忆》，岳麓书社，1986 年，第 136 页。
② 史静寰：《狄考文和司徒雷登在华的教育活动》，第 194 页。

有占全体三分之一的学生靠奖学金、贷金和自助工作维持学业。[①] 一大批贫寒子弟通过苦读成了优秀人才。

学校的严格要求，培养了学生认真、踏实的学风。中科院梁植权院士写道："在燕大第一次上普通化学实验课时，给我很深印象的是老师强调整洁，强调基本操作的正规化，至今不忘。他亲自表演如何清洗玻璃用具，如何拿吸管，如何标定吸管，如何正确读滴管，如何标定滴管，如何使用天平，如何标定砝码等。对写实验记录也有一套严格要求。……从而，培养了我严肃、严格、严密的科学作风。"[②]

3. 重视文化交流，努力融贯中西

燕京大学既是中西文化交流的产物，也是开展中外文化交流的基地。

这里的环境有利于师生接触西方，了解西方，学习西方。这里有很多外籍教师，有大量的外文书刊，学习、运用外语的机会比较多。同时，燕大对学生的中文水平要求也比较高，要具有一定的中国历史文化知识。要求学生"确实是生活在讲两种语言的环境中"，"能够灵活地从一种语言转到另一种语言。"[③] 燕大的学术空气也比较自由，在课内，在课外，可以接触到各种思潮，"要是你愿意，你可以从马克思研究到克鲁泡特金，一直到三民主义，五权宪法。"[④] 这就为进行文化交流、融贯中西，培养各种人才提供了有利条件。

燕大有一批中西兼通、学识渊博的师资，正由于他们的传承，培养了人才，促进了文化交流。只可惜燕京存在的时间太短，学脉也就戛然中断了。陆志韦教授在五四时期就以新派诗人崭露头角，他也能写律诗。后留学美国，学习心理学，是我国现代心理学的奠基人之一。30年代中期以后，由于日寇进逼，不能开展实地调查，他逐步由心理学转向语言学，致力于中国传统音韵学的研究，把自然科学方法引入语言学，成为我国卓越的语言学家。再如吴宓教授，既教西洋文学，"人生文学"，又开《红楼梦》系列讲座。李方桂教授既为国文系开课，又为外语系开语音学。在他们身上闪烁着中西文化的光辉，这些都是他们中西素质的结晶。

---

① 韩迪厚：《司徒雷登传》，转引托事部档案。
② 梁植权：《梁植权》，《燕京大学人物志》第一辑，北京大学出版社，2001年，第51—52页。
③ 司徒雷登：《在华五十年——司徒雷登回忆录》，第62、63页。
④ 唐海：《记司徒雷登》，《燕大双周刊》第17期，1946年。

在中西文化交流、融会贯通的漫长过程中，一个突出的问题是如何切合中国国情，如何做到以我为主。为此，燕大师生也做过很多探索和尝试。吴文藻教授在燕京十年（1929—1938 年）所进行的民族学和社会学的"中国化"是个突出例证。他尖锐地指出：中国的民族学和社会学始而由外人用外国文字介绍，例证多用外文材料；继而由国人用外国文字讲述，有多讲外国材料者。他大声呼吁，组织学术界同仁共同行动起来，找寻一种有益的理论框架，并把它与中国的国情结合起来进行研究，努力训练出中国"独立的科学人才，来进行独立的科学研究"。①他有计划地安排人力，分赴全国各地开展调查，撰写材料，取得很大成绩。虽由于抗战曾一度中断，但在成都复校后又得以断续发展。这种探索还反映在其他方面。如齐思和教授对中国古代史的研究就多以欧洲古史做对比，历史地理学家侯仁之教授曾把北京市和华盛顿特区的城市规划进行了对比研究，魏晋南北朝史专家周一良教授曾主编《世界通史》和《中外文化交流史》，他们都突出以中国人的眼光和视角看待问题。

4. 重视全面发展，培养多种才能

燕京是一所新式学校，很注意学生的体育锻炼，注重培养学生的音乐素养以及动手能力和接触社会的能力，以培养学生多方面的才干。这也可以说是燕大教育的又一特色。

燕大师生普遍喜爱体育运动。男女生各有一座体育馆，这在当时国内大学里是少有的。燕大设有体育系，虽然专修的学生很少，而他们面向全校，担负着全校的体育课程、课外体育活动辅导以及代表队的教练培训等工作。体育系老师把全国以及全校主要是田径各项的最好成绩醒目地写在体育馆内，引起人们的景仰，并鼓励运动员们打破记录。燕大的篮球代表队曾是"华北五虎之一"，享誉京津。燕大的体育工作把普及与提高较好地结合起来，很好地发挥了体育在整体教育中的作用。

燕大原是一所教会学校，有着爱好音乐的传统和风气。随着形势的发展，大众音乐进入了校园。所以，在燕大，宗教音乐和世俗音乐、高雅音乐和通俗音乐交响在一起，体现着时代的特征。燕大设有音乐系，培养了不少优秀人才，而它又面向全校，每逢星期天主持不定期的音乐欣赏会，对提高全校音乐水平起了一定作用。每逢圣诞节，燕大师生通过细心排练，演出《弥赛亚》合唱，这种合唱活动，并不强调宗教气

---

① 林耀华、陈永龄、王庆仁：《吴文藻传略》，《燕大文史资料》第八辑，北京大学出版社，1994 年，第 74 页。

氛，而成了一个高水平的音乐欣赏，一些非教徒也参加进来。群众性的歌咏活动，随着学生运动的展开，更是唱遍学校内外。音乐不仅陶冶了师生的情操，而且成为前进的号角。高唱队、舞蹈队、燕剧、海燕剧团活跃在各种舞台上，嘹亮的歌声和生动的形象，鼓舞和教育了广大群众，在院校中和社会上都有着很好的影响。京剧也受到师生的特别喜爱，1934年，燕大就组有国剧社。

燕大注重学生实践能力、动手能力的培养，普遍重视学生的写作，包括中英文写作能力的培养。对理科学生，注重培养他们的实验能力和制作能力。著名物理学家谢玉铭1926年自美国学成后回到母校任教，后任物理系主任，十分重视实验工作，注重培养学生的实验能力。他建立了一个小型仪器车间，系里所用的教学仪器有不少就是由这个车间制造的。研究生和高年级本科生在技师指导下自己设计制造所需实验设备，这对于造就既能动脑又能动手的人才好处极大，形成燕大物理系的一个好传统。谢玉铭在多年教学经验的基础上，与郭察理合编了一部名为《物理学原理及其应用》的教材，运用了许多当时中国学生日常生活中能经常接触到的事例以阐明物理学的原理，引导学生把理论和实际结合起来。对文科学生，则注意培养他们接触社会、调查采访的能力以及查寻运用资料的能力。

燕大一向以热心社会救济工作著称。1920年华北五省大旱，刚成立不久的燕大组织演剧队上街募捐，并派人在保定、石家庄等地设立灾童学校。抗战爆发后，燕大在海淀设立育才、诚孚、燕园三所贫民学校，定期救济贫民，其中以诚孚最有成效。二三十年代，燕大重视农村工作。1928年，在北平郊区清河镇设立乡村实验区，后又参加"乡村建设运动"，多次派师生赴河北定县、山东汶上县进行社会实验和平民教育。清河实验区主任、燕大社会系教授张锡钧曾任汶上县县长，训练学生进行农村社会调查，帮助农民改善农作物和农村医疗卫生状况。

燕京大学在教学的过程中，也传授着西方的意识形态。西方的世界观、人生观、价值观必然对师生有很大的影响。这种影响可能比其他大学要更大更深一些。这是一个应该正视的问题，同时，也是一个复杂的问题。因为固然要看到受到西方意识形态影响的一面，同时，也要看到西方意识形态并不全是糟粕，也有着优秀的内涵。在燕大，也不只是念洋文，读洋书，也传授中国的文化，特别是传统文化中的精华部分也同样影响着师生。更重要的是，时代不同了，在校园里，还传播着马克思主义社会主义的思潮。燕京的小环境脱离不了整个中国和世界的大环境，而大环境制约着小环境。燕大师生的世界观、人生观、价值观正是在这样错综复杂的情况下成长着、变化着、发展着。司徒雷登和博晨光等从《新约圣经》中选出了两句话，组成"因真理 得自由 以服务"作为全校师生理应服膺、为大家共同接受的校训。现在看来，这个校训在字面上是可以认同，而实质上是存在歧义的。对什么是真理，什么是自由，为什么人服务，如何服务，不同的人是有着不同的理解和认识的。这就表明存在着世界观、人生观、价值观的分歧。不论这些分歧如何，生于忧患、长于忧患的广大燕大师生，最为突出的是他们的热爱祖国、追求进步的思想情怀。在这本《燕京大学人物志》中所写的许多人以及没能写到的许多人，他们不顾个人的得失，待遇的厚薄，名位的高低甚至人身的安危，毅然以祖国利益为重，在不同岗位、不同地域、不同年代，以不同方式默默为祖国奉献，就是最好的实证。"服务同群，为国效尽忠"的爱国主义精神始终是燕大师生的主旋律，这也是"燕京精神"的集中体现。

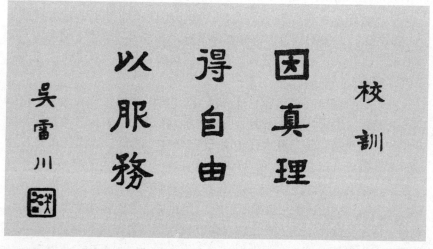

燕大校长吴雷川题燕大校训

四

　　燕大三十多年所培养毕业生的全面状况，由于年代较久，资料分散，难以找到比较确切完整的数据。但是从我们了解的情况看，从事教育工作和医疗工作的人比较多，其比例之高，在最好的几所教会大学中十分少见。"我们不能不说如此之多的燕大学生投身于教育事业反映了某种精神上的追求，这种追求与燕大教育的影响应该说是有联系的。"①

燕大的系科设置有其特点，教学工作也有其优势。毕业生大多数为中高级知识分子，比较集中在教育界、新闻界、医务界、外交界、科技界和学术界。

新闻系是燕京的一个著名大系，为我国培养出最早的一批受过系统专业教育和训练的新闻工作者，受到国内各大新闻单位，尤其是国际新闻部门的青睐。"有一段时期，中国新闻社派往世界各大国首都的代表几乎全是我系的毕业生，他们在中国报纸编辑人员中的地位也同样突出。"② 新闻系人才辈出，第二次世界大战结束，在密苏里舰上采访日本投降的三位中国记者都是燕大学生，他们是朱启平、黎秀石和曾恩波。直到80年代，新华社、人民日报社、中国新闻社派驻美国、英国、法国、德国、中东、中国香港等地的首席记者，很多都出自燕京新闻系。

燕京设有医预系和护预系。他们在燕京苦读三两年，打好基础后，再转考协和医学院（或其他医学院），学医的继续攻读五年，学制最长，毕业后相当于博士学位。学护士的，再学三年，毕业后具有美国注册护士资格。由此，产生了许多"华佗"、"扁鹊"，在中国医务界具有突出的地位。他们中的很多人是一门新兴学科在中国的创始人，或是出类拔萃的专家。他们医术精湛，医德高尚。他们不仅在国内，而且在国外医治了不少疑难病症。

燕京没有外交系，由于它的特殊环境，却培养了不少外交、外事人才。有意思的是，有一时期海峡两岸的外交部长，国民党和新中国

燕大校歌

---

① 史静寰：《狄考文和司徒雷登在华的教育活动》，第204页。
② 司徒雷登：《在华五十年——司徒雷登回忆录》，第65页。

的驻美大使，都是燕大校友。早在新中国成立以前，燕大的一批学生就投身于解放区的外事工作，新中国成立以后成长为新中国的外交家。他们在不同时期代表中国主持或参与具有历史意义的外交谈判和交涉，在复杂的情况下，出色地完成了任务。这里有朝鲜停战谈判，万隆会议，日内瓦会议，中美建交，香港、澳门回归等载入史册的重大事件。燕大学生还有多人代表国家出任大使（包括女大使）和国际组织的代表，有的多年从事民间外交工作，有的成为出色的翻译家、国际问题专家。

至于科技界，首先引人注目的是中科院和工程院的院士。燕大学生人数不多，燕大存在时间又短，可在两院院士中，燕大学生占有相当比重。共计科学院院士 43 人，工程院院士 11 人（有四人重合）。除院士之外，燕大还培养了一批科学技术界的专家。

文学艺术界、史学界、社会学界、经济界都有不少优秀的人才，享誉海内外。

在教育界工作的人就更多了。有许多默默无闻的优秀教师，有一大批办学有方的校长，有许多是出色的内行，为祖国教育事业做出过重大贡献。

燕大 33 年确实人才济济。每个燕大人成长的道路各不相同，成长的因素也不尽一致，但都满怀深情，感谢燕大对他们的培养教育。这本《燕京大学人物志》希望能记录下他们生活的轨迹、事业的成就和对母校的眷恋。

（原载《燕京大学人物志》第一辑，北京大学出版社 2001 年版）

燕京大学的教育理念和办学特色

燕京大学虽然是一所由美国基督教会创办的大学，但她成立之时正逢中国的"五四"运动。这绝不是一个简单的巧合，此后她一直在中国汹涌澎湃的民族民主运动中发展，很快就冲淡了教会色彩，成为一所世俗大学。她密切关注中国的实际需要，建设学科，培养人才，提高质量。她重视教师队伍建设，延聘具有真才实学的学者来校任教。她又和国外大学特别是美国大学建立了天然联系，所以，对促进国际学术文化交流起了特殊作用。她善于运用美国大学办学经验，建立一套精简高效的办学机构和规章制度。学校规模不大，校园环境十分优美；师生关系、同学关系十分融洽，教学相长，如切如磋，"燕大一家"。这些对于培养人才，做出科学成果，是十分重要的。我们要探索燕大的办学特点，总结一些经验，不仅仅是为了怀念过去，更重要的是希望有助于我国高等教育的发展和教学改革，以便有所借鉴。

那么，我们认为燕京大学有哪些办学特色呢？

一 学科结构合理，形成整体

一所大学的学科结构是至关重要的，她要随着科学进步、社会需求不断调整变化。学科之间又是紧密相联的，要设置得当，形成相互促进、相互补充的整体。燕京大学的学科设置有一个逐步优化的发展过程。

根据司徒雷登校长的规划，燕京大学的发展有一个中心目标，就是适应中国的需要，成为"'现在中国'最有用的学校"。他一再提出，要使燕大"中国化"，以至"彻底中国化"。在建校之初，以办专科为主，特别是应用性专科，如陶瓷、制革等等一些职业性的科目，但很快就转为以培养本科生为主。在发展应用学科的同时，重视基础学科的发展并逐步形成一批骨干学科。1926 年迁入西郊新址之后，学校呈现一派新面貌。全校共有二十个左右系科。各系虽大小不一，然而都十分兴旺，师资力量雄厚，图书设备完善，各科之间密切配合。

在积极办好中文、外语、历史、哲学、政治、经济、数学、物理、化学等主干基础学科的同时，燕京逐步大力筹办一批新兴或紧缺学科，这样就形成了燕京大学学科的新特点。

首先要提到的是新闻系，这在全国尚属首创。新闻系为全国培养了一大批早期的专业新闻工作者，分布在新闻战线的主要岗位上，特别是驻外新闻单位。新闻系还办有自己的报纸，在民主民族革命斗争中发挥了独特的号角作用，对"第二战场"起了有力的推动作用。新闻系曾出现了如斯诺、杨刚、萧乾、朱启平等一大批著名的新闻记者和报人。

社会系在燕大设立，在全国亦属首创。特别是吴文藻先生在担任系主任的时候，提出要求"社会学中国化"，不使用外国教材、外国案例，不用外语上课，而要深入中国社会，研究中国问题。他把师生组织起来，分散到全国开展调查，而且在各地举办社会试验区，如在京郊清河、河北定县、山东汶上，探索社会改良之路，从而出了不少科研成果，造就了人才。

燕大在生物系设立医学预科，称之为"特别生物系"。它与协和医学院合作，成为接力棒，为培养高质量的医护人员做出了重大贡献。此系学生前三年在燕大打下了扎实的基础，然后经过选拔进入协和，受到进一步培养。这就成就了许多成绩斐然、医德双馨的著名各科医生，如黄家驷、吴瑞萍、吴阶平、郭德隆、方圻、吴蔚然、戴玉华、陈元方、汤晓芙、蒋彦永、朱元珏、李益农、唐佩弦、华益慰等，他们是燕大的一大骄傲。

燕大不是一所师范学校，却设有教育系，更有很强的心理系，与之配合。教育系办得也很突出，培养了大批优秀的教育工作者。而且办有附中、附小作为实习场所，还在蓝旗营和西冉村创办了两个农村建设实验区，办平民学校，都很有成效。

燕大音乐系也是一个特色，在建校之初就有。音乐系不仅培养了一批优秀的作曲、歌唱人才，而且对提高全校师生的音乐欣赏水平，起了很好的作用。

燕大一直致力于发展工科，终于在抗战胜利以后，在华北民族企业家的捐助下逐步办成。他们采取"产学"结合的方式，把理论学习和实际操作结合起来，培养出了综合性多面手的工科人才。

二 打牢基础，中英文并重，中西学并举

燕大十分重视打好学生的基础，重视基础课程建设。对学生的中文（国文）、英文水平要求严格。除少数学生经考核允许免修外，一般学生都要学习两年的英文和一年的中文。校长吴雷川亲自主持大学国文公共课程，带领一批学有专长的教师教授国文。蔡元培先生在《我在北京大学的经历》一文中，写到那时候的高校"受了教会学校的影响，完全偏重英语及体育两方面"。而燕大却与之不同，她固然重视英语，但却强调国文和其他基础学科，即使外语系学生，也要学好中文，如期终成绩达不到要求，还要加修大二国文。大学国文要求学生每周或隔周写一篇作文，吴雷川等老师则以端正的蝇头小楷，详加批改，由此形成传统，老师对学生作业的批改十分认真。国文系还集体编出大一国文教材，选文从《左传》、《史记》直至梁启超的文章，还选了《古文十弊》、《今文十弊》等结合学生实际，对指导写作有益的文章，结集成一本很有特色的大一国文教材。

至于英语，外语系也很重视大学英语课程的教学工作。外语系和中文系一样，除了培养本系本专业的人才外，还花费很大人力和精力用于公共课程的建设。外语系的教师，凭借他们多年的教学经验，针对中国人学习英语的实践，编写出适合中国学生特点的教材，特别是练习部分，具有自身的特点。他们归纳中国学生学英语的典型错误，编成填空和改错等练习，在30年代能够编出这样一部内容丰富又有很强针对性的教材是难能可贵的。40年代美国结构语言学兴起。1945年，时任西语系主任的柯安喜（Cochran）回到燕大，在指导教学上大力推广这一学派的理论和实践，取得了明显效果。为了加强听读练习，进一步总结了学生经常出现的发音和口语的错误，编写成三册《英语语法和练习》，为燕大的基础英语课提供了高效实用的教材。

由于对中文和英文的重视，又采取了有力措施，加强大学国文和公共英语的教学工作，所以燕大学生的中、英文水平是比较高的。因此在各个大学的比较中，燕大学生有比较大的优势，在多次选拔竞争中，较其他学校占有优越地位。1944年在成都招考盟军译员时，华西坝各大学均有人报名应征，但录取的21人全是燕大学生。第二次世界大战结束，在密苏里战舰上采访日本投降的三位中国记者全是燕大毕业生。1954年在朝鲜板门店举行中美谈判以及美军俘虏营中的译员就有很多

燕大学生。1979年随邓小平副总理访美的顾问和工作人员中竟有十多人是燕京校友。

燕大重视培养学生的基本功，实行美国所倡导的"通才"教育（或"通识"教育），扩大学生知识面，增强适应能力，要求掌握好基本的、必需的学识，为日后深入研究或从事各项工作做好必要的准备。每个学生可有主修系与副修系（或称辅修系），主辅系可以"跨学院"。课程分主修、必修和选修，或是公共必修、专业必修和选修。燕京规定，在本科四年中，必须修满140—146学分的课程才能毕业，其中共同必修课和专业必修课一般要占95—99个学分。

燕大重视基础教育，中英文并重，从而使得"中学"和"西学"并举。燕大虽是一所美国人办的基督教大学，可她并不仅仅重视"西学"，而是大力扶持和发展"中学"。以历史系为例，在办学之初，西洋史的课程占有很大比重，教师也多是外国人。可是，经过发展，自1926年迁入燕园以后，中国史的课程已成为主体，中国教师也成了主体。但是，外国史的课程也没有被忽视，仍有外国教师任教。燕大的藏书相当丰富，除不断购置有关"国学"的图书外，也重视收藏外文图书，这可以打开师生的视野。燕大众多教师的中、外文水平都是很高的，他们中的不少人都是在国外学习归来，而且和国外学者保持密切联系，并有定期的学术休假，可以到国外去考察和深造，这就使他们能更好地沟通中外学术界，架起文化学术交流的桥梁，也便于促进学科的发展。所以，燕京大学并不像某些学校，只重"西学"，而忽视"国学"；也不像另一些学校，只重视"国学"，而忽视"西学"，而是中西学并举，促使学校更好发展。

三　开展科学研究，创一流水平

燕京大学在建校之初情况极其窘迫，经费短缺，校舍简陋，人员很少，质量不高，矛盾重重。司徒雷登不禁感叹："我接受的是一所不仅分文不名，而且似乎是没有人关心的学校。"面对这样的"烂摊子"，司徒雷登和他的同仁们从一开始就没有被困难吓倒，而是立志要建设一所新型的高水平的大学。他们采取步骤，努力奋斗，一定要把燕京大学建设成国内外一流水平的大学。

如前所述，他们十分重视基础，深知只有把基础打牢，才能攀登高峰。我国明代较早接触西方近代科学技术的先驱徐光启就曾言："无用之用，众用所基"；又说："一物不知，儒者之耻。"这位学习西方的先贤从他的实践中就知道基础的极端重要，决不能忽视或轻视那些所谓的"无用"，也不能狭猥地、功利地看待"无用"，正是这些"无用"，成为"众用所基"。同时，司徒校长及教师们也十分明白，科学研究的极端重要性。在打好基础的同时，努力开展科学研究，这是提高水平、攀登一流的必经之路。

要开展研究工作，首先就要招收研究生。在建校之初，一些系就开始培养研究生。研究生是推动科学研究的重要力量，促使教师水平提高。接着，全校就设置了研究院。开始，研究生虽然人数不多，但却培养了高一层次人才，这就带动了各方面的工作。燕大的不少系都存在本科生和研究生并重、教学和科学研究相互协调促进的局面。

开展科研工作，还要采取一系列的措施。

重要的是科学情报工作，了解国内外的学术动态和信息。燕京大学各系都定期举办信息汇报会和交流会，师生中有专人轮流定期报告学术动态。生物系在建系之初就建立了文献报告会，由教师、研究生和主修生物系的三、四年级学生参加，自选近期生物学期刊中的新课题做报告。这门课虽然只有 1 个学分，却受到师生们的热烈欢迎，由此可以了解国际文献的新资料。生物系还出版了《生物学新闻》，在 1932—1940 年间出版了 6 期，内容包括生物系讯息、生物学会讯息、个人讯息以及校园生物的系统研究等。历史系出版了《史学消息》，1936 年 10 月开始出刊，每月一期。该刊及时报道国内外史学界消息，重点放在国内外汉学界的动态，特别是国外汉学界的情况介绍上，如外国汉学家生平及著作介绍。除专门论文外，每期还选登数十篇关于西方汉学的论文提要、日本东洋史论文提要以及各国关于汉学的新书目等。

组织学会，开展多种学术活动。燕大各个系一般都有自己的学会，而且多是以学生为主，师生共同参加。学会的重要活动是邀请本系和北平各大学及研究院的知名学者和国外来华讲学或旅游的专家学者演讲，规模逐步扩大为公共讲演。这些学会还逐步扩大范围，吸收外校同好，参加活动，以至非本系、本专业而对此爱好者，也可以吸收入会。

出版刊物，提供园地，促进科研成果的发表和交流。燕大出版了《燕京学报》，这是一份颇具盛名的刊物，不只文史，还有社会科学版，也有英文版。著名国际法和边疆问题专家陈芳芝教授所写的关于我国东北边疆的论文，就是新中国成立前夕在英文版的《燕京学报》上发表的，在国际上影响很大，由于作者用了英文名字，长期不为外人所知。

《燕京学报》创始于 1927 年 6 月，为半年刊，至 1951 年 6 月停刊，共出刊 40 期。后因太平洋战争爆发，燕大被迫关闭，《学报》停刊，故其第 29 期（1941 年 6 月）与第 30 期（1946 年 6 月）之间相隔了五年。在定期出版《学报》的同时，还不定期出版《燕京学报专号》，共 23 册，实际是 23 种独立成书的专著。

据统计，40 期《学报》共发表论文 316 篇，加上 23 个《专号》，总数为 339 篇。论文的体裁有研究考证、注疏校雠、考察报告、读书札记、书目年谱、史料传记、人物评介等，内容不限于文、史、哲及其有关学科，还涉及自然科学领域，如天文、历法、算学、仪器制造等方面，其学术内容是十分广泛的。在谈到《学报》的学术内容之宏博时，有人曾用"上下五千年，纵横四万里"十个字来概括。论者认为《燕京学报》与《北京大学国学季刊》《清华学报》《中央研究院历史语言所集刊》，同为四大国学刊物而蜚声中外。

在理工科领域，燕大也取得了不少惊人的科学成果，仅举一例，如接连取得国民政府中央研究院院士称号和新中国中科院院士的著名生物学家胡经甫早在 1917 年，也就是在他 21 岁大学毕业的那年，发表了充满激情、论述有力的《生物学与中国之关系》的评述性论文，既抒发了他立志从事生物科学研究的志愿，又抨击了当时中国的时弊，是我国生物学史上的一篇重要文献。他历时 12 年，走访欧美七国，详细考察，核对有关中国昆虫的模式标本和原始文献，几经修订，于 1941 年完成《中国昆虫名录》（*Catalogue Insectorum Sinensium*）六卷、4886 页巨著，在中国昆虫学研究史上树立了一块丰碑。此外，他还编写了《无脊椎动物学》、《无脊椎动物实验》和《中国水生昆虫》等，都是当时大学的著名教材和参考书。军事医学科学院微生物流行病研究所为铭记与弘扬胡经甫院士所做出的杰出科学贡献和严谨勤精的治学精神而树立了胡经甫院士铜像，以激励后辈开拓前进。在此，还应该提到的是，获得全国科学技术最高奖的黄昆学长，兼有双院士称号（科学院院士和工程院院士）的吴阶平、侯祥麟、严东生、顾诵芬诸学长，获何梁何利一等奖的侯仁之学长等等；还可以举出许许多多，都在科学高峰上取得重大成就。

四　中外文化学术冲撞交融，造就国际化大学

燕京大学是一所既在中国注册、又同时在美国注册的学校。司徒雷登在创办燕大之初，就提出要把燕大建成一所国际性学校的设想。早在

盔甲厂时期，"中西一冶"的匾额就悬挂在一院楼上礼堂正中，意即贯通融合中西文化。正是由于这种特殊的情况和特殊的条件，所以，燕大在促进中外文化学术互相学习互相融合方面，起着特殊的作用。中外文化学术交流，源远流长，自汉唐以来也有几千年的历史。明清以还，近代科学技术的交流有了新的内容。进入 20 世纪以后，随着外国侵略势力的入侵，中国民族民主运动的发展，中国人民有了新的觉醒。在这样的情况下，中国需要了解西方，西方也需要了解中国，而燕京大学起到了中外文化学术交流的一个重要汇聚点的作用。

中国有很多大学和其他机构也很重视中外文化学术交流，他们也都做出了不少成绩，但燕京大学在这方面更有其特殊的优势。

一、和国外有着直接的密切的联系。燕大教师来自四面八方，世界各地，如美、英、法、日、意、德、瑞士等等国家，学生也来自世界各国，尤其是研究生或访问学者，这就提供了巨大的信息源。同时，燕大和国外、特别是美国的一批大学和研究机构建立了交流关系，还和英、美、法、德、意等国进行留学生交流，取得广泛的联系。同时，燕大不断派遣毕业生和教师到国外进修，攻读学位，所派遣人数之多，经常名列各大学之首。这些留学生进一步和国外大学和研究机构建立了密切联系，使得交流更为频繁、深入。

二、和国外有着实质性的协作关系。燕京大学的一些系科是在外国，主要是美国的一些大学协助下建立起来的。如新闻系是和美国密苏里新闻学院，社会系是和普林斯顿大学合作创办的。他们派来教师，支援资料、信息以及器材。而密苏里新闻学院和普林斯顿大学在美国新闻学和社会学领域，都是首屈一指的名牌学校，和他们合办必然提升了燕大新闻系和社会系的水平。还有一些系科也得到美国基金会的资助，如经济系就得到洛克菲勒基金的帮助。至于医预由于协和医学院的关系，更是得到洛氏基金的赞助。这其中，最为人称道的就是哈佛燕京学社的建立和发展。根据铝业大王赫尔的遗嘱，这笔捐款用于研究东亚特别是中国的文化。而燕大是中国大学中被唯一选中与哈佛大学合作的，这对燕京大学的发展起到极大的作用。除了用于购置图书（特别对于中国古籍的收集和保存），建立陈列室、创办学报、派遣人员相互交流（不仅资助中国学者赴美留学，也促使大批美国学者来华研究）。尤为重要的是，哈佛燕京学社出版了中国古籍的引得，大大便利于学者对中国古代文化的研究。而且每本引得前面都有一篇"前言"，实际上是一篇高质量的科研论文。出版的书籍共有 64 种，凡 84 本。这一个浩大的学术工程，迄今仍是举世研究汉学不可或缺的工具书，嘉惠士林。

三、中外学术交流结成丰硕果实。在燕园，很多外国师生对汉学、对中国文化具有浓厚兴趣，他们努力钻研，颇有成就。中国师生对西方、对西方文化，也积极学习，认真探研。这里，不能不提到司徒雷登，他长期生活在中国，自认既是美国人，更是中国人。他热爱中国文化，熟悉中国语言，对中国书法、绘画也颇有鉴赏能力，他的遗作《汉语中的四字成语》是在被日寇拘留时期完成的。"当时既无法取得本人原有手稿，又不能参阅有关资料，只凭借记忆将熟悉的成语信手拈来。"该书共收集186条，其中26条是由两对词组构成的八字成语，而这全凭一位年近古稀的外国老人的记忆。对比起来，至今很多中国的年轻人以至中老年人都未必对这些成语如此熟悉。而他英语翻译更是简洁流畅，表达巧妙。燕大的元老博晨光教授对中国哲学颇有研究。外文系的谢迪克教授热爱中国文学。他曾组织翻译《史记》若干卷，1952年开始翻译《老残游记》，1968年他的三卷本《中国文言文学习初阶》出版。1969年他又发起组织中国演唱文艺研究会，每年召开一次学术讨论会。他是《中国演唱文艺研究会论集》的主编，刊登各种演唱文艺的研究论文，自1967年至1987年，达18年之久。至于中国师生方面，要首推陆志韦校长，他自幼学习刻苦，聪颖过人，打下很好的中国传统文化和西方现代科学技术的基础，后赴美国学习新兴的心理学，颇有成绩。回国后由于不能开展实验调查，转而研究语言学。他善于把自然科学和语言学结合起来，运用数学研究语言问题，同时也把研究古代音韵和现代语言学结合起来。所以，他成为两门学科——中国现代心理学和语言学的奠基人和带头人。赵紫宸教授是著名的宗教领袖，也是燕京大学的元老之一，他善于用中国传统文化研究西方基督教。他对杜甫很有研究，以"悲天悯人"精神来研讨耶稣，所以他写的《耶稣传》很有特点。他的女儿赵萝蕤教授是著名西方文学特别是美国文学的研究者，早年翻译艾略特的《荒原》，一鸣惊人，后来又从事惠特曼《草叶集》的研究。"才子诗人"吴兴华，翻译莎士比亚，也引起了各方重视。还有不少学长对中外文化进行了对比研究，如齐思和教授对中国古代史的研究就多与欧洲古史做对比，历史地理学家侯仁之曾把北京市和华盛顿特区的城市规划进行对比研究。魏晋南北朝史专家周一良教授主编《世界通史》和《中外文化交流史》。他们都突出以中国人的眼光和视角看待问题。此外张芝联教授一直活跃在国际学术舞台，为推动国际学术交流做了大量工作。

四、有一批同情、支持中国革命的国际友人。在燕京这样的国际化的学校里，有一个突出现象，就是涌现出一批同情、支持中国革命的国外友好人士，而不像有些单位那样，站在反对或咒骂的一边。埃德加·斯诺是我们所熟知的中国人民的好朋友，他在不同的历史阶段为中国革命和中国人民做了好事。他和海伦·斯诺早期访问延安，写下了著名的《西行漫记》（《红星照耀中国》），首次向世界披露了红军的情况。他们回来后，把所拍摄的照片、幻灯片在临湖轩播放，引起轰动。在1935年"一二·九"运动中，燕京大学起了特殊作用，现在知道，是斯诺夫妇和黄华学长等多次酝酿，向宋庆龄求援，正是"中国武装自卫会"的总领导人宋庆龄的回信，代表着中共中央的声音，促使他们发动了伟大的"一二·九"运动。到了20世纪70年代，在中美建交过程中，斯诺又起了重要作用。在抗战时期，燕大物理系的班维廉教授、林迈可夫妇秘密前往解放区，帮助建立无线电通讯事业，这对处于困难时期的根据地军民是莫大的支持。数学系的赖朴吾教授积极参加了工合运动。夏仁德教授更是大家敬爱的老师，他在教育、心理两系授课，又多次担任行政职务，和广大师生有着密切联系。他同情中国革命，支持进步学生运动，中共地下党的会议有时在他家召开，一些进步书籍和材料也在他家收藏，他帮助藏匿学生，躲过反动军警搜捕，还资助学生前往解放区。在抗美援朝斗争中，他带头在联合国总部欢迎中国代表团的到来。"文革"期间他曾返回燕园，受到周恩来总理的接见。西语系教授包贵思是一位虔诚的基督徒，却和革命学生杨刚结下了深厚的友谊，他们有时争吵很激烈，却相互依念。杨刚由于参加革命，居无定所，就把自己的女儿寄养在老师家里。邓颖超长征以后，因身体虚弱，来北平疗养，也曾寄住在包贵思家里。这一件件感人的事例，深深印在燕大师生的心里。这种交流已经超出一般性的学术文化交流，而是具有深层次的民族精神和民族感情的交流。

五 广为筹集经费，敬聘一流师资

要办好任何一所学校，没有资金保证是不行的，何况要办好一所一流大学，没有较为充裕的资金投入，更是寸步难行。司徒雷登和他的同仁们，从接手办校的那一天，就深感问题的严重性，因他们所接手的原校是"分文不名"的，这使他们十分重视筹款工作。除了委托鲁斯（哈利·鲁斯 Harry Luce，是《时代》、《生活》等刊物的创始人，亨利·鲁斯 Henry Luce 的父亲）副校长，专司财务（捐款）外，司徒自己自 1922 年至 1937 年连续十次赴美募捐，参加募捐活动的还有史学家洪煨莲、宗教学家刘廷芳等。他们不辞辛劳，巡回演说，耐心介绍，广为宣传，多方集资，不仅为建设新校区筹集款项，还要为日常的教学、科研、行政开支募集资金。其中重要的一项是聘请师资之用，还要为学生的奖学金、困难补助提供经费。燕大已经逐步摆脱教会经费的大额资助。据统计，1917—1918 年度，学校预算中 87% 来自教会，而到 1936—1937 年，教会来源仅占 10%，55% 来自美国私人捐赠。美国赫尔（Chareler M. Hall）基金、洛克菲勒（Rockfeller）基金、鲁斯（Luce）基金和普林斯顿燕京（Princeton-Yenching）基金等均对学校有数目不等的资助。中国方面也提供了 10% 的资金。学生缴纳的学费，约占 15%。由此，燕大已开辟了广阔的财源。据统计，燕大前身 1917—1918 年财政预算为 35000 美元，而 1936—1937 年则达 215000 美元。充裕的财政收入为多学科的发展、校园建设、聘任一流师资等等提供了有力的保证和有利的条件。比较来说，在旧中国，燕大在诸大学中经费是较为充裕的，条件是较为优越的。在动荡不安的环境中能够有一块安乐的"净土"，司徒校长他们对此是有见地的，为此付出的辛劳是很大的，这也是燕大的一个特色。

从办学初起，燕大就重视师资队伍建设。在 20 世纪 30 年代先后通过聘任和兼课方式，罗致了一支阵营强大的教师队伍。他们中间既有从国外学成归来的博士、硕士，一批又一批地进入燕园。如刘廷芳、洪业、赵紫宸、徐宝谦、周学章、冯友兰、徐淑希、许地山、熊佛西、马鉴、张星烺、黄子通、李荣芳、陆志韦、吴文藻、谢冰心、雷洁琼、齐思和、翁独健、严景耀、周一良、侯仁之、高名凯、赵承信、林嘉通、孟昭英、赵萝蕤、胡经甫、李汝祺、戴文赛、陈芳芝、王钟翰等；还有在国内已负盛名的学者，如陈垣、吴雷川、梁启超、周作人、郭绍虞、钱穆、钱玄同、马裕藻、俞平伯、朱自清、顾颉刚、张尔田、金岳霖、邓之诚、张东荪、张孟劬、郑振铎、聂崇岐、梁启雄、裴文中、张子高、褚圣麟、葛庭燧等。以后在成都燕京，有陈寅恪、吴宓、萧公权、李方桂等著名学者来校。在新中国成立初期，又有翦伯赞、沈志远、林汉达等进入阵营。还有一批优秀的外籍教师，如高厚德（Howard S. Galt）、博晨光（Lucius Porter）、窦维廉（William H. Adolph）、夏仁德（Randolph C. Sailer）、韦尔巽（S. D. Wilson）、林迈可（Michael Lindsay）、班维廉（William Band）、赖朴吾（Ralph Lapwood）、博爱理

（Alice M. Boring）、范天祥（Bliss Wiant）、鸟居龙藏、谢迪克（Harold Shadick）、包贵思（Grace Boynton）、柯安喜（Anne Cochran）等。燕大的师资阵营堪称国内一流，无与伦比。

有人以为燕京的教师队伍之所以优秀，主要是薪金高、待遇好。这也不无道理。在旧中国，教师生活是清贫的。燕京却努力做到中外教师薪金基本持平，提供较为优裕的环境设施和发展空间。而更为看重的是教师的人品和治学精神。

值得提出的是，燕京的每个系都有一个较为稳定的、有权威的教授核心，这对团结教师，开拓工作都有很大作用。他们大多担任系的行政领导职务，有的虽不任职，却对系的工作有影响力。如历史系的洪煨莲先生和邓之诚先生。在生物系则是博爱理女士、胡经甫先生和李汝祺先生。他们有共同的办学理念，共同的学术追求，也具有共同的品人论事的价值观念。彼此情趣相投，相互尊重，共同谋划系的发展和进步，如洪、邓两位都服膺明末清初著名思想家、史学家顾炎武经世致用的思想，要求师生以天下为己任，以顾炎武的"感四国之多难，耻经生之乏术"，大声疾呼"今日者，拯斯人于涂炭，为万世开太平，此吾辈之责也"来激励师生，关心时事，踏实做好学问。以此，他们引领教师，教育学生不断前进。

在各系的组织下，燕大的教师是十分敬业的。他们认真地备课、讲课、布置作业、修改作业，为学生提供各种学习条件——教材、参考书、实验材料、实习场所。他们不仅关心学习成绩好的同学，也耐心帮助学习困难的同学。著名作家、老学长冰心在回忆那些年的教学生涯时，用《当教师的快乐》为题，是由衷的，也反映了燕京广大教师的心声。因为她说"最使我眷恋的是，学生们和我成了知心朋友"。她和学生们有时一起在未名湖上划船，有时又深入地交谈问题。她曾在一次考试时，别出心裁地让每个学生独自从封面到全部内容设计一本杂志作为试题，既让学生惊喜，又实际锻炼了能力。燕大的教学要求是严格的，培养了学生认真、踏实的学风。中科院梁植权院士写道："在燕大第一次上普通化学实验课时，给我很深印象的是老师强调整洁，强调基本操作的正规化，至今不忘。他亲自表演如何清洗玻璃用具，如何拿吸管，如何标定吸管，如何正确读滴管，如何标定滴管，如何使用天平，如何标定砝码等。对写实验记录也有一套严格要求。……从而，培养了我严肃、严格、严密的科学作风。"

教师们不仅在课内严格要求学生，循循善诱，在课外也为学生的进一步学习提供了广阔空间。生物系楼的东北角有一间大的研究室，四年级时学生可在此做论文，这个研究室容下十多个实验台。硕士生也在这里做论文。青年学生们整天地相处在一起，虽然各忙各的论文，但耳闻目睹互相交流的机会多，无意中扩大了自己的知识面。而导师们经常到这里来指导，师生之间无拘束地展开一些讨论，甚至是争论，从而使这个研究室孕育了众多未来的生物学研究者。中科院院士、著名物理学家谢家麟回忆说："记得在燕大4年级，做毕业论文，我自己出了一个题目：研究可否利用光线通话。当时导师为我提供了条件，在物理楼阁楼上，给我一个房间，还允许我使用一些仪器、设备……这也证明燕京能为学生提供很好的条件，让他们自由施展才能。"还有一个事例，中科院院士黄昆1938年进入燕京大学，年轻的英国教师赖朴吾正好来到学校。于是，赖朴吾就把物理系和数学系的优秀生，如黄昆、关肇直等组成一个课外研究小组，共同学习、研讨当时世界上刚刚显现的两个新兴学科——相对论和量子力学，让他们尽可能查找材料，师生们一起捕捉科学信息，勇攀科学高峰，对他们以后的发展起了重要作用。

在认真搞好教学的同时，燕京的教师们都很重视开展研究工作，绝不安于现状，而是不断探索新的课题和领域。他们利用学术休假，了解学术发展，积极收集资料，参加科学研讨，撰写学术著作。这方面的事例很多。值得提出的是，陆志韦校长，行政工作很忙，又有很多社会活动，仍不放弃学术研究。根据林焘校友回忆，往往在夜里，各种活动完结后，把他叫到陆先生家里，开展工作。由于如此勤奋，所以，在《学报》的撰稿人中，陆先生是写稿最多的一个。至于编制中国人生活费用指数，人们一般知道是南开大学经济研究所的重要工作，而自七七事变南开迁校后，这项工作即陷于停顿。后来，燕大经济系重新着手编制自1939年华北沦陷时期直至1948年国民党统治后期的生活费用指数。经济系许多教师投入这一工作，很少为人知晓。在这阶段编制的北平工人（教职员）的生活费用指数，如实反映了日伪及国民党统治时期在恶性通货膨胀、物价飞涨的条件下，居民生活所受灾难性影响，有着极其重要的意义。

还要郑重提出，燕大教师是有民族气节的。在日寇侵占燕大校园后，广大教师流散，为生活所迫自谋出路，只有极少数人供任伪职，有一些人包括陆志韦先生靠典当过活，也不接受日伪的"邀请"。更有27位师生被日寇关押，包括多位校方领导和著名教授被投入铁窗生活，他们不低头，不媚寇，和日寇及其爪牙进行顽强的抗争，赢得了广大群众的尊敬。在长期的民主民族斗争中，共产党的组织1925年就在燕大建立，可以说是全国高校最早成立的党组织之一。在党组织和进步学生的推动和影响下，教师队伍中逐步形成了一股进步力量。在雷洁琼、严景耀、翁独健等人的带动下，进步力量在教师队伍中逐步壮大。他们响应党组织的号召，积极投身各项政治运动，成为党组织的伙伴和朋友，发挥了重要作用。

六　优美的校园环境，高效的行政管理

燕大美丽的校园是世人所称赞的，也是为广大学子所向往的。燕园坐落于西郊风景区，在原有园林的基础上，经司徒校长多次寻访置下，委托美国建筑师亨利·墨菲（Henry Killam Murphy）精心规划设计。校园于1921年动工，学校1926年开始迁入，1929年基本建成。它融中西建筑为一体，被称为近代校园的旷世杰作。

燕大校友1929年集资建成的西校门（校友门）

燕园是美丽的，校园生活丰富多彩，师生们除正常的教学科研活动外，有着多种多样的课外活动。体育是燕京师生十分重视的，男女生各有一座体育馆，女生体育馆内还有游泳池，这在当时国内大学里是少有的。燕大曾设有体育系，虽然专修的学生很少，而他们面向全校，担负着全校的体育课程、课外体育活动辅导以及代表队的教练培训。体育老师把全国和全校，主要是田径运动的各项最好成绩，醒目地写在体育馆内，引起人们的景仰，并鼓励师生打破纪录。每天开展着各式各样的体育锻炼，特别是冬日在未名湖上溜冰和打冰球比赛，更是燕京的独特景观。燕大的篮球代表队曾是"华北五虎之一"，享誉京津。

燕大有着爱好音乐的传统和风气，又设有音乐系，对提高全校师生欣赏音乐的水平发挥了很大作用。在燕大，宗教音乐和世俗音乐、高雅音乐和流行音乐交响在一起，体现着时代的特征。燕大音乐系既造就了不少专业人才，又面向全校，每逢周末，该系会主持不定期的音乐欣赏会和音乐讲座。每逢圣诞节，燕大师生经过精心排练，演出《弥赛亚》合唱，不仅在校内，而且到京、津以至南方演出，获得巨大成功。群众性的歌咏活动，随着学生运动的展开，更是唱遍校内外。音乐不只陶冶了师生的情操，而且成为前进的号角。高唱队、舞蹈队、燕剧、海燕剧团等都活跃在校内外的舞台上，嘹亮的歌声和生动的形象，鼓舞教育了广大群众，在院校中和社会上都有很好的反响。京剧也受到师生的喜爱，1934年燕大就组有国剧社。校园生活真可谓多姿多彩。

　　然而，燕园绝不是一个脱离尘世的"世外桃源"。这里，环境是优美的，生活是多彩的，而燕京广大师生却和中国社会紧密相连。他们时刻关注着祖国的命运，关怀着黎民百姓在旧中国的苦难遭遇。他们热血沸腾，注视着形势的发展，决不"苟安"于静谧的优越校园环境里。从燕大诞生时的"五四"运动开始，燕大师生一直战斗在学生运动的前列，做出了重大的牺牲和贡献。在校园内也开展多种活动，形成了许多进步的群众组织。这里有讲演会、辩论会、座谈会、纪念会，有壁报、墙报、各种刊物和文字宣传品。各种组织通过多种方式，耐心细致地团结教育广大师生，促使他们提高认识，投入战斗。正如斯诺在《旅行于方生之地》中所言："燕京大学是一个为上层社会办的教育机构，在通常情况下，这所大学的学生政治上本来应当是保守派。但是，随着民族危机的加深，阶级斗争和日本侵占华北这两件事搅和在一起了，激进的思想就开始在这所大学传播开来。"这是一个重大的转变，不论对个人还是对学校而言，都是至关重要的。这就把燕大师生的命运和祖国的命运紧紧联系在一起，为此，进行着艰苦卓绝的奋斗。应当指出的是，燕京大学是一所美国人办的学校，在过去的反动统治下，也起到一些"保护伞"的作用，进步学生运动也利用了这一点。"当时燕大的学术气氛比较浓厚，教学思想比较自由开明，在图书馆里可以看到马、恩、列、斯的一些著作的英译本"。（黄华：《亲历与见闻》）这也为进步学生运动提供了条件。

　　要办好一所学校，除了如上所述，还要有高效的行政管理，特别是教学行政管理。燕大的教学行政工作素以高效认真著称。这其中有两个方面的因素：一是有一支精干的教学辅助和后勤队伍，一是有一套自己的教学行政管理制度。

燕大的职员和工友有着高度的敬业精神。他们个个埋头苦干,认真工作,任劳任怨。学校对职工的要求也很严格,每项工作都有质量要求、完成期限和定期检查,因而各个系、各个部门、各个岗位,无论是图书馆的馆员、实验室的实验员、各个部门的办事人员,都练就了一身过硬本领,能独当一面。许多人自学成才,成为本职工作的专门人才,在平凡的工作中,做出不平凡的贡献。

他们和师生的关系也是好的,他们的辛勤工作得到师生们的尊敬,师生们也努力帮助他们提高业务能力和工作水平以至解决生活困难。学校设有职工业余学校,帮助一些青年职工提高水平。他们其中一些人的优秀事迹,至今仍然流传着。注册课的王宝兴先生负责管理学生的档案。日本封闭燕京大学后,要把这些档案拿走。王先生巧妙保存,带到旧北大。1949年日本投降后,他把这批档案原封带回复员后的燕大,为学校立了大功。工友老周,每半时定时从贝公楼提着马蹄表去钟亭打钟,风雨无阻,分秒不差。人们回忆起燕园生活,总忘不了那响亮悠扬的钟声。如今已是百岁老人的萧田师傅,往返于解放区和北平之间,历经艰险,惨遭敌人严刑拷打,但他不辱使命,成为燕京人的骄傲。

至于教学行政制度,燕京大学也有其独特之处。先谈招生,燕大和许多中学有着特殊关系,这些学校称为"承认学校",多是各地的著名的教会中学,这些学校为燕大提供了优秀的学生,保证了生源质量,但这些学校提供的"保送生",仍要经过几门课程的考试,方能入学,为的是更能保证质量。在入学考试时,还有一项不计分的智力测验,这也为心理调查和心理研究提供素材。

学校实行学分制。学分制最早在美国实行,现在已为大家所熟知,而燕大很早就引用了学分制。学生在校需修满140—146个学分;有一定的弹性,学生可选主、辅修,即一个主修系和一个辅修系。必修课占课程的主要部分,同时也有选修课程,一般必修课占80%左右。文、理科学生要学习交叉课程。大学国文和公共英语是全校的必修课。

教学中重视平时测验,即所谓的Quiz。化学系著名教授张子高每堂课都有一个小测验,他往往根据测验结果授课。平时测验在课程成绩中占有很大比重。燕大的记分方法也有所不同,分为11个等级。大致为0—2级为不及格、3—4级为成绩稍差、5—6级为中等、7—8级为优等、9—10级为高等。凡学年平均成绩不及"4.2"或两年平均不及"5.0"者均在被淘汰之列。这说明学生成绩虽及格,但达不到中等

（即"5.0"）者就不能继续留在本校。

为鼓励学生学习，奖励品德学业优秀者，学校设有各式各样的奖学金：国际大学的奖学金（如密苏里、利物浦、密执安、哈佛燕京学社等），各地各省（如察哈尔、安徽、福建、湖北等）、各学科（如协和医学院医预科、中国天文学会等）、也有以个人名义（如司徒雷登、吴雷川）设立的奖学金。其中最著名也最有影响的为斐陶斐荣誉金钥奖。燕大每届毕业生，凡品行优良，学业总成绩在6.7以上，而又热心服务人群者，多有机会当选为中国斐陶斐学会（Phi Tau Phi Scholastic Honour Society）会员。Phi Tau Phi 是 Philosophy，Technology，Physiology 即哲学、技术、生理三学科的缩简。该会宗旨在鼓励会员努力研究学术并忠诚服务社会。会员除领得一纸证书外，还可以购取一枚会徽证章，此证章系金质并铸成钥匙形，俗称金钥匙（Golden key），其取义象征用以开启学术之门，与我国儒家所称登堂入室的意思相似。另一个重要的荣誉奖则为司徒雷登奖学金，这一奖项比金钥匙奖更为严格。据有关材料不完全统计，自1929—1948年二十年间（中有空缺），共有134人获得斐陶斐金钥匙奖，其中极少数获司徒雷登奖。

除了奖学金，学校为帮助清寒学生解决经济困难，一贯尽力开展学生自助和借贷款等办法，以资捃注。应当说，与公立大学相比，作为私立学校，燕大的学杂费是偏高的，但学生学杂费的收入只占学校总收入的一小部分，约为15%左右。社会上曾流传，燕大是"贵族学校"，学生都是富家子弟，这与事实并不相符。早在20世纪20年代初，学校当局就多次研究解决贫寒同学的资助问题，到1930年秋制定了"大学奖学金制度"、"资助奖学金制度"、"学生借款简章"、"免费学额简章"等，这都是为了帮助清寒学生优秀学生所实施的办法。这种奖励和自助工作的安排在不同时期也有所不同。学校也责成总务处、奖学金和贷款中心委员会多方设法为申请自助工作的同学介绍工作，工作项目大体有：①给华侨及外籍愿学中文的教职员任国语教师；②为外籍教职员任业务翻译；③为本校教职员子弟补习功课；④服务性工作，如图书馆、附中、附小教师、办公室、打字、誊写；⑤体力劳动，清扫校园、绿化园林等等。按1946年的一份调查，在全校800名学生中，要求救济的为403人。据一般统计，得奖学金者仅占同年级学生人数的2.5%。而大部分学生则依靠助学金、贷金和救济金。据1947年1月15日公布，学生自治会筹款百万元补助清贫学生。同年11月29日公布获奖学金学生18人，获助学金者353人，占在校生40%。1948年1月27日公布，在校生为 855 人，除部分获奖学金、助学金者外，又有四百余人获救济金，占全校在校生的半数。

1938—1941 年以经济系学生为主，在系主任郑林庄指导下建立了燕大消费合作社。办社的宗旨是"销售日常消费必需品，为校园内教职员工、学生购物提供方便"，同时也收到"在实践中教学育人的目的"。当年办社提出"我为人人，人人为我"的口号，办得很有特色，这种合作社实质上体现了自助的精神。1946 年，部分参加自助工作的同学，成立了"清寒同学自助会"，有组织地向校方承揽一些劳务，如拆除日伪旧房、修剪松墙、清理庭院等，一时搞得很有声色。1947 年冬，"清寒同学自助会"又在学生自治会帮助下，开设了"自助商店"。最初经营图书杂志、文具纸张、日常生活用品、大众食品等，后来，范围逐步扩大，还在岛亭开设了餐厅。在当时社会，大学生当服务员、站柜台、当堂倌、端盘子，在我国尚不多见；另一方面，同学又是顾客买主，相互在柜台内外寒暄笑语，相处自然。店员、堂倌既无自卑之感，顾客亦无轻蔑之意，小小店厅体现了"燕大一家"的可贵精神。

谈到"燕大一家"的精神，要提醒注意，这是至关重要的。这和所述的燕京办学特色密不可分，这种精神来自燕京大学的校训："因真理　得自由　以服务。"这个校训来自《圣经》中耶稣说的两句话，可是其实际意义已经超出了原有的内涵。追求真理，崇尚自由，服务人群，从而因真理得自由以服务。把真理、自由、服务连成一个整体，比起哈佛大学的校训仅真理一词要丰满深邃，体现了从认识到实践的规律。这个校训也是具有燕京特色的。在她的指引下，广大师生员工不断实践着、发展着、创造着，逐步形成了燕大的办学特色和高超水平。老校友黄华在新近出版的回忆录中说：司徒雷登"治校颇有方略和成就"。"如何评价司徒雷登？他在中国这个大舞台上扮演过多种角色，达数十年之久。他把燕京大学这所教会大学办成一所出色的世俗大学，使它不愧为名校之一，声誉甚佳。"所以我们要客观评价司徒雷登，而燕京大学和司徒雷登既有联系又是有区别的。燕京大学对中国近代教育做出了重要贡献。应该说，燕大的贡献是在司徒雷登和他的同仁们的带领下，燕京全体师生员工共同努力的成果，"服务同群，为国效尽忠"是全校师生的共同使命和共同目标！

2008 年 7 月

（原载《燕京大学办学特色》，燕京大学北京校友会 2008 年版）

经世致用的史学思想，科学严谨的史学方法

——燕大历史系的办学特色

历史系在燕京大学诸多系科中是一个老系，也是一个名系。

历史系成立于建校之初，在盔甲厂时期（1919—1926），就逐步具有一定规模。从1924年开始招收研究生，是全校最早招收研究生的一个系。它在办系之初就实行本科生与研究生并举的措施，也就是采取了教学与科研并重的方针，这对提高质量，培养人才，做出科研成果是十分重要的。

燕京大学适应社会发展的需要，筹办了一批应用性的学科，与此同时，也十分注意办好一批基础学科，历史系就是其中的一个。她有着全国一流的师资队伍，先后有陈垣、洪煨莲、邓之诚、顾颉刚、陈寅恪、裴文中、翦伯赞等教授，还有一大批短期应聘的如梁启超、王桐龄等著名学者以及一批外籍教师，开设了内容丰富的多种多样的课程，培养出一大批优秀人才。其中一些人又先后留校任教，更加充实了教师阵容，如朱士嘉、陈观胜、冯家昇、韩儒林、谭其骧、齐思和、翁独健、聂崇岐、周一良、侯仁之、张玮瑛、王钟翰、张芝联、许大龄、李文瑾、陈仲夫等。他们的科研著作已为世人所瞩目。在海内外一流大学及著名的世界级图书馆中都收藏有燕大历史系学人的著作，在国内外一流史学著作的参考书目中也都有所收录。

办好一个系，固然要有一流的师资队伍、优越的课程设置和众多的优秀研究成果，同时还要有浓郁的学术氛围，民主的学术环境和发表学术成果的园地。1927年，历史系学生在老师的支持下，发起成立了师生参加的历史学会，并由学会同学主编了三种重要学术刊物：《史学年报》、《史学消息》和《大公报》的《史地周刊》，为推动史学的教学与研究起了重要作用。在1928年制定的历史学会的章程中规定：学会的宗旨是联络师生感情，研讨学术，辅助历史系发展。希望在全体师生合作下，研究并发扬史学的作用，促进史学、特别是国史研究的发展，并为"国化燕大"起带头作用。学会还要求会员对教师、教材、教法

以及一切课程编制，关系同学本身利害者，及时提出建设性的批评、善意的建议。学会章程还专门本着学术无畛域之真谛，联络各校同好，共谋中国史学之发展，精诚合作，以弘扬史学，整理国史。

《史学年报》创刊于 1929 年，至 1941 年太平洋战争爆发停刊，共出版 12 期。主要刊登本学会师生的论文、书刊、史学消息等。一代史学家如洪煨莲、顾颉刚、邓之诚、陈垣、范文澜、王桐龄，外籍教师如王克私等都有重要论文发表。更值得重视的是，一批当年年轻的学生从这里脱颖而出，为他们日后的学术发展奠定了基础。如齐思和的古史研究、赵丰田的康有为研究、谭其骧的内地移民研究、朱士嘉的地方志研究、邓嗣禹的中国古代制度研究、张维华的中葡关系史研究、周一良的日本史研究、侯仁之的历史地理研究、王伊同的魏晋南北朝史研究等。《史学年报》还建立了良好的学术批评风气，教师之间不同意见的发表，师生之间特别是学生对老师学术观点的质疑问难，随处可见。

《史学消息》，1936 年 10 月开始出版，每月一期。该刊及时报道国内外史学界消息，重点放在国内外汉学界的动态，特别是国外汉学界的情况上，如外国汉学家生平及著作介绍。除专门论文外，每期还选登数十篇关于西方汉学的论文提要、日本东洋史论文提要以及各国关于汉学的新书目等。这对了解世界汉学动态、扩大史学眼光有一定的作用。这种史学信息发布在国内史学界当属首创。可惜由于战乱被迫停刊。

《史地周刊》是燕大历史学会为天津《大公报》编辑的一种副刊，是一份学术性与通俗性相结合、侧重于介绍、阐述中国史地知识方面的刊物。这个刊物还有一个重要功能："我们盼望本刊的一大部分能够成为中小学的史地教师和学生的读物。对于教师，供给他们以补充的教材；对于学生，供给他们以课外的消遣。"这就形成了一个很好的传统，开启了大学为中小学教育服务的先河。《史地周刊》创始于 1934 年 9 月，至 1937 年 7 月抗日战争爆发，天津《大公报》停刊，《史地周刊》也就不复存在，该刊共出版 135 期。

谈及师生共办刊物，还不得不提到顾颉刚先生。顾先生最喜欢通过办刊物的方式来推进学术事业，发现和培养人才。1934 年，顾先生在燕大历史系开设"中国古代地理沿革史"一课，在学生课卷中时常看到佳作，便与学生谭其骧一起，个人出资创办了《禹贡半月刊》，并筹办禹贡学会。随着民族危机的加深，《半月刊》的内容从沿革地理逐步转到以研究民族演进史和边疆历史及现状为主。除《半月刊》外，又编印《地理底本》，出版《边疆丛书》，组织人员进行实地考察。1936

年禹贡学会正式成立，引起国内外学术界的注意，被称为"禹贡学派"。

办好一个系还有一个至关重要的因素，就是要有一个稳定持续的高水平的指导核心。他们并非都是系行政的负责人，但是这个系的决策性人物。在燕大历史系，这个核心就是洪煨莲先生、邓之诚先生和顾颉刚先生，特别是洪、邓两位先生。他们都长期在燕大执教、属于师执辈，有着深厚的史学素养，研究成果卓著，驰名海内外。他们热爱教育，善于教学，对燕大历史系的建设与发展有一套设想与规划，并积极促其实现。他们有着强烈的爱国思想和民族情结，在多难的中国，努力发扬史学的作用，以张国魂，服务祖国。

洪、邓两位先生表面看来"风马牛不相及"，一个"洋味十足"，一个"相当传统"，反差很大。而他们却相处甚洽、意趣相投、相互钦佩，思想观点颇为一致，共同携手推动历史系前进。洪先生出身官宦世家，但早年赴美学习，深受西方学术思想的影响，他是燕大的元老，可以称之为创办人之一，曾与司徒雷登校长一起，在美奔走筹款。他充满爱国激情，为反抗侵略，在美奔走呼号。邓先生曾祖是著名的两广总督邓廷桢，早年参加反袁斗争，是位著名报人。他们两位相继来到燕京大学，长期执教于斯。他们有着共同的史学思想，都十分景仰顾炎武，极力推崇顾炎武经世致用的思想。顾炎武是明末清初的伟大思想家、史学家，与王夫之、黄宗羲并称。他的经世致用思想深深影响着洪、邓两位先生以及一代燕京学人。多难动荡的中国使正直善良的知识分子怀着忧国忧民的情怀，"天下兴亡，匹夫有责"是他们的精神支柱，以经世致用为自己的思想指引，在史学领域开辟一条道路，成就了一番事业。这在当时，很多知识分子尚未熟悉和接受马克思主义之前，从当时的历史实际出发，在中国优秀传统文化中寻找一些积极因素，并加以实践推广，这是应该值得肯定的。他们没有为反动统治阶级粉饰太平，涂脂抹粉，也没有躲进小楼，逃避现实，与世无闻；而是以积极的态度"经世致用"，为国家、为学术、为老百姓做些事情。他们以此来激励自己，教育学生。顾颉刚先生在行动上表现得更为积极一些，他组织并参加了一些社会活动，特别是抗日活动和群众文化活动，引起日本人的注意，就较早地离开了燕京，而他在燕大的作为也起了很好的作用。

洪、邓两位都注意引导学生阅读顾炎武的著作，特别是《日知录》。作为进一步学习历史的重要参考读物，《日知录》内容非常广泛，历史、文学、典章制度各方面都有。它又是一部读书笔记，把平日念书积累的材料，最后用一个题目综合起来，加以说明评论，便于学生学习，起到了为学生引路的作用。

提倡"经世致用"，第一就是强调历史学的教育作用。"以史为鉴"、"资治通鉴"、"观古以知今"，这是中国的优秀史学传统。在历史上，不同的时期，都有先进人物唤醒人们不能忽视历史、漠视历史，强调学习历史的重要性和必要性。邓之诚先生花费很大精力编写的《中国通史讲义》，后以《中华二千年史》命名，列入《大学丛书》。邓先生自谓："昔人深痛于靖康之祸，每归咎于崇宁禁止读史。准斯以谈，则金人入汴，卵翼齐楚，与今时日本何殊?"又云："二千年来，外患未尝一日或息，……其艰难经历，非史事何由征之? 窃以为今后诚欲救亡，莫如读史;诚欲读史，莫如注重事实。"章太炎先生十分赞同这个观点，复书有云："鄙人提倡读史之志本为忧患而作。顷世学校授课于史最疏……"所以，他们竭力呼吁要重视历史，加强历史的教学和研究，特别强调加强中国史的教学研究。所以，燕大在 1926 年迁入西郊新址以后，历史系在课程设置上就有了重大调整，以中国史为主。在前述的历史学会的章程中，也可以看出十分强调国史的研究，同时，将中国通史作为全校必修基础课，这在一个美国人办的教会学校中是令人瞩目的。

第二，组织力量，占领史学阵地。自鸦片战争以后，中国国势衰微，在学术上也日渐凋零。而海外汉学界却蒸蒸日上，气势逼人，在知识界引起强烈反响。燕京历史系尤其是在洪先生的规划组织下，有意识地要夺取学术领域的制高点。洪先生善于排阵布局，慧眼发现人才，根据形势，分别组织弟子们根据各自特长爱好，进军不同方向，多方寻找关系，送出去培养，占领史学阵地。翁独健先生所写的《我为什么研究元史》一文，就生动地讲述了这一过程。1928 年，翁先生进入燕大，在一年级上课时，听陈垣先生说，外国人标榜汉学在巴黎，日本人不服气，要把它抢到东京去。陈先生强调说，汉学研究中心在外国，这是我们的耻辱，我们应该把它抢回到北京。这席话对刚入学的翁先生震动很大，当时西方汉学的研究侧重在元史。于是，翁先生就暗下决心，学习元史，后来成为我国著名的元史专家。清史专家王钟翰先生也曾激动地回忆起自己研究清史的过程。那是 1936 年春开学的第一堂课，洪先生走进讲堂，愤然说道："同学们，现在日本人侵略我们，国家已危在旦夕了。"他接着说："我们不能拿枪杆子，我们要争口气，把汉学中心抢回我们北京来。"王先生自述说："自此之后，我开始比较自觉地思索自己的学术方向，并努力把它与国家民族的命运联系起来。"当时，日本人正要侵占东三省，制造伪满洲国的合法化。所以，他就选择研究清史和满洲史。

第三，大力开展切合实际的史学研究。史学研究的领域是十分广阔的，究竟选择哪些问题进行研究，其中包括对本科生特别是研究生毕业论文的选题，燕大历史系也是颇为用心的。以侯仁之先生为例，1936年本科毕业论文范围定为黄河治理研究。当时国内水灾严重，治理黄河是个大问题。他在洪先生指导下，着重研究清代靳辅治河。经过查阅资料，反复研究，结果发现真正的治河英雄是并不为人所知的陈潢，而靳辅只不过是因位高而徒有其名。在研究生阶段，他潜心学习顾炎武"经世致用"的学术思想，经洪先生指导，以顾氏《天下郡国利病书》为样本，以侯先生的故乡山东进行续修。顾炎武在书的序言中曾说："感四国之多难，耻经生之乏术。"又大声疾呼："今日者，拯斯人于涂炭，为万世开太平，此吾辈之责也。"这些话语激励着侯先生。于是，写成硕士论文，题为《续〈天下郡国利病书〉山东之部》，得硕士学位，并获斐陶斐荣誉奖。又如齐思和先生，在研究古代史和西洋史的同时，还把眼光对准近代，研究魏源，评介这位睁眼看世界的先驱。他又结合西方史学思潮，融合中外，编写《史学概论讲义》，给人们打开了史学眼界。又如聂崇岐先生在抗日战争时期研究宋金交聘，从大量史实中，可以看到"弱国无外交"的实质。改革开放以来，张芝联先生活跃在国际学术舞台，为促进国际学术文化交流做了大量工作。

第四，强调实地调查，注重实物研究。燕大历史系不只从文献、从书本中搞研究，而且注意历史考察、考古资料，以丰富史学眼界，以实物印证史书。燕大历史系在全国最早开设博物馆，逐步积累资料，具有一定规模；也最早开设一些考古课程，在这方面，顾颉刚先生起了很好的作用。如，从1936年9月到1937年6月，他别出心裁地开设了一门课，叫做"古迹古物调查实习"，每两个星期的星期六下午，要带学生到他事先选定的古建筑或重要古迹所在地，进行实地考察。侯仁之先生这时是顾先生的助教，顾先生要他事先根据所提供的参考资料和他自己检阅所得，写成书面资料，印发给同学，这对侯先生和同学们都是难得的训练，事后同学们也要写出报告，由此培养了他们的研究兴趣和能力。此外，顾先生还组织考察京郊的妙峰山庙会，组织学生到绥远、黄河后套等地进行考察，使学生走出校门，接触到中国更多的实际。

第五，加强对外联系，特别是加强与哈佛燕京学社及其所属引得编纂处的联系。1928年哈佛大学和燕京大学联合成立了哈佛燕京学社，主要宗旨是由两校及其他基督教大学在华共同推动中国文化的研究工作。他们之间的合作，对推动两国以至全世界的汉学研究做出了贡献。燕大哈佛燕京学社存在二十余年，重点是出版引得系统工程；编辑出版《燕京学报》；协助加强国文系和历史系汉学方面的课程；选派主修文史学生到哈佛大学攻读博士学位；培养指导美国来华进修汉学的青年教师和学生；协助燕大图书馆购置图书；协助历史系建立史器陈列所等。上述工作都有历史系人员参加，而且起着主要作用。"引得"是索引的英文音译，兼备音译与意译，是由洪煨莲先生提出的。我国有五千多年的悠久历史，古代文献汗牛充栋，学者为一字一句的翻检，常常费尽心力。引得的编制是发展学术的必备工具，引得编纂处出版的书籍先后有64种，凡84本，迄今仍为举世研究汉学不可或缺的工具书，造福学林。

和任何一门学科一样，燕大历史系十分注意治学方法，也十分注意掌握本门学科自己特殊的治学方法。燕大历史系为此进行了认真的探索，在洪煨莲先生亲自主持下，在课程设置上增加了两门课——"初级史学方法"和"高级史学方法"，分别在二、三年级开设，这在全国高校都是很少有的。洪先生治学十分严谨，教育学生亦是。言必有据，不尚空谈，朴实无华，实事求是。他结合一些西方思潮，提出研究历史必须回答五个"W"，即 Who、When、Where、Why、How（人物、时间、地点、原因、过程），他将此戏称为5个"W"方法。要搞清任何历史问题，离不开从5个"W"去追查，去发现问题、分析问题、解决问题。对于初学者，洪先生特别强调 How（过程），要求学生研究一个问题，一定要将它的始末搞清楚，原原本本按照事物发展的真实过程描述出来。搞不清楚的，宁可存疑也不要轻下断语。他说，历史研究最忌主观，一旦先入为主，终致失之偏颇。而且说，这些道理说来容易，但在研究过程中时时遵守就不容易了。所以，他和邓先生批评胡适爱"胡说"，傅斯年爱"附会"。邓先生在《中华二千年史叙录》中，对自己的读书治学方法也有所归纳，就是："多读原书"、"不欲轻下断语"、要求"比较综合"，读史可以发现"事理"和"因果"，"读史修史贵有识"。

"初级史学方法"的主要内容是科学论文写作训练。洪先生要求十分具体，例如必须掌握第一手资料，必须在写作中注明资料的来源，必须有新的发现或新的说明。然后按照一定格式，写成论文。课程讲授时间只用了半个学期，然后分配给每一位学生一个问题，要求学生到图书馆去查阅资料，分门别类写成卡片，进行整理研究，写成学期论文，作为学期成绩。开始阶段，洪先生总是出一些较为简单的题目，例如要求学生写出自己的家世、故里，再写一些棘手复杂的问题，如有争议的历史人物，如历史上最爱藏书的是谁，等等。

"高级史学方法"则是洪先生进一步引导学生进行史学研究的训练。洪先生和北平书商多有联系，那时书商则经常挟着一个蓝包袱，走进校园，送书上门。洪先生也常去琉璃厂一带逛书摊。他把收集到的残书碎叶，分门别类，装入一个一个大牛皮纸口袋，放在图书馆楼顶角落里，让学生各自打开一袋，独自查找印证材料。这样实际就已开始训练学生做毕业论文，这种把课程和毕业论文写作联系起来的做法也是颇有创意的。

我入学较晚，1947 年入燕京，这时洪先生已经赴美不在学校了。曾上过翁独健先生开设的史学方法课。翁先生也教我们如何查资料，做卡片，从一些熟悉的问题入手。那时局势日趋动荡，按部就班的训练已经很难，回想起这些训练仍是很有必要的。

还要提一点，就是邓之诚先生对写作论文的要求是，突出、简洁，"史贵真贵简"，惜墨如金，要求每个字、每一段，如一座山，动撼不了。

这就是我所试析的燕大历史系的办学特色。

2008 年 1 月

（原载《燕京大学办学特色》，燕京大学北京校友会 2008 年版）

办公楼（原贝公楼）与华表

还历史以本来面目

——读《无奈的结局——司徒雷登与中国》
与《司徒雷登与中国政局》两书后

燕大校长司徒雷登

自从改革开放以后，中国历史进入了一个新时期。在解放思想、实事求是的思想路线指引下，清除极"左"的思想影响，拨乱反正，打破了过去对人文社会科学的禁锢，冲击了研究领域里的许多禁区，国内学术界呈现出了自由讨论、百家争鸣的繁荣景象。由于国内外大量档案、资料的解禁和公开发表，为研究者提供了有利条件，自 20 世纪 80 年代以来，国内一大批学者本着科学、求实的精神进行了多方面的深入探讨，其中先后发表了不少关于"燕京大学"、"教会学校史"以及司徒雷登个人研究的论文与专著，就是一个明显的例证。

司徒雷登既是一位传教士，又是一位教育家；既当过燕京大学校长，又当过美国驻华大使。生活在中国的五十多年里，他是惟一的一个外国人，既亲眼看到了 1912 年中华民国在南京的诞生，又亲自经历了 1949 年中华民国在南京的覆灭。他一生的活动，既关系到中国的教会、中国的教育，又关系到中国的政治，还关系到五十多年的中美关系、中日关系，甚至关系到远东国际关系，他和中国的那段历史有着千丝万缕的联系。他是一个带有典型性的重要人物，多年来却被某种定论锁定，而实际上是一个有争议的人物。尽管海外学者对司徒雷登的研究已有不少成果，然而，正如林孟熹学长所言，由于"他们对燕园生活缺乏深入理解，也接触不到很多曾和司徒先生有密切关系的朋友和学生"，因此，难以中肯。他说："近年喜见国内陆续出现有关司徒雷登的研究文章和书籍。"他特别指出：研究司徒雷登的"国内的学者们实在责无旁贷"[①]。2002年9月，由郝平先生撰写、北京大学出版社出版的《无奈的结局——司徒雷登与中国》，虽未命名为司徒雷登传，实际上是写了司徒雷登的一生，可以说是研究司徒雷登的一部力作。

郝平先生毕业于北京大学历史系，留学美国，获夏威夷大学硕士学位，后又获北京大学国际政治系博士学位。他研究过孙中山、蔡元培，写过不少专著和论文，在研究过程中，逐渐对燕京大学，特别对司徒雷登个人产生了浓厚的兴趣。他努力从图书馆、档案馆里不断查阅，甚至从私人手里收集到有关司徒雷登的中外文资料。他在书中一再提到司徒雷登的一本早期著作《圣教布道近史》，正是在他多方苦苦搜寻之后，于不经意中发现的。他还大量查阅了由北京大学保存的燕京大学的档案资料，如"燕大董事会会议记录"、"燕大校务会议记录"、"燕大行政执行委员会会议记录"等等。"书中参考和引用的历史资料和国内外有关著作之多，令人对作者的治学严谨印象深刻。"[②] 不仅如此，郝平先生在大量掌握材料的基础上，还十分重视对所引材料的可信程度进行核实与考证。例如，关于司徒雷登和蒋介石第一次见面的时间问题，郝平先生发现有两种说法：一种是根据司徒雷登回忆录《在华五十年》中译本中所说，是在"1927年"；另一种是菲力普·韦斯特（Philip West）撰写的《燕京大学与中西方关系》（*Yenching and Sino‐Western Relations*）一书所说，"司徒雷登第一次和蒋介石见面是在1928年10月，由曾任燕京宗教学院院长的刘廷芳博士陪同来到南京"。郝平经过仔细考核认为，第一种说法不大可能。同时他又根据邵玉铭先生在 *An American Missionary in China—John Leighton Stuart and Chinese American Relation* 一书中关于司徒雷登第一次和蒋介石见面的时间，是引自他本人在1928年10月25日写给燕大托事部的报告，由此，郝平先生确定司徒雷登第一次见到蒋介石的时间当为1928年10月10日[③]。另外，同

---

① 林孟熹：《司徒雷登与中国政局》，新华出版社，2002年10月第2版，第225—226页。

② 侯仁之：《序言》，郝平：《无奈的结局——司徒雷登与中国》，北京大学出版社，2002年9月第1版，序言，第5页。

③ 同上书，第230—232页。

样是在这一年——1928 年的 6 月，司徒雷登从美国取道欧洲经西伯利亚返回燕京大学，途经沈阳，正值"皇姑屯"事件爆发。据英文版《在华五十年》所记，"满洲王"张作霖大帅的儿子、少帅张学良那年才 22 岁。郝平在书注中说："张学良的生日是 1900 年 6 月 4 日，当时应是 28 岁。此处疑是原作者的笔误。"① 的确，对于研究司徒雷登来说，《在华五十年》这样一本出自第一手的回忆录是很宝贵的，可惜所用材料没有经过仔细的考证核实，难免在时间、地点等基本史实方面出现问题，我在此举出一例亦可提供佐证。抗日战争期间，太平洋事件之后，在成都又组建了燕京大学，这是尽人皆知的事情，而《在华五十年》的中译本中却说："一批无限忠诚的中国教师于流亡中在重庆组建了燕京大学。"② 郝平先生既努力发掘新材料，又对材料的引用如此慎重严谨，由此亦可说明郝平对于历史研究的科学态度。他还努力吸收当时已有的研究成果，来充实和丰富自己的著作，又不为已有的某些定论所限，而是在前人研究的基础上，根据大量的史实，全面、系统地论述了司徒雷登的一生，力求还历史以本来面目，堪称是一部集大成的重要著作。

侯仁之老师在为郝平先生《无奈的结局——司徒雷登与中国》一书所写的序言中说："历史地、客观地将他（司徒雷登）的一生写成一本书，是燕大校友数十年来的愿望。但由于现尚在人世的燕大校友大都已进入耄耋之年，已没有能力完成这样一部费时费力的著作。郝平不是燕大校友，但他却用两年多的心血完成了这部书，使燕大校友们的愿望得以实现，这不能不令人感到欣慰和满足。"③ 我作为一名燕大校友，也要深深感谢郝平所做出的贡献。

实际上，我们燕大的一位校友，已进入耄耋之年的林孟熹学长，近年也完成了一部专著《司徒雷登与中国政局》。当然，他这部书的出版是有一个过程的。最初的《司徒雷登晚年的悲剧》，是在 1998 年以小册子的形式出现；继而写成《神州梦碎录》；后又于 2000 年修改增补，于 2001 年 4 月《司徒雷登与中国政局》出版（内部发行）。一经面世，随即受到海内外的重视和好评，又于 2002 年 10 月修订再版（内部发行）。该书虽是侧重于司徒雷登与中国的政局，并侧重在司徒雷登担任美国驻华大使之后，而实际涉及面很广，涵盖了他的一生与中国政局以及和多

---

① 侯仁之：《序言》，郝平：《无奈的结局——司徒雷登与中国》，第 222 页。

② 司徒雷登：《在华五十年——司徒雷登回忆录》，程宗家译，北京出版社，1982 年 4 月第 1 版，第 148 页。

③ 侯仁之：《序言》，郝平：《无奈的结局——司徒雷登与中国》，序言第 5 页。

方面的关系。这部书的再版，与郝平著作的出版几乎同时，可以说是交相辉映，相得益彰。从而不难看出，郝平先生的《无奈的结局——司徒雷登与中国》，是吸收了孟熹学长不少的研究成果的。

林孟熹学长和我都是1947年考入燕京大学的。他是插班生，我是一年级新生，所以他是我的理所当然的学长。他本是政治系外交组陈芳芝教授的高才生，毕业后分配到中宣部，几十年历经磨难，定居在加拿大后才重操旧业，曾执教于约克大学。他以能涉猎国外图书档案的有利条件，收集到大量有关材料，同时又通过他与司徒雷登的私人秘书傅泾波先生的多年交往关系，从而获得了许多珍贵资料，并以政治学的眼光来深入剖析司徒雷登，应该说，这部书是很有特点的。首先，它的资料不仅丰富，而且许多是第一手的稀有珍贵资料。郝平在他的书中谈到"三一八"事件时说："过去，燕大师生对他们的老校长司徒雷登在整个事件中所起到的作用知之甚少，直到燕大校友林孟熹先生查阅了美国国务院80年代开放的有关档案之后，才使司徒雷登当年的所作所为被后人知晓。"① 所谓美国国务院的有关档案，是指 Department of State, "Foreign Relations of the United States"，简称 "FRUS"。这是一部重要的原始档案，据不完全统计，林孟熹用了其中的三、四、五、六、七、八、九诸卷。这些都形成了他书中独具的稀有珍贵资料。至于说到"三一八"事件，侯仁之老师一再提到的令他震撼的魏士毅烈士纪念碑，一座大义凛然、浩气长存的革命烈士纪念碑，能够傲然矗立在燕京大学的校园里，当时如果没有得到司徒雷登的同意是不可能的。其次，他曾研究、整理了一些与燕大有关而又被人忽略或鲜为人知的材料。其中突出的是在本书前言中所提到的："当人们有感于燕京大学曾为中国培育了如此大量的英才而惊叹不已之际，很少人会意识到同样是这所大学亦曾为美国和西方国家培养了不少中国问题专家，并在造就'中国学'研究的人才中发挥了重要作用。其中一些人曾在二十世纪的史页里，留下令人难忘的篇章。"②

他除了介绍斯诺夫妇、林迈可、赖朴吾、夏仁德父子这些早为众人熟知的知名人士外，还着重提到了英国记者贝特兰（James Munro Bertram）、美国外交官约翰·戴维斯（John P. Davis, Jr.）、美国著名国际问题专家、曾任蒋介石顾问的欧文·拉铁摩尔（Owen Lattimor）、美

① 侯仁之：《序言》，郝平：《无奈的结局——司徒雷登与中国》，第178页。
② 林孟熹：《司徒雷登与中国政局》前言，第8页。

国著名的中国问题专家、哈佛大学东亚研究中心主任费正清（John King Fairbank）和英国著名中国科技史权威李约瑟（Joseph Needham，字丹耀）。同时，还提到了毕乃德、卜德、顾立雅、狄百瑞、西克曼、戴德华等十多位世界著名学者。这些人和燕京的关系有深有浅，在燕京的时间也有长有短，然而对他们的研究却是十分必要的。孟熹学长曾提出过，应该在《燕京大学人物志》中为这些人物写专传，当时却苦于找不到材料，现在他把自己所掌握的材料整理出来，就为我们进一步的研究创造了有利的条件。第三，孟熹学长在书中还告诉我们许多有关的政治事件和政治人物，有些是人们知之甚少的。早在担任美国驻华大使之前，为了能够使燕京大学得到有关方面的支持，司徒雷登"遍访了中国政坛有实力和影响的人物，除北洋总理段祺瑞以及南京衮衮诸公蒋介石、汪精卫、孔祥熙、宋子文等外，还包括东北的张大帅和张少帅、山西的阎锡山、山东的韩复榘、江苏的孙传芳、华北的宋哲元乃至广西的李宗仁以及基督将军冯玉祥……并与他们结下了深浅不同的关系"[1]。不仅如此，实际上他的有些活动已经卷入了当时中国的政治斗争中心，如"充当蒋介石的密使与地方实力派沟通"，"劝说张学良归附中央"，"派王克敏出面应付日方"，"谋求结束中日战争的努力"等等。在出任大使之后，他更是直接插手中国政坛，并利用自己多年与各方面的关系，周旋于国民党和共产党之间，其政治倾向是十分明显的。特别在蒋介石政权日趋垮台之际，司徒雷登又在谋求美国与中国共产党关系的新发展，于是又写了"对陈铭枢为消除中美对立之努力的评估"、"司徒是李宗仁的后台吗"、"美国心目中的继蒋人选"，以及张东荪出卖情报等等有关章节。当然，有关政治人物以及他们的秘闻，不只是学术界，也是一般人所关心的话题。政治人物五光十色，多种多样，有的堪称为政治家，有的则只是政客、掮客，古今中外，林林总总。对于他们的历史作用、人品情操、道德文章，自应实事求是地给予评述。对于上述诸问题，书中既有鲜为人知的材料，也包含了孟熹学长个人的独到分析。

《无奈的结局——司徒雷登与中国》和《司徒雷登与中国政局》两书的出版，为我们研究司徒雷登、燕京大学以至中国近现代史和教育史提供了新材料，打开了新思路，其目的当然都是为了还历史以本来面目。笔者拜读之后，深受启发。作为燕京大学的一名学子，也愿借此机会，谈谈自己对这些问题的感受和思考。

---

[1] 林孟熹：《司徒雷登与中国政局》前言，第3页。

一

司徒雷登（John Leighton Stuart）生于 1876 年，病逝于 1962 年，享年八十有六。他显赫的苏格兰贵族的家族历史可以追溯到 12 世纪。司徒雷登的先人由于参与反对宗教迫害的起义而受到通缉，在 1725—1745 年间先后逃亡到了美国。从他的曾祖父起，连续四代都是从事牧师和教育工作。所以他是出身于有着浓厚宗教背景的传教士和教育世家里，而且和中国有着很深的关系。

司徒雷登的父亲于 1868 年只身来到中国，是一名早期来华的传教士。六年后，他又偕同自己的新娘、司徒雷登的母亲再次来华，定居于浙江杭州，两年后，司徒雷登就诞生在这里。11 岁时，他随父母回到美国，曾先后在潘托普斯学院、汉普顿·悉尼学院和纽约协和神学院等名校学习，成绩优秀，而且是个活跃分子。司徒雷登自己说过，原以为"我天生来就不喜欢做传教士"，可是后来却积极投入到美国学生志愿传教运动中去了。这一活动反映了自美西（美国、西班牙）战争之后，美国积极向太平洋的扩张，试图摆脱"孤立主义"，从大西洋走向太平洋。当时，美国学生志愿赴海外的传教运动先在北方，后来又在南方如火如荼地开展起来，名为 Forward Movement，中文译为"跃进运动"、"奋进运动"或"前进运动"。司徒雷登是该项运动的一名骨干分子。"从根本上讲，传教并不仅仅是教义的传播、民族精神和社会文明的外拓，而是始终和政治保持着密切的关系。"① 最根本的是和美国的经济利益联系在一起的。正是在这样的背景下，1904 年年底，28 岁的司徒雷登和他的父亲一样，带着新婚的妻子一起来到了中国。

司徒雷登不甘于像父亲那样，"一生碌碌无为，仅吸收了寥寥几个地位低下的教徒"②。他努力学习汉语，以他特有的天赋，因地制宜地学习方言，能说一口流利的杭州和南京方言，以便于深入中国社会。在金陵神学院教书期间，他通过宗教派别斗争，由一个传统的传教士，逐渐转变为现代派传教士的代表人物。这是司徒雷登一生中的一个至关重要的转变。现代派主张对不同的文化应更多地给予理解和尊重。因为持自由主义观点的人比较容易接受科学的发展，也能与坚信科学的人和平

---

① 郝平：《无奈的结局——司徒雷登与中国》，第 7 页。
② 司徒雷登：《在华五十年——司徒雷登回忆录》，第 30 页。

相处。他们主张，不应以信仰上帝的外在形式来决定一切，而应对造成不同信仰的历史和文化原因予以理解。他们认为，传教的目的绝不仅仅是为了拯救个人，而是为了促进整个社会的进步。现代派在办教育时，更多的则是注重培养学生的人道主义精神和为社会服务的技能。这些观念对司徒雷登以后创办燕京大学有着极其重要的直接影响。

20世纪前20年，中国社会和政治生活发生了急剧的变革，废除科举制度、新学普遍兴起，是其中的一个重要方面。在这个兴办新学的热潮中，教会学校占据了突出的地位。"从1875年到1899年止，教会学校总数增加到约二千所左右。"[①] "其中美国教会开办的初等学校达1032所，中等及高等学校74所。"到了20年代，"外国人在中国开办的学校学生数占中国学生总数30%，其中高等学校学生数竟达80%"[②]。当时，中国的国立大学只有三所，私立大学五所，而基督教教会大学却有14所，其中十有八九是由美国人开办的。为了更好地充实、调整，燕京大学于1919年诞生了。人们一致推荐司徒雷登出任校长。经过慎重考虑，他决定离开工作了11年之久的金陵神学院，举家北上，来开创一番新的事业。

司徒雷登最初接手的燕京大学，是一所经费奇缺，校舍简陋，人员匮乏，素质不高，矛盾重重的破旧学校。他以极其坚韧的毅力，筹措经费，创建新校，延聘教师，挑选学生，建设系科，开展科研，注重实际，培养能力，加强交流，沟通中西，短短数年，竟然使得燕京大学一跃成为全中国一所第一流大学，而且在国际上也享有盛誉。诚如孟熹学长所说："他为中国教育史创造了两个奇迹。""奇迹之一，用了不到十年的时间，便把一个几乎一无所有的破烂摊子，办成一所不仅闻名全国而且载誉国际的综合性大学。""奇迹之二，燕京大学仅存在短短的33年，且学校规模不大，……却为中国培育了大批第一流人才，其中很多是各个不同领域的顶尖级关键人物。"[③] 司徒雷登的家人都很关心支持他的这份事业，可惜他的父母和妻子未能等到燕京大学完全建成就相继去世了。这里特别值得一提的是他的母亲，一位执著的女教育家。她十分关心燕京新校的建设，和燕京师生相处融洽，大家亲切地称呼她为

---

① 顾长声：《传教士与近代中国》，上海人民出版社，1981年4月第1版，第228页。

② 李庆余主编：《11个美国人与现代中国》，安徽大学出版社，1998年2月第1版，第188、190页。

③ 林孟熹：《司徒雷登与中国政局》前言，第3、5页。

"司徒妈妈"①。在中国的亲人都去世了，惟一做牧师的儿子又远在美国，此时司徒雷登只有独自一人留在燕京大学继续奋斗。他的所作所为，赢得了燕京大学师生的尊敬和爱戴，因为燕京的成就不仅是他个人和他们家族的骄傲，而且也是对中国教育发展的重要贡献。

随着时代的进步，司徒雷登和他的同事们并没有故步自封，而是继续大力进行改革和建设，并留下了十分宝贵的经验。关于这个方面的问题已有不少论述。这里，我主要就燕京大学在办学方面的世俗化、中国化、职业化、国际化问题谈点自己的认识。我认为在这四个方面，既体现了司徒雷登的办学理念、办学目的，同时也表明了他办学的改革措施和实际操作办法。弄清这四个问题，有利于进一步还燕京大学、司徒雷登以本来面目。

关于世俗化

司徒雷登在他的回忆录中写道："我作为传教士，从中国得到的第一个印象是其民族主义的觉醒。"② 在五四运动中，他又看到"学生中出现了一种新的民族意识"③。于是，他又写道："在中国历史上剧烈动荡的那个时期，我与学生在思想上有了共鸣，这对燕京大学的发展有着深刻的影响。"④ 能够看到中华民族的新觉醒，这对于一个外国人来说是极其难得的，也是十分可贵的。遗憾的是到他当了大使之后，由于地位和角色的转换，原来的一些认识就改变了。

五四运动以后，中国人民的反帝爱国运动持续发展。1922 年发生了非基督教运动，紧接着在 1922—1928 年又发生了收回教育主权运动。这决不只是宗教与教育方面的斗争，而是反映了中国人民的新觉醒。这对于刚刚成立的燕京大学是个巨大的冲击。教会学校从来是把传教当成办学的首要任务，甚至是惟一的任务。而面对现实，司徒雷登却能够冷静、理智地处理这个难题，并采取一些措施，促使学校与宗教脱离，日趋世俗化。这和前面谈到他的坚定的现代派立场很有关系，也和燕大宗教学院成为基督教现代派和激进派的大本营和本色化（自养、自治、自传"三自"）运动的策源地有关。所以，燕京大学没有被动地成为革新的对象，倒是成为主动革新的参与者，积极地站在了运动的前列。吴

① 韩迪厚：《司徒雷登略传》，载于《学府纪闻——私立燕京大学》，台北南京出版有限公司，1982 年 2 月初版，第 94 页。
② 司徒雷登：《在华五十年——司徒雷登回忆录》，第 96—97 页。
③ 同上书，第 99 页。
④ 同上书，第 100 页。

雷川、刘廷芳、赵紫宸、徐宝谦、简又文等学校的领导和教授们成为运动的领袖人物。他们组织的"证道团"（后更名为"生命社"）成为核心组织；他们主编的刊物《生命》（后更名为《真理与生命》）成为爱国基督徒最有影响的刊物。

与此同时，司徒雷登还注意听取社会各方面的意见。胡适于 1925 年在燕京大学教职员聚餐会上发表了题为《今日教会教育的难关》的重要演说。胡适所说的"难关"，"第一是新起的民族主义的反动（A New Nationalistic Reaction）"，是指收回权利运动，包括收回教育主权；"第二是新起的理性主义（Rationalism）的趋势"，是指理性主义反对宗教；第三便是"传教士在中国的生活的安逸"，这是基督教传教事业内部的弱点。接着，他提出要集中财力人力办好真正超等出色的学校以及教会学校能不能抛弃传教、专办教育的两项问题。他又解释道："我所谓教会教育抛弃传教，专办教育，只是要做到这几件：（1）不强迫做礼拜，（2）不把宗教教育列在课程表里，（3）不劝诱儿童及其父兄信教，（4）不用学校做宣传教义的机关，（5）用人以学问为标准，不限于教徒，（6）教徒子弟与非教徒子弟受同等待遇，（7）思想自由，言论自由，信仰自由。"[①] 胡适的这番讲话，对于司徒雷登推动燕京大学的改革是有影响的。燕大在成立之初，便废除了把宗教作为全体学生必修课程的规定，进而又改变了学生必须做礼拜的旧例，并将宗教学院单独成立，对外不把它作为学校的组成部分。由学生自愿组织参加宗教团契，进行一些宗教活动。后来各小团契的宗教色彩日益淡薄，绝大多数成为联谊性或政治性很强的群众组织。学校还广泛吸收非教徒的师生入校任教、学习，师生中教徒的比例也就越来越小了。更重要的是，学校经费中来自教会的比重也越来越少，燕京大学正向着一所"超等出色"的学校前进。

关于"中国化"

司徒雷登在准备接手燕京大学由南京北上时，他在回忆录中写道："我是带着一些想法去到北京的。"其中最为明确的一点想法就是，"这所新的大学应牢牢地以中国生活为根基，与西方国家同中国签订的条约或任何别的外部因素都没有关系，仅享有中国人自己享有的，或他们愿

---

① 胡适：《今日教会教育的难关》，《胡适文存》三集卷九，亚东图书馆 1930 年 9 月初版，第 1159—1170 页。

意同我们共同分享的权利"①。而"中国化"的口号，则是在 1922 年，以思想激进的代表人物、北美外国传教大会顾问委员会主席、芝加哥大学神学教授恩内斯特·伯顿（Ernest D. Burton）博士所率领的调查团来到中国后正式提出的。基于中国所爆发的非基督教运动和收回教育主权运动，伯顿认为，"在中国办教育，首先应考虑如何使教育服务于中国社会的特殊需要，而不是照搬外国的东西；教会所提供的教育应该渗透基督精神，但不能因此而把教育作为传教的工具；外国教育家应积极参与中国的教育活动，但最终掌握中国教育的，还将是中国人自己；教会学校应与政府办的学校和睦相处，结为伙伴，而不应与其在数量上一比高低，等等"②。"中国化"一直是司徒雷登追求的目标之一，伯顿调查团的意见更加坚定了司徒雷登在燕京大学实行"中国化"的决心。

在收回教育主权的运动中，根据中国政府的决定，燕京大学于 1926 年 11 月和 1927 年 12 月分别向北洋政府和南京政府申请登记，表示愿意接受中国教育部的一切有关规定，注册工作于 1929 年完成。教育部规定，大学校长必须由中国人担任，经过推荐，爱国基督徒、著名学者、前清翰林吴雷川先生出任校长，司徒雷登改称校务长，掌握实权，而在英语中，两者的称谓是一样的。文、理、法、宗教学院的院长也基本由华人担任。司徒雷登还注意让中国人在教学、行政、宗教、财务以及其他部门发挥更大的作用。同时，向设在美国纽约的决策机构托事部建议，把托事部基金会化，把校产管理、经济分配、人事任免的权力下放给北京董事会。1929 年，又对董事会进行了改组，由 21 位中国人和 13 位外国人组成，中国成员占了三分之二，其中包括孔祥熙、颜惠庆、胡适、陶行知等著名人士。司徒雷登还大力延揽人才，使中国教员由创办时占教员总数的三分之一增加到 1927 年时的三分之二，以后这个比例一直保持下来，并且中外教师在待遇上也是平等的。

为实现"中国化"所进行的教改是多方面的。这里需要特别指出的是司徒雷登对中国文化的重视和尊重，因为这对于一所外国人办的教会学校来说确实是很难得的。他着重强调要办好中文系，重视中文课程，除聘请名师提高中文教学水平外，还要求学生要在规定的 60 个必读的学分中，必须有 12 个学分是中国文学、4 个学分是中国历史的课程，这和他本人对中国传统文化的喜爱与钻研是有着密切关系的。他酷爱中国书法、绘画、戏曲和建筑，有较高的鉴赏水平。他还熟读儒家经

---

① 司徒雷登：《在华五十年——司徒雷登回忆录》，第 66 页。
② 郝平：《无奈的结局——司徒雷登与中国》，第 138 页。

典，被日本人囚禁期间，在没有书籍的情况下，居然全靠记忆完成了《四字成语》英译稿和《论语》节译等文稿。直到今天，一些整理遗稿的燕京校友对此还赞不绝口。胡适在 1934 年写道："至于本国文字的被忽略，在十年前还是不可避免的事实。这十余年来，燕京大学首先提倡，南北各教会大学都受国立大学的影响，所以岭南大学，金陵大学，齐鲁大学，辅仁大学，福州协和大学，都渐渐注重中国文史的教学。所以今日我们已不能概括的讥笑教会大学不注重中国文字了。"① 他还说："近年中国的教会学校中渐渐造成了一种开明的，自由的学风，我们当然要归功于燕大的领袖之功。"②

关于"职业化"

司徒雷登提出，要把燕京办成"'现在中国'最有用的学校"。因此，在系科设置、教学内容、教学方法上都进行了不少改革和探索。诚如胡适在 1934 年所说："十五年来，基督教的一般领袖，在司徒雷登先生的领导之下，都极力求了解中国新兴的思想潮流与社会运动，他们办的学校也极力求适合于中国的新社会。"③

由于旧中国生产水平低下，科学技术落后，燕大在建校初期吸收美国发展职业技术教育的经验，在美国专家帮助下，先后建立了制革、农科、陶瓷、劳工统计调查、教育、家政、宗教事业和社会服务等一系列职业性专科，为中国培养出一批既具有职业技能，又适应社会需要的专业人才。燕大的职业技术教育一度相当兴旺，1927—1928 年达到了高峰，其学生占在校生总数的 26%。以后，由于经费、师资、生源等多方面原因而逐渐萎缩，如农科被调整到金陵大学，家政则发展为四年本科。再如护士预科班，司徒雷登说，"按中国的传统观念，一个上大学的女孩子去当高级的老妈子那是丢人的。一旦打破了这一观念，我们就有了源源不断的优秀人材，而且也为中国女孩子打开了另一种职业的大门"④。

然而，与此同时，燕大却发展了另一些带有应用性和职业性的学科，其中最引人注目的当属新闻系和社会系，开启了中国高等新闻教育和社会学教育的先河。由此也带动了燕大师生关心现实、深入生活、开展调查、进行社会救济等活动，其中有些人进而走上了革命道路，不过，这在引进美国教育制度开始启动时却是始料所不及的。抗日战争胜利以后，

---

① 胡适：《从私立学校谈到燕京大学》，《独立评论》第 108 号，1934 年 7 月 8 日。
② 同上。
③ 同上。
④ 司徒雷登：《在华五十年——司徒雷登回忆录》，第 63—64 页。

司徒雷登又在燕大积极筹办工学院，开设工科课程。他说，天津的一些头面人物、工商业者"要的正是这种人材，既具有必要的技术知识，又愿意在工厂工作并在那里学习实际经验。后来我们对课程作了这样的安排：学生先学两年的工程预备课程，后三年一半在校园里上课，一半由专家指导去工厂实习。这一专业立即吸引了许多优秀学生"①。

燕京大学注意要求学生具有广博扎实的专业基础，实行"通识教育"，又很强调"因材施教"，注重学生的实践能力和动手能力的培养。对于学生的中英文写作能力的培养也很重视。针对不同系科的学生，又各有特殊的要求。对文科学生，则注意培养他们接触社会、调查采访以及查寻运用资料的能力。对理科学生，则注意培养他们的实验、制作能力。郝平先生的书中介绍文科较多，实际上，理科也有许多突出的事例。例如，著名物理学家谢玉铭教授于1926年由美国学成归国返回母校。在他任教和担任系主任的十年中，非常重视通过实验工作，培养学生实际操作的能力。为此，他建立了一个小型仪器车间，系里所用的教学、科研仪器不少是由这个小型车间制造的。高年级学生和研究生在技师指导下，自己设计制造所需要的实验设备，对于造就既能动脑又能动手的人才好处极大，这在后来就成为燕大物理系的一个好传统。谢玉铭教授在多年的教学经验的基础上，与郭察理教授合编了一部《物理学原理及其应用》的教材。该书在阐明物理学原理时，运用了许多当时中国学生在日常生活中常见的事例，引导学生把理论与实际结合起来。最近还看到转载杨振宁教授特别推崇谢玉铭的文章。

关于"国际化"

司徒雷登在对燕京大学进行"中国化"改革的同时，也积极推进学校的"国际化"。他说："燕京在比现今更为彻底地成为一所中国式的大学的同时，就当具有如其所声言的更为广泛的国际性。"②

基于燕京的特殊条件，首先是教师来自美、英、法、日、意、德、瑞士等国家；学生也来自世界上不同的民族和国家。这些不同国籍、民族和不同信仰的师生相聚一堂，一般是能够平等相处，友好互助的。由于学校的师生一般中、英文都较好，所以彼此能够较为顺畅地沟通思想和不同意见，形成一种很好的亲和力，这可能也是人们常说的"燕大一家"的一个原因吧。司徒雷登说："这种作法的主要好处也许是使学校

① 司徒雷登：《在华五十年——司徒雷登回忆录》，第65页。
② 同上书，第68页。

形成了浓厚的国际主义气氛，使学生受到潜移默化的影响，那些来自各个国家的志趣相投的人可以共聚一堂，结为团体，这样整个校园的生活就变得更加丰富多彩，眼界更加开阔。"①

燕京大学与国外特别是美国的一批大学建立了校际交流，和英、美、法、德、意等国进行留学生交换，燕大毕业生出国留学人数经常名列国内各大学之首。在合作办学方面，如燕大与密苏里新闻学院合办新闻系，与普林斯顿大学合办社会系。由于得到美国铝业资本家赫尔的部分遗产基金资助，燕大和哈佛大学联合创办了"哈佛燕京学社"，研究领域集中于中国的艺术、考古、语言、文学、历史、哲学和宗教史，研究成果卓著，并且培育了不少的杰出人才，是一个很成功的范例。

在中外教育、学术交流的过程中，结出了许多令人振奋的可喜成果，2002年获国家最高科技奖的中国科学院黄昆院士就是其中杰出的一例。黄昆于1937年进入燕京大学。他说，那时在燕京学习，课程负担不重，内容也不深，但涉及面较广，所以为他的自由钻研学问创造了很好的条件。当时，正好从英国剑桥大学来了一位助教赖朴吾（Ralph Lapwood），他把数学系、物理系的"尖子"学生（包括黄昆、关肇直院士）组成了一个6人课外研究组，带领他们学习科学前沿科目，代表当时物理学发展顶峰的相对论、量子力学，并为他们讲授与之相关的矩阵数学，从而使他们有能力去遍读图书馆收藏的各种相关的书籍。正是这样的教学环境培养激发了黄昆对科学的强烈爱好和浓厚的兴趣，不懈地追求与攀登世界科学高峰，就成为黄昆一生永远的追求。

在谈到燕大"国际化"的时候，不能不谈到燕京大学本身。长期以来，这所由美国人创办的教会大学，一直被说成是美帝国主义文化侵略的据点。今天应该如何实事求是地看待它呢？我认为首先要对于什么是文化交流、什么是文化渗透、什么是文化侵略等概念，从其内涵上给予科学的界定。文化侵略是指侵犯主权的文化入侵；文化渗透则是有倾向性的文化输入，以上这些当然都是不能允许的。而文化侵略是具体的、有形的；文化渗透往往是无形的，因此需要认真、慎重加以鉴别。至于文化交流，自然是在平等基础上的文化的相互融合与相互补充。的确，在中国近代史上，教会学校是伴随着西方的大炮、商品和强加在中华民族头上的不平等条约一起进来的。文化渗透则是通过多种渠道影响着中国，首当其冲当然是教会学校，美国的政治观点、西方的世界观、

<hr>

① 司徒雷登：《在华五十年——司徒雷登回忆录》，第69页。

人生观或多或少或深或浅地影响着燕大的师生。但是，教会学校在近代中西文化交流方面又有其独特的桥梁作用。西方的政治学说也曾经成为中国近代改革和革命的思想武器。因此，我们不能把凡与西方文化有关的都笼统地冠之以"文化侵略"的政治帽子，而必须就具体问题进行具体分析。现在，司徒雷登和燕京大学的本来面目正在被人们逐步认识，我所着重提出的世俗化、中国化、职业化、国际化，是司徒雷登和他的同事们在当时的历史条件下所进行的重大改革，是顺应历史潮流前进的。我认为又必须看到，司徒雷登毕竟是一位西方资产阶级教育家，他是按照西方模式来创办与建设燕京大学的，所提倡的"中国化"或"彻底中国化"，是和"基督化"也就是"西方化"紧密联系在一起的。对燕大校训"因真理，得自由，以服务"的理解也是因人而异的。西方的意识形态、中国的传统文化和马克思主义、社会主义同时并存于燕大的校园中，燕大学生的世界观、人生观、价值观和学术基础正是在这样错综复杂的学习和追求真理的过程中思辨着、奠定着、形成着、发展着。

综上所述，应该说创办和建设燕京大学，是在特殊历史条件下全校师生共同努力的结果。司徒雷登说："在兴办燕京大学的过程中，同事们不断地给予我鼓舞和帮助。从一开头我们就是一个整体。这种友谊给我的帮助和欢乐是说不尽的。"① 同时我们也不能否认，燕京大学之所以能够有如此显著的成就，能够对中国教育有如此的贡献，司徒雷登的个人作用是十分突出的，这也是他一生中所能做出的最大成就。

二

1946 年 6 月 24 日，是司徒雷登的七十诞辰，燕京大学为此举行了隆重的庆祝活动。全校举办运动会、排练团体操、表演文艺节目，以示祝寿，各方人士也前来祝贺，气氛热烈非凡。这与司徒雷登在《回忆录》中所着重描述的六十寿辰的情景迥然不同。因为这次庆祝活动是在抗日战争胜利之后，燕京大学迅速复校，成都燕京返回北平，特别是在司徒雷登被日寇囚禁三年多之后的第一次大型庆祝活动。此时司徒雷登的声望正如日中天，赞誉之声不绝于耳。也就是在这个时候，司徒雷登被马歇尔将军看中，推荐成为美国驻华大使。由此，他的历史进入了一

① 司徒雷登：《在华五十年——司徒雷登回忆录》，第 71 页。

个转折点。他在《回忆录》中说到自己的两个梦想：一个是"燕京大学——实现了的梦想"，另一个是"未曾实现的梦想"，指的是"国共和谈"，用他自己的话说，就是对未来中国的"期盼"。关于司徒雷登这一阶段的历史，已有不少论述，我也想就一些问题谈点自己的感受和认识。

1946年7月，正当司徒雷登出任美国驻华大使的时候，中国人民解放战争已经正式拉开了序幕。经过一年的"国共和谈"虽未完全破裂，可是双方对立情绪已经很严重。司徒雷登说到一个"不幸"的情况，那就是"二十五年来双方的大多数领导人一直是原班人马，在一个特别看重个人关系的国家里，这为两党的和解增添了许多麻烦"①。他们是"老相识"，也是"老对头"了。经过八年抗战之后，全国上下普遍饱经战乱之苦，强烈反对继续打仗。和平统一是压倒一切的呼声，这是国民党、共产党以至美国都必须正视的现实。所以才有了"重庆谈判"、"双十协定"、"政治五项协议"以及马歇尔使华等一系列活动和成果。蒋介石被迫承认中共的合法地位，中共也做出一些让步，除了从苏北撤出、"中原突围"外，最重要的是，将军队数目由原来提出占全国的1/3减为1/5，以示对和平统一的诚意。然而，这种局面一直是不稳定的。蒋介石磨刀霍霍，一再挑衅，急于要下山"摘桃子"。共产党当然寸土不让，严阵以待，必须坚决反击。司徒雷登这位新上任的驻华大使，面对水火不相容的两个政治营垒，一点回旋的余地也没有了。而他却满以为"中国人常常讲，他们是把我当作自己人看待的"②，希望能够对局面有所扭转。历史证明，这只能是一个不可实现的梦想。

他在《回忆录》中写道："我希望提供直接的军事援助，特别是给予技术上的指导，使国民政府能重新夺回并保住长江以北的某些地区。""我所说的长江以北的地区是指从南京到天津，延至北平和沈阳，或远至西北一带的铁路沿线地区；穿过山东到青岛的铁路支线；如果可能的话，还包括长江以北从东到西的陇海铁路沿线。""至少在一段时间内，就可把冲突限制在保卫一条漫长的边界线上。"③ 如果这一设想真的能实现的话，不仅当时中国的发达地区尽在蒋介石的统辖范围之中，而且可以阻挡共产党解放区革命力量的发展。他没有说明这是否代表马歇尔

---

①　司徒雷登：《在华五十年——司徒雷登回忆录》，第164页。
②　同上书，第166页。
③　同上书，第172页。

或美国政府的意见，但至少他是这样的想法和主张，应当是没有疑问的。对于是谁违背了停战协议的问题，司徒雷登认为："违背协议最严重的事件是共产党人进入满洲，在那里苏联将大量的日军装备转交给了他们。既然共产党人这样公然不顾协议，国民党人自然认为以任何方式进行报复都是正当的。"[1] 他甚至还提出要由美国插手来改组中国军队，说："我个人一直认为根本的问题在于结束军事冲突。谁都明白，即使一方取得了军事上的胜利，靠这种办法也是永远解决不了问题的。由美国来帮助改组和遣散双方的军队，似乎最能保证任何一方都不会遭受攻击，从而也才有可能削减庞大的军费开支。"[2] 那就是要将中国军队"美国化"，置于美国控制之下，在这点上，司徒雷登和马歇尔是一致的。

尽管马歇尔和司徒雷登在对待蒋介石和共产党的立场上是一致的，但是，在对待具体问题和处理方法上却是有区别的。郝平在他的书中写道，马歇尔认为"造成目前这一严重局面的责任主要在国民党政府一方"。早在司徒雷登上任之前，"蒋介石和马歇尔之间的矛盾日益公开化"[3]。1946年11月，蒋介石召开"国民大会"，马歇尔拒绝出席，而司徒雷登却出席为蒋介石捧场。对于这次会议通过的"宪法"，司徒雷登的评价也要比马歇尔高得多。在我查阅的《燕京新闻》和《燕大双周刊》中，看到司徒雷登当时对记者说，现在有了"宪法"，一切就按"宪法"办事。而周恩来则对此发表了严正声明，指出："国大"即将通过的"宪法"，是要"把独裁'合法'化，把内战'合法'化，把分裂'合法'化，把出卖国家与人民利益'合法'化"；"和谈之门已为国民党政府当局一手关闭了"[4]。1946年11月19日，周恩来由南京返回延安，和谈宣告结束。马歇尔也宣告调处失败，于1947年1月8日返回美国。此前，他曾告诫蒋介石说："我的目标是促成一个统一的新生的中国，不是与蒋委员长的某些顾问所想象的那样——使共产党就范，而是完全相反。我与蒋委员长及其亲密的顾问们的意见不同，我认为他们目前的做法可能导致共产党控制全中国。……我从多方面所获得的情报表明，国民党的威信严重下降，对国民党政府所采取的措施的批

---

① 司徒雷登：《在华五十年——司徒雷登回忆录》，第153页。

② 同上书，第164页。

③ 郝平：《无奈的结局——司徒雷登与中国》，第294页。

④ 周恩来：《对国民党召开"国大"的严正声明》，《周恩来选集》上卷，人民出版社，1980年12月第1版，第244页。

评也与日俱增。"① 在对待国民党与共产党的态度上，司徒雷登与马歇尔相比，则是更公开地站在国民党的一边。当然，必须强调的是，马歇尔和司徒雷登的基本立场是完全一致的。

司徒雷登曾一再表示要在中国废除不平等条约，可是在他于1946年出任大使之后，就与国民党政府在南京签订了《中美友好通商航海条约》，简称《中美商约》。众所周知，当时两国的经济水平根本无法相比，而《条约》中规定的共同享有在对方开采、设厂、贸易和航运的优惠条件，只能有利于美国对中国经济的掠夺和霸占，司徒雷登不可能看不出这条约的不平等性和欺骗性。因此，它必然要遭到中国人民的强烈反对。南京解放后，司徒雷登立即表示要"修改商约"。个中道理，我想他是再明白不过的。

此时，司徒雷登对青年学生和中国民众的态度的转变，与他过去的言行完全判若两人。在回忆录中，他曾经说过，"就我对中国学生的一般了解来看，考虑到他们的历史背景以及当时国计民生的混乱状况，整个来讲他们是顶着风浪前进的，表现出了远非我能预见到的顽强性格和精神。他们充分证明了中国青年的优秀品质、中华民族的生命力和精神力量，以及启发人们个性的教育事业的有效性"②。而当中国爆发内战，美国公开扶蒋反共的时候，司徒雷登也就抛弃了自己原有的认识，而对于中国人民和广大学生选择自己的道路，决定自己的命运却"难以理解"了。自1946年年底"沈崇事件"开始，到1947年的反饥饿、反内战、反迫害和1948年的反对美国扶持日本的学生运动一浪高过一浪，形成了"第二条战线"。燕京大学的学生和广大人民群众站在一起，走在运动的前列，司徒雷登作为老校长，以他过去的态度来说，原本是应该支持学生和广大群众的。可是，此时的司徒雷登已非彼时的他了。他反对学生的态度越来越公开，越来越激烈，甚至在报刊上发表讲话，指责燕大学生拿着美国救济就不应该说什么，并威胁学生要对自己的行动后果负责。燕京学生气愤地将救济证贴在墙上，并以"不食嗟来之食"为题，贴出了许多大字报、小字报和漫画，表现了中国人民的民族气节。"吾爱吾师，吾尤爱真理"，从含蓄的批评到指名道姓的批判，是燕京学生对他最好的回答。此时司徒雷登已经走到了中国人民和燕京学生的对立面。一些校友至今回忆起来，仍历历在目。

---

① 《马歇尔使华：美国特使马歇尔出使中国报告书》，中华书局，1981年7月第1版，第210页。
② 司徒雷登：《在华五十年——司徒雷登回忆录》，第73页。

司徒雷登担任大使的时间并不长，他从政的时间在他整个一生中所占比例也不大，可是，就是这短短的几年却使他的人生发生了根本性的转折。这究竟是为什么？这里，我想摘录几段他在《在华五十年》中明确表达的思想："一个国家制定政策，无须说，首先是以自身的利益为基础的。"① 这也就是说，作为一个美国的大使，维护美国的利益是他的天职。关于国共关系问题，司徒雷登知道，在延安有他许多的朋友和学生；在南京更有他许多莫逆之交，其中和蒋介石的关系尤其特殊。蒋介石称他为"老乡"，孟熹学长在他的书中说，司徒雷登和蒋介石一向是"肝胆相照"，他自己也一再为蒋介石辩护，说蒋是"好人"，主要是他的手下人或顾问不好。然而，在尖锐的政治斗争中，他并非是以个人好恶为标准，他写道，"共产党的策略所造成的危险确确实实存在着"②，要"防止共产党人进行阴险的渗透，抵制他们的极权主义哲学和不择手段的行事方法"③；"我认为，如果中国成为苏联的又一卫星国，我们就有着不可推卸的责任。"④ 第二次世界大战之后，世界逐渐形成两大阵营，此长彼消，水火不容，中国人民解放斗争的洪流是不可阻挡的。面对国共两党、两种思想体系、两种社会制度的严重对立，司徒雷登却仍然坚持说，"我梦想中国成为一个安定、团结、进步的国家，在技术上接受美国的指导，在财政上得到美国拨款和贷款的帮助。尽管我的梦想落空了，但我仍然认为，我的梦想是对的"⑤。原来司徒雷登念念不忘的"梦想"，中国仍是一个依赖美国、由美国控制的国家。这和中国广大人民要求建立的独立自主、繁荣富强的新国家是大相径庭的，他怎能不遭到中国共产党和中国人民的强烈反对和严厉指责呢！

　　在这短短的三年里，司徒雷登实现了由燕京大学校长到美国驻华大使的地位与角色的转换，虽然他执行的是扶蒋反共的政策，但是，国民党、蒋介石仍然对他不满。面对中国人民解放战争的横扫千军、一日千里的胜利和蒋介石集团的溃退逃窜、无力回天的失败，司徒雷登也对国民党、蒋介石政府日益失望和不满，进而对他们进行批评和指责。1949年4月24日，"钟山风雨起苍黄"，南京解放了。此时的司徒雷登并没有随国民党政府迁往广州，而是选择了继续留在南京。他一方面看到了

---

① 司徒雷登：《在华五十年——司徒雷登回忆录》，第170页。
② 同上书，第207页。
③ 同上。
④ 同上书，第171页。
⑤ 同上书，第206页。

共产党的种种优势，另一方面又对共产党能否管好经济、治理好国家表示怀疑。他会见了共产党的代表——他的学生、南京军管会外侨事务处处长黄华（王汝梅）。当时他"最关心的两件事是中国的基督教运动以及中美的互利关系"①。"新的美国政策应当是甚么"②，司徒雷登曾通过傅泾波向黄华表示，"愿意继续当大使和我们办交涉"③。经过黄华安排，他去过上海，曾与上海外事处处长章汉夫会面。经联系，司徒雷登以接受燕京大学校长陆志韦邀请的名义北上北平，与中国共产党最高领导层会谈。在这里，要插一段话。郝平先生在他的书中第411页，引用菲力浦·韦斯特所写的内容："政府还允许燕大与设在美国的托事部保持原有的联系，并继续接受来自美国的财政支持。"据陆志韦校长的家人说，陆校长当时坚持主张不接受美国的财政支持，只是考虑到刚刚解放，财政相当困难，有关方面提出"盗泉之水，可以灌田"，才与托事部取得联系的。而朝鲜战争一爆发，情况也就全变了。

　　司徒雷登的北上之行由于没有得到美国国务院的批准，只得作罢。1949年8月2日，司徒雷登离开南京，返回美国去了。当路过冲绳时，他曾发表过一个声明，表示赞同承认中共并与之维持商务关系。美国国务院了解后，不准媒体做相关报道，并责令其途中不得再发表任何声明。8月5日，在他经关岛到达夏威夷火奴鲁鲁时，美国国务院就中美关系问题发表了一部重点介绍从1944年到1949年期间美国对华关系的报告，题为《美国与中国的关系——着重1944—1949年时期》，一般简称《白皮书》。而身为美国驻中国大使的司徒雷登竟被封锁了消息。《白皮书》的发表，在中美关系史上掀起了轩然大波，也引起了国民党、共产党以至美国内部的不满，都纷纷发表评论，表示谴责，当然也使司徒雷登感到十分震惊和被动。中共中央主席毛泽东从8月14日到9月16日一个月的时间里，亲笔撰写了五篇文章，从不同层面揭露和剖析了近百年特别是近几年的中美关系，其中著名的《别了，司徒雷登》是其中的第二篇。长期以来，人们以《别了，司徒雷登》一文作为对司徒雷登盖棺论定的结论。现在，孟熹学长已经注意到，"1991年6月出版的第二版《毛泽东选集》第四卷中关于司徒雷登的注解，较之

---

　　① 司徒雷登：《在华五十年——司徒雷登回忆录》，第240页。
　　② 同上。
　　③ 毛泽东：《黄华同司徒雷登谈话应注意的问题》，《毛泽东文集》第五卷，人民出版社，1996年8月第1版，第294页。

1960 年的第一版时已有所变动"①。这个改动主要是删去了两句关键性的断语，即"他一向是美国对华文化侵略的忠实执行者"，"并进行反对中国人民的各种阴谋政治活动"②。郝平先生在他的书中说："毛泽东的《别了，司徒雷登》一文并不是针对司徒雷登个人的，与其他几篇评论白皮书的文章一样，它的真正的批判对象是美国政府，以及白皮书的炮制人——美国国务卿艾奇逊。"③ 其实，当司徒雷登离开南京之日，就是他那"劳心伤神"、"心力交瘁"的政治生涯结束之时。司徒雷登的大使生涯终于结束了。留给他的只是一个"无奈的结局"、"无可挽回的败局"。他固执地以为自己的"梦想"是对的，其实，这正是他所代表的美国利益和他本身世界观的真实反映而已。

司徒雷登回到美国之后不久，就患重病，在他一生当中最亲密的助手傅泾波及其家人的精心照料下，又生活了十三年。这个时期中，美国以及世界的形势很不平静。由于朝鲜战争的爆发，美国一改曾一度想要抛弃蒋介石的决策，转而积极支持国民党，同时封锁台湾海峡，把战火燃烧到了鸭绿江边。美国国内麦卡锡主义盛行，极力迫害亲华分子。在司徒雷登的《回忆录》里，也出现了不少诅咒中国共产党、攻击新中国的词句。这与上述美国的政治背景有关，也和中国大陆被封锁、真实情况难为外人所知有关。同时还应注意到，司徒雷登由于患病，急于想完成他的回忆录，但不知为甚么没有要傅泾波帮忙，而是由他的老相识斯坦利·霍恩贝克博士（Stanley K. Hornbeck）协助完成的。该书自1954 年出版后，人们一直对它（包括《司徒雷登日记》）的真实性有所怀疑。尽管司徒雷登在《前言》中写道："文稿准确地反映了我的回忆、想法和观点。那么，同其他各章一样，这三章（按：指最后的三章）的文责还是由我来负，完完全全由我来负。"④ 可是仍然无法打消人们的怀疑。20 世纪 80 年代初，在台湾出版的《私立燕京大学》一书中，韩迪厚学长就曾写道："司徒雷登最后的十几年神智并未完全恢复，不能著作。以后这末三章经常被人引用，有时或断章取义，贻害无穷。"⑤ 的确，司徒雷登最后的十几年，有些事情是值得好好研究的。有些事情的确是反映他的意愿的，如他主张承认新中国；他反对搞两个

① 林孟熹：《再版后记》，《司徒雷登与中国政局》，第 275 页。
② 毛泽东：《别了，司徒雷登》，《毛泽东选集》第四卷，人民出版社，1960 年 9 月第 1版，第 1501 页；1991 年 6 月第 2 版，第 1497 页。
③ 郝平：《无奈的结局——司徒雷登与中国》，第 401 页。
④ 司徒雷登：《在华五十年——司徒雷登回忆录》前言，第 4 页。
⑤ 韩迪厚：《司徒雷登略传》，《学府纪闻——私立燕京大学》，第 117 页。

中国；他一再嘱咐傅泾波把周恩来总理在他七十寿辰时送给他的明代五色花瓶送还中国；他还一再要求在他死后把他的骨灰埋葬在燕园，即他的爱妻坟墓那里。这也是他最后的一个遗愿。

一个出生在中国的美国现代派的传教士，一个著名的教育家，一个忠实执行美国对华政策的大使，形成了司徒雷登个人复杂多面的人生。他是热爱中国的，以至于说"我是为了中国，别无其他"。他自奉甚俭，全身心投入创建燕京大学，成绩卓著，为中国的教育事业作出了重要贡献。然而，他又是一个扶蒋反共、竭尽全力维护美国利益，因而伤害了中国人民和他的学生的感情的美国大使。在他最后的日子里，无论他怎样去总结自己的一生，他是仍然在怀念中国，期望以中国作为他最后的归宿地。司徒雷登连同他的那个时代都已经逝去了。半个世纪以后的今天，作为一个历史时代的一个历史人物，我们自当能够更加冷静地、科学地来认识评说他一生的功过是非。

司徒雷登和燕京大学的历史是紧密相联的，同时又各自有各自的历史。他们的本来面目是客观存在的，还司徒雷登和燕京大学以本来面目，是我们从事社会科学工作和教育工作的人以及燕京大学校友们义不容辞的责任。为此，应当再次感谢郝平先生和林孟熹学长为推动此项研究所做出的贡献。当然，他们两人的两部大作的问世并不是研究的终结，而是一个新的起点，我相信今后当有更多的论著问世。

（原载《燕京学报》新 15 期，2003 年 11 月）

杰出的爱国学者和教育家
——对陆志韦先生的再认识

陆志韦先生（1894—1970）离开我们已经35年了。时光的流逝并没有冲淡燕京师生对他的怀念；相反，随着时间的推移，人们还更加努力透过历史的尘埃，去找寻那位曾经在燕园教书育人倾注了一生心血的长者。我一直也在追寻一个真实的他，对陆先生进行一次再认识。

我是1947年秋来到燕京大学上学的。一进入燕园，美丽的校园环境深深地吸引了我，老同学热情服务，早为我们这些远道而来的新生安排好了一切，使我这个经过长途劳顿从南方第一次来到北方的人，感到无比的亲切，一点没有陌生感。由于当时陆志

燕大校长陆志韦

韦先生正在休假，迎接我们的是校务委员会代主席窦维廉先生（William H. Adolph，美国人）。到了第二年，也就是1948年，窦维廉作为化学教授到协和医学院工作，陆先生又负起行政责任，我从此开始认识陆先生，可是接触不多。然而，随着发生的一系列重大政治事件，如1948年底燕京解放，1949年新中国成立，1950年抗美援朝战争，1951年燕京改为公立，以及接下来的思想改造运动，1952年"肃清美帝文化侵略影响运动"，紧接着院系调整，燕大被合并入新北大，陆先生也就调往中科院语言所去了。在这些事件发展的过程中，我由一名学生成为一名助教，由一个大学生成为一名共产党员、党的干部，由学生会主

席、工会副主席而"三反"运动办公室副主任。陆先生则由一位学者、校方负责人、民主人士逐步成为"批判对象"、"批斗重点"。如今事情已经过去五十多年了，并在 1979 年对他进行了全面平反，对他的一生进行了公正的评价①。可是，陆先生到底是一个什么样的人？真实的陆志韦先生究竟是什么样子？这个问题常常盘旋在我的脑海里，挥之不去，希望重新了解，好好认识他。所以，近年来我努力寻找与他有关的材料，也曾做过一些实地调查，例如我曾几度到过南浔，去感受陆先生青少年时代的成长环境。在多方调查了解之后，陆先生的学术成就、教育思想，特别是他作为一位爱国科学家、教育家的精神境界和卓越贡献深深地感动了我。

一　成长于"西学东渐"、中西文化交流碰撞之中

志韦先生于 1894 年 2 月 6 日（清光绪二十年）出生于浙江省湖州府（今吴兴县，又名乌程县）南浔镇。原名陆保琦，后改为陆志韦。在查阅材料的时候，有一点引起我的注意，就是陆先生人生转折的重要时刻总是和国家的兴亡大事联系在一起。

1894 年正是中日甲午战争之时。西方殖民主义对中国入侵已经有了半个世纪，又加上了近邻日本的残暴入侵，这时，古老的南浔镇在风雨中几经变化。南浔是江南的著名古镇，过去以丝织业和商业闻名，而且是文化发达、人文荟萃之地。在"五口通商"之后，"西风东渐"，在上海的带动和影响下，这个古镇的建筑风貌、生活方式和文化教育，都在一一发生变化。应该说，在外来势力的侵入影响下，中国沿海城镇最早发生的反响在南浔都可以大致地观察到。我去访问的时候，南浔那些传统的"四象八牛七十二金黄狗"②的富户，却听说不多了，据介绍，主要是国民党元老张静江的张家和嘉业堂主的刘家。而刘家和陆先生的青少年时期有着密切的关系。

我们在寻访刘、张两家故居的时候，都可以看到西式小洋楼，说明他们当时已经不满足于旧式的中国民居，这在我国的东南沿海很多地方

---

①　1979 年 12 月 13 日《人民日报》报道，1979 年 12 月 11 日上午，中国社会科学院在北京八宝山公墓为陆志韦举行了隆重的追悼会。党和国家领导人邓小平、方毅等送了花圈。方毅、周建人以及各地专家学者、陆志韦生前授业弟子、陆氏亲属约六百多（实际到会 1200多）人参加了追悼会。

②　项文惠：《广博之师——陆志韦传》，杭州出版社，2004 年 6 月第 1 版，第 4 页。

都可以看到。就是保守的刘家也在他的私家花园小莲庄里，盖起一幢为女儿们用的中西合璧的新奇闺阁。在张家竟可以看到一个不太小的舞池，用老式留声机播送舞曲，引导人们起舞，而且还有照相设备。张家还采用了法国的彩色玻璃作为装饰。这种玻璃如今在法国已很难找到，引起法国学者的关注。这些得"风气"之先的大户人家，已经开始享受"现代"生活，真可谓"暖风吹得游人醉，直把杭州作汴州"了。在教育方面，江南士家是很重视的。在张静江的故居里，就有这样的对联："世上几百年旧家，无非积德；天下第一件好事，还是读书。"这时，已经办起了新式小学和中学，陆先生后来求学所在的东吴大学就是在 1900 年由基督教会在苏州办起来的。

陆志韦先生出身于一个知识分子家庭。陆先生的父亲陆熊祥是一个饱学的旧式知识分子，于光绪二十二年（1896）中了府学拔贡[①]。然而他的功名仕途并不顺畅，由于外国势力的入侵，加以太平天国运动对"杭、嘉、湖"地区的冲击，使他无法谋得一官半职，遂成为当地富户刘锦藻当铺的账房先生。陆熊祥生育有三男三女，陆志韦是他最小的儿子。陆志韦 7 岁那年，他的生母去世。为了照顾家庭，父亲续弦之后又有一女。由于子女众多，所以他们家的日子过得相当艰辛。

陆志韦聪颖过人，从小就有读书的天赋。5 岁时，他进入刘家的私塾，六七岁就能阅读各种古籍。一篇上千字文章，他读上三五遍即能熟记背诵，被乡里誉为"神童"[②]。父亲十分看重他，在 11 岁时，就把他送去参加科举考试。只因年岁太小，未获得参考资格。而他父亲让他去"观场"，以培养临阵应战的胆量和能力。遗憾的是，他父亲没能看到那一天，在他 13 岁的时候，撒手人寰。陆先生虽未能考取什么功名，而在刘氏家塾整整学习了六年，这为他以后的发展打下了很好的国学根底。

1906 年，陆先生结束了私塾学习，来到江苏吴江著名的震泽镇，进入震泽小学，开始学习英文、算术、生物等新式课程，接受西方文化的熏陶。他以一年时间学完课程，离开震泽进入苏州东吴大学附中学习。正是这一年，1907 年，他父亲去世。生活的艰辛几乎使他无法继续上学。他只好求助于刘家，才使他完成了东吴附中和东吴大学的

---

① 项文惠：《广博之师——陆志韦传》，杭州出版社，2004 年 6 月第 1 版，第 5 页。

② 《陆志韦传》编写组：《陆志韦传》，《燕京大学史料选编》第 2 期，第 50 页，燕京大学北京校友会、燕大校史筹备组编印，1996 年 10 月。

学习。

值得一提的是，他于 1911 年，也就是辛亥革命那一年，考上了清华学堂①。正是这一年，在清华园内作为"游美学务处"的"肄业馆"正式改名为清华学堂。陆志韦遂由南方来到北方，但因不习惯于清华的学习和生活，于是又回到东吴，在 1916 年，由东吴踏上赴美学习的征途。

应该看到，经过这些年的学习，陆志韦先生不论在"中学"还是"西学"方面都已经做好了准备，他的外语也已达到了很高的水平。这也说明正是在南浔、震泽、苏州这样开风气之先又有深厚文化底蕴的地方培育出了陆志韦先生，使他既具有中国传统文化做一个正直爱国知识分子的气质，又具有西方文化科学精神和科学方法的素养。从他刻苦学习的经历中，知道要珍惜机会，勤奋学习，同时，也要具有很强的同情心，关心和爱护那些具有潜力而苦于财力不支的青年人。更重要的是，初步培养了他为人处世的原则：热爱祖国、不畏强暴、刚毅正直、关切大众。

这些品德的培养和陆先生当时所经历的一些事件是有关联的。南浔首富刘家，经过刘镛、刘锦藻、刘承干三代的经营，已经拥有庞大的产业，最为著名的是刘承干创办了嘉业堂私人藏书楼。当时，全国有四大著名私家藏书馆，这就是宁波范氏天一阁、南浔刘氏嘉业堂、常熟瞿氏铁琴铜剑楼和聊城杨氏海源阁。被称为"傻公子"的刘承干"独溺于书"，不惜重金，广泛收买北京及江浙等地藏书之精粹。据载，嘉业堂全盛时期藏书约有 1.3 万种，18 万册，60 万卷，刘承干一度为"民国私人藏书第一人"。他还延揽通儒宿学，进行整理编纂，陆续印刷发行。这在新旧文化转型时期，对保存、传播我国传统文化做出了巨大贡献。当你进入嘉业堂的时候，那厚重的建筑，精巧的设计，肃穆的气氛，使你徜徉在书海之中，得到很大的精神力量。这些对青年的陆志韦影响是很深刻的。

而刘氏父子具有强烈的民族情结，刘锦藻尤甚，对于外国侵略势力，洋教会恃势霸占中国田产，十分气愤。刘锦藻等于光绪二十七年（1901）和美国传教士打了一场旷日持久的官司。先后具文上诉至归安县衙、浙江巡抚署、总理衙门等，均被腐败的清朝官员一推了之。他们抱定不赢诉讼决不罢休的宗旨，继诉之于美国驻上海领事馆、美国驻华

---

① 《陆志韦传》编写组：《陆志韦传》，《燕京大学史料选编》第 2 期，第 50 页。

大使馆，也无任何结果。最后，毅然讼之美国国务院，因证据确凿、理由充分而赢得了这场官司①。这在当时是很轰动的。

可是，事物却又是复杂的。对陆先生有很大帮助的刘家，在政治上却是个顽固保守派，他们极力效忠清室。辛亥革命之后，更以遗老自居，竭诚效忠于逊帝溥仪。对溥仪小朝廷的各项活动，刘承干几乎无役不参加，无役不献巨金，固执地为已崩溃的清廷唱挽歌。在刘家看来，与中国传统思想文化背道而驰的基督教是异端邪法，洪水猛兽，他们极力进行反"洋教"的斗争。而在东吴大学读书的陆志韦先生，因受西方文化的影响，加入了基督教；同时，也不满意他们抵制辛亥革命、反对共和的顽固态度。因此，被刘家斥为大逆不道，中断了对他求学的资助。由此，陆先生不得已到苏州望星桥旁免费招收贫寒子弟的惠寒小学兼任教员，以增加收入，聊以维持学业，直至1913年他从东吴大学毕业。这件事对他打击很大，从政治态度中可以看出保守与进步，从宗教信仰上看出顽固与会通的分歧。这对他后来的发展也有很大影响。

毕业后，他在东吴附中教了两年书，同时也读了一些书，包括西方心理学、哲学和科学著作。1915年，他获得保送留美学习的机会，于1916年，转道上海赴美，时年22岁②。

二 早期留美学生的优秀代表、
五四新文化运动的先驱

陆志韦先生是1911年考入清华学堂的，本可以早些赴美留学，而结果，在五年以后才得以成行。时间好像晚了几年，而他在国内做了更多的准备，这对他也是有益的。他起初来到美国东南部田纳西州的范德比（Van-derbrilt）大学研究院所属皮博迪（Peabady）师范学院。这里曾是他的好友、东吴同窗、长他两岁的赵紫宸教授学习的地方。他学的是宗教心理学，而这个学院其实"只有心理学的名而无心理学的实"③。他感到很不满足，转而在芝加哥大学（Chicago）申请到一笔为数不多的奖学金和半工半读的机会，于是就转而北上，来到著名的芝加哥大学。

---

① 项文惠：《广博之师——陆志韦传》，第12页。
② 同上书，第25页。
③ 同上书，第27页。

芝加哥大学以实行美国流行的"通识教育" （Liberal Arts Education）而被称道。旨在防止学术课程和职业课程过分专业化的"芝加哥计划"，曾对美国大学的本科教育产生很大影响。与此同时，因达尔文进化论的影响和詹姆斯实用主义思想的推进，芝加哥大学正活跃着一大批心理学的带头人物，构成机能主义心理学（Functionalism Psychology）、行为主义心理学（Behaviorism Psychology）等心理学流派，成为19世纪末20世纪初繁荣的美国心理学的重要基地。心理学是一门新兴的学科，刚刚从哲学分离出来。由于科学的发展，仪器设备的进步，使得人们能用更为客观、更为科学的态度来对待心理现象，以寻找它背后的发生原理和发生规律。陆先生对此有着极大的兴趣。

陆先生在芝加哥选择的专业是研究心理现象和行为产生的生理过程的生理心理学。这门学科涉及心理学、生理学、动物学、神经学等。由于学校教学安排的妥帖，加上有名师的指点，对心理学早有兴趣的陆先生掩饰不住内心的兴奋，全身心地投入学习和研究之中。他先从基础入手，广泛涉猎了生物学、动物学、生理学、进化论、遗传学、解剖学、神经学等。他很快找到了一个突破口，就是在前人德国人艾宾浩斯（Hermann Ebbinghaus）研究记忆的基础上，集中研究"遗忘"，提交了博士论文《遗忘的条件》。陆先生应用统计和数学方法，对记忆问题作了深入的研究，提出了新颖的见解，修正了艾宾浩斯的"遗忘曲线"，以此获得哲学博士学位[1]。由于学习成绩突出，陆先生被吸纳为美国各大学自然科学研究生 EX 学会会员。通过学会，他既结识了像亨德那样的心理学同行，也熟悉了刘廷芳这样的中国留学生，他们不仅是他学业上的良师益友，也是他人生旅途的知音。正是刘廷芳，使他认识了司徒雷登，往后来到了燕京大学。而刘廷芳、赵紫宸等人正是他后来在燕京办学的重要伙伴。

作为早期留学生的代表，陆志韦的表现是突出的。他们这一代留学生正值新旧世纪交替的时候，在中国又是由帝制转为共和的大变动时期。他们这一代比起过去，不论在人数上还是学科分布上都要大得多，宽广得多。从他们中间，涌现出了许多杰出人物。他们在现当代中国的政治斗争中，在文化教育学术的发展上，都占有重要的地位。他们中的许多人成为五四新文化运动和政治运动的积极参与者和领导人。但是，这些人在往后的分化，也是很明显的，有的一直留在了美国，终老异

---

① 项文惠：《广博之师——陆志韦传》，第31页。

乡；有的靠近了蒋介石集团，政治上走了另一条道路；有的则投身于革命；而陆先生则坚持他自己所走的路。他不仅及时返回国内，而且不涉足政治，和蒋介石集团保持距离，埋头于学术和教育，坚持作一个爱国正直的知识分子。

陆先生于 1920 年回国，正在这一年，他由南京来到北平，和刘廷芳的妹妹浙江温州的刘文瑞女士结为连理。他们在北平举行了新式婚礼，由司徒雷登主婚，杜威、胡适、张伯苓等众多文化、教育界知名人士都出席了①。

陆先生这次来北平和 1911 年第一次来时相比，北平已大不一样了。新文化运动正在向纵深发展。陆先生呼吸和感受到了 1919 年刚刚爆发的五四运动的气氛。具有诗人气质的陆志韦，1920 年到 1923 年，是他一生创作诗歌的黄金时期。他久蓄于心的激情一下子迸发了出来，写下了许多脍炙人口的白话新诗。他借用西方诗歌的格律，以白话抒发了心中的感受，创为一体，朱自清在《中国新文学大系·诗集·导言》中写道："第一个有意实验种种体制，想创新格律的，是陆志韦氏。"② 他的作品是新诗运动中开出的一朵奇葩。

不论在美国，还是在中国，他都积极从事文化交流事业，把新兴的学科介绍到中国，也把中国文化介绍到国外。1934 年，在他第二次赴美之时，曾在芝加哥大学国际会议厅作过多场关于中国诗的演讲，介绍包括文人的诗与格律或格调，古代和现代的民歌，诗的艺术技巧，诗人、白话文等内容，还讲到了风韵万千的唐诗，刻意求新的宋诗，多姿多彩的清诗等等。演讲通俗易懂，引人入胜，演讲稿《中国诗五讲》(Five Lectures on Chinese Poetry)，在中外人士和朋友中广为流传③。

三 跨学科的著名学者，我国现代心理学的奠基人之一，现代卓越语言学家之一

1920 年陆志韦先生回到国内，应郭秉文校长的礼聘，首先来到南京，到南高师（南京高等师范学校，1922 年改建为东南大学）任教，

---

① 《陆志韦传》编写组：《陆志韦传》，《燕京大学史料选编》第 2 期，第 52 页；《广博之师——陆志韦传》，第 40 页。

② 朱自清：《导言》，朱自清编选：《中国新文学大系·诗集》，上海良友图书印刷公司，1935 年 10 月第 1 版，导言，第 6 页。

③ 陆志韦：《中国诗五讲》，外语教学与研究出版社，1982 年 5 月第 1 版。

直到 1927 年离开转聘到燕京大学。陆先生来到之后，把新兴的心理学带到国内，和著名教育家陈鹤琴共同筹建了全国第一个心理学系①。后来他和著名的心理学家潘菽被并称为"南潘北陆"，成为我国心理学的奠基人之一。

从 1920 年到 1936 年，是他积极致力心理学学科建设的时期。他翻译心理学名著，同时自己也撰写专著，主要有 1924 年出版的《社会心理学新论》和 1936 年出版的《普通心理学》，这些既是教材，又是普及读物，以介绍和传播心理学知识。他建立学术组织，不论在南京或 1927 年后来到北平，都和同仁们一道组织心理学会，网罗人才，出版心理学刊物，发表成果。他积极筹建图书室和实验室。他知道心理学是一门实验科学，必须重视实验和资料。他多方设法筹措资金，购买图书报刊和仪器设备，以创造良好的教学、科研条件。他懂得要搞好实验，必须走出校门，到社会上去进行调查研究，收集数据。当年报考燕大，都有一份心理测试问卷，要求考生填写，这是很独特的、在高校中绝无仅有的。可惜这些资料都散失了。他还亲自上课，开过的课程有普通心理学、实验心理学、教育心理学、社会心理学和系统心理学等。在 1936 年以后，由于多种原因，其中一个重要因素就是无法开展"田野工作"，他就改行去搞语言学了。

那时，燕大心理系有两位深受同学欢迎的老师：一位是夏仁德先生（Randolph C. Sailer，美国人）；另一位就是陆志韦先生。夏先生讲的心理卫生是一门大课，向全校开放，针对青年学生中常见的问题，进行心理疏导，有似今日的心理咨询。陆先生的课是偏重学术性的，但他讲课像聊天那样，从不照本宣读，讲得津津有味，妙趣横生，给人留下深刻的印象。

陆志韦先生培养了不少学生，值得提出的当是"燕京才女"郭心晖了。在陆志韦的悉心指导下，她以皮亚杰（Jean Paul Piaget 1890—1980）的认知理论为研究方法，对 4 名 3 岁到 5 岁儿童进行自然语言的记录，再对 16 名 7 岁至 9 岁儿童进行填句测验，分别分析他们的语言长度、语言功能、语言结构，以及思维语言中的表现等，然后写就毕业论文《儿童语言之研究》②。

---

① 项文惠：《广博之师——陆志韦传》，第 36 页。
② 燕京研究院编：《燕京大学人物志》第二辑，北京大学出版社，2002 年 4 月第 1 版，第 13—14 页。

根据林焘教授的介绍，陆志韦先生由心理学转向语言学研究，他的第一篇文章是1936年发表在《燕京学报》第20期上的《汉语和欧洲语用动词的比较》。实际上，他在1935年就已经开始搜集和研究北京话的单音词工作了。1937年，爆发了抗日战争，燕大成为沦陷区中的孤岛。四年以后，太平洋战争爆发，燕大被日本侵略军占领，陆先生被捕入狱，在狱中表现出崇高的民族气节。他被折磨致病，保外就医。出狱后，困居海淀成府，在敌人的严密控制下，他以研究音韵学"打发"时光。林先生认为，这"并不是偶然兴之所至，而是对敌人黑暗统治的无声反抗"①。

陆先生开始时，"辄取古人音书拉杂读之，亦在似解非解之间"。由于有深厚的根基，加上有科学方法的指导，很快就入了门，发现了问题，拓展了研究。1939年，他在《燕京学报》上连续发表了他最早的三篇有关讨论中古音的论文。这就是《证〈广韵〉五十一声类》、《三四等与所谓"喻化"》、《唐五代韵书跋》。在1942年5月，他出狱一年后就写成了《古音说略》，再进行修改后，于1947年正式出版。这是陆先生第一部有关音韵学的名著。

音韵学曾是乾嘉学派的研究领域之一，也是西方汉学家关注所在。20世纪20年代瑞典著名学者高本汉（Bernhard Karlgren）开始把印欧比较语言学构拟的方法介绍到中国，他先后用音标标写出所构拟的中国隋唐时期中古音和周秦时期上古音的实际音值。陆志韦先生对高本汉的贡献作了相当充分的肯定。但是，认为高氏所构拟的系统在资料使用和构拟方法上都还存在不少缺点。"陆先生则是第一位对高氏所构拟的系统作全面探讨并提出严格批评的中国学者，也是第一位提出自己完整的中古音和上古音构拟系统的中国学者。"②

"最为难得的是先生能够跳出传统音韵学的藩篱看待研究上古音的材料，明确指出'韵文跟形声字都不是单纯的材料'，《诗经》的韵脚并不是'按照一种模范国语改编过了的'，'谐声不是一个统一而纯粹的单韵系统'，这些都是过去的音韵学家很少直接面对和讨论的根本性问题。"他"并根据统计结果列出了'广韵五十一声母在说文谐声通转的次数总表'，这个总表对研究上古声母有极其重要的参考价值，为上

①　林焘：《陆志韦先生对中国语言学的贡献》，《燕京学报》新3期，北京大学出版社，1997年8月，第329页。

②　同上书，第330—331页。

古声母的构拟提供了科学的依据"①。

后来，陆先生又把研究重点转向了过去很少有人问津的近代汉语语音研究上。他一共写成九篇文章，称之为"古官话音史"，为近代汉语语音史的研究开创了全新的局面，大大扩大了研究者的视野②。

除了语音学，陆先生早就开始了对北京话单音词的研究。在研究过程中，接触到了语法研究中一些带根本性的理论和方法问题。多年之后，在 1957 年出版了《汉语的构词法》一书。这是我国第一部全面系统研究汉语构词法的专著，资料的完备和分析的深度都远远超过前人，对汉语语法研究起了非常重要的推动作用。陆先生以研究传统音韵学为主，但研究范围实际上遍及语音、语法和语汇，而且是从古代直到现代。这样广博全面的语言学家在中国是很少有的③。俞敏教授风趣地写道："提起音韵学来，别看我懂的不多，总算门儿里出身；创获不多，挑毛病的能耐倒看得过儿。等一看先生的书，不由得顺脊梁沟儿里冒凉气：先拿《切韵》音作核心，斟酌妥当，上溯《诗经》音，下论古官话、北京口语，这么大的气魄就足够把我这门儿里出身的吓一跳了。"④

四　长期执掌燕大校务的领导人，为燕京大学　　教育事业的发展做出巨大贡献

陆志韦先生是 1927 年来到燕京大学的。虽然是由于司徒雷登、刘廷芳等人的极力邀请，也是因为他要避开东南大学的政治斗争。1927年是蒋介石政权在南京建立的年代。在东南大学围绕"郭杨之争"（郭秉文和杨杏佛）牵动了方方面面，陆先生也卷进了这场斗争。为摆脱这些"明争暗斗"，诚如陆卓明同志所言，"他就离开了深受中国官场争夺干扰的南京学界"⑤，到了燕京。1934 年，他正在美国进行学术休假，由于吴雷川校长的请辞，司徒雷登急着找他回国出任学校领导，催促的电报一直从美国追到欧洲。1927 年他初来燕园，正是西郊新校区即将建成。到了 1934 年，正当学校各方面都已初具规模、蒸蒸日上之时，

---

① 林焘：《陆志韦先生对中国语言学的贡献》，《燕京学报》新 3 期，北京大学出版社，1997 年 8 月版，第 333—336 页。

② 同上书，第 336 页—338 页。

③ 同上书，第 339—342 页。

④ 俞敏：《前言》，《陆志韦语言学著作集》（一），中华书局 1985 年 5 月第 1 版，前言，第 3 页。

⑤ 陆卓明：《回忆燕园内外》，手抄复写本，第 19 页。

可不久，爆发了抗日战争，北平沦陷。为了便于对付日本人，司徒雷登再任校长，而陆先生仍参与学校行政领导。他一直和燕京的命运紧密地联系在一起。

1945年"八一五"日本投降。陆先生兴奋异常，立刻成立了一个五人小组，团结带领燕大教职工，以最快的速度、最高的效率，接管燕园，开展复校活动。9月举行新生入学考试，10月正式开学。这既反映出燕京人高涨的热情，也表现出陆先生的组织才干和领导才能，在千头万绪中协调各方面力量，有条不紊地推进工作。

众所周知，司徒雷登是燕京的实权人物，然而他的活动很多，交游很广，他在燕大主要是抓人事和财务。陆先生在所撰写的《司徒先生七十寿词》中，说到"他费了最大部分的时间应付人事"。"除了人事，他的难处在乎筹款。"① 他经常远渡重洋，在美国各地募款。他总共十次回美国，每次都逗留较长时间。应当说，学校日常的教学、科研运转和行政管理，司徒雷登都难以多顾，自然大部分落在坐镇校内主持日常工作的陆先生身上。当然，学校的重大决策、学科设置、延揽人才以及所形成的教学与科研特色，都是他们共同研究决定的。燕大所推行的世俗化、中国化、实用化、国际化、中外文化教育交流等等重大改革，也都是共同推动的，其中必然浸透着陆先生的心血和智慧。

在陆先生主持校政的时期，正面临反对日本侵略和反对内战、争取和平、建立新中国的斗争。在这些斗争中，陆志韦先生的态度是十分鲜明的，他支持伟大的"一二·九"运动，支持反对日本侵华，支持一系列的学生运动。他婉言谢绝了西南联合大学约他南下执教的邀请，坚持留在北平和燕京师生在一起。抗战胜利后，在第三次国内革命战争时期，他同样支持此起彼伏的进步师生的革命行动。在北平即将解放的时候，他拒绝了胡适向他发出的南迁的邀请。胡适曾草拟一份将学术上有名望的知识分子接出大陆的名单，陆志韦名列在前。而他坚持留在北平，迎接新中国的诞生。

在这些斗争中，陆先生挺身而出，保护学生，主持正义，是人们难以忘怀的。一次发生在1940年，一次是在1948年。1940年，燕京大学研究生冯树功骑自行车行经西直门外白石桥时，被一辆横冲直撞的日本军车轧死。消息传到学校后，群情激愤，纷纷提出要日本军方严惩肇事凶手，同时校内举行了追悼大会。追悼会由时任研究生院院长的陆先生

---

① 陆志韦：《司徒先生七十寿词》，转引自《广博之师——陆志韦传》，第74页。

主持。他说："我们大家在这里读书，好象很安宁，这次事情告诉我们，这安宁不过是薄薄的一层帷幕，随时一阵大风来就会把它吹走。"[①] 他又说："死者有一颗善良的心。他追求真、美、善，但是他却被假、丑、恶给毁灭了！……他向往美好的境界，向往正义、友谊和幸福，但他得到的却是黑暗、不义和残忍……死者不可复生，但我们生者决不能忘记死者！永远、永远不能忘记！"[②] 礼堂里坐满了人，人群中的饮泣声突然爆发成一大片的痛哭！在沦陷了的北平，日本占领者屠杀个把中国人是司空见惯的事，中国人只能敢怒不敢言。可是，在燕京大学礼堂的追悼会上，面对拿着刺刀的日本侵略军的代表，陆志韦先生却发出了血泪的控诉与愤怒的抗争，这足以表明陆先生的爱国主义精神和藐视强敌的大无畏勇气！

时隔八年，1948 年 8 月 19 日，国民党当局的北平特别刑事法庭对燕京大学 31 位师生发出拘捕传票。当天各地报纸也都刊登了国民党对全国范围各大学师生的拘捕传讯名单，这就是有名的"八一九"黑名单。19 日早晨，燕大被国民党军警包围了，并扬言要进入学校搜捕。当时正值暑假，31 人的名单中，有的人已经离校，有的则尚在校内。地下党组织正采取措施，组织撤离，校方和一些老师如夏仁德、严景耀、翁独健、张玮瑛等也想尽办法，保护学生。身为校务委员会主席的陆志韦，再一次挺身而出，在全体师生贝公楼礼堂的大会上，发表了著名的"八一九"讲话。他说的第一句话是："这样的聚集，在燕大历史上还是头一回。从前有一回，跟今天的情形有点相像的，那是 1941 年 12 月 8 日 10 点钟的聚集。所不同的，那一天来的是仇敌，是日本人，今天是我们的同胞，是同胞，将来共患难的日子多着呐！"听到这里，不少师生饮泣起来，而会场上的国民党团长和警宪们都脸色苍白，局促不安。他接着说："可是我不愿意借外势，也不愿意求人情，打官话。""我并不怕事，我出死入生，是为中华民族经过患难的。"[③] 这个大义凛然的讲话，在当时和往后都产生了很大的影响。"八一九"大逮捕是国民党在全国范围的行动。我相信很多校长是关爱学生的，但却没有一个像陆先生这样公开站出来，面对国民党的宪警，说出如此激昂慷慨义愤

---

① 王恺增：《陆志韦先生留给我们的……》，《燕大文史资料》第七辑，北京大学出版社 1993 年 4 月第 1 版，第 28 页。

② 《陆志韦传》编写组：《陆志韦传》，《燕京大学史料选编》第 2 期，第 56 页。

③ 杨正彦主编：《雄哉！壮哉！燕京大学》（1945—1951 级校友纪念刊），第 251—252 页，1994 年 4 月版；参见项文惠《广博之师——陆志韦传》，第 183 页。

填膺的话来！

五 终身执教，贯穿于言传身教中的教育思想

陆志韦先生一生从事教育事业。在燕园工作、生活了25年，其中担任学校领导职务也有十七八年。他的职务有时称校务委员会代主席、主席、代理校长、校长。不过，人们都习惯称他为陆先生，我也一直叫他陆先生。因为在燕京的传统上，对教师都尊称为先生，不论职位、性别和年龄高低。陆先生有着丰富的教育工作实践经验，他一直保持教师本色，可惜没有留下（也可能我没有找到）多少有关教育工作的论述。尽管如此，我认为，他是一位身教重于言教的教育家，他一生的所作所为都闪烁着他的教育理念。

1. 重视品德教育

他要求学生"国家兴亡，匹夫有责"，做一个爱国正直的知识分子，不计较个人切身小利益，以大局为重，乐观地直面人生。

在1946年夏秋，针对新生和毕业生的状况，他留下了两篇文字，颇能说明问题。在《燕大双周刊》的《迎新特刊》上，他写道："我人于欢欣就学之时，切莫忘今日之中华民族，为世界上最凄惨之民族。诸君来此，实为与师友共同研究抢救之方。读一日书，当思量此一日之用处。切身小利害已不及计较，大学生责任之重，未有甚于今日者矣。"又言道："所望于新人者，小事忍耐，大事直言，庶君子相处以诚之道也。"[1] 中华民族是世界上最凄惨之民族，这是近百年来仁人志士经常提到的话题。而陆先生为什么又在1946年夏提出呢？1946年夏是个什么日子呢？这是抗战胜利的第二年，全国人民渴望和平，反对内战，希望建设新国家，而国民党已是磨刀霍霍，掀开了内战的帷幕。此时，陆先生正在南京出席燕京大学董事会，他必然感受到了一些气氛，所以再次说出"莫忘今日之中华民族，为世界上最凄惨之民族"这一惊人之语，引导同学们做好准备，以尽大学生的责任。

同为1946年夏，他为应届毕业班题辞：

> 盖闻十年树木，枯杨生稊有时；半亩回春，浊酒论文之夜。然而橐驼满都，狼狍在邑；一衿羞涩，两袖郎当。故闻鸡而感征尘，

---

[1] 陆志韦：《迎新人》，《燕大双周刊》第20、21期合刊，1936年9月9日。

歌以当哭；倚马而题别思，破涕为欢而已。①

这短短的 64 个字饱含着陆先生的深情，且引用了不少典故。有的学长已对此做过注释和阐述。我这里着重提出的是，陆先生要同学们注意当前中国的现实，一面是"橐驼满都，狼狈在邑"；另一面是"一衿羞涩，两袖郎当"。同时希望同学们发扬"闻鸡起舞"的精神，走上征程。在历尽艰辛，完成学业，即将告别之际，要"破涕为欢"，直面人生。

时间刚过了一年多，在 1947 年除夕，他应学生会之邀，在新年同乐会上向全体师生发表了一次讲话。他说："环境越困难，有良心有正义感的人越会感觉到这一点。一九四八年中国情形将更坏，可能演变到人吃人的地步，但大家不要以为中国无希望。"他说："一个人如果真正面对生活，则不论环境怎样困难，心情怎样痛苦，他倒是快乐地振作地奋斗下去。"②

由此可见，陆志韦先生绝不是"两耳不闻窗外事"的闭目塞听的"腐儒"，而是十分关心国家大事，时刻唤醒青年担负应有的责任的导师，而且要求青年乐观地对待生活。

他不仅告诉学生如何处世，也告诉学生如何做人。王恺增同志说："陆先生曾认真地告诉我，做人必须'坐而论道，立而行之'（语出《周礼》）。就是说，讲道理，研究学问，就必须进行自我批评，听取不同看法。做事，就必须扎扎实实动手，不能空谈。在这两方面所达到的深度，就是一个人的深度。其实，这才是我们能从老师学到的最可贵的东西。"③ 俞敏教授说："我这多半辈子有一件事挺走运的——作事八成总是在老师手底下。这一来我也吃了点儿亏。好些处世的诀窍，像吹字诀、拍字诀什么的都没学会——跟老师作事用不着这套。可我也占了大便宜。省工夫儿多了，省脑筋多了。"④ 以上事例说明，陆先生的思想是一贯的，从他自己的行为中也充分说明了这一点。

2. 主张文理兼通

在燕京大学，一向规定理工科的学生要学一定人文科学和社会科学的课程；文法科的学生则要学一定的自然科学或工程技术的课程。在今天，科学技术日益高速发展，社会生活日益多样化，兼通文理更是十分

① 转引自项文惠：《广博之师——陆志韦传》，第 171 页。
② 《苦中作乐之新年同乐会》，《燕大双周刊》第 52 期，1948 年 1 月 14 日。
③ 王恺增：《陆志韦先生留给我们的……》，《燕大文史资料》第七辑，第 27 页。
④ 俞敏：《前言》，《陆志韦语言学著作集》（一），前言，第 1 页。

必要的。要使学生受到文理两方面的训练，而且要使两者兼通，找到兼通的结合处，这对许多人来说，至今还是个尚待解决的问题。而陆志韦先生从他早年从事科学的活动开始，就努力去做，而且结合得很好。像他这样取得卓越成绩的学者并不多，而文理兼通正是他的科学活动的一大特色。

陆先生自幼就打下了很好的文理并重的基础。他很早就注意文理结合，而且也善于将文理结合起来。在芝加哥大学做《遗忘的条件》的博士论文时，他就运用数理和统计方法处理数据，得出科学的结论。后来，从事语音学的研究，他又十分娴熟地运用这样的方法。在开始接触清代音韵学的时候，经过思索，他说："始恍然大悟于清人之拙于工具。"这个"大悟"使他明白了清人的局限性所在，从而增强了信心，以自己所学西方之科学方法，来解决这个问题。所谓"拙于工具"，就是指尚未掌握科学方法之谓也。林焘教授说："陆先生和其他音韵学家不一样的是在研究方法上有明显的创新，在构拟中古音和上古音时，把心理学家常用的概率和统计方法运用到音韵学研究中，用这种方法检验前人的研究成果，提出了许多崭新的见解，使得音韵学的研究方法更加缜密，更具有科学性。"① 所以，他不仅超越了清代音韵学家，也超越了著名的西方汉学家、瑞典人高本汉。

王恺增学长说，"陆先生的头脑之敏锐，非同寻常。他的学识也非常渊博，特别是兼通文理，一方面对哲学、文学有很深修养，另方面又受过现代科学的严格训练，有精密的分析能力，也熟练掌握了分析方法。他的数学修养很好，教心理统计，游刃有余，这在当时的教授中是不多见的"②。

3. 强调应用研究

燕大是很重视应用学科的。最近，看到一份陆先生为 1941 年燕大研究院同学会会刊而作的序。他写道，这几年来，要研究学问的学生大多数趋向于实用方面的情况，他是赞同的。而对某些学术界的人士将这种情况斥之为"浅薄"，"非建国之道，更不是真正求学之道"的议论，进行了反驳。

他以为，"纯粹科学"和"应用科学"之间并没有清楚的界线。两者是可以相互转化，相互促进的。接着，他谈到目是否"纯正"的

---

① 林焘：《陆志韦先生对中国语言学的贡献》，《燕京学报》新 3 期，第 328、331 页。
② 王恺增：《陆志韦先生留给我们的……》，《燕大文史资料》第七辑，第 24 页。

问题。他不以为研究纯粹科学就是目的"纯正",研究应用科学就是"不纯正"。他写道:"其实一个聪明的学生,一方面想为社会国家做一点和目前有关系的事业,又一方面自己生活上可以不至于太无出路,不能说是没有志气。大势所趋,全世界都在希望名利双收,何必对于中国学生过于苛求。"陆先生是很通达的,他主张对国家对社会对自己都有收益,不要沽名钓誉,不要"假清高"。同时,他进一步指出,"断不宜拘执科举时代的阶级观念来限制他"。我们知道,在封建的科举时代,士农工商,有严格的界限,以致形成等级,在价值观上也有很大差异。所以,陆先生在文中提出要打破旧观念,改变人们的价值标准。

陆先生认为不论从事什么研究,最重要的是态度要端正,脚踏实地,注重质量。他说:"目的无所谓'纯正'与否,求学的态度上可是不可以不严重。比如一个人研究制造肥皂的,不讲究肥皂怎样造得好,天天只希望廉价出售,不久就发大财或是为国家挽回一点元气,可以抵制洋货,不论为私为公,他的态度不能算严重。并且这样的人也不会走上纯粹研究的途径。不管技巧上如何精细,他断不会成为科学家。"①

为适应中国的需要,适应中国生产力发展的水平,适应国家的状况,燕京大学一直十分重视发展和建设职业技术教育,专科教育。后来,又建设应用性学科,包括新闻学、社会学、护预、陶瓷、制革等等。陆先生一直希望在燕大成立工学院,并为此不断地奋斗着。

4. 以深厚的基础、科学的方法,勇攀高峰

陆先生一生所受的教育都体现了打好基础的重要性。他从小就受到良好的基础训练,后来所在的芝加哥大学又十分重视"通识教育"。加以他又十分勤奋,可以说,古今中外,他都涉猎,有着深厚的基础,而且他追踪科学信息,注意学科发展。他用心建设图书资料室,为学生创造良好的学习环境。郭心晖说,她在 20 世纪 30 年代就在心理系图书室看到外文版的《资本论》。我们做学生的时候,也到心理系图书室去看书。

陆先生十分注意科学的态度和科学方法。"严格遵守科学的规范但并不被它所限,我觉得这是陆先生治学的一大特点。"② 陆先生表示,不能同意当年美国流行的行为主义,他们对于科学手段尚未接触的领域干脆加以否定。而陆先生以为科学的态度是把所研究的问题限制在可以

① 陆志韦:《序》,《燕京大学研究院同学会会刊》第 3 期。1941 年。
② 王恺增:《陆志韦先生留给我们的……》,《燕大文史资料》第七辑,第 25 页。

进行客观观察和客观分析的限制之内，此外东西则抱存疑的态度，俟诸科学的发展。不要耍弄概念游戏，束缚了自己的头脑。这对探知未知世界是很有意义的。

至于如何掌握科学的方法，陆先生也向同学们提出了具体建议。"求学的方法，第一是拿住一个问题，不必求博。第二是推想在那一方面，利用怎样的材料最容易解决我的问题。第三是按着常识（就是所谓研究的逻辑）一步一步的走，不许跳，更不许飞，更〔最〕后把问题弄清楚了，那就是研究的结果。"①

"不许跳，更不许飞"，表明陆志韦先生的治学是十分严谨的。"他在治学当中却从未走过'捷径'，总是用最切实的方法，对每一步都加以严格的批判，务使之不带任意性。"② 这种严谨必定要求他的工作十分勤奋。林焘教授写道：1945 年抗战胜利后，"我当时正在先生的指导下一起对《经典释文》的异文进行分析研究，往往是在先生白天繁忙的行政工作结束之后才叫我到书房中去工作，共同对《经典释文》中的几千条异文逐条查阅资料，分析讨论，有时一直工作到深夜，从不见先生有过丝毫倦意。这两三年可以说是先生一生研究精力最旺盛的时期"。③

在严谨勤勉的工作中，陆先生从不盲从，敢于挑战权威。他曾对王恺增说："我看了高本汉的书，觉得咱们中国人真可怜极了。高本汉不过是掌握了一点现代科学方法，他对中国古韵的理解，有些地方还比不上顾炎武。现在居然被奉为经典。"④ 他决心对古韵重新加以整理研究，得出更为科学正确的结果来。同时，他还勇于探索前人所未或很少涉及的领域，并取得一个个辉煌成绩。他正是以自己的实际行动，鼓励青年学子勇攀科学高峰。

陆先生的教育思想，可能归纳得还不全面准确。但是，我以为这些理念在今天仍然是有生命力的。我们应当继承和发扬这些教育思想，为国家为民族培养出更多更好的人才，取得更多更好的科研成果！

① 陆志韦：《序》，《燕京大学研究院同学会会刊》第 3 期。
② 王恺增：《陆志韦先生留给我们的……》，《燕大文史资料》第七辑，第 29 页。
③ 林焘：《陆志韦先生对中国语言学的贡献》，《燕京学报》新 3 期，第 329 页。
④ 王恺增：《陆志韦先生留给我们的……》，《燕大文史资料》第七辑，第 28 页。

六　热爱生活，兴趣广泛，自奉甚俭，极具同情心

陆先生由于父母早亡，家境贫寒，青少年时代孤苦无依，一般人以为他性格内向，相当孤傲。长大以后，他逐步融入社会，接触各个方面，和人们交往增多，大家认为他兴趣广泛，热爱生活，平易近人，始终保持学者本色。他主要生活在燕京师生之中。"这样，他的朋友、同事、学生……谁见着他也不愁没话说。先生也自然成了燕大社交生活的中心了。"①

陆先生和燕京的许多家庭都有着密切的关系。其中我特别要提出的是他和俞敏先生的关系，这是一则很令人感动的故事。俞敏和陆先生既非同乡，也非故交，完全是普通的师生关系。1940 年俞敏考入燕京研究生院。由于家境贫寒，入学发生了困难。俞敏写道，"我头一回遇见这样儿的人"，"他比我还着急、慌惜；出起主意来他比我还想得周到。他图什么呢？小时候儿念《孟子》，念过'思天下有饥者，由己饥之'。长大了光在大夫的匾上看见过这种字眼儿。活人么，没见过。这一次我算开了眼界了，真见着有这种品行的真人儿了。从那以后，我认准了先生是位'婆心'的大人物。"后来"有机会多来往，些微熟悉先生的为人。平等待人是最容易发现的。在我那冰房冷屋里和我们夫妇一块儿大口儿吃蒸白薯啦，抱我那个胖乎乎的大孩子直到污了袄袖子啦，这种场面过了卅六七年了。闭上眼一想，仿佛就象昨日的事"②。俞敏教授饱含深情的回忆，给我留下十分深刻的印象。

陆先生喜欢下围棋，棋艺也很高超。一次，我们历史系全体同学在邓之诚教授家聚会。突然，他也来了。我们一边包饺子，他和邓老一边下围棋，愉快地度过一个下午。他也喜欢打桥牌，他的牌艺很高，而且会打多种规矩。陈熙橡校友回忆说，1946 年第三次到燕园之后，"每个礼拜总得有一两晚在陆家打桥牌，牌手有梅贻宝先生，梅太太，金城银行的汪经理，林启武先生，廖泰初先生，和外文系的吴兴华"。"我们八人算作燕大的教职员桥牌队"，陆先生和他是一对，"常与清华和北大的教职员队三角比赛。记得有一次进城到北大钱思亮先生家里去比赛，大伙儿坐学校那辆黑色大房车，临起程时，陆先生对我说，'我带

---

① 俞敏：《前言》，《陆志韦语言学著作集》（一），前言，第 9 页。
② 同上书，第 1、2 页。

有好东西，今天一定赢。'什么东西呢？他未说。到比赛展开后，他拿出一罐新开的'加力'烟来，真是战意为之一隆，结果当然胜利。"①（应当指出的是，当年在燕园的银行是"大陆"，而非"金城"，汪镶先生是位主任而非经理，陈熙橡可能记错了。）此外，陆先生也爱好音乐，喜欢集邮，欣赏国画，都达到精通程度，生活情趣十分广泛。

由于早年的困苦，加以在日本占领期间靠典当度日，他是过过苦日子的。所以，他自奉很严，注意节约。有两件事给我印象很深：一是陆先生喜欢抽烟。我后来和他接触多了，有机会近距离观察他，发现他上嘴唇有一块烧焦的疤痕。我不知道是怎么回事？日子久了，知道他抽烟一定要吸到最末。那时还没有过滤嘴，所以烧到嘴唇，他还在吸，以致被烧焦了。还有，冬天他常穿件皮棉袍，不穿大衣。我也奇怪。原来他是穿两件棉袍，进屋就脱掉外面的一件。这和有人穿着狐皮大氅就不可同日而语了。还有，他在校内老骑一辆旧自行车。不论冬夏，在未名湖旁，常看一个穿着长衫骑自行车的人，那就是陆志韦先生。他生活好了以后，凡是过去借过别人的钱都如数或加倍奉还。对于继母，他一直赡养着。

陆先生具有极强的同情心，别的且不说，从他的诗作里就可以强烈地感觉到。他诗作的题材十分广泛，视野十分广阔。他向世人宣布："我决不敢用我的诗做宣传任何主义或非任何主义的工具。"他要做一个心灵自由的诗人。然而，在苦难的旧中国，放眼神州大地，到处充斥着罪恶与丑态：外患、兵匪、苛税、鸦片……他压抑不住心中的愤慨，用笔去"记忆丑陋的影像，罪恶的名词"。诗人自己认为在他心灵最苦恼时写下了《罂粟花》和那首《又是心灵的冲突》。在《台城下有一个新坟》里，他以一个无名死兵的新坟，鞭挞了军阀的残暴、战争的罪恶。饱受兵燹之苦的"壮士"已无家可归，母亲死了，田地卖了，就连家里的黑狗都成了"丧家之犬"。白骨累累，民不聊生，一伙丧失人性的家伙仍在争斗、厮杀。"我的两眼"在这里注视着你们，望你们良心发现，放下屠刀，还百姓宁静安详的生活。他也憧憬着《将来》，盼望着《幸福》，还在《告女权运动者》，不要"刻意的模仿"，"装鬼脸，发男性狂"。②

　① 陈熙橡：《忆燕园诸老》，见《学府纪闻·私立燕京大学》，台北：南京出版有限公司，1982 年 2 月第 1 版，第 158 页。

　② 项文惠：《广博之师——陆志韦传》，第 46—51 页。

同时，他也有对大自然一往情深的颂歌。那首《小溪》，那条他在南浔故乡时常可见的小溪，越过了竹石的根，活泼地流泻而来，越过了障碍，勇往直前，反映出他对大自然的亲近。从《一朵蒲公英》、《青天》、《摇篮歌》，还有《病中念父母》，都表现了诗人发自内心的深情。陆先生自己对诗的理解是："美的灵魂藏在美的躯壳里。"他的感情是很充沛的，既有恨，也有爱；既有谴责，也有向往，可以看出他对大千世界的莫大关注。

七　燕大改为公立，出任校长的喜和忧

1948年冬，国内局势急剧变化。经过辽沈战役，四野大军迅速入关，和华北解放军一起，发起平津战役。北平西郊处于战争前沿。为了保护好学校，地下党组织和校行政一起，组织师生开展护校活动，我常看到陆志韦先生在指挥部的身影。他不仅没有"南撤"（当时燕大南撤的人极少），而且和广大师生一道迎接解放。12月16日清晨，燕园解放了，他和师生一起欢欣鼓舞。1949年2月3日的解放军入城式以及10月1日的开国大典，燕大师生都是从清晨三四点钟起床，到清华园火车站乘车进城，进行宣传和庆祝活动。我也看到他冒着严寒在车站欢送燕京的队伍。

在解放初期，陆先生是受到党和政府信任的民主人士。他出席了在北平西郊机场欢迎毛主席、朱总司令和党中央进驻北平的仪式。他所站的位置也很显著，这是很特殊的礼遇。他出席了新政协，第一届中国人民政治协商会议。解放以后，陆先生在党的领导下，认真贯彻共产党的方针政策，态度是积极主动的。他组织全校的政治学习，自任"教员政治学习委员会"主席，成立全校的"政治课程委员会"，开设马列主义毛泽东思想课程，以帮助全校师生提高认识，适应新社会。他多次被邀请参加中共领导人召集的有关会议，参与了华北文教委员会、教育部召集的有关学校改革和教学改革的会议。西郊刚解放，他曾参与周扬、张宗麟等同志在他家草拟清华大学、北京大学暂时管理办法的工作。他聘请一批进步人士，如翦伯赞、沈志远、林汉达等教授来校任教，以充实师资队伍。他动员学生参加南下工作团和军事干部学校，投身于火热的斗争。他还接受任务，组织华侨先修班，以安置和培训归国侨生；开办贸易专修科和财政专修科，以培养国家急需的人才。他自己也参加了西南土改工作团，到四川参加土地改革运动，等等。

解放了，陆先生兴奋地积极参与并开展了许多活动。与此同时，他内心始终在考虑一个问题：燕大向何处去？解放后燕大应何去何从？他从长期的观察中，认为共产党领导的人民政权是中国历史上最好的政权。所以，他主张人民政府接管燕大，担负起燕大的经费开支。然而，他的主张却同时遭到来自截然不同的两个方面的反对：一方面，来自美国主管燕京经费的纽约托事部（Associated Board of Christian Colleges in China），他们用不同的方式、从不同的侧面向燕大提出建议，施加压力，甚至警告。他们提出一长串问题，例如："如果铁幕一旦落下，基督教大学属于共产党怎么办？""你想如何应付共产党政权？""已经有多少明确的计划，什么计划？"又通过美国驻北平副领事法·约翰致函陆先生，说："未来的岁月对于你和大学将是艰苦的，但我相信你必定会迎接考验的……在基督教的历史中，它的危难时期也就是它的最坚强的时期。"美国援华会艾德敷也写信给他，表示："我完全明白燕京现在所面临的任务之重大，以及维持大学的基督宗旨之重要意义。"① 而托事部更明确提出了资助在中国办大学的条件："各校应仍属在华基督教团体指导的私立学校，而不应该改为国立学校。""允许有充分的宗教和学术的自由，并起着基督教大学的作用。"他们反对开设政治课，反对燕大举办工科②。

　　另一方面，从人民政府方面来说，由于当时刚刚解放，国家财力有限，需要用钱的地方又很多。所以，政府方面一再说服陆先生，继续争取美国托事部的拨款，这就是周总理所说的，"盗泉之水，可以灌田"。当时，高教方面的负责人钱俊瑞、张宗麟同志和陆先生都很熟，特别是张宗麟曾是陆先生早期在东南大学的学生。据陆卓明同志回忆，陆先生在一次全校大会上说："如果我们再用美国的钱，美国人可能给我们白面吃，可我们就丧失独立！"话传到校外，教育部负责人钱俊瑞和张宗麟就来到燕园，对校长说："现在不行。"在我家谈起这个问题时，校长说："用美国的钱，不但我不同意，我的儿子必不赞成。"张家麟就把我叫去说："现在刚解放，人民政府还没有钱，你们每次到教育部去听政治经济学讲座，教育部请你们吃饭，其实教育部自己每天只吃两顿饭，尽量省下钱来办教育，你年轻，不懂事。"

　　陆先生当时处于一种两难的境地。他只好违心地向托事部交涉，继

----

① 项文惠：《广博之师——陆志韦传》，第205页。

② 《陆志韦传》编写组：《陆志韦传》，《燕京大学史料选编》第3期，第37、36页，燕京大学北京校友会、燕大校史筹备组编印，1997年5月。

续争取拨款。哪知在稍后的三反运动中，这个争取拨款竟成为被批判的一大罪状。当然也是陆先生和一些当事人始料所不及的。

然而，形势很快发生了变化。1950年6月25日，朝鲜战争爆发，麦克阿瑟叫嚣要把战火燃烧到中国。接着中国派出了志愿军赴朝，全国开展了抗美援朝、保家卫国的英勇斗争。一时，美国帝国主义成为中国的头号敌人，各种揭露美国侵略罪行的书刊材料大量发行。在各种侵略罪行中尤其注意揭露美帝文化侵略的罪行。同年12月19日，政务院召开第六十五次政务会议，决定"接受美国津贴的文化教育医疗机关，应分别情况或由政府予以接办改为国家事业，或由私人团体继续经营改为中国人民完全自办的事业"。第二年，1951年1月16日，中央人民政府教育部召开了"处理接受外国津贴的高等学校会议"，决定燕京大学等13所教会学校改为公立。在此之前，陆志韦先生已于1月8日致函政务院，代表燕京大学全体师生，表示坚决拥护政务院的报告和中央人民政府的决定①。

1951年2月12日，教育部接管了燕京大学。教育部部长马叙伦，副部长钱俊瑞、曾昭抡出席了大会。在大会上，陆先生发表了讲话，他说："此后不论在名义上，实际上，经费来源上，教学的观点与方法上，燕京都完全是而且永久是中国人民的大学了。"② 这句话，也是他心底的话。长期以来，他的愿望就是把燕京大学办成一个中国人民需要的大学！2月20日，中央人民政府委员会召开第十一次会议，通过任命陆志韦为燕京大学校长。接着，毛泽东主席签发了任命书。此后，毛主席还为燕京大学题写了校名。

毛泽东题燕京大学校名

---

① 项文惠：《广博之师——陆志韦传》，第209页。
② 燕京大学校友校史编写委员会：《燕京大学史稿》，人民中国出版社，1999年12月第1版，第1374页。

一切进行得似乎很顺利，教会学校被接受了。但是，不可回避的问题是，究竟对教会学校怎么看？如何历史、全面地看待它的作用和问题？如何给予公正、客观的评价？这也是如何公正全面评价陆先生所不能回避的问题。近年来，已经有了不少的研究成果，发表了许多实际资料和研究报告。当然，仍然存有不同的声音，但是，越来越多的人主张要肯定教会学校的历史地位。在早期，中国实行新式教育制度时，教会学校在大、中、小学中都占了很大的比重，以后逐步形成高等学校的公立学校、私立学校和教会学校三足鼎立之势。教会学校在传播先进科学知识、培养人才、开展科学研究、促进中外文化交流等方面，起了很大的作用；当然也不能否认存在负面的影响。

至于说到燕京大学，经过世俗化的改革，她早已不是一所实质上的教会学校了。师生在学校完全有信仰自由，宗教学院早已不是学校的正式组成部分，学校更不培养神职人员。就经费来源来说，主要的也不是来自教会，而是靠私人捐款，更不是美国政府的资助。但在组织上，她属于在华基督教大学联合托事部，所以，名义上仍称为教会大学。还要强调的是，在燕园很早就存在共产党的组织，进步力量一直很强。在历次革命斗争中，燕京的师生都是站在前列，做出了很大的奉献和英勇的牺牲，正式确定为烈士的就有 17 位，流传着许多可歌可泣的故事；燕大为国家培养了众多的人才，在短短的 33 年里，就涌现了 57 位中科院院士和相当于院士的学部委员，发表了许多重大的科研成果。这些成就以她的师生数和存在的时间来看，在全国大学的比较中是十分突出的。燕京人相对来说，比较单纯，涉世不深，在这个小环境中，有多种组织把大家联系在一起，像团契、社团。除了师生、同窗关系之外，又多了一层联系，所以，关系比较密切，亲如一家。"燕大一家"，校训校歌，把大家联系在一起。绝大多数师生具有正义感，明辨是非，在国家兴亡危难的重大关头，都能挺身而出，表明态度。这和陆先生长期作为学校负责人的出色表现，必然和师生交互感染有关。这和文化侵略始作俑者所期盼的是截然相反的结果。

八　"三反运动"，首当其冲，横遭批判

所谓"三反"是指反贪污、反浪费、反官僚主义运动，这本是侧重于经济领域的斗争，而这场斗争却也要无例外地在高等学校中展开。1952 年 1 月，中共中央发出了《关于宣传文教部门应无例外地进行

"三反"运动的指示》，要求全国各地各个学校以"三反"为引子，从学习马列主义、毛泽东思想入手，批判封建的、买办的、法西斯主义的思想影响，划清敌我界限，批判资产阶级思想①。紧接着，中共中央又于3月13日发出了《关于在高校中进行"三反"运动的指示》，进一步强调在高等学校中开展"三反"运动的重要意义，特别指出"三反"运动必须依靠广大学生群众的力量，要让他们来推动教师，批判和打击现在学校仍普遍和严重存在的各种资产阶级思想（如崇拜英美、狭隘民族主义、宗派主义、自私自利等）②。至于燕京大学又如何开展这一运动呢？对此，当时担任中共燕大总支负责人之一的张世龙同志这样写道："为此市委主管学校工作的学校支部工作科、团市委都和我们总支讨论过多次。经过讨论、酝酿，市委刘仁同志指示，燕京大学的抗美援朝运动是以控诉美帝文化侵略、肃清亲美、崇美、恐美思想为主要内容的群众自我思想教育运动。"③ 应该说明的是，他这里所说的"抗美援朝运动"应为"三反运动"，所规定的运动的主要内容，其实也不只是市委领导的意见，而是上级领导的意见。更为重要的是，这次运动不仅是群众自我思想教育运动，而是有运动重点的集中批判对象。这次运动的依靠对象是"广大学生群众"，以他们来"推动、批判和打击"，正如世龙同志所说："实质上是仿效土改中的控诉会方式，称之为'控诉美帝文化侵略（对我）的毒害'。"④ 这也就开启了往后十多年高等学校开展运动的斗争格局。

对于在燕大开展的这场运动，上级是很重视的，派来了以团中央副书记蒋南翔和团市委副书记张大中为正、副组长的工作组。蒋南翔同志没有进驻学校，张大中同志则进校主持经常工作。工作组一进校，陆志韦先生就被"挂起来"了，以"学习、检查"为主要任务，实际是不再过问校政，靠边站了。随着运动的发展，他也成为运动斗争的重点。当时，美帝国主义已成为中国人民的头号敌人，而文化侵略是美帝国主义的一个重要侵略手段。燕京大学被称为文化侵略的重要据点。而陆先生长期在这个据点（学校）里担任领导职务。同时，艾奇逊在《白皮书》中一再强调，更寄希望于"民主个人主义者"，"民主个人主义者"是他们在中国"复辟"的希望。而"民主个人主义者"又是他们长期

---

① 项文惠：《广博之师——陆志韦传》，第220页。

② 同上书，第220—221页。

③ 张世龙：《往时絮语》，《燕园絮语》，华龄出版社，2005年4月第1版，第5页。

④ 同上书，第6页。

在中国办学，实行文化侵略所培养出来的，正如毛泽东在《丢掉幻想，准备斗争》一文中所说的："为了侵略的必要，帝国主义给中国造成了数百万区别于旧式文人或士大夫的新式的大小知识分子。对于这些人，帝国主义及其走狗中国的反动政府只能控制其中的一部分人，到了后来，只能控制其中的极少数人，……其他都不能控制了，他们走到了它的反面。"① 陆先生应当不属于那"极少数"人，他当时在学习中还曾做过"消除民主个人主义思想，不要用美国人态度来看问题"的发言②。而实际上，在运动中，他却被当做"民主个人主义"的代表，遭到了错误的批判。

运动开展以后，工作组强调要提高认识，提高对开展"三反运动"重要意义的认识。对于党员和党员干部更要反对认识不足，存在右倾思想和情绪，集中提高对美帝文化侵略的认识。通过学习，我感到自己在认识上是有所提高，认识到美帝进行文化侵略的险恶用心，其根本目的在"争夺青年"、"培植人才"。那时，在学习材料中有两条特别引起大家的注意：一条是一位美国大学校长（伊里诺斯大学校长詹姆士）说，办大学将比追随军旗，获得更大利益（大意），可见文化侵略的重要性；一条是孟夫子说的，"哀莫大于心死"，可见文化侵略的危害性。类似的材料还有，以后就看得更多了。当时在师生中也存在"亲美"、"崇美"和"恐美"思想。如西语系主任柯安喜离华返美时，学生曾送她一面锦旗，写着"春风化雨，惠我良多"，被认为是件"敌我不分"的典型事件。对陆先生则强调要剥去"伪装"，从他的"俭朴、平易"外表中看其"本质"。

在运动中，启用了不少宣传工具，如出版《新燕京》刊物外，还有《三反快报》，举办"美帝文化侵略罪行展览"，以造声势，提高认识。在运动中，由于群众的义愤，也出现了过火斗争的情况。如砸毁了燕大各主要建筑的匾额，在大会上让一些总务行政部门负责人下跪。在会上，有人揭发，因辱骂领袖被称之为"骂人团"的成员，被"群众专政"，实行隔离审查。当时，我自己作为会议主持人，受到群众情绪的感染，不能冷静对待，因而也曾做出违反政策的举动。陆先生的办公室也受到搜查，特别取走了他和托事部的来往信件。

----

① 毛泽东：《丢掉幻想，准备斗争》，《毛泽东选集》（一卷本），人民出版社，1964 年 4 月出版，第 1374 页。

② 项文惠：《广博之师——陆志韦传》，第 215 页。

在群众检查、控诉、批判的基础上，分别召开小型会、中型会（联合几个系在一起），开展对教师的批判帮助，正如世龙同志所写的，对一些进步教师则有意帮助他们"过关"，对一些重点人物则进行"炮轰"。"组织学生（主要是党、团员）向大会主持人传递'不满意'、'不通过'的纸条，以及对某些问题的'质问'。最后'轰'下台来不予'通过'，挂了起来"①。运动的矛头指向了陆志韦、张东荪和赵紫宸三个人，其中集中的则是陆志韦先生。

当时的情况是复杂的。我们对陆先生并没有全面、历史地进行调查了解，对他的情况虽也略知一二，但在运动开展斗争的情况下，强调问题的严重性，包括一些估计和猜测，宁可把问题估计得严重些，而避免估计不足，宁"左"勿右，逐步升级，把问题夸大了，以致怀疑他与美国情报机构有组织关系，斗争中"左"的倾向就出现了。在这种倾向下，也就出现一些极不正常的现象。

1. 断章取义，罗织罪名。在揭发材料中，往往不从实际出发，而是断章取义，混淆是非。如前面所说的经费问题，陆先生的态度是很明确的，但却被批判为"继续用美国的钱，拒绝人民政府的接管"，"反对党的教育方针，为美帝国主义保存文化侵略据点"。前不久发现的燕大音乐系主任、曾任总务长的范天祥教授（Bliss Mitchell Wiant，美国人）的日记，更足以说明陆先生的态度。他在1949年3月26日记道："志韦越来越强烈地认为经费是来自美帝国主义的钱，所以他不愿要。"范天祥还在1949年1月27日给托事部伊文斯的信中说："志韦说他非常想做真正的校长，而不是做纽约办事处的幌子。"② 另外，又如说陆先生打击进步教授，是指翦伯赞先生解放后表示愿意到燕大来教书，由于翦老和雷洁琼、严景耀教授夫妇关系较熟，所以，先来到社会系而不是历史系任教，于是被说成"打击和排挤进步教授"。其实，陆先生对翦老是很尊重的。据卓明同志回忆，在解放初期，学校小轿车较少，翦老每有需要，学校都是一概保证，所乘的正是为陆校长所备的专车，遇有时间上的冲突时，首先保证翦老的需要③，由此可见一斑。

2. 无限上纲，混淆黑白。在运动中出现了一个电台问题，引起了关注。电台究竟是怎么回事？据世龙同志回忆："他（指陆先生）下令

---

① 张世龙：《往时絮语》，《燕园絮语》，第10页。

② 《陆志韦传》编写组：《陆志韦传》，《燕京大学史料选编》第3期，第36、34页。

③ 《陆志韦传》编写组：《陆志韦传》，《燕京大学史科选编》第4期，第22页，燕京大学北京校友会、燕大校史筹备组编印，1997年12月。

物理系（由助教朱××）安装了美军剩余物资中的短波电台，与驻南京美国大使馆大使司徒雷登联系，报告过几次燕京大学附近的'军事动态'。其实并没有什么军事秘密，只不过是说某时解放军已到达燕京大学附近哪个村庄，并无战事等等，实是报告燕京大学的安危。不久奉西郊军管会命令拆除了这架电台。"① 卓明同志的回忆是："解放时，约有一半外籍教员仍留在燕大，他们按照军管会规定的外侨政策，遵纪守法，继续担任教学和行政工作。应他们的要求，陆先生按国际业余无线电爱好者通讯方式并征得军管会同意，临时组装了一台发报机，把在校外籍人员名单通知国外，说他们都安全，发报后，临时组装的发报机立即拆除了。"② 两人所记的虽有些不同，但基本意思是一致的，即组装电台是为了报平安。我知道的与之相关的一件事，也可以作为佐证。就是在燕园解放后的第二天，解放军代表来到学校和校方见面，询问有什么要求？陆先生当即提出希望新华社播发一则消息，宣告燕园已经解放，燕大中外师生都很安全，以免亲友挂念。可见，陆先生是很细心周到的，很体贴大家的心情。而当时却把这事上纲上线，说什么"里通外国"、"泄露机密"等等。还有，更为可笑的是，把他和外国人通信，在抬头和下款的格式用语所写的"亲爱的"，"忠实于你的"，也无限上纲，说成是"媚外"、"甘作奴仆"。

3. 刻意制造所谓"众叛亲离"。在批判大会前，一再动员，做工作，发动了陆先生周围亲近的人上台"控诉发言"。由于幼稚，也出于对组织的信任，加以当时形势也显得很严重，所以，一些人走上讲台进行"控诉和批判"。这也给陆先生的家庭关系和师生关系投下阴影、造成压力，留下了伤痕。

4. 以运动方式开展斗争。这就摆开了对敌斗争的架势，不可能以与人为善、和风细雨、民主、平等、说理的方式进行工作，在运动中也就出现了违反政策、侮辱人格、侵犯人权的事件。而且还容易为人利用，挟隙报复。利用学生向校领导和教师开展斗争，从而形成了不正常的师生关系。学生内部情况也是多种多样的，但绝大多数青年是思想单纯、幼稚，也应当说是受害者。因而，造成了很多冤案、错案和假案。这种斗争方式此后不断运用，以致到了"文革"时期，走向登峰造极。

遭受严重的批判、打击之后，陆先生的心情当然是很沉重的。然

---

① 张世龙：《往时絮语》，《燕园絮语》，第 11 页。
② 陆卓明：《回忆燕园内外》，手抄复写本，第 100 页。

而，陆先生"平日有一个书生气的特点，就是：自认为是做对了的事，不愿对别人说，也不管别人就这件事怎样评论自己，采取不宣扬也不申诉的做法。在这次运动过程里他严格地苛责了自己，没有请任何人、包括过去被他掩护过的学生，替他辩白或做证。在很困难的情况下，他的胸怀仍然是磊落无私的。"① 陆先生认为给家庭带来了不幸，在1960年的三年饥饿时期对卓明说："我有自己也不懂得的错误，连累了燕京人，你也是子承父债啊！"② 卓明于1950年2月加入中国新民主主义青年团。在三反运动后，以"出身文化买办，丧失立场，包庇父亲陆志韦"，于1953年被"劝退"离团。直至1980年，27年之后，北大团委做出决定，承认"劝退"陆卓明同志出团的处理是错误的，决定予以改正。可是伤害之深，令人心酸。

运动结束后，1952年夏，陆先生默默离开了工作、生活了25年的燕园，到中国科学院语言所工作去了。

九　我们尊敬爱戴的爱国学者和教育家

陆志韦先生到语言所后和年轻人一起，进行了汉语构词法等方面的研究。王恺增校友曾去看过他，"那时他已届花甲之年，我看他外貌并没有很大变化，但神情却大异于前。过去那种爽朗、锐利而又带点调皮的眼神不见了，却不时流露一种勉强、疲乏，甚至带些规避的神色"③。据林焘教授说，陆先生也曾回到燕园，应北大之约来给学生讲课。他在住过多年的燕东园漫步，不断询问些事情，故地重游，明显看出他内心的伤感。

当年运动虽没有做什么"结论和处分"，而实际上对他和他的一家的影响是深远的。卓明同志写道："有一次周总理和陆定一同志在一次宴会上向他举杯道歉说：'我们做得太过份了。'他在心领之余，仍然不懂那不过份的部分究竟是什么？"④ 可见，心灵受伤害之深。而他对工作仍十分努力，王恺增听一位语言所的同志说："他老先生真是日夜苦干，连我们青年人都比不上。"⑤ 由于他的学术成就得到公认，1956

---

① 《陆志韦传》编写组：《陆志韦传》，《燕京大学史料选编》第4期，第23页。
② 陆卓明：《回忆燕园内外》，手抄复写本，第105页。
③ 王恺增：《陆志韦先生留给我们的……》，《燕大文史资料》第七辑，第29页。
④ 陆卓明：《回忆燕园内外》，手抄复写本，第104页。
⑤ 王恺增：《陆志韦先生留给我们的……》，《燕大文史资料》第七辑，第29页。

年被补评为中国科学院第一批学部委员。对他来说，似乎是才得到一些慰藉。

在20世纪50年代末60年代初，国内发起了争取留学生回国工作，在报章上久不见其名的陆志韦却发表了呼吁他的长子陆卓如教授回国的消息。他还担任了国家争取留美学生回国委员会的副主任。看到这个消息，我内心为之一振，感到陆先生真不简单，虽然受了不公正的批判，他仍然一如既往地爱国。可是，形势并不像人们所盼望的那样，国内运动不断，最终爆发了"文化大革命"，被当做"死老虎"的陆先生仍然在劫难逃，再次遭受批判。他和夫人在1969年和1970年先后双双无助、凄凉地逝世。他最终的那些日子是十分潦倒和悲惨的。

粉碎四人帮以后，重开天日。经过申诉，长期的审查，党中央决定对陆志韦先生进行彻底平反，并于1979年12月11日，举行了追悼大会。原定为600人参加的规模，实际到了1200多人，可见反应之强烈。其中有许多燕京师生和校友，有人以为"这不只是对陆先生的平反，而是对燕京的平反"。为此，《人民日报》作了报道，对他的学术思想、政治态度、为人处世等方面作出了公正的评价。

现在，五十多年已经过去，历史的迷雾已经散去，可以有更多更充足更全面的材料来看他的一贯表现，其中最为重要的是他的政治态度。

先从对待日本侵略者谈起。他对日本侵略是十分仇恨的。太平洋战争爆发后，他被捕入狱，遭受迫害致病。日本人要他写个"悔过自新"书，他接过纸和笔，费力地写下正气凛然的四个大字："无过可悔。"后来，日本人又动员他"出山"，担任伪职。他愤愤地说："他们（指日本人）暗示我当汉奸，我不答应，他们让我回来考虑，真是瞎了眼。"① 他当时全靠典当维持家中清苦的生活。可见，陆志韦是一个十分重视民族气节的人。

对于国民党，他一直抱着疏远的态度。随着蒋介石集团的日益腐败，他的反感日益明显。这里要着重说明的是，他和司徒雷登在和蒋介石集团的关系上有很大的不同。司徒雷登和蒋本人的关系就不错，而和国民党高层人士的关系又很密切。所以，他在和谈期间，在国共两党之间明显地倾向国民党。有材料说，陆先生并不赞成司徒雷登出任美国大使。当然，到了后期，司徒雷登对国民党也不抱希望了。再有一件事更明显地反映出陆先生对国民党的态度。据陆卓明同志说："西安事变和

---

① 陆卓明：《回忆燕园内外》，手抄复写本，第44页。

平解决后，国民党在庐山召开各界会议，邀请燕大校长参加，先父以交通不便为借口而婉言拒绝了。"接着又说："先父在抗战以前已经婉言谢绝参加国民党召开的庐山会议，于是战后的庐山会议不再邀请他，而是在会后送给他一枚'胜利勋章'（我不知道它的正式名称）。他在家中楼上收到了这个奖牌，就把它抛到楼下，说：'把国家搞成这个样子，还发这种东西！'"① 态度是何等的鲜明！一般人把这引以为荣的事，而他却不屑一顾！

他多次明确表示对蒋介石集团的不满，而寄希望于中国共产党。听他的家人说，早在美国留学期间，他就和左派人士有所接触，后来他也曾多次支持和掩护过共产党的地下组织和地下党员。在1979年平反大会以后，有两位在南京东南大学时期受他掩护过的地下党员写信给"陆先生家属"，向陆先生表示感谢和敬意，若不是他们的来信，人们还不知道这件事。当然，突出的是，在红军到达陕北后，因长期劳累，身体不佳的邓颖超同志秘密来到北平治病。陆先生和国际友人斯诺一起，曾把她安排在燕园休养。抗战爆发后，又护送她转道天津赴上海。所以，新中国成立后，邓颖超同志很快来到燕大，向陆先生表示感谢。抗战胜利后，军调部在北平时，中共代表叶剑英曾向他赠送毛泽东著作和延安生产的毛毯。

在和美国高层人士的接触中，陆先生明确表示支持中国共产党。1947年，美国特使、亲蒋的魏德迈将军邀请他座谈中国事务。会后，他给魏德迈写信，说："中国的希望在于共产党。"并赞成共产党提出的组成联合政府的主张。他写道："目前这个政府（指国民党）正在走向完全崩溃，除了共产党，这里没有其他组织来代替了。""我们最大的困难是现在当权者的腐化，极端的自私和残忍。"② 与此一样的，王恺增同志也写到一些事情："日帝投降后，美国插手中国事务，他们一些政界人物来往北京，常找他（指陆先生）去谈话。我记得有一次他见到美国反动议员周以德后回来说：'他简直是个流氓，懂什么中国的事情！'轻蔑之情溢于言表。"③ 周以德当时是美国国会内颇有影响力的拥蒋派。1949年5月，北平已经解放，陆先生致函纽约在华基督教大学联合托事部的执行秘书麦默伦，写道："现在不是中国的黑暗时期，

---

① 陆卓明：《回忆燕园内外》，手抄复写本，第81页。
② 《陆志韦传》编写组：《陆志韦传》，《燕京大学史料选编》第3期，第34页。
③ 王恺增：《陆志韦先生留给我们的……》，《燕大文史资料》第七辑，第27页。

而是一个新的黎明，在中国近 3000 年的历史上，我们从来没有这样一个清廉的政府。"① 这样的态度岂不是足以说明问题吗?!

看一个人的过去，就知道他的现在；看一个人在关键时刻的表现，就知道他的素质。陆先生的爱憎是十分鲜明的，他的政治倾向也是一贯的。他信任中国共产党，把希望寄托于中国共产党。他具有强烈的爱国心，努力把燕京大学办成中国需要的大学。然而，在三反运动中他却受到不应有的批判，不公正的对待。这真是对历史的极大讽刺！现在，经过重新找寻和重新认识的陆志韦先生，巍然屹立在我的面前，他是燕京大学德高望重的师长，卓越的学校领导人，绝不是那种自视"高贵"看不起中国老百姓的"高等华人"！也绝不是一心媚外，出卖灵魂的"文化买办"！更不是为虎作伥、摇尾乞怜的"帝国主义走狗"！陆先生是在优秀传统文化哺育下的爱国正直知识分子的代表，是中西文化交融孕育出的科学大师！是杰出的爱国学者和教育家！是我们的楷模，我们永远怀念他!!

2005 年 12 月

（原载《燕京学报》新 21 期，2006 年 11 月）

---

① 《陆志韦传》编写组：《陆志韦传》，《燕京大学史料选编》第 3 期，第 34 页。

南北阁

胡适在燕京谈"做梦"

　　1947 年 11 月 13 日下午，胡适应燕京大学校方举办的"大学讲演"之邀，来校主讲，题目是《谈谈做梦》。地点预定在一间教室里，因为听讲的人很多，临时改在贝公楼礼堂。作为刚入学新生的我，对于这位精通古今、谙悉中外的胡适博士也是心仪已久，很想一睹风采，聆听讲演内容，就和大多数听众一样，从穆楼教室转移到礼堂。对于"做梦"这个题目，我一直印象很深。胡适讲完之后，立即遭到一些进步同学猛烈抨击，贴了不少大字报。主要指责他在当时解放战争逐步拉开帷幕的情况下，居然号召青年去"做梦"，还要做一个"甜甜蜜蜜"的梦，是何居心?! 时隔 56 年，今天再重新审视这件事，认识就有很大不同。这反映了时代的变化，也反映出自己思想认识的成熟。

　　胡适所讲的内容已经记忆不清了。感谢卢念高学长在《燕大双周刊》上发表了那次讲演的纪要，比较客观地记述了所讲内容。对于"梦"，现代科学从生理学、心理学、精神分析学等都有许多研究和分析实验，胡适没有从这方面进行阐述；梦的内容也有多种多样，有美梦，也有噩梦……，胡适也没有就此展开论证。他所说的"做梦"，讲的是"理想"，比喻人要有理想的追求，特别强调要有实现梦的勇气，恰如我们所期望的要"梦想成真"。他说要"把梦想当做理想，然后再有毅力把它实现"。

　　他主张对人生采取积极的态度。首先举出了宋朝的哲学家、政治家兼文学家王安石，在研究佛学中得到了积极的人生态度。有诗为证：

> 知世如梦无所求，无所求心普空寂；
> 还似梦中随梦境，成就河沙梦功德。

　　他说："我们不相信人生是梦，但是许多事是从梦想里成功的。"接着，他举了两个例子：一个是中国的，讲他自己，在三十几年前（"五四"之前），和任叔永、杨杏佛、梅光迪等发动文学革命，"打倒死文学，创造新文学"，提倡白话文，反对文言文；一个是美国的，讲述两个美国青年，在九十四年前（1853 年），一个叫怀特（A. White），一个叫吉尔门（D. Gilman），发起对美国教育制度，主要是高等教育的改革。怀特 25 岁时任第一任康乃尔大学的校长，打倒积习很深的背书制度（连一切自然科学也要死背），而聘请第一流学者以讲演方式授课。康乃尔大学也就是胡适的母校，他写过很多文字描述绮色佳。吉尔门在 41 岁时任第一任约翰·霍普金斯大学的校长，创办了研究院；并且创办杂志，作为发表研究成果的园地。1876 年，该校成为全美最好的学校。25 年后，当吉尔门退休时，举行大会庆祝，后来当了美国总统的威尔逊代表毕业生和教授致词，盛赞吉尔门："不仅是给我们一所新大学，还改革了全美国的大学。"哈佛大学校长伊里奥特代表来宾致辞："今天我公开承认，你对了，我错了。"

胡适又说，"做梦不必怕人笑话，只要不是空想"。而且，梦想实现有时比想象的还快，如蓬勃的新文化运动使"反动的北洋政府也不能抵抗"，"今天在座的几百人，都受了我们当初梦想的影响"。他说，人生很短，做梦的机会不多。在美丽的校园，湖边树下，男朋友、女朋友拉拉手，就是做梦的好机会。

现在回顾这些内容，平心静气地说，胡适对青年是爱护的、鼓励的。他认为，青年人应该有理想，有去实现理想的勇气和计划。当然，每个人的理想可以不同，有大有小，有高有低。而他提出的这些理想是富有革新精神的，是推动社会进步的。问题是，当时青年最大的理想是："打倒蒋介石，解放全中国。"胡适当时不可能、也不主张有这样的理想。而因此，就批评他为"痴人说梦"，或是"白日做梦"，这就有欠公允，不够妥当了。进一步地批判他：新文化运动的发生不是他一人的"梦"。客观的历史条件和社会发展，要求中国的文学从古文的桎梏中解脱出来，变文是时代的需要，"没有博士的提倡，新文化运动也是要发生的。"诚然，历史的发展是有其必然性的，而历史是已然发生的事情，同当时的历史事件和历史人物是密不可分的，我们不能有虚无主义的对待历史的态度，先进人物在历史发展中的作用是不能抹杀的。进一步，有人批判他："胡适博士也该记得，永远举文化革命旗帜的不是你，而是鲁迅，是瞿秋白，是李大钊。当别人致力于大众语的时候，不见胡适博士的踪影，原来胡博士钻进古书堆里大作其考据去了。"历史是复杂的，当新文化阵营分化为左、中、右之后，也不能由此否定当时他们各自的功绩。而钻入古书堆，从事"整理国故"，原也无可厚非。问题是，胡适不可能、也不愿意进入革命的洪流，却成为反对派阵营的代表，也就成了"众矢之的"。至于今天如何看待他，就要冷静思考了。过去许多简单化的处理，"凡是敌人拥护的我们就要反对：凡是敌人反对的，我们就要拥护"，造成了许多思想文化战线上"左"的错误。无怪胡适看了许多批判他的文字，难以心服。

应该提到，胡适和燕京的关系是比较密切的。在1919年，燕京大学刚组建时，他是校名命名专门委员会的五人成员之一。1929年，燕京改组董事会时，他是21位中方董事之一。他是积极支持燕京大学的改革的，并且给予很高的评价。1925年，在燕京大学教职员聚餐会上他发表谈话《今日教会教育的难关》，提出的难关主要有三个："第一是新起的民族主义的反动"（A New Nationalistic Reaction），主要是指"收回利权运动"，包括收回教育权。"第二是新起的理性主义（Rationalism）的趋势"，主要是指理性主义反对宗教。"第三关便是传教士在中国的生活的安逸"，这是基督教传教事业内部的弱点。接着他提出了两个疑问，其实是两项建议："第一，教会教育能不能集中一切财力人力来办极少数真正超等出色的学校，而不去办那许多中等下等的学校？""第二，教会学校能不能抛弃传教而专办教育？"他又解释道："我所谓教会教育抛弃传教，专办教育，只是要做到这几件：（1）不强迫做礼拜，（2）不把宗教教育列在课程表里，（3）不劝诱儿童及其父兄信教，（4）不用学校做宣传教义的机关，（5）用人以学问为标准，不限于教徒，（6）教徒子弟与非教徒子弟受同等待遇，（7）思想自由，言论自由，信仰自由。"胡适的这番讲话，这些建议，对于司徒雷登推动燕京大学的改革是十分重要的。燕大在成立之初，便废除了宗教作为全体学生必修课程的规定，进而又改变学生必须做礼拜的旧例，并将宗教学院单独成立，对外不把它作为学校的组成部分。由学生自愿组织参加的宗教团契进行一些宗教活动。后来团契的宗教色彩日益淡薄，成为一般性的群众组织。燕大为把教会学校世俗化作了大量改革，并且广泛吸收非教徒的教师入校任教，非教徒的学生入校上学，师生中教徒的比率越来越小了。更重要的是，要把燕大办成最出色的超等学校。正像胡适指着北京协和医院说："这是教会教育家应当效法的。罗氏医社（指洛克菲勒基金会）不到各地去设立无数小医院，却集中一切财力人力，在这里开一个设备最完，规模最大的医院。将来中国的医学教育无论怎样发达，这个医院是打不倒的，总站得住的"（见亚东图书馆初版《胡适文存》三集卷九，1930年9月版）。

1934 年 7 月 8 日，胡适在《独立评论》第 108 号上，发表了一篇题为《从私立学校谈到燕京大学》的文章。这篇文章是响应当时国内教会学校因受美国经济恐慌影响，经费上很困难而发起募捐运动，特别提起燕京大学百万基金的募集而写的。他提出："凡是好的学校，都是国家的公益事业，都应该得国家社会的热心赞助。学校只应该分好坏，不应该分公私。"

　　他写道："我要借此替燕京大学说几句话。燕京大学成立虽然很晚，但他的地位无疑是教会学校的新领袖的地位。约翰、东吴领袖的时期已过去了。燕京大学成立于民国七年，正当北京大学的蔡元培时代，所以燕大受北大的震荡最厉害。"他又写道："十五年来，基督教的一般领袖，在司徒雷登先生的领导下，都极力求了解中国新兴的思想潮流与社会运动，他们办的学校也极力求适合于中国的新社会。有时候，他的解放往往引起他们国内教会中保守派的严厉责备和批评。近年中国的教会学校中渐渐造成了一种开明的、自由的学风，我们当然要归功于燕大的领袖之功。"在文章中，他历数了燕京大学的改革，如把宗教与学校剥离，使教会教育转为世俗教育，聘请中国人担任燕大校长，他特别提到的是："至于本国文字的被忽略，在十年前还是不可避免的事实。这十余年来，燕京大学首先提倡，南北各教会大学都受国立大学的影响，所以岭南大学、金陵大学、齐鲁大学、辅仁大学、福州协和大学，都渐渐注重中国文史的教学，所以今日我们已不能概括地讥笑教会大学不注重中国文字了。所以在今日教会大学已渐渐失去了他们的特殊色彩，今日的教会大学和其他的私立学校已没有多大的分别。"

　　由此可见，胡适对于燕京大学的改革和变化是十分关心的，对于燕大的进步和发展也是给予积极支持和热情鼓励的。如今，五十多年过去了，再回顾那场讲演，他鼓励青年做梦，"放胆做梦"，做一个"不寒伧的梦，像样的梦，甜甜蜜蜜的梦"，认识不应该有所变化吗？对胡适不应该有个重新评价吗？与之同时，对司徒雷登、对燕京大学不也应该有个重新评价吗？

2003 年 3 月 10 日

（原载《燕大校友通讯》第 37 期，2003 年 6 月）

一生的燕园

司徒雷登一次应约去清华学校参观，路过一个名叫淑春园的园子，风景幽雅，湖水荡漾，心仪于此，决定购置建校。于是，燕园诞生了。

第五批全国重点文物保护单位"未名湖燕园建筑群"坐落在原燕京大学校园内，燕园也由此而得名。燕京大学是由美国教会创办的一所著名的私立综合大学，1919 年成立。新中国成立后，1951 年改为公立，1952 年经院系调整并入北京大学，北京大学随之迁至原燕大校址。

燕京大学成立之初，校址在盔甲厂（今北京站附近），成立时就准备另觅新址，重建校舍。当时的校长司徒雷登曾考察过许多地方，后确定在海淀淑春园一带。

淑春园是位于北京西郊海淀众多名园中的一个。水所聚曰淀。"海淀"一词所指，为一带水草丛生的浅湖。在明清两代，特别是清朝前朝，由于地形优越、山清水秀，海淀不断开发，"海淀"则由湖泊的名称而成为聚落的名称了。自康熙时起，先建畅春园，进而圆明园三园（圆明园、长春园、绮春园），许多皇家园林和私家花园相继在周围建起。说起淑春园也有它自身的一段历史。康熙二十六年（1687），大学士明珠兴建自怡园，又称明珠相国园，是当时首屈一指的私家郊野别墅园。明珠的次子揆叙（其长子为词家纳兰性德），曾任翰林院掌院学士，终居于此。雍正二年，自怡园被籍没。乾隆四十八年（1783），文华殿大学士和珅赐住并兴建淑春园（自怡园旧址），又名"十笏园"。这个权极一时的宰相，在十数年间，在自怡园的基础上大肆扩张。嘉庆四年（1799），和珅被捕，赐死狱中。在查抄和珅家产的奏折中涉及淑春园时，有如下记载："全园房屋一千零三间，游廊楼亭三百五十七间"。值得注意的是，列举和珅二十款大罪中的第十六条："其园寓点缀，竟与圆明园蓬岛瑶台无异。"这里所说"园寓"，就是指今日未名湖中的小岛。还应提到的是，乾隆五十八年（1793），英国特使马戛尔尼前来中国，曾住在弘雅园（明代勺园故址，与淑春园一墙之隔）。随行画家亚历山大在淑春园中绘制了一幅画舫写生画，所画的就是未名湖中的石船。据说，这种石舫也只有皇帝才能享用。这幅艺术珍品现仍藏在伦敦的博物馆中。

与淑春园紧邻的勺园兴建更要早些，是明代著名文学家、书法家、画家米万钟于万历三十九年（1611）所建，别称米家园，又叫"风烟里"。布局构思精巧典雅，自署"勺园"，意在仅取"海淀一勺"水，已足以取胜于园林设计之中。那时，勺园与由皇亲李伟所建的清华园（又名畹园），隔路相望，形成对比。评者谓："海淀米太仆园，园仅百亩，一望尽水，长堤大桥，幽亭曲榭。路穷则舟，舟穷则廊，高柳掩之，一望弥际。傍为李戚畹园，巨丽之甚，然游者必称米园焉。"又谓："李伟辟治别业逐事增华，而万钟则清高雅洁。"万历四十五年（1617），米万钟绘制了《勺园修禊图》画卷，至今已有385年，原为燕大图书馆所购得，今珍藏于北大图书馆。勺园在清朝建为弘雅园，后为集贤院，咸丰十年为英法联军所毁。米万钟十分爱石，号为"友石"，今勺园遗物已荡然无存，唯有"勺海堂"前的"巍巍一石"得以保存，现置于北大赛克勒博物馆内。它像一位历史老人默默注视着燕园的变迁。

海淀地区除了有众多的园林，还是文人雅士聚会的场所。原燕大西门的门牌是篓斗（兜）桥一号。篓斗桥位于校南十余米处，今仍依稀可见，在明清时期为著名风景区，是诗人流连咏唱的地方，其文化底蕴是很深厚的。

当司徒雷登得知淑春园是陕西督军陈树藩的别墅，就赶去西安进行洽购。陈树藩知悉为建大学所用，就以六万元的低价售出，并捐助两万元作为奖学金。其时园子的面积只有几十英亩，后来又陆续购置勺园和四周的荒园，面积扩大了五倍。有属醇亲王奕譞第七子载涛的朗润园，嘉庆第五子惠亲王绵愉的鸣鹤园，嘉庆第八女庄静公主的镜春园，醇亲王第七子载沣（溥仪父）的蔚秀园，庆亲王奕劻的承泽园，康熙时建的畅春园以及清宗室贝子载治、后由其子溥侗（溥仪堂兄）继承的"洽贝子园"，形成了燕园的基本格局。

主持燕园规划设计的美国建筑师亨利·墨菲毕业于耶鲁大学，却十分欣赏中国的古典建筑与园林设计。他在一片山峦起伏、水流萦回的园林废墟上，根据现代大学应有的设施和要求，采用中国古典建筑的形式和造园艺术的特点，创造了一座新校园——燕园。

1921 年，燕京大学新校址开始建设。亨利·墨菲认为，学校建筑不能散漫零乱，需要有一条轴心线。据记载，有一天，他站在一座山顶上四面眺望，西方的玉泉山忽然进入他的眼帘，他高兴地说："那就是我想找的端点，我们校园的主轴线应该指向玉泉山上那座塔。"于是，学校大门（今西校门）的位置就这样确定下来，这正是我国古典园林中所谓"借景"的手法。著名的历史地理学家、中国科学院院士、原燕大侯仁之教授写道："在这条主轴线上，中间的一带丘陵，划分了前方布局严整的教学区与后方环湖的风景区，它的作用十分重要。其次在湖心小岛和湖的东南岸边，又分别建起了岛亭和水塔，更突出了点景的作用。在这条东西主轴线之外，又设计了一条南北向的次轴线，并在这条次轴线上，布置了男女学生宿舍。男生宿舍在北，女生宿舍在南，中间隔以丘陵和湖泊，布局和谐自然。整个燕园核心部分的总体规划大体如此。其中所有建筑物，虽然功能上的要求不同，却一律采取三合院式的成组设计。在体形上或大或小、或开或合；在整体布局上既各有特点，又互相联系。整个环境在自然与人工的结合中，使人感觉到有起有伏，有节奏、有韵律，有美的享受。这就是最初的燕园最为引人入胜的地方，也就是在古典园林的基础上，为现代化建设的目的而进行规划设计、并取得成功的一例。"

　　由此，我们从燕园的设计建筑中，可以看到三个"两结合"：一是自然与人工的结合。假如只有自然风景，不加人工修饰，便近于"野"；反之，假如完全人工雕砌，而无天然之美丽，便近于"俗"。燕园正是在利用原有自然景观的基础上，经过独出心裁的规划设计，建成的独具特色的大学校园。二是古典与现代的结合。在古典建筑形式与园林艺术的基础上，充分体现了现代化的办学要求和功能，使之能更好地满足教学和科研的需要。三是中西文化的结合。体现在主要建筑都是宫殿式、歇山式的大屋顶，琉璃瓦背，飞檐雕梁，半拱叠错，而主要建筑同时全部为钢筋水泥，兼有电灯暖气，上下水道，所用木料大多来自美国红松，门窗为黑色，体现了东西方建筑文化的融合。当然，燕大中西文化的结合，更主要的是体现在学科建设、教学和科研中所发生的中西方教育理念的碰撞和结合方面。

　　1926 年燕园初步建成，学校进行搬迁，1929 年基本建成。三十多幢大小不同、功能各异的建筑物错落有致地分布于两条轴线上。这三十多幢建筑在三十多年的时光里，经历了多少风风雨雨，多少欢愉，多少忧伤，多少困惑，多少激奋。

先从西校门谈起。西校门原名校友门，是燕大校友于 1926 年集资修建的。平津战役前夕，毛泽东于 1948 年 12 月 15 日及 17 日两次电示要保护清华、燕京。那时全校早已动员起来，保卫燕园。12 月 15 日凌晨，在西门紧张值班的同学听到有人敲打门窗，叫着"同学们，我们是解放军。"值班同学惊喜地打开校门，欢迎他们进校，解放军同志微笑着摆摆手说："我们不进去"，"你们的安全由我们负责"。啊！解放了！校园里一片欢腾！

进入西校门，映入眼帘的是一个在建校初期就开凿的小湖，犹如"半亩方塘一鉴开"，也如学宫里的泮池。湖上架起一座大石桥，因为校友捐助，又称校友桥。走过校友桥就进入教学中心区了。中国古典建筑形式的大楼，以品字形三面环列，中间场地开阔，绿草如茵。草地上耸立着华表，左右各一。华表刻蟠龙云朵，甚精巧，原置于圆明园安佑宫。原在北海的北京图书馆也有华表左右各一，据说当年搬动时，错置了，使这两对华表都不成对。迎面是办公楼，建于 1926 年，原名施德楼，1931 年 6 月，燕京大学校楼命名委员会曾定名为贝公楼，以纪念捐赠者。楼前的石麒麟、石陛均系圆明园遗物，由朗润园主载涛购得，放置多年，燕京大学建校时，置于楼前为饰。楼上为大礼堂，全校师生经常聚会于此，演绎了许多重大事件，有名人讲演，文艺演出，歌咏比赛，更有一些政治活动，留下了痕迹。应当提到的是，在 1948 年 8 月 19 日国民党对进步青年在北平实行大逮捕的关键时刻，燕京大学代理校长陆志韦先生挺身而出，为保护学生在礼堂发表了义正辞严、大义凛然的演说，在全国高校当时是绝无仅有的。

1951 年春，新中国首任教育部长马叙伦先生在此宣布燕大改为公立。1998 年 6 月 29 日，时任美国总统的克林顿特地来到燕园，在办公楼礼堂发表了演讲。他说："今天与七十九年前的日子不同。在 1919 年 6 月，第一任校长（指司徒雷登）说要在毕业典礼上讲话时，却没有一个学生在场。他们都在外面，他们为中国的政治和文化复兴而发动了'五四'运动。今天，我到这个礼堂来，希望有人来听我讲话。"克林顿弄错了地点和时间，1919 年不是 6 月，而是 5 月 7 日，举行毕业布道会，而地点在盔甲厂，那时还没有燕园。但克林顿却说出了一个基本事实，即燕大从它建校时起就洋溢着的巨大的爱国热情。

在贝公楼的两侧，分别为穆楼和睿楼，是为文、理科教学和实验用房。与这组品字形的建筑紧相毗邻的南北又各有一组品字形建筑。其中各有一幢建筑是为这三组兼用的。与贝公楼平行的南边建筑是图书馆。

燕大由于受到哈佛燕京学社鼎力资助，藏书是十分丰富而珍贵的。北边平行的建筑名宁德楼，是宗教学院所在地。后来，宗教学院独立，对外不作为学校的组成部分，学校的宗教色彩逐渐淡化。在北端的一翼长期没有建成，改革开放后由赛克勒基金会捐赠修建了博物馆。

从图书馆往南，在一处溪流环绕的丘岗上有一座魏士毅女士纪念碑，这是为1926年3月18日在北京青年学生的爱国运动中，被军阀枪杀的燕大女同学魏士毅烈士而敬立的。碑上铭文强烈谴责当时政府，在北京各校中最为鲜明："国有巨蠹政不纲，城狐社鼠争跳梁；公门喋血歼我良，牺牲小己终取偿；北斗无酒南箕扬，民心向背关兴亡。愿后死者长毋忘。"

由办公楼往东，穿过一处岗阜，进入腹地，突然展现在眼前的是一片微波荡漾的湖泊，水光天色，视野开阔，这就是享有盛誉的未名湖了。男生宿舍，以品字形，一座又一座，并列在湖的北岸。深藏在湖泊南岸岗阜密林之后的则是传统院落式也按品字排列的女生宿舍，加上甘德阁和麦风阁，又名姊妹楼，组成女部。在湖的东岸和女生宿舍之南，各有男女生体育馆。燕大学生十分注意开展体育活动。

进入湖区，首先看到翻尾石鱼，是长春园遗物，作为喷水池的装饰物。燕大1930年班毕业时，从载涛处买下送给母校，在未名湖畔安了家。在湖南岸小山上，于1929年购得古钟一座，建了钟亭。每半小时撞钟一次，作为计时，十分准确。悠扬的钟声响彻燕园上空，告诫学子们要珍惜时光。湖中有小岛，又名枫岛，建有思义亭，也称岛亭，以纪念燕大第一任副校长为筹款兴建燕园的功绩。他的后代创办了美国著名的《生活》、《时代》杂志。湖东岸凌空而立的是博雅塔。1924年为解决全校生活用水，在此凿水井一口，井深164尺，水质清凉，水资丰富，为此专造了塔式水楼建筑，塔形仿照辽式八角密檐的通州燃灯塔。因系燕大早期创始人之一的博晨光家族所建，又称博雅塔，这是在建筑上把实用性与艺术性相结合的一个范例。湖光塔影，成为燕园风景中颇负盛名的写照。在湖北岸，现立有石屏四条，刻有"画舫平临苹岸阔，飞楼俯映柳荫多，夹镜光澄风四面，垂虹影界水中央。"这原是淑春园遗物，所描绘的应是当年的风光。对比之下，如今更为美丽了。

在未名湖畔还长眠着几位国际友人。斯诺的部分骨灰就葬在南岸慈济寺遗存寺门、花神庙后的小丘上，有叶剑英元帅题写的墓碑："中国人民的美国朋友埃德加·斯诺之墓"。还有长期在燕大任教的夏仁德和赖朴吾墓，他们不仅是中国一代青年的好老师，而且在反对日本侵略斗争和争取民主解放斗争中，给予我们极其难得的真情的支持和帮助。

最后要谈到的一座重要建筑物，就是临湖轩了。临湖轩坐落于未名湖北岸的山冈上，俯视水面，两棵巨大的白皮松掩映着它。它曾是美国柯里夫妇所捐赠的校长住宅，后来成了学校的神经中枢和接待场所。1931 年建校 10 周年时，由校友谢婉莹（冰心）教授命名为临湖轩，还由胡适题匾挂在门额上。"未名湖"则是由当时在燕大任教的国学大师钱穆命名的。

我是 1947 年进入燕京大学学习的，毕业后留校任教，后又转入北京大学。我学习、成长于燕园，工作、奉献于燕园。我已在燕园生活了55 年，对燕园的一草一木是那样的熟悉，那样的眷恋。我对燕园的了解主要来自于我的老师、年逾九旬在燕园生活了七十多年的侯仁之教授，而他又是承传了他的老师洪煨莲教授对燕园的研究。在那风雨如晦的年代里，燕京大学着重提高教学质量和学术水平，着重延揽名师，着重推进中外文化、学术交流，着重从多方面锻炼和培养学生。特别是由于长期有中共地下党的坚强领导，在师生中形成强大的进步力量，在历次革命斗争中走在运动的前列，为国家为民族培养了大批人才，做出了卓越的科研成果。

如今，时代已大不一样了，新北大的燕园已有很大的扩建，燕园中的许多建筑功能已经改变，但却被完好地保存下来，在新时代中，燕园将更加美丽而壮观！

（原载《文物天地》2002 年 6 期）

燕京大学人物志

孟 昭 英

孟昭英（1906—1995），中国科学院院士，实验物理学家、电子学家和科学教育家，中国无线电电子学事业的奠基人之一。

孟昭英出生于河北省乐亭县，1924年由北京汇文中学保送进燕京大学，他选学物理。当时燕大教授安德逊和谢玉铭都是实验物理学家，在他们的教导下，孟昭英具有很强的动手能力，后来就一直从事实验方面的工作。在大学二年级时，因家境困难几乎辍学，幸而得到燕京大学的贷金和工读的机会以及后来获得奖学金，才能继续学习到毕业。毕业时成为斐陶斐学会的荣誉会员，拿到了金钥匙奖。此后，他一直热心帮助那些家境贫寒的学生。1991年，他把自己40年代在美国工作期间的大部分积蓄捐赠出来，设立"清华大学孟昭英助学金"，帮助物理系和电子工程系的贫困学生。

大学毕业后，孟昭英留在燕大物理系当助教兼做研究生，1931年获得硕士学位。1933年，由燕京大学推荐，获美国洛克菲勒基金资助，到美国加州理工学院攻读博士学位。经过三年的努力，他用自制微型电子管获得1cm波长的连续振荡，这是当时用电子管获得振荡波长最短的世界纪录，完成博士论文《利用巴克豪森—库尔兹效应产生厘米电磁波》，获得哲学博士学位。由于出色的工作，还获得"真空电子专家"的称号。

1936年，孟昭英回到燕京大学任副教授，讲授无线电及电子学方面的课程。他是国内开设这类课程最早的学者之一。七七事变时，他与一些清华大学教授转赴内地参加全民抗战。此后，他就一直在清华大学工作。他先在长沙临时大学任教并创办业余无线电台，培训一批学员掌握收发报技术，其中有些后来到了解放区从事军事通讯工作。以后孟昭英在昆明西南联大与任之恭教授创办了无线电研究所，又培养了一批无线电通讯人员，直接为抗日战争中的通讯事业服务。孟昭英克服重重困难，完成了《三极管射频放大器线性调幅》的研究工作，又继续研究了《四极管的直线调幅》和《五极管阻容耦合的最佳设计》。孟昭英在学术上造诣精深，治学严谨，不但具有深湛的理论与实验素养，而且具有很强的实际科研工作能力。

1943 年，孟昭英利用学术休假，第二次赴美进行研究工作，任加州理工学院客座教授。这期间，他发展了微波波导中阻抗的精确量度法而获得专利。后又在麻省理工学院辐射实验室参与了雷达系统中微波双工器的创始性研究和发展工作，就是可使雷达只用一副天线，就能实现发送很强的微波脉冲后随即可以接收微弱的反射波信号，成果载于世界名著《雷达丛书》中。麻省理工学院的"辐射实验室"就是雷达研究所的别名，是一个十分著名的研究机构。原子弹和雷达在第二次世界大战中发挥了重要作用。孟昭英战后在该实验室从事微波波谱方面开创性的研究，成为微波波谱学的先驱者之一。

1947 年年初，孟昭英拒绝了美国许多单位的高薪聘请，毅然回到祖国，这之前还积极设法筹款，为清华大学购置了一些仪器设备。回到清华，他把高新科技成果介绍给学生，开设新课程，建设实验室，当时在国内都是最先进的。

1953 年清华大学成立了无线电系，孟昭英担任首届系主任，努力发展电真空专业。1956 年，又率先在国内建立了半导体专业。1955 年，孟昭英当选为中国科学院学部委员，也就是科学院院士。

孟昭英是一位富有正义感的科学家，1957 年整风运动中，他本着实事求是的准则，对许多问题提出了意见，但却受到了不公正的待遇。而此时他仍辛勤著作和研究，1962 年完成教材专著《阴极电子学》，这本书是国内该领域的第一本专著，书中提出了"光照测法"，精确测量阴极温度，至今仍在使用。十年动乱期间，孟昭英个人和家庭都遭到极大不幸。他的长子孟宪振，才华出众的物理学家，被迫害致死；次子孟宪超，一位采矿工程师，因受迫害精神失常，至今未愈。孟昭英被迫害摔断一条腿，和他年仅 4 岁的孙子相依为命，1977 年，才与另一位遭遇不幸的老人贺苇女士结婚。

"四人帮"被粉碎后，孟昭英和他两个儿子的冤案得以彻底平反昭雪。1979 年，已是 73 岁高龄的孟昭英仍壮心不已，积极工作。他根据科学发展和自己的实际情况，转而参加谐振电离光谱小组，指导单原子探测技术的研究。1985 年后，他指导并推动了清华大学激光单原子探测实验室的建设，先后招收了 9 名博士研究生，并取得了多项重要研究成果。他热心科学普及工作，曾亲自担任《科技导报》主编、中国电子学科普丛书主编等。他还积极推动中外科技学术交流，1979 年以后，他曾四次组团访美，取得了良好的效果。

1986 年，清华大学为孟昭英执教 58 周年暨 80 寿辰举行了隆重的庆祝会。1996 年，清华大学校内建立了孟昭英铜像，以纪念他为无线电电子学和物理学等学科的建设和发展，以及为国家培养大批人才做出的重大贡献。

刘 承 钊

刘承钊（1900—1976），原名承韶，字令擎。动物学家，教育家。我国两栖爬行动物学的主要奠基人之一，中共党员，中国科学院院士。早在 30 年代，他发现了雄蛙的一种新的第二性征：雄性线。长期从事两栖类自然史的研究并发现大量新种属，对横断山区两栖动物的分类区系与角蟾亚科的分类系统有深入的研究和独到的见解。在他的《华西两栖类》及《中国无尾两栖类》两部科学著作中，除了按照传统研究方法，依据固定后的标本的形态特征进行了分类外，还结合生态、生活史和地理分布等资料，进行分类学的研究，得到国际动物学界的高度评价。他治学严谨，在长期的教学工作中身体力行，为中国培养了大批动物学科学工作者。他多年担任教育领导工作，为我国医学教育的发展作出重要贡献。

刘承钊 1900 年 9 月 20 日出生于山东省泰安县一个农民家庭。刘承钊的青少年时代，中国正处于反动军阀、官僚的残酷统治下，帝国主义疯狂侵略中国，国势衰微，民不聊生。当时流行的科学救国思想，在他的心里留下深刻的影响。由于家庭经济困难，两次辍学回家，帮助父亲种地，后又到泰安博济医院做护士。在学习同时，兼做一些打钟、扫地的杂活，得到一些补贴。在这样艰苦的条件下，终于 1922 年完成中学学业。

刘承钊怀着科学救国的思想，来到北京，进入北京汇文大学预科，1924 年以优秀成绩考入燕京大学心理学系。第二年，由于对动植物产生浓厚兴趣，转入生物系。刘承钊学习勤奋、认真，成绩优良，同时还兼做生物系的标本整理工作，以得到一些补贴，解决学习费用。生物系主任胡经甫、教授李汝祺对他十分器重。1927年大学毕业，被留校任助教，同时读研究生，在李汝祺教授指导下进行两栖类动物的研究，他和李汝祺共同发表了题为《墨班蛙和北京狭口蛙在蝌蚪变态期消化系统变化》的研究论文。由于勤奋努力，1929年获硕士学位，得到金钥匙奖励，晋升为讲师。同时，他又在美籍教授博爱理（Boring）的指导下，对北方两栖类动物的第二性征、性行为和生活史进行研究。后来就这方面的研究成果发表了一系列研究论文，引起动物学界的广泛注意。1932年，他与博爱理、周淑纯合写的《华北两栖爬行类手册》，与一般鉴定手册只注重形态描写不同，对多种两栖动物的繁殖习性也做了介绍。

1932年，刘承钊经博爱理的推荐，获得美国洛克菲勒基金会的赞助，到美国康乃尔大学深造。在著名动物学家芮特（Wright）教授指导下主攻两栖爬行动物学。他学习非常勤奋刻苦，成绩也非常优异。芮特对他的评语是"特别能干的学生"，"他是我所遇到的最有才华的学生之一"，并在评语单上的最高档次"Excellent"之前用笔加上"Very"一词。由于刘承钊治学认真、严谨，在习见的青蛙解剖中，青蛙的第二性征长期未引起人们的注意，但却没有逃脱刘承钊的注意，经过深入研究，结果证明是雄蛙的一种新的第二性征。后来他把这一发现写成论文《无尾目中一种新的第二性征：雄性线》，也是他的博士论文《中国无尾两栖类的第二性征》。刘承钊的这个新发现引起了国际生物学界的极大注意，并推动了这个新的第二性征与形态机能的关系的研究。刘承钊获得了科学和教育两项金钥匙奖励，被选为Sigma Xi自然科学荣誉学会会员。芮特教授为了让刘承钊得到进一步的提高和深造，支持他到欧美各主要自然历史博物馆参观和查阅两栖类动物标本，进行研究，特别是研究核对这些博物馆中收藏的中国两栖类动物标本。刘承钊在美、英、法、德、意、奥地利等国的参观和研究中获得了大量的资料，但在同时，他所看到的属于中国的两栖类动物标本，完全是由外国学者进行研究，并以外国学者的名字命名为新种，"模式标本"也完全留在国外。中国的两栖类动物，几乎没有中国人自己所进行的研究，这种情况使刘承钊感到羞辱。他决心回国后，全力进行中国两栖类动物研究，把这方面的资源全面研究清楚，让外国科学家在读到中国两栖类动物时，所引用的材料是由中国人第一手提供的。

刘承钊回国后，获得当时教育部部聘教授的职称，在东吴大学生物系任教。1936年，日本动物学会邀请刘承钊去日本参加学术会议，并为他提供开展科学研究的各种便利条件。当时日本军国主义者正在大肆侵略中国，面对这种邀请，富有爱国心的刘承钊断然拒绝，他不愿到一个侵略自己祖国的国家去搞学术交流。

1937年，抗日战争开始。刘承钊率领生物系部分师生，于11月内迁，经过长途跋涉，历经艰辛，1938年3月到达成都。这期间，刘承钊带领师生一面学习，一面制作生物标本、模型出售，师生同甘共苦，弦歌不绝。1939年这支师生队伍进入成都华西协和大学生物系。

1938年暑假，刘承钊带领十几名教师、学生到峨眉山进行来西南后第一次野外采集。到中国西部高山高原自然条件下研究动物，特别是蟾蜍与蛙类的生活，是他多年梦寐以求的愿望。他省吃俭用，从薄俸中挤出钱来，开展活动。从1938年到1944年，共进行野外调查11次，主要到川、康一带，兼及陕、甘、青的部分地区，行程八千余公里，其中半数靠双腿步行。1942年在西康昭觉的一次考察，患重病几乎丧命。而他自述那时的心情是："种类繁多，千姿万态的两栖爬行动物，使我忘掉了所有的艰难与险阻。"川西生态环境的多样性为种类众多的两栖动物提供了生存条件。这一期间，刘承钊共发现两栖动物29个新种，并建立了1个新属。尤其对许多种类的生活史做了详尽的观察与研究，为中国两栖类生活史的研究积累了大量宝贵的第一手资料。刘承钊对俗名"胡子蛙"的髭蟾，进行了深入的研究，确定为蛙的新属、新种，于1945年将它定名为Vibrissaphora boringii，以纪念他的老师博爱理Miss Boring教授。

1946年，刘承钊受美国国务院资助，再度访美。在讲学之余，他在美国的大部分时间是在芝加哥博物馆度过，用自己带来的标本、资料、彩图进行研究，夜以继日地奋笔疾书，用10个月时间完成了长达400页的英文专著《华西两栖类》。此书1950年由该馆出版后，在国际两栖爬行学界引起极大反响，至今仍被视为研究中国两栖动物的经典著作。刘承钊也因此荣获美国芝加哥自然历史博物馆名誉研究教授、美国鱼类两栖爬行动物学会国外名誉会员称号。该会会刊，著名杂志Copeia1950年第4期对该书的评价是："这部巨著积累了作者20年的研究成果，其所采集的地域又是世界上鲜为人知的地方，绝大部分材料，特别是对生活史及蝌蚪的研究完全是新的。这部书无疑是一项重大贡献……"

1947年刘承钊回国后，仍任华西协合大学生物系教授。当时的国民党政府倒行逆施，发动内战，民不聊生，学生运动如火如荼。刘承钊毅然站在革命学生一边，参加他们的秘密集会，掩护进步学生，做了大量有益于革命的工作，同时仍坚持利用机会就地作专业调查。

1949年12月成都解放，1950年他应燕京大学聘请，回到燕园，担任生物系主任。1951年夏，又被请回成都担任政府接管后的华西大学第一任校长。1953年，院系调整后，华西大学改为四川医学院，刘承钊改任院长，直至1976年去世。

黄　家　驷

黄家驷（1906—1984），医学家、胸外科学专家和医学教育家，中国科学院院士。在上海创建中国胸腔外科学专业，是中国胸腔外科学奠基人之一；毕生从事并主持医学教育，创办八年制医科大学，主编《外科学》；长期担任中国医学科学研究机构的领导，制定规划并组织重大科研项目的实施，努力探索中国医学现代化的方向，晚年致力于中国生物医学工程学的奠基工作。积极关心并支持燕京校友会的活动，曾当选为北京校友会名誉会长。

黄家驷1906年出生在江西玉山县一个封建书香门第。4岁起，由母亲教认字、读书。13岁时，正值五四运动，因受新思潮的影响，兄弟几人离家出走。黄家驷于1921年春季考入天津南开初中二年级，与吴大猷、万家宝（曹禺）等同窗共读，成绩名列前茅。他读书比较用功，自学能力较强。在燕京大学读医预二年级时，物理教师写出博士学位考试的全部30道物理笔试题，激发学生对物理学的思考。初看这些题目，没有一道会做的，但这却引起了他的兴趣。他吃饭时在想，睡觉时在想，与同学散步时也在想。想出一个答案，就写出来，再想另一道题。两个月后，老师问起那些题，全班没有人能解其中的一道，而黄家驷答出了27道。他于1930年获燕京大学理学士学位，1933年在协和医学院毕业，获美国纽约州立大学医学博士学位。

1925年，五卅惨案震惊全国，黄家驷和燕京同学冲破禁令，上街游行、讲演。1932年日军进逼热河，他参加了林可胜教授组织的首批救护队，奔赴前线。1937年，"八一三"事变，他担任所在单位上海医学院医疗队的副队长，在无锡组建伤兵医院。返回时，上海已被日军占领，他不愿在日军刺刀下生活，也不愿在租界内龟缩，积极参加学校的内迁，先至昆明，再至重庆。1941年，他以优异成绩考取清华大学庚款留美惟一的医学名额，到美国密歇根大学医学院钻研胸腔外科学。

1943 年获得外科硕士学位，还通过了美国的全国专家考试，取得外科专家称号。

他所在的密歇根大学医学院胸外科享有盛名。他的导师约翰·亚历山大（1891—1954）教授是欧美胸腔外科学专业的创始人。当时由于战争，有大批伤员和肺病患者急需外科手术，黄家驷经常被导师派往各地完成手术。他还结合临床实践，深入探讨结核性支气管炎的病理学问题。由于他卓有成效的工作，当美国胸外科专家委员会成立时，推选他为创始委员。

1945 年，抗日战争胜利刚刚两个月，黄家驷急急忙忙离开美国，乘坐极不舒服而又易出事故的美军运输机，经过三天三夜颠簸飞行，回到祖国。回国之前，许多中国同学集会欢送他。他在会上当众表示："我们有义务回祖国去服务，把我们的技术用在祖国的建设事业上。"他要求大家监督他，不要去开业赚钱。他一直信守这个诺言。回国后，他一方面积极开展胸外科工作，一方面主动掩护进步青年。1949 年 4 月，他同一些教授联名写信给上海警备司令部，要求释放被捕学生。他还在家中掩护过进步学生和地下党员，并帮助医务人员支援东北解放区。

1950 年冬，他带头参加上海市抗美援朝志愿医疗手术队，担任总队长兼第二队大队长，率队开赴东北前线，不仅出色地完成了抢救伤员的医疗任务，而且帮助部队医院进行正规化建设。他还组织编译出版了《军事外科学》（六册）。同时，他积极开展胸腔外科的创建工作，在困难的条件下，他细心大胆地开展了控制压力麻醉下的开胸手术，治疗多种疾病。起初，相当一段时间内，由于专业技术人员短缺，他独自担负教学、专科门诊和两所医院 40 张病床的医疗工作。随着事业的发展，他的学生和助手逐步成长，有些后来成为知名的胸外科专家。黄家驷不断拓宽研究领域，注视着心脏血管外科的建设，积极组织低温麻醉和体外循环直观手术的实验研究和临床应用，对中国心胸外科的发展起了指导和推动作用。1957 年建立了上海胸科医院，黄家驷任院长，这是中国最早的心胸疾病专科医院。

1958 年，黄家驷调往北京，任中国医学科学院院长。1959 年，他负责筹建八年制的中国医科大学，并担任校长。他忙于讲课、听课、检查备课、观看实验、手术示范、主持教学巡诊和临床病理讨论会，逐步完善教学行政管理机构，还亲自规划，落实了教学大楼的建造。黄家驷提出了"形态结合功能、局部联系整体、基础结合临床"的教学方案，并在教学内容中增加了对不同学派的介绍和分析，补充了中、西医的最新发展成就；在教学上加强了集体备课，并运用各种不同的辅导方式和考核办法，启发学生独立思考。1961年，他总结一年多的教学工作，起草了《中国医科大学当前工作的九条意见》，1962年，形成了《老协和医学院教学工作经验初步总结》。"文化革命"中，八年制医科大学被迫停办。在周恩来总理的关怀下，医科大学逐步恢复。1979年，医大复校，改名为中国首都医科大学。在复校的5年间，黄家驷多次召开专家、教授和教师会议。强调要充分吸收国内外高层次大学的先进经验和继承协和的优良传统，在新的历史时期把学校办得更好。

为了提高教学质量，黄家驷十分重视教材编写。卫生部委托黄家驷主持编写外科学教材。1960年，中国第一本《外科学》出版。1964年，出版了总论、分论合编的《外科学》，黄家驷写了外科学总论，又增写了外科学发展史。1979年，第三版《外科学》问世。随着外科学的发展，1983年决定重新编写第四版。黄家驷写了《胸部损伤》作为样稿，供编委讨论，可惜通过样稿后，第二天他就去世了。1986年出版的第四版命名为《黄家驷外科学》。

黄家驷重视医疗为绝大多数人服务，他对中国医药卫生事业和医学教育提高与普及的辩证关系有很深的体会。他多次下乡下厂，去农村基层。组织巡回医疗，办农村卫生员短训班，两年学制的半农半读的医学班，还帮助建立小型农村医院。1973年，在日内瓦召开的第26届世界卫生大会上，他宣读了《为十亿人民包括老龄人口的医疗卫生服务》的论文，介绍中国农村卫生工作，深受欢迎。

自1958年起，黄家驷连续26年担任中国医学科学院院长、名誉院长，这是中国医学科学的最高学术机构和研究中心。他指出，必须"在注意普及的同时，为提高组织必要的力量，保证必要的工作条件"，应以"应用的基础理论为主"，以"科研为中心，研、教、医三结合，出成果，出人才"。他为医学科学院的发展指明了方向。同时他还制订规划，组织重大科研项目的实施，开展医药卫生的国际协作和学术交流，努力探索实现医学的现代化。

李 连 捷

李连捷（1908—1992），著名土壤学家，中国科学院院士。

李连捷出生于河北省玉田县的一个农民家庭。1927年在北京汇文中学毕业后，考入山东齐鲁大学医学院。1928 年日军侵占济南，造成"五三"惨案。李连捷被迫离开济南，转入燕京大学理学院生物系和地质地理系，为他以后从事土壤学工作打下了基础。1932 年毕业，获理学士学位。

毕业后，被聘为中央地质调查所调查员，曾协同美国土壤学家梭颇（J. Thorp）到全国许多省份进行土壤、地质等调查。他积极参加野外工作，积累经验，增长知识，为中国的土壤分类作出贡献。1932 年，他参加了陇海路西北考察团，赴渭河流域，为陇海路西延、修建潼关至兰州段而进行地质、土壤及农业环境资源的调查。当时正值关中大旱，霍乱流行，到处新冢累累。在死亡线上挣扎的饥民的悲惨情景激起他强烈的忧国忧民的责任感。他不顾个人安危，坚持在疫病流行区完成调查工作。这次秦川之行，迈出了他考察祖国山河的第一步。1933 年，他到河北定县作详细的土壤调查和分类研究，并绘制成图。1934 年，他又赴江苏、安徽、浙江等长江下游近百个县进行土壤调查，往返于大江南北，徒步万里，采集土样近千个，对太湖流域、长江三角洲进行了土壤成因及地貌的分析，还绘制了十万分之一的水稻分布图。1935 年，李连捷和梭颇一起到两湖、江西等地调查长江两岸及湘赣支流谷地红壤的发生和分布，这是对我国这一地区最早的土壤调查。在对红壤和水稻土壤研究的基础上，提出了许多新的土壤类型。当时正值土壤科学由简单的机械论向土壤发生学过渡的阶段，他的研究成果引起了国内土壤学界的重视。

1936 年，李连捷赴山西五台山山地、汾河河谷等地考察土壤。后来再度与梭颇合作，深入到福建沿海、两广等地进行长期细致的土壤调查。1939 年，又在贵州进行了为期一年的土壤调查。在上述调查的基础上，李连捷对红壤、黄壤的形成与第四纪地质及水文的关系提出了见解，撰写了三册有关广西、贵州土壤的著作，并首次就土壤分类提出了三个土纲，即：自型土纲、水型土纲和复成土纲。

1940 年，李连捷获中华文化基金奖，被派往美国考察水土保持并深造。1941 年，在美国田纳西大学农学院获理学硕士，并于当年秋季转入伊利诺大学农学院，边学习边研究有关土壤发育速度的课题。1944 年，获哲学博士后，应美国军事制图局之聘，到美国联邦地质调查所军事地质组工作，专门从事土壤地理分布与行军条件、土壤学在工程应用等方面的研究。在美期间，他进行了大量的野外考察，参观访问了二十几个州的农业院校、试验场和水土保持站，足迹遍及大半个美国。他本可留在美国工作，但他思念着正在遭受日本侵略军铁蹄蹂躏的灾难深重的祖国，谢绝了美国朋友真诚的挽留，于 1945 年毅然踏上归国的旅程。

回国后，李连捷经多方奔走，联合中央地质调查所土壤室、中央农业实验所的土壤工作者，发起成立了中国土壤学会，李连捷当选为第一届理事会理事长。在我国土壤科学事业发展进程中，中国土壤学会起了重要的推动作用。1947 年，李连捷应北京大学农学院之聘，任土壤学教授，土壤系主任。1949 年，北京农业大学成立后，任土壤农化教研室主任，为我国土壤科学培养人才。

1951 年，他受政务院派遣，两次去西藏，为开拓世界屋脊的农牧业立下了汗马功劳。进藏初期，李连捷和他的工作队遇到重重困难。首先是交通困难，其次是恶劣气候，"一日分寒暑，十里异葛裘"，"风云突变，雨雪交加"。然而，工作队战胜了险恶条件，考察了青藏高原独特的地理环境和农牧业生产，采集了许多标本和样品，帮助兵站建立农场，为他们提供种子和技术。建立八一农业试验站，兽医人员还筹办了兽医班和血清厂。在工作队和驻藏部队的共同努力下，各方面工作都取得很大成绩。他们试种的黑麦亩产近 400 公斤，引进的苜蓿等豆科牧草深受广大牧民的欢迎。内地的冬小麦、圆白菜、大白菜、萝卜也在高原上安了家，世界屋脊上首次结出了西瓜。他们用自己的智慧和汗水唤醒了西藏这块沉睡多年的土地，开创了那里有史以来的农业科研工作。西藏之行是李连捷人生历史上珍贵的一页。

1956 年，他率领由 150 人组成的中国科学院新疆考察队，对新疆的土壤、气候、植被、地质、地貌、农学、畜牧、水利等进行了考察。经过调查，证明阿尔泰地区有丰富的水源，可以引用额尔齐斯河水灌溉北疆的草地。后因在这一问题上与考察队中的苏联专家发生意见分歧，考察队没有取得预期的成果。

在五六十年代，他多次会同北京市和全国的农业科技人员组成综合考察队，到北京山区、东北、西北、黄河后套、海南岛等地进行科学考察。1963 年，在黄河后套考察后，李连捷等建议将全后套 70 万亩盐碱土农田，按其盐渍化程度分为四大段，进行系统排灌，分段治理。1964 年，对北京山区进行综合考察，针对怀柔县山地水源未能在农业上利用，降雨随地流失的情况，李连捷建议引水截流，在干河床上凿浅井，使麦田得到充足的水源，以利灌溉。在水土流失严重的地区，则建议修建水平梯田和禁止在 25°以上的坡地上耕种。他还亲自在山地种植了几十亩小麦做示范，从而结束了当地农民从未种过细粮的历史。1974 年，年逾花甲的李连捷和北农大师生一起投入综合治理河北省周县盐碱地的工作，根据"盐随水来随水去"的原理，制定了一套以浅井深沟为主体的治理方案，三四年内，就将昔日的盐碱荒地治理成米粮仓，这一成就引起国内外的关注。

1976年，他又应邀到湖南城步苗族自治县进行草山的开发治理研究。大南山地处湘桂交界，是荒凉的山地森林草地。李连捷一到这里，就跋山涉水实地考察了三个月，每天步行七八十里，查看那里的草、土、岩石及生态环境。根据调查，李连捷决定一方面引种优质牧草，另一方面实行"条带垦殖"，形成水土保持林带。经过几年努力，改变了连续二十五年的亏损现象，扭亏为盈。南山草场的开发利用，为我国华南黄壤地区山地合理开发利用摸索出宝贵的经验。因而于1982年，李连捷荣获农牧渔业部颁发的技术改进一等奖。在南山大雪中，李连捷冒雪调查了十几天，有人问他为的啥？他以一首七律诗回答："问君何事到南山？路滑坡陡百草寒。踏雪寻梅非我愿，缘木求鱼索自然。敢将冬茅化鲜乳，不让寸草空仰天。岁暮晚年争朝夕，白发苍苍益壮年。"

1978年，他出席了全国科学大会，荣获"科学大会奖"。他又积极促进遥感技术在农业生产上的应用，经多方努力，于1979年，在北京农业大学成立了全国第一个农业遥感中心。李连捷出任主任。在短短几年里，中心举办了20期培训班，除为我国培训了五百多名农业遥感的应用人才外，还完成了国家水土保持、土壤监测、作物估产、草场监测等项科研任务。

80年代末，李连捷已年逾八旬，仍在孜孜不倦地指导研究生，撰写书籍，编写教材，研究以土壤特性为依据的土壤系统分类学，希望促进我国土壤学数量化和科学化，为跻身于世界先进水平而努力。

谈 家 桢

谈家桢，1909年9月15日生于浙江宁波。中国科学院院士，著名遗传学家。

1925年，他在湖州东吴第三中学读高中，正值五卅运动，他被推选为高中部学生领导人之一，曾带队组织同学上街游行，开展反帝爱国运动。1926年，被学校保送到苏州东吴大学生物系。在大学期间，他深受美籍教师特斯克讲授的"进化、遗传学与优生学"课程的影响，立志日后从事这一领域的研究。三年级时他就任东吴大学青年会创办的惠寒小学校长，四年级时任普通生物学实验课教师并兼任苏州桃坞中学生物教师，由此开始了他一生的教育生涯。1930年，他成为燕京大学李汝祺教授的研究生，开始从事亚洲异色瓢虫的色斑变异和遗传研究，一年半后获硕士学位。其论文《亚洲瓢虫的色斑变异和遗传》的核心部分——"异色瓢虫鞘翅色斑遗传"，经李汝祺、摩尔根和杜布赞斯基的推荐，发表在《美国博物学家》杂志上。1934年他远涉重洋，到加州理工学院深造，作为摩尔根和杜布赞斯基的博士生。他以双翅目昆虫的巨大唾腺染色体最新建立的技术，进行细胞遗传图的研究和绘制以及种内种间染色体结构差异的研究，他先后在美、英、德等国发表了十多篇论文。1936年，27岁时获得了博士学位。1937年回国，任浙江大学教授。不久，抗日战争爆发，在当时极为困难的条件下，他培养了第一批研究生。1944年，他发现了异色瓢虫色斑变异的嵌镶显性的遗传现象，这是研究上的一个重大突破。1945年至1946年，他应哥伦比亚大学邀请作客座教授。在美期间，先后发表了《异色瓢虫色斑遗传中的嵌镶显性》和有关果蝇性隔离多基因基础的研究等论文，国际遗传学界认为它丰富和发展了摩尔根遗传学说，对现代综合进化理论提供了有力的证据。1948年8月，他出席了在瑞典举行的第八届国际遗传学大会，并被选为常务理事。当全国即将解放时，他婉谢了朋友提出留居美国的建议，毅然回到祖国。回国后仍任浙江大学教授，后兼任理学院院长。1952年院系调整后，任复旦大学生物系主任。

中华人民共和国成立初期，在遗传学领域里曾强制推行李森科的那一套理论，打击和压制摩尔根遗传学和遗传学家。谈家桢作为生物系主任、摩尔根的"入室弟子"，首当其冲，被剥夺了开设遗传学课程的权力。1956年，在青岛召开的遗传学座谈会上，中央领导同志郑重宣布了"不打棍子，不扣帽子，两派求同存异"。谈家桢异常兴奋，在会上就"遗传的物质基础"、"遗传与环境之间的关系"、"关于物种形成与遗传机制"等问题做了发言。会后，在他发表的一些文章及讲话中，多次介绍分子遗传学的国际进展，提醒大家要看清形势，多做工作，以实验结果来证明学术观点的是非曲直。

1957年至1961年，毛泽东先后四次接见了谈家桢，耐心听取他的意见，支持和鼓励他，一定要把遗传学研究搞起来。于是复旦大学于1959年成立了遗传研究室，1961年又扩大建立了遗传研究所，由谈家桢担任所长。从1962年至1966年，他所领导的研究集体，发表了五十多篇研究论文，出版了 16 种专著、译作和讨论集，并培养了一大批遗传学教学和科研人才，特别是他所主持的猕猴的辐射遗传学研究课题，已接近了当时的国际先进水平。

1966 年至 1976 年的十年浩劫中，谈家桢受到很大冲击。在最困难的时候，又是毛泽东保护了他。1968 年，在中共八届十二中全会上，毛泽东点名要解放八个教授，谈家桢是其中之一。这种信任，更坚定了他要把中国遗传学搞上去的决心。1973 年，他不幸患直肠癌，动了大手术，不久又进行胃切除手术。在患难时期，他与邱蕴芳医师结为伉俪，得到她的精心护理和照料，度过了艰难岁月。粉碎"四人帮"后，他强撑着还未完全痊愈的身体，开始整顿研究所，重建实验室，制定科研规划。自 1978 年开始，他又重返国际遗传学界。

1987 年，复旦大学遗传学研究所建成国家重点实验室，承担了国家重点课题攻关、高技术追踪，并为国内外优秀学者到实验室工作创造必要条件。之后，谈家桢与他的同仁创办了复旦大学生命科学院，他任院长。自 1978 年至 1988 年十年中，复旦大学遗传所在他的主持下，共发表学术论文和综述约五百篇，已经鉴定的科研成果五十余项，获国家及省市级以上奖励的有 20 项，出版专著 15 本、译作 32 本。复旦遗传所已成为中国遗传学研究的中心之一，最近，在基因工程人体基因组方面又有了重大突破。

谈家桢获得了很多荣誉。他是中科院院士，美国科学院外籍院士，意大利国家科学院院士，第三世界科学院院士，联合国科学技术发展中心非政府组织指导委员会委员，联合国开发植物利用委员会委员及联合国工业发展组织国际遗传工程与生物技术研究中心科学顾问委员会顾问。他还是复旦大学顾问，中国遗传学会理事长。1981 年，他被日本遗传学会和美国遗传学会授予名誉会员。1983 年，美国罗斯福肿瘤研究所聘他为高级研究员。同年，加州理工学院授予他"杰出校友"荣誉奖状和奖章。1984 年和 1985 年，他先后接受了加拿大约克大学和美国马里兰大学授予的荣誉科学博士。1990 年，他接受了美国加州政府授予的"荣誉公民"的称号。1995 年被授予求是基金会的杰出科学家奖，他把 100 万元奖金的半数，捐给在上海创建摩尔根·谈国际生命科学研究中心。1998 年 8 月在北京举行的第 18 届国际遗传学大会上，他任大会会长。

沈 元

沈元，中国科学院院士，中国共产党党员，空气动力学家，航空工程教育家，历任北京航空航天大学教授、校长、名誉校长，首任中国航空学会理事长。

沈元1916年4月28日生于福建福州，出生在一个制造美术漆器的世家，他的六世祖沈绍安是福州脱胎漆器的创始人。他从小在家跟父母识字，跟塾师学古文，15岁后进入了由美国教会资助办的英华中学。在这所教会中学里，不信教的学生可以选修哲学课，思想进步的陈衡庭老师所授的哲学课深深地吸引了沈元。陈老师用辩证唯物主义和历史唯物主义的观点，评述西方各主要哲学家的哲学思想并解释人类社会进步的历史进程，使在当时处于黑暗时代中的学生看出一条指向光明的道路，即社会主义的道路。老师讲课的启蒙作用，影响了沈元一生。

1935年夏，经英华中学保送并通过考核，沈元进入了燕京大学，由于成绩优秀，入学后免修英语。那时，抗日的烽火在全国日益蔓延，"华北之大也安放不下一张书桌"。沈元很快投入到爱国抗日的洪流之中。他和燕京当时地下党负责人陈絜既是同乡又是好友，因此，更是站在斗争的前列。"一二·九"运动时，沈元头一天就进城，潜伏在前门外一带。"一二·九"那天，燕京学生打的横幅是沈元写的，他还散发过传单，遭受到警察水龙头的袭击。沈元经历了难忘的"一二·九"的血腥洗礼。

后来，他又参加了一些进步学生的活动。记得曾在一个地下室里，他和陈絜、龚澎（龚维航）等在一起开过会。他一度改名为沈克胜，写过"自愿加入共产党"，反映了沈元的进步要求。实际上，他没有入党，只是加入了党的外围组织。根据后来陈絜跟他说的，当时党组织研究过他的情况，由于他学习很好，希望他在专业上继续深造，不要过多地影响学习乃至脱离学习。所以，没有同意他入党。过了一年，1936年，为了能更直接报效祖国，沈元由燕京转清华，由学化学改学机械制造。这是他所愿意学的工科。在三百多名被录取的新生中，沈元名列第三。

七七事变后清华大学南迁。沈元到长沙找到由清华、北大、南开三校联合组成的临时大学，报到学习。约一年又迁往昆明。他参加了学校组织的湘黔滇旅行团步行到昆明，这个经历也是十分可贵的。后在新成立的西南联大继续学习。1938年，为了适应需要，从机械系中分出一个航空系，这是中国高等教育史上的第一个航空系。1940年，沈元毕业于航空系。毕业后留系当助教。除了辅导发动机课程外，还帮助教授建立了一个发动机实验室。这两年建设实验设备的经验，对他以后的教学和科研工作有很大的帮助。

1942年，沈元通过考试，获得英国文化委员会提供的奖学金，到英国攻读博士学位。1943年3月，他进入伦敦大学理工学院航空系当研究生，系主任兼导师贝尔斯托是一位有名的应用空气动力学家。攻读英国的博士学位一般需用三年时间，沈元为了在取得学位后能在研究机构工作一年，以便取得实际经验后回国服务，决定用两年时间攻读学位。他的导师被他的刻苦精神和坚强毅力所感动，无保留地把自己正在起草的笔记交给沈元，把他带到当时航空界正在注意研究的跨声速流动问题之中。在贝尔斯托教授的指导和鼓励下，沈元找了一个理论问题，果真用了约两年时间，用手摇计算机一遍又一遍地完成复杂而繁重的计算，得出了科学的结论，说明忽略粘性的可压缩性流体当以高亚声速度绕似圆柱体流过时，可以出现能保持正常的含有局部超声速区的跨声速流动。这一结果启示了亚声速飞机有在无激波情况下接近声速的可能。在此之前，还没有人计算过类似的结果。跨声速流动一直是空气动力学中的一个棘手问题，又是与航空飞行由低速向高速发展密切相关的重要课题。针对这方面的需要，沈元在博士论文《大马赫数下绕圆柱的可压缩流动的理论探讨》中，用速度图法证实了高亚声速流动下圆柱附近极限线的存在。沈元的这项研究成果，对于高速飞机的设计，具有理论指导意义。他的学位论文获得答辩委员会的很高评价，被推荐在英国皇家航空研究院第9873号报告上发表，由此，他被接纳为英国皇家航空学会副高级会员。因此引起国际航空界包括我国著名湍流专家周培源的重视，英国的重要书刊引用了他的计算结果。

取得博士学位后，沈元原想到曾短期学习过的皇家航空研究院实习一年，未被接受，就改到以生产航空发动机著称的罗尔斯·罗伊斯公司，一面工作，一面考察技术。可是，在那里，只许阅读本厂生产部门的图纸和资料，不让阅读研究设计部门的图纸和资料。有了这一年的经验，他深刻体会到，中国要建立现代化的航空工业，关键的技术只能依靠自己的力量。

1946年7月，沈元谢绝了美国大学的聘请，毅然启程返回满目疮痍的祖国。他曾两度拒绝当时国民党政府驻英国使馆要他参加国民党的通知。因此他不会、也不可能到国民党政府航空委员会所把持的科研单位或工厂去，因为这些单位的人都必须加入国民党。但他还是要回到自己的国家去和国内人民在一起生活、工作和奋斗。沈元回国后，到清华大学航空系继续任教，曾任航空系副教授、教授，系主任和航空工程学院院长。1948年，将他在空气动力学方面的研究工作，从圆柱体推进到椭圆柱体在高亚声速气流中的运动规律的研究，对于飞机速度从亚声速到超声速的过渡，在理论研究上更接近于机翼外形的实际。同时在条件极为困难的情况下，为清华大学设计并建造了一座低速回流式风洞，是当时国内高校中最先进的风洞，迄今仍在发挥作用。

1949年，沈元怀着极大的喜悦迎接北平的解放，可由于父故母病，不得不回福州照料。在那时，他暂时回英华中学担任高中毕业班的数理课程的老师，并兼班主任，而著名数学家陈景润正好在这个班上，沈元正是陈景润开始对"哥德巴赫猜想"产生浓厚兴趣时的启蒙老师。这反映出沈元对青年的热情关怀和深情厚爱。

1951年，高等学校院系调整时，国内八所高等学校的航空系科合并成立北京航空学院（1988年更名为北京航空航天大学），沈元教授被任命为副院长，1980年任院长，1983年以后任名誉院（校）长。四十多年来，在北京航空学院的筹建、办学方针的确定、专业设置、教学计划制订、师资及实验条件建设、科研教学组织领导以及计算机在航空航天中的推广应用等方面发挥了重要作用。1956年，在参加制定国家十二年科学技术远景规划时，沈元提出在北航发展空气动力学及导弹类专业，并早日提供毕业生，如今这些毕业生已成为我国航天事业的技术骨干。同时，提出建立三个以科研为主、兼带教学的研究室的建议。1958年起，他带领科研人员，采取教学、科研、生产三结合的形式，开展多种飞行器及其重要部件及设备的科研与研制，多次取得成功，填补了国内空白，受到有关部门的奖励。

由于沈元对我国航空航天事业做出的突出贡献，他多次获得国家的奖励，并获得国际荣誉。1990年12月被国家教委授予"从事高教科技工作四十年成绩显著"荣誉证书，1991年被授予航空航天工业部"劳动模范"称号，1992年被授予"有突出贡献专家"称号，1993年被英国剑桥国际传记中心授予"1993年世界杰出知识分子"荣誉称号及金质奖章。他还多次入选英国、美国、澳大利亚及远东名人录。

蒲 蛰 龙

蒲蛰龙（1912—1997），中国科学院院士，杰出昆虫学家，我国害虫生物防治的奠基人。

蒲蛰龙教授是广西钦州人，1912年出生于云南。1935年毕业于中山大学农学院，同年考进燕京大学研究院生物学部，师从著名昆虫学家胡经甫教授。1937年回中山大学，历任讲师、副教授、教授。1946年获美国国务院奖学金，赴美国明尼苏达大学留学，攻读博士学位，兼做科学研究工作，1949年10月获明尼苏达大学哲学博士学位。新中国的成立坚定了蒲蛰龙报效祖国的决心，他放弃美国优越、舒适的条件，同年10月与夫人利翠英，也是燕京35级研究生，一道回国，将自己的才华献给祖国和人民的建设事业。他先后在广州中山大学农学院、华南农学院、中山大学生物系、昆虫学研究所从事教学和科研工作。当选为第二、三、四、五、六、七、八届全国人大代表，第二、三届广东省科学技术协会主席，曾任中山大学副校长、中山大学生命科学院院长、中国昆虫学会副理事长。1980年当选为中国科学院学部委员即中科院院士。

在长达九个年头的大学和大学研究院的学习岁月中，使蒲蛰龙感兴趣的是，在燕京研究院学习的后期，从教师的启发中，领会到一种不是死记硬背，而是颇能发展思维能力的学习方法。所以能达到这种要求，他以为，首先是燕京学习条件比较好，研究院开设多门课程，任凭学生选读，必修科目很少，可以有较多时间去利用完备的图书馆和实验室，去多读与自己专业有关的图书、杂志和进行科学实验。老师在课堂上讲课并不是罗列教材内容，而是扼要精练地讲出每一个问题的精髓，听者能领略出重点所在，有较多的时间独立思考，消化、吸收基本要求；讲完每一个问题，就列出一系列有关文献，尤其是近期发表的水平较高的学术论文，供学生查阅。学生阅读论文之后，可以结合教师讲授的重点，通过思考而达到对问题的进一步了解。而且，每一个专门问题都辅以系统性的实验，这种实验不单是训练学生的操作技能，巩固所学知识，也培养了学生的智力。每个实验内容针对着该学科中的一个重要的专门问题，学生分别进行其中的一个子问题，一般要花3—4个实验单元时间才能完成这个子问题的实验工作。一个实验结束之后，在老师指导下，每一学生都作口头报告，并展开讨论。这样一来，学生把从实验得来的结果和从有关文献得来的知识进行论证、比较、补充和质疑，使他们对这个专门问题得到了较透彻的认识和理解。学完了整个课程之后，学生能基本掌握本学科的近期理论进展、实验技术和存在问题，把大量的学科信息变成自己的知识，储存在大脑中。此外，又培养了学生的观察能力、实验操作能力、分析能力、自学能力，并提高了思维能力。

蒲蛰龙深感，近二十多年来，科学技术发展十分迅速，新知识急剧增长，新的信息从四面八方滚滚而来。边缘学科的发展使自然科学领域中出现了许多重大的发现、发明和突破。边缘学科的形成和发展，会关系到科研中的思想方法问题，也关系到科技实践中出现的实际问题。他认为，不论在学习方法和研究方法上，都必须适应新情况。从回顾以往的学习历程中，他提出，对一个学科的若干重要问题，要通过记忆、分析、综合，并概括出概念来，以便于深入理解。学习过程不应只是满足于书本上的知识，而是要在收集到的知识范围内，加以引申和扩大，并与实际相结合，提高自己对事物发展本质的认识和理解。

1950 年起，蒲蛰龙从事以虫治虫和以微生物治虫的生物防治及昆虫病理学研究。他利用赤眼蜂防治甘蔗螟虫的研究取得成功，并推广到桂、闽、湘、川等省区。以后主持开展利用澳洲瓢虫及孟氏隐唇瓢虫防治介壳虫。60 年代起，开展应用腹小蜂防治荔枝蝽及湘西黔阳地区柞蚕放养科学试验，均在生产上取得显著成绩。70 年代起，开展微生物防治及昆虫病理学研究，先后发现了多种昆虫病毒，系统研究了危害粮、棉、蔬菜的斜纹夜蛾的核多角体病毒。80 年代与他的合作者首次发现赤眼三类病源，为世界各国应用赤眼蜂治虫方面提供了有益的参考。他先后在国内外学术刊物发表学术论文近二百篇，专著六部，获得国内外学术界的高度评价。他的研究成果获得多项国家级和省、部级奖励，并于 1980 年获美国明尼苏达大学最高荣誉奖——优秀成就奖。由于他的成就卓著，被誉为"南中国生物防治之父"。

由于他的出色工作，党和国家给予他很高的荣誉和评价。1950 年被选为全国先进工作者，1989 年被评为新时期全国侨界十大新闻人物。1992 年，广东省委、省政府授予他"广东省杰出贡献科学家"和"南粤杰出教师"称号。

半个多世纪以来，他一直工作在教育战线，呕心沥血，辛勤耕耘，为我国培养了大批高级专业人才，桃李满天下。他是我国恢复招收研究生后的第一批博士生导师，如今，许多弟子已成为教育、科技战线上的著名专家、教授。他很注重学生的全面发展，注重美育对陶冶学生情操所起的作用。他本人音乐修养很高，能拉小提琴。他反复强调，我国科学技术进一步的发展，有赖于青年科技队伍的不断形成、扩大和提高。他殷切地期望，年轻的科学工作者要利用自身的特点，珍惜自己的年华，努力攀登科学高峰，立志为祖国现代化建设事业和人类的和平与幸福，做出应有的贡献。

关 肇 直

关肇直（1919—1982），中国共产党优秀党员，中国科学院院士，广东南海人，数学家，我国现代控制理论的重要开拓者。关肇直既是卓越的科学工作管理者、组织者，又是杰出的科学家。他热爱祖国，无私奉献，勤勤恳恳，不断求索。他十分关心国际科学技术的新发展，努力赶超世界先进水平；他不辞劳苦，深入实际，力求运用科技成果，推动国防建设、经济建设；他热情培养青年学子，诲人不倦，为科技队伍的建设倾注了心血。

1936年，关肇直考入清华大学土木工程系，不久转入燕京大学数学系。在学校期间，他成绩突出，受到师生重视。据黄昆院士回忆，那时著名数学家、中国人民的老朋友赖朴吾（Lapwood，英籍）教授还是个青年教师，来到燕京不久，就组织物理、数学两系的一些优秀学生成立一个研究小组，研讨当时世界科学前沿的问题，主要是相对论和量子力学，这个小组就有关肇直和他。关肇直从此也和赖朴吾结下深厚的友谊，在燕大毕业后，留校任教。

由于太平洋战争的爆发，关肇直于1943年辗转来到成都，继续在燕大任教。在抗日战争的艰苦环境下，关肇直结识了一些进步同学，逐步参加一些民主集会，大量阅读了进步书刊。他把自己所订的《新华日报》看完后就放在理学院图书室，供大家阅览。又根据党组织的嘱托，把毛泽东的《论联合政府》译成英文，交给回国的赖朴吾带出去，扩大宣传。抗战胜利后，国民党的反动面目更加暴露，关肇直的政治认识更加明确，他积极投身于国民党区域的爱国民主运动。在这种情况下，燕大内部的斗争也很激烈。一些人借机围攻进步教授沈体兰等。关肇直两次在教职员大会上和他们展开斗争。由于学生的支持，进步势力终于占了上风。由此，关肇直也进一步认识了美国当局的面目，拒绝了学校给他的以美国国务院名义的奖学金赴美留学的机会，他写了一封长信对司徒雷登进行批评。随着形势发展，学校借机解聘了沈体兰教授，关肇直在气愤之余，不仅拒绝了留学机会，而且表示辞职，转入北大工作。1947年，他秘密加入了中国共产党。

1947—1949年，关肇直在法国巴黎大学彭加勒研究所研究数学，攻读博士学位，导师为著名数学家、一般拓扑学与泛函分析的开创人Mauric Frechet。在这期间，他继续英勇地和国民党展开斗争。据吴文俊院士回忆，当时"我们领取的公费数额很少，住宿费占去了一多半，由此大家纷纷要求增加住宿补贴，在使馆带头与国民党人员交涉的就是关肇直！记得那一天，大使馆人员扬言：要把为首者押解回国，并威胁说，你们该明白这意味着怎么一回事，气氛异常紧张。关肇直不顾个人安危，义正词严与国民党代表据理力争，在众口一致的呼声下，国民党代表最终答应了要求。这次虎穴交锋，团结了留法的大部分同学，争取了使馆许多国民党人士"。

1949年冬，随着解放战争的节节胜利，新中国的建立，关肇直按捺不住关心祖国的心绪，放弃了在世界数学中心之一的巴黎继续深造的机会，放弃了获得博士学位的条件，毅然回国，和其他同志一起参加了中国科学院的筹建工作，担任第一届中共科学院党组成员，参与确定科学院的方向、任务和体制的工作，制定和宣传了党对科学事业的方针和政策，并具体组建了中科院图书馆，使这个馆成为我国著名的图书馆之一。接着他积极创建领导了"三室、一所"的工作。所谓"三室"就是50年代初在数学所建立的泛函分析研究室，60年代初在钱学森教授积极倡议和支持下在数学所建立的我国第一个控制理论研究室，以及70年代在中科院成都分院建立的数理科学研究室；"一所"就是关肇直于1979年10月同宋健等其他数学家、运筹学家一起共同创建的中国科学院系统科学研究所，并任第一任所长。这些都为赶超世界科学先进水平，填补我国薄弱空白学科，做出了积极贡献。同时，他也十分重视人才培养和科研队伍的建设，总是把科学的未来寄托在青年一代身上，亲自培养学生，传授知识。他于1957年在北京大学第一个开设泛函分析专门化，接着又创立了现代控制理论专门化。由于他的辛勤耕耘，几十年来，在泛函分析、数学物理以及控制理论等几个领域，都形成了一支较强的科研队伍。

对于如何搞好科研工作，办好科研机构，关肇直有着明确的主张，他提出"要为祖国建设服务，要有理论创新，要发挥学术民主，要开展学术交流"的四条原则。他不仅提出原则，而且身体力行，实践这些原则。他努力学习马列主义、毛泽东思想，特别深入钻研自然辩证法和马克思主义哲学，并用来指导科研工作。他重视数学基本理论的研究，也大力倡导发展应用数学的研究，并且密切注视国际数学研究发展的新动向。他的科学活动不限于教学和科研单位，而且深入到许多设计部门、施工现场和基地。从陆地到海洋，从哈尔滨到广州、厦门，从天山脚下到东海之滨，到处都留下了他的足迹。他认为，推动科学发展的动力归根结底来源于社会的需要。他所到之处，不仅与科学家、工程技术人员、设计师交换意见，而且也乐于与工人、教师和学生促膝谈心。每到一处，他总要了解那里建设事业的需要，寻找研究课题，宣传普及控制理论，组织和推动全国控制理论队伍的形成和发展。

关肇直认为，科学上每一个重大突破和进展，都是出自科学新思想和新的科学观点。他不仅是这些思想的倡导者，而且也是这种观点的实践者，在科学工作中做出了许多重要成就。早在 50 年代，非线性泛函分析研究在国际上也刚刚开始，他就带领青年工作人员开展这方面的研究，第一个提出了后来被称为单调算子的概念，比国外学者早四五年。今天单调算子理论已成泛函分析中的一个重要分支。在我国，他最早开展近似方法的研究工作，写出了第一篇把泛函分析应用于计算数学的论文。在数学物理方面，他解决了激光理论中一种带非对称核的积分方程的非零本证的存在问题，受到了国际上的重视。1963 年，他提出用希尔伯特空间与不定度规空间的算子谱理论解决中子迁移平板几何情况的奇异本征函数问题，比国外同类工作早十年，国际上认为这是 70 年代中子迁移理论中的创始工作。1962 年，根据国防建设事业的需要和科学发展的趋势，他又带领一批青年同志开创了当时在国际上刚刚出现不久的现代控制理论这一新领域。他同他的学生和同事们在这一新领域中做了大量理论研究和应用研究工作，获得了国内外的好评，在国际上具有自己的特色。关肇直在他从事科学活动的一生中，发表学术论文、科技报告、学术综述报告共一百多篇，写出了六本学术专著和高等学校教科书。他所领导和从事的科研工作曾多次获得国家级的重大科技成果奖，得到了党和人民的充分肯定。他当选为中国系统工程学会理事长、中国自动化学会副理事长、中国数学会常务理事，兼任燕京大学、北京师范大学、北京大学、中国人民大学、中国科技大学等校教授及华南理工大学名誉教授。1980 年当选为中国科学院院士。

关肇直学识渊博，品德高尚，严于律己，乐于助人，大公无私，顽强拼搏。1982 年，病魔夺去了他 63 岁的生命。他的一生正如他常说的："要把有生之年献给党的科学事业，献给国防建设事业。"

翁 心 植

翁心植，男，1919 年 5 月 10 日出生于浙江省宁波市。著名内科专家、内科教授，中国工程院院士，中共党员，主任医师、博士研究生导师和心血管专业博士后流动站导师。现任首都医科大学附属北京红十字朝阳医院名誉院长兼北京市呼吸疾病医疗研究中心主任，首都医学院医疗三系名誉主任、学位评定委员会副主任，中华医学会资深会员、荣誉理事，北京科协荣誉委员，中国吸烟与健康协会常务副会长。

1941 年获燕京大学理学士学位，曾在北京协和医学院、上海圣约翰大学医学院及中央大学医学院肄业，于 1944 年 12 月毕业于成都华西协和大学医学院并获医学博士学位。毕业后，曾在北京大学医学院、中央人民医院（后改名北京人民医院、北医附属人民医院）、中苏友谊医院及北京朝阳医院任内科住院医师、住院总医师、主治医师、副主任和主任，助教、讲员兼任讲师、副教授及教授。

在这些经历中，最使翁心植难忘的是燕京三年的学习生活。他于 1937 年 9 月（由南开中学）进入北平燕京大学医预系一年级学习。那时的北平已是沦陷区，而由于燕京是美国教会主办的学校，日军还不能进入，成为一块"自由的园地"。一年级的新生，曾分批被司徒雷登校长邀请到临湖轩吃饭，司徒把他藏有学生反日游行的照片拿给新生们看，给人的印象，他是支持学生抗日的。学生中还有一批抗日的进步力量，如和翁心植一起上遗传学课的生物系学生陈培昌就是较早参加革命的。还有经济系的方大慈（他曾组织过乐队，一个很活跃的同学）、宋世远、虞颂舜等于 1938 年越过西山，到解放区参加革命。也有些同学如和翁心植同宿舍的他的大哥翁心桐、江济恩、张潦、柏栓则去了上海或转到西南联大就读。而那时一出了校门，就是日军占领区了。每次从燕京进城所乘班车到西直门，乘客都要下来，步行走过西直门，接受日军检查，心中很不是滋味。

在这样的氛围里，燕京的教学是认真的。所安排的教师都是学有专长的，如医预系主任博爱理（Miss Boring）教生物学，理学院院长韦尔巽（S. D. Wilson），一个满头白发的矮个美国老头教化学，有机化学由窦维廉（William Adolf）主讲，国文由郭绍虞讲授，还有教遗传学的李汝祺，教无脊椎动物的胡经甫及刚从英国来的年轻物理教师赖朴吾。学生们学习也十分用功，珍惜这个学习机会。可是，燕京的淘汰率也很高，当初一年级时有五十多位同学，到三年级就只有二十多人了，考上协和医学院的仅十几个人，有些同学转系或到其他学校了。可见医预学生的选拔是很严格的。由于燕大许多教授是美国人或英国人，都用英语教课，这也使学生掌握了较好的英语，不论听、说、写、读，都有较好的基础。此外，燕京也很注意扩大学生的知识面，翁心植除了要修英文、生物、物理、化学这些课程外，还选修了张东荪的哲学课、沈迺璋的心理学以及李荣芳主讲的考古学。他对考古学课的印象很深，除了听课外，每星期六下午都集体外出参观文物古迹，如五塔寺、大钟寺、国子监等，回来后还要到图书馆翻阅有关书籍，写出一份报告。他以为，选课的办法对开阔思路，扩大知识领域，对他以后从事医学也很有帮助。

燕京学生课外活动很活跃，有很多群众性组织。燕大虽是教会学校，外国教授也大多是基督徒，但提倡信仰自由。像翁心植这样的"无神论者"，从未受到歧视。医预系护预系有系学生会（医护预学会），学生会主席常由三年级学生担任，翁心植在三年级时也曾担任过主席。系学生会常组织会员联欢，文艺演出，或去香山、卧佛寺、颐和园及玉泉山等处郊游。在燕京过圣诞节十分热闹，这已不是一般的宗教节日，而是带有群众性的欢庆日子。每当12月24日晚上，音乐系范天祥教授坐车周游校园，用钢琴弹唱 Holly Night，学校上演"弥赛亚"，相当精彩。每年圣诞节，系主任 Miss Boring 都邀请医、护预系学生在家中聚餐。广泛的社会活动锻炼了学生，展示了他们的才干。

三年级结束后，医预系学生需要参加北平协和医学院的入学考试，内容包括英文、物理、化学等。37级考上协和的除翁心植外，有谷铣之、田树润、李邦琦、田德全、王春漪、牛宝成、周贵容、王淑蕙、赵德贞、张蕙芳等。协和的淘汰率也很高。一年级各门功课都要达到75分及格，才可回到燕大接受理学士的文凭。

在燕京的三年学习，使翁心植打下了基础科学的基础，掌握了英语听、读、写的能力，更重要的是使他获得了自由思考、独立自学的能力，对他以后进入医科学习和从事医学事业帮助很大。

翁心植主要从事内科学，对心血管专业、寄生虫学及结缔组织病方面尤有专长，近年来从事慢性阻塞性肺疾病及其引起的慢性肺心病防治研究工作，对呼吸系统疾病也有较深造诣。在国内率先建立了血吸虫肝卵抗原，用以做皮内试验及补体结合试验，在国内率先介绍白塞氏病的内科表现，系统地对去睾者的脂质代谢以及性激素与冠心病的发病关系进行了研究，组织、领导了全国范围内对慢阻肺、肺心病的协作研究。与全国第一次吸烟调查。他于 1984 年主持的全国 50 万人吸烟情况的流行病调查，填补了国内在这方面的空白，其结果已经成为国际公认的经典数据。他还进行了多项有关吸烟的实验研究，为制定我国的控烟战略提供了科学依据，因此，国际上称他为"中国控烟运动之父"。由于他的积极贡献，积极投入反吸烟运动以保护人民健康所取得的重大成绩，世界卫生组织于 1989 年授予他第二届世界无烟日金质奖章和奖状。现任北京及中国吸烟与健康协会常务副会长，并担任多种国际反烟组织职务。现为世界卫生组织烟草与健康专家顾问组成员，烟草或健康合作中心主任（1986 年至今），国际抗结核与呼吸病联盟吸烟与健康委员会委员（1988 年至今）。曾多次赴海外参加会议、访问、视察或进行学术交流，在国内外具有很高的知名度。

翁心植热心于医学教育事业，承担了大学本科、硕士、博士研究生及博士后的教育工作。他努力培养和严格要求各级临床医师及各级研究人员，重视培养呼吸和心血管专业人才，并取得显著成效。他培养出的研究生很多已成为各大医学院和医院的学科带头人，其中一些已经在医学界颇具影响。他为北京市培养了第一个临床医学博士（后来成为第一个最年轻的、破格提升的副主任医师）。为此，1992 年他荣获北京市卫生局颁发的首届"伯乐奖"。他创办的学制 10 个月的全国呼吸专修班已经举办了 18 期，培养呼吸专科医师 350 人，均已成为全国各大中城市的呼吸专业骨干。

他重视临床科研工作，积累了极为丰富的临床经验，其临床水平受到医学界的普遍赞誉，本人也成为我国公认的内科临床权威。而他又亲自参加和主持了国家、省、部、市级科研项目。1991 年圆满完成了国家级七五攻关科研项目"无创性肺动脉高压的早期定量论断"、"肺动脉高压发病机制感染因素研究"，并通过国家鉴定。累计在国内外发表论文二百余篇，出版专著 7 部。1995 年出版《翁心植学术论文集》。他还曾担任《中华内科杂志》及《北京医学》杂志编辑及许多医学杂志编委，最近他还被聘为英国医学杂志中文版主编。1978 年他在全国科学大会上被授予先进科技工作者称号。

翁心植从事医疗、教学、科研五十余年来，以其正直、谦和的为人与勤奋、严谨的治学态度受到同事和同行们的普遍赞誉。他爱护、尊重患者，廉洁行医，是一名富于高度责任感和人道主义精神的医生。

裴 文 中

裴文中（1904—1982），中国现代考古学家、古生物学家。北京人第一个完整头盖骨化石的发现者。中国科学院学部委员。曾于40年代两度在燕京大学任教。

裴文中，字明华，河北省滦县人。1916年从开平高等小学毕业，考入直隶省立第三师范学校。1919年全国掀起五四反帝爱国运动，裴文中是学校运动的领导人之一。1927年毕业于北京大学地质系。后留学法国，从法国考古学家步日耶攻旧石器时代考古学，1937年获巴黎大学博士学位。回国后任中国地质调查所新生代研究室研究员，兼该室周口店办事处主任，并在北京大学、燕京大学和中法大学讲授史前考古学。新中国成立初期，任中央文化部文物事业管理局博物馆处处长，曾主持第一届第四届考古工作人员训练班的工作。后历任中国科学院古脊椎动物与人类研究所研究员、中国科学院生物学地学部学部委员、北京自然博物馆馆长以及中国古生物学会名誉理事、中国考古学会副理事长、中国自然博物馆学会主席等职。

五十余年来，裴文中曾在山西、陕西、河南、山东、河北、内蒙古、甘肃、青海、黑龙江、广西、云南、贵州和四川等地区进行地质学、古生物学和考古学的调查。他多年主持周口店的发掘工作，1929年12月2日在周口店第一地点首次发现著名的北京人头盖骨化石，为人类发展史提供了重要的证据。从1921年发现周口店北京人遗址以来，历次的发掘工作仅注意于动物化石或人类化石的搜寻，而忽略了人类的文化遗存。从1931年起，他首次通过研究，确认石器、烧骨和用火灰烬的存在，从而明确了北京人的文化性质，将北京人的研究纳入考古学研究的范畴。1933—1934年他主持发掘山顶洞遗址，又获得旧石器时代晚期的山顶洞人化石及其文化遗物。50年代以来，在广西发掘巨猿下颌骨和牙齿化石，解决了它的地层年代问题，并探讨了巨猿在进化系统上的地位。他发掘了旧石器时代中期的山西襄汾丁村遗址和旧石器时代晚期的四川资阳人化石地点，并对内蒙古萨拉乌苏遗址的地层堆积做了深入分析。从40年代起，他在研究总结中国旧石器时代文化的基础上，又对中石器和新石器时代做了综合研究，对中国石器时代考古学的发展做出了积极的贡献。直到去世前，他还在对历年发现的北京人的大批石器进行全面的研究。

裴文中于1940年秋季到燕京大学讲授史前考古学，这是他从法国留学归来后首次开设的课程，在我国大学课程中也是首创。在众多的听课人中，成恩元和贾兰坡这两位代表人物都为中国考古学的发展做出了积极的贡献。随着太平洋战争的爆发，这门课程被迫中断。1948 年秋季，裴文中再度应聘来燕大讲授史前考古学，安志敏作为助教协助教学实习。在授课之余，裴文中还在燕大刊物上发表了《中国史前学上之重要发现》（《史学年报》3 卷 2 期，1940 年）和《中国细石器概说》（《燕京学报》33 期，1947 年）两篇重要论文。

为了史前考古学的教学实习，裴文中积极筹建燕京大学史前陈列馆。这是在全国大学中，也是我国博物馆中最早成立的一所专业性博物馆。在洪煨莲、齐思和的积极支持下，校方很快认可了筹建计划。经费由哈佛燕京学社提供，馆址选定在燕大镜春园内。标本全部由裴文中筹集，其中有一些是在周口店发掘到的，更重要的则是他在法国收集到的一些典型的欧洲旧石器时代的标本，包括法国史前各个时期的代表品，在国内是很难看到的。在裴文中、成恩元的积极筹备下，陈列馆于1940 年 12 月 2 日正式开馆。太平洋战争爆发后，史前陈列馆为日伪"华北综合调查研究所"占用，也造成了一定的破坏。在 1948 年冬，经过安志敏一番整理布置，重新开馆。这时除旧有的标本外，还增加了一些东西，特别是日籍教授鸟居龙藏在燕大期间的采集发掘品，如山东临淄周汉故城的半瓦当、封泥，龙口贝丘和山西榆次源窝镇的史前陶片，还有东北辽墓出土的瓷碗和铜镜等，大部分资料没有报道过。

裴文中的主要著作有：《周口店洞穴层采掘记》（1934 年）、《周口店山顶之文化》（1939 年）、《周口店山顶洞之动物群》（1940 年）、《中国史前时期之研究》（1948 年）、《柳城巨猿洞的发掘和广西其它山洞的探查》（1969 年）等，与他人合著《中国原人史要》（1933 年）、《资阳人》（1957 年）、《山西襄汾丁村旧石器时代发掘报告》（1958 年）等。还发表有八十多篇论文。

裴文中在国际上曾先后被授予法国地质学会会员、英国皇家人类学会名誉会员（1957 年）、先史学与原史学国际会议名誉常务理事（1979 年）和国际第四纪联合会名誉会员（1982 年）等荣誉称号。

葛 庭 燧

葛庭燧，中共党员，中国科学院资深院士，金属物理学家。

葛庭燧 1913 年出生在山东蓬莱大葛家村。在本村读小学，他年少聪慧，勤学苦读，还帮助家人干农活。1927年，在蓬莱县读完初中后，就到北京求学。1930年考入清华大学物理系，依靠勤工俭学、翻译书籍的微薄收入维持生活。当时，民族灾难深重，他积极参加"一二·九"运动，并加入了中国共产党领导的中华民族解放先锋队组织。

1938年他考入燕京大学研究院当物理系研究生，并任助教。1939年获得燕大研究院奖学金。他曾任燕大研究生同学会学术委员，主编《燕大研究生同学会会刊》（1939年出版）。1940年获得理学硕士学位，论文为《钠的吸收光谱的研究》。

在燕京大学期间，葛庭燧与获得美国密歇根大学物理学博士学位回国在燕大物理系任教的何怡贞女士结识。何怡贞也从事光谱方面的研究。

1938年冬，葛庭燧通过清华大学叶企孙教授与冀中抗日游击区取得联系，他利用燕京大学作为掩护，为冀中抗日游击区工作。他曾冒着生命危险，化装成牧师，进入冀中实地考察、了解情况。在根据地，他见到了一些负责人，并被介绍给吕正操司令员。他帮助游击区筹建电台、制造火药与地雷。他在根据地停留了半个多月后，返回北平，继续通过秘密渠道为冀中军区提供一些无线电元件、制造雷管、炸药的关键器材和必需的科技资料。

1940年，葛庭燧获硕士学位后，应西南联大吴有训、叶企孙教授的邀请，赴昆明任该校物理系教员。随后，葛庭燧推荐燕京1941年毕业生黄昆为西南联大的研究生兼助教，黄昆遂成为吴大猷教授的学生，与杨振宁、张守廉在艰苦的环境中，砥砺学术，结下深厚的友谊。

1941年7月葛庭燧与何怡贞在上海结婚，8月同去美国。葛在加州大学（伯克利）物理系攻读博士并兼任助教，以成绩全优获得该校1942年"大学学侣"的称号及清华留美奖学金。1943年获得博士学位。论文为《不可见紫外光源的研究》。随后在美国麻省理工学院光谱实验室参加美国研制原子弹《曼哈顿计划》的有关工作，对铀及其化合物进行光谱化学分析，并在该学院的辐射实验室进行远程雷达发射和接收两用天线自动开关的研究，由此而获得了美国国防研究委员会颁发的奖状、奖章和一项专利。

1945年后葛庭燧参加了芝加哥大学金属研究所的筹建，是最早的参与者之一。在简陋的条件下，主要从事金属弛豫谱（内耗）和金属力学性质的基础研究，先后担任讲师级和副教授级的研究员。1945—1949年是他在科研上取得奠基性和开拓性成就的时期，做出了杰出贡献。四年中，他个人单独发表了18篇研究论文。他第一个发明了用扭摆来测量金属中的低频内耗装置，被国际上命名为"葛氏扭摆"。他又第一次发现晶粒间界内耗峰，被称为"葛氏峰"。他的一系列研究成果奠定了"滞弹性"这个新领域的理论基础。葛庭燧因此成为世界金属内耗研究的创始人之一。

中华人民共和国成立后，1949 年 11 月，葛庭燧偕夫人何怡贞及子女冲破重重阻挠离开美国，经香港回到北京，应聘任清华大学物理学教授，负责建立金属教研室，随后又任中国科学院应用物理研究所的合聘研究员。何怡贞女士又返回燕大任教。

1952 年，葛庭燧调赴沈阳，参加中科院金属所的筹建工作。他主动把自己的科研项目与鞍山钢铁公司及抚顺钢铁厂的生产实际结合在一起，并经常与青年人一起下厂下矿。他多年参加以工人为主体的群众技术协作活动，1982 年被中华全国总工会授予全国群众技术协作优秀积极分子称号。他在东北扎根 28 年，为新中国的科学事业承担"铺路"工作。1955 年被选为中国科学院学部委员（院士）。1956 年以金属中的内耗与金属力学性质的研究等 11 篇论文获国家自然科学二等奖。1978 年以"金属强度的物理原理"项目获全国科学大会集体奖。1980 年，葛庭燧被调往合肥，任中国科学院合肥分院副院长，筹建固体物理研究所，后任所长，现任名誉所长、研究员。在这期间，他带领青年科研人员努力拼搏，艰苦创业，而且取得开创性成果。1982 年，他与张进修、王中光等以"位错内耗与范性形变机理研究"等 34 篇研究成果获国家自然科学三等奖。1985 年，葛庭燧参加在美国召开的第八届国际固体内耗和超声衰减学术会议，他们的研究成果在会上引起强烈反响，其中一些成果被肯定处于世界同行的领先地位，而且学术会议组委会决定第九届大会在中国召开。同年 8 月，他主持的内耗与固体缺陷开放研究实验室向国内外开放，从而为集中研究力量，培养中青年骨干，开展学术交流，进行科研合作创造了更为有利的条件。1986 年，这个研究集体以《晶粒间界内耗研究的新进展》等 13 篇论文获中科院科技进步一等奖。1989 年，在我国召开了第九届国际固体内耗与超声衰减学术会议，葛庭燧是大会的组织者和主席。在会上，他荣获这一科学领域的国际最高奖励——Zener 奖，以表彰近半个世纪他在这个领域内的理论和实验研究以及在仪器创新方面所做出的创造性贡献。1993 年，他的研究集体又获得中国科学院自然科学奖一等奖和二等奖。

葛庭燧自 1949 年回到祖国后，在不同单位，与青年人一起，逐步发展了第二代到第五代的近代化了的各种类型的扭摆内耗仪，同时所进行的关于点缺陷与位错的交互作用以及关于晶粒间界的更广泛更深入的研究，基本上又开创和奠定了非线性滞弹理论的实际基础，标志着非线性滞弹性这一门新的科学领域的开端。

通过在美国芝加哥的四年和回到祖国以后共五十多年的经历，葛庭燧深深体会到"科学无国界，但科学家有祖国"的深刻含义。他说："我们必须立足国内，放眼世界，在我国的土地上，在我们自己的实验室里，培养出我们自己的一流人才，创造出一流的科研成果，为发展我国的科学事业和振兴中华做出应有的贡献。"他一直孜孜不倦地工作在科研战线，他个人以及与青年同志、研究生合作发表的学术论文约二百五十篇，获得国家、科学院和国际奖 11 项，这包括桥口隆吉奖、何梁何利科技进步奖物理奖。1997 年他被评为全国优秀科技工作者。1999 年美国矿物、金属和材料协会授予葛庭燧"梅尔奖"（Mehl），这是材料学界最高的学术奖，是自 1921 年该奖设立以来，亚洲人首次获得此项殊荣。

金 建 中

金建中（1919—1989），中国共产党优秀党员，物理学家，著名的真空科学家，中国科学院院士。

金建中原籍安徽黟县，出生在北京。抗战期间的 1940 年，和他堂妹金建申一起进入燕京大学。金建申入西语系，金建中先入医预，后改读了物理。

金建中，身材魁梧，1.84 米个头，在当时的学生中，身材算是出类拔萃了。而更为出类拔萃的是他的学业成绩和探索科学奥秘的勇气和精神。在中学时，他对物理学就有着浓厚的兴趣，可是，由于他患有严重的过敏性哮喘病，这种病给他带来很多痛苦。为了寻求解除病痛的良方，因此，在第一年，他毅然报考了医预系。当进入二年级，要决定选系时，他还是耐不住物理学的诱惑，又从医预系转入物理系。从此，他就在这个领域中翱翔驰骋，奉献了一生。

金建中在上大一物理时，所得成绩是满分。这在燕京大学学生中是极为罕见的。他不仅物理得"10"（十分制中最高分），而且生物学得了"9"。医预系学生都传说系主任博爱理女士（Miss Alice Boring）认为学生的最好成绩只能到"8"，只有上帝才能得"10"。为什么金建中能够得"10"呢？据说有几个原因：一是他独自推导出一个很重要的物理学公式，他曾查阅过文献，没有见过前人发表过类似的文章，更没有见于通用的教材。经过教师审查认为，公式推导合理，结论正确，意义重大。只是最后找到了国外的最新文献，才查出已经登载了同样的公式，可是金建中确实是独自完成的。当时物理系主任裘圣麟教授充分肯定赞许金建中这种远远超过大一学生水平的创见和能力，实属难能可贵。

另一个是，他研究了光速测量的历史资料，从被大家忽视的，认为是随机误差的尾数中，找出了问题，紫光光速略大于其他光色，而红光光速最小。他的初步分析是：光速并不是一个单一的常数，波长愈短，速度愈快。当时同学们都为他能从细微之处寻找并发现问题的缜密态度和卓越能力感到钦佩。他对这个问题一直抓住不放，在后来做硕士论文时，又研究了这一问题。此外，他思路十分活跃，想搞几项发明，如搞一个看立体电影的眼镜。对这个问题，燕京理学院院长韦尔巽（Wilson）曾专门指定一位老师辅导他研究。正当那时，美国的一份杂志发表了美国科学家研制出世界上第一副观看立体电影眼镜的消息，他们的实验只好停止了。而那份杂志上刊登的立体电影眼镜的设计与金建中的构思完全一样。还有他想利用鱼鳃性质的板，使潜艇呼吸到海水中溶解的氧，以减少或根本排除露出水面换氧的必要。对于他的这个设想与研制计划，韦尔巽（Wilson）高呼："Ambitious"（野心不小）。

金建中于1944—1946年在辅仁大学物理系读研究生。他在大学一年级时，就曾对光速测量资料进行过分析；在做硕士论文时，又在此基础上，考虑到光波愈短，速度愈快，认为光速并不是一个单一的极限值，实际上是对爱因斯坦相对论中的一部分内容进行修正。他的研究使辅仁研究院的教授非常惊诧，没有人能够提出驳倒他的理由。后来研究院将这篇论文交给美国物理学会，请他们鉴定，可惜没有答复。后来他的结论虽然没有为大家所接受，可是他这种不畏权威、勇于探索的精神是十分可贵的。

1946年他辅仁毕业后，在天津北洋大学物理系、清华大学物理系任教。在任教期间，金建中表现出出众的才华。

1950年2月由著名科学家钱三强提名，金建中调到中国科学院原子能研究所从事科学研究工作。在原子能所工作期间，他研制成功自动立体照相云雾室，达到当时国内高水平，并在国内第一台1兆伏质子静电加速器和第一台2兆伏高气压质子静电加速器的加速管和真空系统的建立上，作出突出贡献。在国内首次研制成功300升/秒和1500升/秒金属高真空油扩散泵，为原子能β谱仪高压倍加速器等设备提供了高性能的抽气手段，受到科学院的奖励。扩散泵研制、生产技术由此开始向国内推广。此外，他负责研制的电磁双焦聚反应粒子能谱仪性能接近当时国际水平。

1958 年，为了发展我国西北地区的科学事业，金建中由北京调至兰州，在中国科学院兰州物理室工作，并于 1962 年创建了中国科学院兰州物理所，任副所长。以后兰州物理所先后划归国防科委、七机部、航天部、航空航天部，金建中曾任所长、科委主任、七机部五院副院长、科技委副主任、航天部总工程师、科技委委员、真空低温专业组组长等职。金建中调往兰州以后，由于兰州气候干燥，对他的身体很适宜，折磨他多年的哮喘病大有好转，工作起来精力充沛，干劲很足。他全力投入开创和发展我国的真空科学事业。

金建中先后负责完成了国家重点科研项目——40 升金属超高真空系统，获得了当时国内最高水平的 1×10^{-8} 百帕的超高真空，新型双向磁聚焦高灵敏探测仪，灵敏度达到 5×10^{-13} 托升/秒，达到国际先进水平。为了发展我国真空科学事业，他立足兰州，着眼全国，从专业设置、基本建设、科研规划到人才培养进行了周密的设计部署，先后建立了真空获得、真空测量、真空检漏以及真空材料、真空电子学和低温等实验室、实验组。他经常带病奔波于各个研究项目中间，关心指导并亲自参加科研工作。在他的带领下，一批优秀的中青年业务骨干迅速成长。为了促进全国真空科学的发展，金建中倡导并力促在兰州建立了国家科委兰州真空测试基地，从 1961—1964 年，每年都召开一次测试基地会议，进行学术交流，金建中是基地的领导者和组织者，出色地完成了任务。

金建中还以科学家的远见卓识，从 60 年代初就开始组织真空科学技术向空间科学的应用渗透工作，并为此进行了具体安排部署，使兰州物理所为我国空间事业研制成初具规模、自成系列的地面环境设备。如今，兰州物理所作为中国空间技术研究院的一个研究所，人数已由建所初期的百余人发展到近八百人，专业范围由最初单一的真空低温专业发展到真空、低温、电子学、电推进等多学科的综合研究所。建所近三十年，共取得航天部、甘肃省、国防科工委、国家重大科研成果一百五十多项，培养和造就了一支技术力量雄厚的科研生产队伍。所有这一切都凝聚着金建中的心血和汗水。

应该着重一提的是，金建中作为一位在国内外享有盛誉的科学家。他没有出国留学的经历，也没有长期在国外做研究工作的经历，他是我国自己培养的科学家，是在国内的环境下成长起来的专门学者。当然，我们绝不排斥或拒绝学习国外的先进科学技术，而就金建中的成就而言，岂不足以大长中国人的志气？

钟　亭

阎 隆 飞

伟大的生物学家达尔文（Charles Darwin）曾精辟地指出："一切生物具有许多共同之点，有如化学成分、细胞构造、生长规律，对有害影响的感应性。"阎隆飞在生物学的研究工作中深刻体会到达尔文论断的正确性，成为他进行生物学研究的指导思想。探索"一切生物具有许多共同之点"成为他毕生为之奋斗的目标。

阎隆飞是生物化学家，中国科学院院士，北京农业大学教授。1921年生于北京，1940—1941年在北京燕京大学生物系学习，1945年毕业于陕西城固西北大学生物系，获学士学位。1949年毕业于清华大学研究院，获硕士学位。

在抗日战争的艰苦岁月里，燕京大学是沦陷区少有的一块自由的学习园地。阎隆飞能够在那湖光塔影的宁静环境里学习，自然是一生难忘的日子。给他印象最深的是一些老师，正是这些老师的辛勤耕耘，为他今后的学习、工作和研究打下了良好的基础。

使他感到幸运的是著名化学家张子高先生来教一年级的普通化学。当理学院院长蔡镏生先生风趣地向大家介绍说，张子高先生是他的老师，现在张先生教你们新生化学，"是太老师教太学生"，大家都忍俊不禁了。张先生讲课极富逻辑性，把化学的基本原理讲得透彻清晰，使人印象深刻。为了巩固学生的学习效果，他第二次上课时总要用几分钟进行一次小考，发给每人一张小纸条，出一个问题叫学生笔答，这样使学生对上次讲的内容印象更深刻。张先生每周还规定时间解答同学的问题，他总是按时坐在办公室等候。阎隆飞曾找他请教过几个问题，张先生总是不先直接回答，而反提出一连串问题，让他一步步解答，最后所提的问题也就自然解决了。

教物理学的是褚圣麟先生，讲课也是精辟入理，对事物和意义讲得十分透彻。褚先生非常重视物理实验，实验的内容很丰富。在30年代他就让学生做很多经典的物理实验，助教先生让大家独立操作，做完实验把结果给他看，结果正确，经他签字后才能离开实验室，回去写实验报告。

生物学是由博爱理女士（Miss Boring）讲授的。阎隆飞对生物实验的印象最深，生物学实验由林昌善先生总负责，还有其他两位先生，二十几个同学做实验竟由三位教师指导，可以想见那时对实验课多么重视了。他们从观察水螅的生活，一直做到青蛙的解剖，做了很多生物学实验，认识了生物界的林林总总。就是这些生物学实验激发了他日后对生物学的兴趣，选择生物学作为他的专业。

还有教国文和英文的两位教师，印象也很深刻。国文课由张长弓先生讲授，不但讲解一些古文和现代文学，还很重视写作，不但教写语体文，还教写文言文，每篇作文都认真批改，使他获益匪浅。英文由傅乐敦（Fulton）先生教，傅先生对人和蔼，平易近人，除去讲解英文散文以外，也特别重视作文，经常出题目叫学生在课堂上写作，每篇习作他都认真批改。傅先生喜欢运动，经常在清晨围绕未名湖跑步，有几次遇到阎隆飞，也让他跟着跑，傅先生认为这样做对身体很有好处。

1941 年 12 月日军偷袭珍珠港之后，爆发了太平洋战争，阎隆飞被迫离开了可爱的燕园。在燕大短短的一年多时间里，使他深深感到燕大老师的严谨认真，不但讲课内容丰富，而且特别重视实验，给学生以严格的科学训练。在语文课中，不论中文或是英文都重视阅读和写作。阎隆飞相信这是学习中外文的最好方法。

从此，阎隆飞一步步进入了生物科学的殿堂。1948 年在植物叶绿体中发现碳酸酐酶的存在，此酶在光合作用的第一步中起吸收 CO_2 的重要作用。1963—1966 年用生物化学方法发现高等植物中存在肌动球蛋白（actomyosin），十年以后美国 Palevitz 等（1974）及 Condeelis（1974）用电镜技术证明丽藻（Nitella）及花粉中存在肌动蛋白（actin）。"文革"期间此项研究中断。1980 年以后研究植物细胞骨架与细胞运动，证明植物卷须、花粉等细胞中普遍存在肌动蛋白和肌球蛋白（myosin），花粉肌动蛋白的生物化学、物理化学及免疫化学性质均与哺乳动物骨骼肌肌动蛋白极为相似，且体外能聚合成肌动蛋白系。从植物卷须、花粉中纯化得到肌球蛋白，由 2 条重链及 4 条轻链组成。细胞器能沿肌动蛋白丝运动，其动力来自肌球蛋白与肌动蛋白的相互作用。以后从豌豆及衣藻中克隆了肌动蛋白基因，完成了 cDNA 及氨基酸序列测定，其序列非常保守，确定了豌豆等在肌动蛋白进化树中的地位，并研究了肌动蛋白在 E. coli 及高等植物发育过程中的特异表达，证明肌动蛋白含量与作物的雄性不育有密切关系。近年从银杏、萱草花粉中分离纯化了微管蛋白，能在体外聚合成微管，并从花粉中分离鉴定出三种微管马达：即动蛋白（kinesin）、细胞质力蛋白（cytoplasmic dynein）与动力蛋白（dynamin），它们具有 ATP（或 GTP）酶性质，能与微管结合，在物质运输中将起重要作用。此外他们还从高粱叶绿体中分离克隆了光合作用光系统 I 的 psaA、光系统 II 的 psbD 因的基因，进行了序列测定及原核细胞中的表达等研究。他在国内外学术刊物中发表论文 80 余篇，并主编有《基础生物化学》、《分子生物学》、《蛋白质结构与功能》等教材及专著十种，曾获国家自然科学奖二等奖（1982）、国家教委科技进步奖甲类二等奖（1987）、1997 年获国家教委科技进步奖二等奖、1997 年获中华农业科教奖。历任北京农业大学副教授、教授，中国科学院植物研究所兼职研究员，国务院学位委员会委员，中国生物化学会常务理事及农业生化专业委员会主任委员，人事部博士后科学基金会理事，农业部植物生理生化开放实验室主任，《中国科学》及《科学通报》副主编等。

人们知道，肌肉收缩是脊椎动物的重要功能，早就受到生理学家和生物化学家的重视。肌肉收缩是由肌纤维中的肌肉蛋白实现的。问题是，植物界是否也存在类似动物肌肉的收缩蛋白物质呢？在 60 年代，阎隆飞就和同伴们用各种植物反复提取其中的蛋白质，终于在 1962 年分离到一种蛋白质溶液，它的许多酶学性质与动物相似。现在生物学界已公认动植物细胞中有一个细胞骨架，其中的微丝系统就是由肌动蛋白和肌球蛋白组成的，对植物中收缩蛋白的存在不再有任何怀疑。通过不断的研究，科学家证实了各种动植物的化学成分确实具有共同之点，表明生物体中的重要生物分子都是生物在漫长的 35 亿年进化过程中经过自然选择保存下来的，因而具有最合适的结构与功能，使生物在自然界中得到很好地适应生存。目前，肌动蛋白的研究已受到生物学界的高度重视，因为它不只是肌肉的重要成分，而且是一切生物细胞的细胞骨架的重要成分，它的普遍存在已得到科学界的公认。估计不久的将来，各种动植物的肌动蛋白基因的核苷酸序列将会陆续测定出来，到那时我们将会看到，以肌动蛋白氨基酸序列绘制出的动植物进化树。阎隆飞相信肌动蛋白的进化树一定会与现有的进化树相一致。由于肌动蛋白是生物界的一个古老的蛋白质，用它绘制的进化树有可能更好地解释生物进化的细节。

从阎隆飞所走过的研究道路，他深深体会到达尔文洞察自然界的深刻和思考问题的明智。目前生物学虽然已经取得了很大的进展，但是生物界还有大量的奥秘有待人们去发现。达尔文的学说对探索这些奥秘将会不断给人们以启迪。

钦 俊 德

钦俊德，中科院院士，昆虫生物学家。

1916 年 4 月 12 日出生于浙江安吉。1940 年毕业于东吴大学生物系。当时刚从美国学成归来的燕大校友刘承钊正在东吴执教。1941 年，钦俊德进入燕京大学研究院，在导师李汝祺教授指导下攻读实验动物学，研究狭口蛙变态时色斑的形成，并兼任胡经甫教授无脊椎动物学的助教。

1941 年 12 月太平洋战争爆发，燕京大学被日军占领，被迫停办。钦俊德回到故乡浙江安吉。后来得知燕大在成都复校，又通过同学与正在筹办生物系的刘承钊先生取得联系。刘承钊邀请钦俊德到成都燕大生物系任教。从 1943 年 3 月 1 日动身，足足走了两个月，历尽艰苦，钦俊德于 5 月 1 日到达成都。

到达成都不久，于 6 月 1 日即跟随刘承钊赴西康进行野外考察，采集标本。刘承钊是著名的两栖、爬行动物专家，从 1938 年到 1944 年在成都共进行了 11 次野外采集和考察，在中国西部高山高原地带考察动、植物。川西生态环境的多样性为出现种类众多的两栖动物提供了条件，他们在这里有不少新发现，尤其对许多种类动物的生活史做了详尽的观察与研究，积累了大量宝贵的第一手资料。钦俊德参加的这一次是经雅安、康定翻越折多山，到达甘孜，走着红军长征时所走过的雪山草地，历时两个月，采集到不少稀有的两栖和爬行动物及高原昆虫。这次考察对长期生活在江浙一带的钦俊德来说是难得的经历，更重要的是由于和刘承钊朝夕相处，深刻领会了他作为一个生物学家的优秀品德和对学术的严谨态度。刘承钊鼓励钦俊德要发挥自己的专长，做好生物学的教学和科研工作。

从西康回到成都，钦俊德看到一本出版不久的英国魏格尔华斯所著《昆虫生理学大纲》，十分爱读。在现实生活中，也留心观察昆虫在掠食过程中所显示的行为和种间关系，这些对他具有很大的吸引力。原来他只限以昆虫为对象，研究其生长发育、行为适应以及演化等基本问题，想成为一个生物学家，并无意结合害虫防治，成为一个植物保护的工作人员。后来，得悉西南联大的清华农科研究所昆虫组需要聘请一名研究助教，钦俊德想到这是走向农业研究的一个机会。于是 1944 年秋季，又来到昆明，在刘崇乐教授指导下，研究昆明家蝇的天敌，重点是寄生性昆虫天敌与寄主的关系。他发现昆明家蝇蛹期有五六种寄生蜂和一种寄生的隐翅类甲虫，可算种类丰富。最感兴趣的问题是，它们怎样识别寄生并寄生后怎样阻碍寄主过早羽化。这项科研一直进行到1946年抗战胜利后清华大学迁回北平。这样，通过机遇和自己的努力，钦俊德选定了所要走的科研道路。

1946年，钦俊德考取教育部第二届公费留学，1947年秋赴荷兰阿姆斯特丹大学研究院，攻读昆虫生理学。1950年获得理科博士学位，后去美国进入明尼苏达大学，任荣誉研究员，从事研究。1951年年初回国，在中国科学院实验生物研究所，研究东亚飞蝗的生态、生理和根治蝗害的策略。1953年中国科学院成立昆虫研究所，他创立了中国第一个昆虫生理研究室，担任主任、研究员，继续东亚飞蝗的研究。到60年代扩展研究夜蛾科昆虫以及印鼠客蚤的营养生理。在十年动乱中与军事科学院合作，继续研究卫生害虫，获得良好的成绩。

他揭示了昆虫与植物的生理关系，阐明了昆虫选择植物的理论；昆虫食性的特化从感觉适应开始，随后影响到营养和代谢；研究飞蝗、棉铃虫、黏虫等多种害虫的食性和营养及植物成分对生长和生殖的影响；以昆虫天敌为对象，研究提出了七星瓢虫人工饲料的配制，解决了利用人工饲料饲养的难点；研究明确了东亚飞蝗卵期对环境适应的特点及浸水与耐干能力，对测报蝗害发生提供了科学依据。

钦俊德由于研究东亚飞蝗、七星瓢虫和赤眼蜂的科研成绩曾获得国家级自然科学奖，他已发表了七十多篇科学论文，撰写、翻译7本书籍，并任中国昆虫学会理事长。1991年当选为中国科学院院士。

夫人张佩琪也是燕京校友，是燕京研究院41级学生，曾在全国妇联及儿童发展中心工作。

陈　　垣

陈垣（1880—1971），中国历史学家、教育家。字援庵。广东新会人。自幼好学，无师承，靠自学闯出一条广深的治学途径。在宗教史、元史、考据学、校勘学等方面，著作等身，造诣颇深，成绩卓著，受到国内外学者的推重。他重视教育事业，在大学和科研机构任教几十年间，对广大青年学者热心传授，影响深远，造就了众多的人才。他曾任国立北京大学、北平师范大学、辅仁大学教授。1928年为燕京大学哈佛燕京学社的执行干事（相当于主任），并兼任燕大国学研究所所长，

1930 年离开。著名学者白寿彝、牟润荪、吴丰培当时在研究所攻读。著名学者翁独健在《我为什么研究元史》一文中回忆："我对于蒙元史研究有兴趣是从大学时开始的。大学一年级听陈垣先生'中国史学评论'的著名课程，课上谈到十九世纪以来，有人标榜东方学、汉学研究中心在巴黎、当时巴黎有几个著名汉学家；后来日本雄心勃勃地要把汉学中心抢到东京去，当时日本研究的重点是蒙古史、元史。汉学研究中心在国外是我们很大的耻辱，陈垣先生鼓励我们把它抢回北京来。"

少年时，陈垣受"学而优则仕"的儒家思想影响，曾参加科举考试，未中。后以经世致用为宗旨治学。1905 年，在孙中山先生领导的民主革命影响下，他和几位青年志士在广州创办了《时事画报》，以文字、图画作武器进行反帝反清斗争。继之辛亥革命，他和康仲荦创办《震旦日报》，积极宣传反清。1912 年被选为众议院议员，后因政局混乱，退出政界，潜心于治学和任教。曾任辅仁大学校长、北京师范大学校长。1949 年以前，还担任过京师图书馆馆长、故宫博物院图书馆馆长。1949 年后，任中国科学院历史研究所第二所所长、中国科学院哲学社会科学部委员。历任第一、二、三届全国人民代表大会常务委员会委员。

从 1917 年开始，他发愿著中国基督教史，于是有《元也里可温考》之作。所谓"也里可温"，是元代基督教的总称。这一著作不但引起中国史学界的注意，也受到国际学者和宗教史研究专家的重视。此后，他又先后写成专著《火祆教入中国考》（1922 年）、《摩尼教入中国考》（1923 年）、《回回教入中国史略》（1927 年）。

在研究宗教史的同时，他还注意研究元史，从事《元典章》的校补工作，并采用了两百种以上的有关资料，写成《元西域人华化考》一文，在国内外史学界获得高度评价。在研究《元典章》的过程中，他曾用元刻本对校沈刻本，再以其他诸本互校，查出沈刻本中的讹误、衍脱、颠倒者共一万二千多条，于是分门别类，加以分析，指出致误的原因，1931 年写成《元典章校补释例》一书，又名《校勘学释例》。

1929 年，他在燕京大学现代文化班做了"中国史料急待整理"的讲演，强调了整理史料的急迫性，痛切指出："我们有广阔的土地，而无普遍的铁路；有繁盛的人口，而无精密的户口册；有丰富的物产，而无详细的调查；有长远的历史，丰富的史料，而无详细的索引，可算是中国的四大怪事。"他所提出的科学整理史料（包括古籍和档案）的原则和方法多为后来的古籍整理工作者所采用，产生了很大的影响。他在校勘学、考古学方面的成果还有《旧五代史辑本发覆》、《二十史朔闰表》、《中西回史日历》等书。他所写的《史讳举例》一书，意欲为避讳史作一总结，而使学者"多一门路、一钥匙也"。他还利用在故宫工作的条件，为《四库全书》的整理和研究做了大量工作。

七七事变爆发后，他身处危境，坚决与敌斗争。利用史学研究作为武器，连续发表史学论著，抨击敌伪汉奸，显示出不屈不挠的民族气节。在大学讲坛上，讲抗清不仕的顾炎武和抗清英雄全祖望，以此自励，也以此勉励学生。

中华人民共和国成立时，他已经 69 岁。他很快接受新事物、新思想。经过十年实践，终于加入中国共产党。之后的十年，先后写了二十多篇短文。在"文化大革命"期间，他被软禁，到 1971 年 6 月，饮恨以殁。

郑　振　铎

郑振铎（1898—1958），中国现代作家、学者、中国科学院哲学社会科学部委员，曾任燕京大学教授。

笔名西谛。原籍福建长乐，生于浙江永嘉。1917 年入北京铁路管理学校。1919 年五四运动中被选为学生代表，参加社会活动。同年和瞿秋白等创办《新社会》杂志，不久到上海商务印书馆编译所任职。他是文学研究会发起人之一。1923 年主编《小说月报》，倡导写实主义文学，主张写人生的血泪文学，并致力于译介苏联和弱小民族的文学。1925 年五卅运动发生，和茅盾等创办《公理日报》，发表爱国主义作品。不久被查封。1927 年蒋介石公开反对共产党后，他离国旅居巴黎。1929 年回国。1931 年到燕京大学任教。一度代理国文系主任。他提倡新文学，推动燕大国文系的改革。1934 年仍回商务印书馆工作。后又到复旦大学任教。曾在生活书店主编"世界文库"。1937 年前后写了一些赞扬民族气节、鼓励人民抗敌的诗和小说。他还大力搜集整理中国古典文学史料，出版《插图本中国文学史》、《中国俗文学史》等多种著作。上海被日军占领后，以郭源新笔名继续写作，揭露敌人和汉奸的罪恶，并和许广平等组织"复社"，出版《鲁迅全集》等著作。抗战时期，他和一些爱国人士抢救在沦陷区流失的古籍。仅仅在 1940 年年初到 1941 年年底这两年中，共收购古籍善本一万五千部左右，使祖国的文化瑰宝，免遭日本帝国主义者的掠夺和毁于兵燹，流失异域。

1949 年中华人民共和国成立后，任文化部副部长、中国科学院文学研究所所长、考古研究所所长等职，主持文物、考古等工作，主编《古本戏曲丛刊》等书，担任中国科学院哲学社会科学部委员。此外还从事国际文化交流活动。1958 年 10 月 17 日率文化代表团出访时，因飞机失事遇难。

陈 寅 恪

陈寅恪（1890—1969）是 1943 年年底来到燕京大学（成都）任教的。他的好友吴宓教授也同时在燕大任教。1945 年抗战胜利，离开燕京。时间很短，却给燕大师生留下了深刻的印象。师生关系十分融洽。

1944 年春，陈寅恪开了"魏晋南北朝史"和"元白诗"两门课，秋季又继续开"唐史"和"晋至唐史专题研究"两门课。当时听课的人很多，不仅有燕大学生，有华西坝各兄弟院校同学，还有各校的教师。教室虽然不小，去晚了还是找不到座位，不少人就是倚窗静听，记笔记。陈寅恪身体瘦弱，穿一件中式长衫，挟着一个蓝布包袱，包着他上课需用的书籍。上课后，经常把内容写在黑板上，密密麻麻，然后坐在椅子上，闭目而谈，声音不大，略带长沙口音，教室很安静，偶尔讲到风趣的地方，教室里就爆发出一阵笑声，不久又归于平静。他讲课内容精辟，极富启发性。他每次讲课必有新的内容，新的见解，而这些新见解又都是以确凿的史实和周密的考证作基础，因而有很强的说服力。通过讲课教给学生研究问题的方法，培养独立研究的能力，是陈寅恪一贯的教学指导思想。他不是孤立地谈方法，而是通过介绍史料，如指出应如何看待某一史籍或某种史料的优缺点，并以如何运用这些史料来传授方法，使听课者受到很大的教益。

陈寅恪的身体本很衰弱，右眼是抗战以后失明的，仅凭视力很差的左眼工作。不幸因跌了一跤，造成视网膜脱落而失明，课程不得不停下。1944 年冬住院治疗，燕大同学轮流看护。女同学排白班，男同学排夜班。1945 年因条件限制，手术无效。后来到英国治疗，依然无效。

陈寅恪，江西义宁（今修水县）人。1890 年生于长沙，祖父陈宝箴，曾任湖南巡抚，是戊戌维新时期真正做了些实事的地方官。父亲陈三立是维新的健将，著名诗人。陈寅恪幼年在家塾读书时，即已开始接触西学。1902 年随长兄、著名画家陈衡恪（师曾）赴日本求学，后因病入上海吴淞复旦公学。1910 年，负笈欧美，先后在德国柏林大学、瑞士苏黎世大学、法国巴黎高等政治学校社会经济部、美国哈佛大学等著名学府专攻比较语言学和佛学，共达十余年之久。在哈佛，与吴宓、汤用彤并称为"哈佛三杰"。1925年起，任清华大学国学研究院导师、清华大学历史系、中文系、哲学系合聘教授，并曾兼任北京大学教席。1930年以后，又兼任中央研究院理事、中央研究院历史语言研究所研究员、第一组（历史）主任、故宫博物院理事、清代档案委员会委员等职。1939年被聘为英国牛津大学教授，这是该校首次聘中国人为专职教授。1940年赴英履任，因战事阻滞，居留香港，在香港大学任客座教授。及日军占领香港，遂于1942年7月返回桂林，执教于广西大学。1943年9月到成都，仍以清华大学教授身份担任燕京大学教席。1945年秋，再度应聘赴英国，并借此机会治疗眼病，惜手术未获成功。于是辞去牛津大学教授职务经美洲回国。英国皇家科学院为表彰他在学术上的成就，授以英国皇家科学院外籍院士称号。1946年10月重返清华园，同时兼任燕京大学研究院导师，曾继续指导石泉（刘适）的学位论文《中日甲午战争前后的中国政局》。1948年，北平面临解放，他应胡适之请，南下上海，又应岭南大学之聘，到广州就任该校历史系教授。1952年后改任中山大学教授，直到1969年10月7日逝世。在此期间，他还当选为第三、四届全国政协委员，并担任中国科学院哲学社会科学部委员、中央文史研究馆副馆长、《历史研究》编辑委员会委员等职。他毕生从事学术研究和教学工作，培育出大批人才。其丰富的知识、严谨的治学态度、待人坦诚的品格和高昂的爱国情操，深受中外学术界敬重。

陈寅恪的研究范围甚广。他在研究魏晋南北朝史、隋唐史、宗教史（特别是佛教史）、西域各民族史、蒙古史、古代语言学、敦煌学、中国古典文学以及史学方法等方面都做出了重要的贡献。陈寅恪以研究中国中古史的著作影响最大。他还认为，民族和文化问题是治中国古史之最要关键。他使中国蒙古史的研究从30年代开始进入一个新阶段。在突厥学方面，表现出卓越的史识。他精通梵文和多种西域古代语言，在音韵训诂和佛典、史籍校勘上多所发明，对佛教在中国古代文学和社会思想的影响方面，论述也甚多。他精辟地指出：佛教在中国思想史上发生重大深远之影响，教义皆经历了被中国固有文化吸收改造的过程。"敦煌学"这一名词，是他于1930年首次提出的。他指明了敦煌文物和敦煌学的重大意义。

陈寅恪重视在学术研究中详细地占有可靠的史料，坚持实事求是的学风，力求通过考证来发掘历史事实及其内在联系，从而展示出事物发展的全过程。为了提倡史料的可靠程度和开拓史料来源，他倡导诗文证史，为史学研究开辟新途径。

虽然陈寅恪主要致力于魏晋南北朝隋唐史的研究，但对中国上古史也很熟悉，并有许多独到见解。他虽不参与政治，但对国家民族怀着深厚炽热的爱。他一再谢绝国外著名大学的延聘，曾不止一次对石泉说过："狐死正首丘，我老了，愿意死在中国。"

他讲授的课程主要有"佛经翻译文学"、"梵文文法"、"两晋南北朝史"、"唐史"、"唐代乐府"、"唐诗证史"等。发表的学术论文上百篇，后经修订，分别辑入《寒柳堂集》和《金明馆丛稿（初编、二编）》中。专著有《隋唐制度渊源略论稿》（1940）、《唐代政治史述论稿》（1941）、《元白诗笺证稿》（1950）、《柳如是别传》（1965）等。

翦 伯 赞 *

翦伯赞（1898—1968），湖南桃源人，维吾尔族，中共党员，中国科学院哲学社会科学部委员，北京大学教授、历史系主任、副校长，著名的马克思主义历史学家，杰出的教育家。

1919 年毕业于武昌高等商业学校，后留学美国。1926 年归国，参加国民革命军北伐。1937 年加入中国共产党。抗战前、抗日战争及解放战争时期，主要在上海、南京、重庆、香港、北平、天津等地从事理论宣传和统战工作，为新史学的建立做出了巨大贡献。建国后，先后任燕京大学、北京大学教授，第一届全国政协委员，第一、二、三届全国人大代表，政务院文教委员会委员，中央民族事务委员会委员，中央民族历史研究指导委员会副主任，全国高等学校历史教材编审组组长等职。

翦伯赞积极宣传马克思主义和毛泽东思想，努力改造旧史学，建立并发展新史学。在 50 年代后期和 60 年代前期，为捍卫马克思主义的原则，与当时正在泛滥的极"左"思潮进行了长期艰苦的斗争，做出了巨大的贡献。他自著和主编的著作约有六百万字。其中著名的有：《历史哲学教程》、《中国史纲》、《中国史论集》、《历史问题论丛》、《中国史纲要》、《中国历史年表》等。他的论著理论准确，观点鲜明，文笔

---

* 此文系与郑必俊合写。

生动，赢得广泛的好评。十年动乱中被迫害致死。1978 年，十年的沉冤获得彻底平反昭雪。

翦老到燕京是在北平刚解放后不久，这件事和他的后半生紧密联系在一起了。

随着解放战争的节节胜利，新的人民政协筹备召开，全国胜利在望。在党组织的严密安排下，他和郭沫若等一批文化教育界人士由香港先到烟台、东北，转西柏坡，然后进北平。党组织要对各方面著名人士的工作、生活做妥善安排。周总理约翦老谈话，对他说："翦大哥，解放了，往后做些什么呢？我看你不长于搞行政，还是教书、搞研究吧！"翦老对我们说："总理并不比我小，还大一个月，可总叫我翦大哥，让我过意不去。可他对我最了解，我就听从他的安排。"当时，翦伯赞教授是著名的历史学家，人们把他和郭沫若、范文澜、吕振羽并称为史学界的"四大名旦"。翦老是 30 年代的老党员。解放前，为革命颠沛流离，找一个教书的机会很不容易，很少有学校敢请他。所以，在重庆谈判的时候，有一天毛主席约翦老吃饭，风趣地说："蒋介石不让你教书，我请你喝酒。"解放了，他盼望多年的这一天终于来到了，可以安心地写作、从事研究了，兴奋的心情溢于言表。他有一大套计划和设想要实现。可惜，由于种种原因，终未能完全实现。

翦老原先被安排在中央党校，可他不愿意，经严景耀、雷洁琼教授的推荐，他来到燕京，由北京饭店搬进了燕东园 28 号。在这幢房子里，他住了十六年，一直到 1966 年"文化大革命"，被揪斗，扫地出门，离开了这个住处。他感到燕京的环境幽雅宁静，又可以和各方面、特别是文化学术界的朋友接触，也便于开展他的研究工作，他很喜欢这个住所。在客厅、在书房、在为他的健康而修的玻璃房子、在绿茵的草坪上，到处可以听到他爽朗的笑声和带有湖南口音的话语。

到燕京不久，他参加了由郭沫若为团长、马寅初为副团长的中国人民代表团，出席由约里奥·居里在布拉格主持召开的世界和平大会。那时新中国尚未成立，翦老能出席这样世界性的和平会议，是他的殊荣。正当会议快要结束的时候，解放军攻克南京、象征着蒋家王朝彻底失败的消息传到了会上。他说，当时群情欢腾，会场上响起了经久不息的掌声和欢呼声，他为这个场面感动得流下了热泪。

回国后，历史系开会欢迎他。他谆谆教导同学们："要知道解放来之不易，要珍惜时光，努力学习，为历史学的发展做出贡献。"他接着提出了一些饶有兴趣的问题。例如，为什么要学历史，学历史有什么用？如何看待历史的变化？为什么在不同时代出现不同的艺术特色和艺术形式？为什么中国封建社会这样长？等等，这些问题是那样的清新，促使我们思考，引起我们学习历史、研究历史的兴趣。翦老喜欢和青年朋友谈话，而且写文章引导青年进入历史科学的殿堂。文如其人。翦老的文章平易近人，文字优美，生动有味，深入浅出，引人入胜。

他又常对我们说，研究中国历史不能抛开国际环境。中国的历史发展要和世界的历史发展相对照。他主张写中国历史，在每一段的前面，都有一段当时世界状况的概述，把中国史和世界史联系起来。翦老的胸襟是开阔的，他提示我们要从把握世界历史发展的趋势中来研究中国历史，研究中国要具有世界眼光。在四五十年前，这些意见是很不一般，难能可贵的。

翦老进入燕京后，十分注意历史资料的收集整理。他深感解放前由于条件的限制买不起书，还由于行业封锁，国民党的迫害，难以看到图书和资料。作为一个从旧社会过来的进步知识分子，对图书资料问题特别敏感。因此，他主张资料公开，供人引用。他说，大家都有平等地接触材料的机会，问题要看你掌握什么样的世界观与方法论，来分析、研究这些材料，才能得出科学的结论。今天已经进入信息时代，图书信息资源共享，已成为共同的奋斗目标，手段和方法也更为先进。而翦老在刚解放不久，为了文化学术的建设和培养人才的需要，就有这样的设想，不能不说是很有远见的。

他根据毛泽东同志在《改造我们的学习》中所提出的任务："对于近百年的中国史，应聚集人材，分工合作地去做，克服无组织的状态。应先作经济史、政治史、军事史、文化史几个部门的分析的研究，然后才有可能作综合的研究。"他和郭老、范老等人商量，决定首先组织北京高校和其他方面力量，编辑《中国近代史资料丛刊》。按事件来分工，分头编写。由他担任主编，协调各方面力量。这是一件相当浩大的工程。大家分工负责，努力以赴，广为收集资料，加以排比归类，进行必要的整理，把散见的材料集中起来，有些还是很珍贵的材料，并翻译了一些外文资料。这部丛刊在解放初期，对推动历史研究特别是近代史研究起了很大的作用，很有实用价值。最近，有人告诉我们，国外的一批学者正是靠这批材料，写成了不少硕士论文和博士论文。

以后，翦老一直很注意史料的整理编纂工作，为学者提供方便。他还和一些学者一起编了年表、地图等工具书。直到 60 年代，在编写《中国史纲要》时，他还组织力量，编辑一套《中国通史参考资料》。他鼓励研究者在资料上下工夫，要学会透过资料，看出事务的本质。他常说，我写文章都是有根据的，既有理论根据，又有材料根据。文章的背后有许多资料做支撑，有的写出来，有的没有，是潜台词。如果需要，随时可以公布。他这种严谨踏实的学风，这种公布资料为研究者铺平道路的精神，一直到今天，都是值得学习的。

翦老也十分注意活跃学术空气，鼓励不同意见的交锋，坚持真理，发表己见。解放后不久，《苏联大百科全书》（后为苏联十卷本《世界通史》）提出要由中国学者写中国历史这一条。领导上经过研究，任务落在翦老身上。他当时组织一批专家讨论，然后分头编写，再由他通贯全稿。那时，苏联学者和中国学者对中国历史的看法在若干重大问题上是有不同意见的，分歧还比较大。翦老组织大家研究，写出自己的看法，国内各方面反映较好。然而，这个稿子仍没有被苏联所接受，却在国内公开出版了。此稿写出了和苏联学者不同的意见，敢于坚持己见，可以让人们听到不同的声音，对中国历史研究起到了推动作用。

以后，又有多次重大学术问题的讨论，都在翦老的主持下进行。例如，曾为范文澜同志主编的《中国通史简编》举行过学术讨论会，这也是贯彻了百家争鸣、繁荣学术的精神。

翦老还很注意邀请一些德高望重的前辈和燕京师生见面。记得徐老（徐特立）来过，郭老、范老等也都来过。当时能和这些前辈会见是很难得的。由于翦老的关系，使燕京师生能一睹他们的风采，聆听他们的教诲，确实受益匪浅。

翦老在燕京的时间不长，到了 1952 年夏，院系调整，就转入北京大学了。可他仍住在燕东园 28 号。时间虽然很短，可翦老是爱燕京的，和燕京的师生关系也很好。他那特有的胡须，带有维吾尔族血统的面容，他那渊博的学识，幽默的谈吐，敏捷的思维，待人的热忱，都给燕京师生留下深刻的印象。他曾对郭老说："我现在交了许多新朋友，进入了一个新领域，生活得很愉快。"

俞 大 絪

俞大絪，从事英语教学工作近三十年，特别在新中国成立以后，把自己的全部知识和精力，投入为社会主义培养英语人才，成绩卓著。她是第四届全国政协委员，燕京大学、北京大学英语教授。

俞大绚，1905年出生于浙江山阴。从小在长沙、上海长大。1927年和曾昭抢结婚。曾昭抢是著名化学家，中科院院士。1931年俞大绚毕业于沪江大学。1934—1936年，在英国牛津大学读书，获英国文学硕士学位。1936—1937年曾在巴黎大学进修。抗日战争爆发后，回国在重庆中央大学任教，直至1946年。1946—1947年在美国哈佛大学进修。1948—1950年，在中央大学、中山大学以及香港任教。1950年10月，来到燕京大学，后转为北京大学工作。

俞大绚对英国语言文学有很高的素养。在1931年曾研究过约翰·曼斯菲尔的作品，1943年曾研究过英国当代诗歌倾向，也曾开设过英语选读、英国小说等文学课程。而她更多的精力是用于高年级英语教学，并做出了成绩。晚年，集中精力编写教材和培养青年教师。她运用多年的教学经验和丰富的学识，编写英语教材第五、六册，作为全国统编教材，受到各方面的重视。

她十分热心培养青年教师，为青年教师开课，又进行个别辅导。特别对一些由于工作任务重、学习时间紧的教师倍加关注。她耐心指导，严格要求，认真仔细批改作业，使这些青年教师进步很快，打下了扎实的专业基础。

她身患高血压病，但常常带病坚持工作。她没有子女，而把爱心倾注于教育事业和青年教师、学生身上。

"文化大革命"中，俞大绚受到冲击，身体和精神受到严重伤害。运动刚开始不久，她就于1966年8月25日含冤去世。不久，曾昭抢也去世了。

"文革"结束后，俞大绚的冤案得以平反昭雪。她"热爱党的教育事业，埋头苦干，学有专长，勤勤恳恳为人民服务"。许多师生十分怀念她。

洪　谦

洪谦，国际著名哲学家，北京大学外国哲学研究所所长，曾任燕京大学哲学系教授，兼任系主任。

洪谦，安徽歙县人。1909年生。1926—1927年入清华国学研究院，师从梁启超研究。1927—1929年在德国学习，后转赴奥地利，1929—

1936 年在维也纳大学学习数学、物理和哲学。1934 年 6 月获哲学博士，导师为维也纳学派创始人石里克教授，论文题为《现代物理学的因果问题》。他加入了维也纳学派，成为维也纳学派唯一的东方国家成员。1930 年年末回国，先后在清华大学、西南联大、武汉大学任教。1945—1947 年赴英国，在牛津大学新学院担任研究员，从事研究和教学工作。1951 年 8 月应张东荪聘请，任燕京大学哲学系教授，后兼任哲学系主任。1952 年，转为北京大学哲学系教授。

洪谦毕生从事西方哲学的教学和研究工作，是休谟和康德哲学的专家，在现代西方哲学特别是分析哲学的研究方面，在国内学术界享有很高的声望，被中青年学者尊为一代宗师，在国际学术界亦负有盛誉。他在 40 年代发表的《维也纳学派哲学》一书，是我国最早系统而准确地介绍逻辑实证主义的一部权威著作。解放以后，他主编的《西方古典哲学名著选辑》多卷本，迄今仍是我国学者学习和研究西方哲学史必读的一套最完整的参考书。

洪谦要求学生要有广博深厚的基础，要广泛涉猎各个学科，要有严谨踏实的学风，要认真阅读西方哲学的经典原著，认真弄懂原文的含义，不能囫囵吞枣，大而化之，不能似懂非懂，模糊含混，更不能不懂装懂，曲解原意。所以，在那些"大批判"的年代，他能冷静对待，坚持忠实地介绍西方哲学。由于他熟悉西方哲学，知识面广，外文条件又好，能够选择那些最具代表性的西方哲学论著，特别是现代西方哲学介绍给中国读者。60 年代以来，他陆续主编两卷本《现代西方哲学论著选辑》、《逻辑实证主义》（上、下册），并组织翻译了马赫的名著《感觉的分析》，得到学术界很高的评价。

洪谦要求学生要独立思考，不要人云亦云，要有创造性的工作。他曾写过《介绍马赫的哲学思想》、《康德星云学说的哲学意义》（1952年）、《论确证》（1983 年），他和牛津大学麦克纳斯一道主编了《石里克论文集》英、德文版。他的一些论文发表在国外权威性的哲学刊物和丛书上。1984 年维也纳大学特邀洪谦出席纪念他获博士学位五十周年庆祝大会，并向他颁发了荣誉博士证书。该大学马特尔院长说："洪谦在哲学上，尤其在维也纳学派哲学上作出了卓越的贡献。"洪谦 1992 年 2 月 27 日病逝于北京，享年 82 岁。

钱 穆

　　钱穆，著名中国历史学家。江苏无锡人，1895 年生。幼年家贫，在"既无师友指点，亦不知所谓为学之门径与方法"的情况下，"冥索"苦学。1926 年所著《国学概论》，率先系统整理五四以来的当代思潮，被指定为当时中等学校教科书。1930 年，在《燕京学报》发表《刘向歆父子年谱》，列举事实，指出康有为《新学伪经考》刘歆伪造诸经之说不能成立，说明刘歆无伪诸经之必要与可能。文章解决了晚清道咸以来的经学今古文争论的公案，打破了中国近代经学研究的今文学的一统天下，纠正了一味疑古的学风，因而震动了学术界。同年，经顾颉刚推荐，转入燕京大学任教，"时年三十六岁，又为余生活上一大变"。从此开始了大学教学生涯。

　　有一天晚上，司徒雷登设宴招待新同事，征询大家对学校的印象。钱穆说："初闻燕大乃中国教会大学中之最中国化者，心窃慕之。及来，乃感大不然。入校门即见'M'楼'S'楼，此何义，所谓中国化者又何在。此宜与以中国名称始是。一座默然。后燕大特为此开校务会议，遂改'M'楼为'穆'楼，'S'楼为'适'楼，'贝公'楼为'办公'楼，其他建筑一律赋以中国名称。"钱穆还写道："园中有一湖，景色绝胜，竞相提名，皆不适，乃名之曰'未名湖'。此实由余发之。"

　　钱穆在燕京教大学国文，以曾国藩《经史百家杂钞》作为基本教材，但不机械地事先预定，往往"以临时机缘，或学生申请选授一篇"，增加了学生上堂的兴趣。布置作业，也较灵活。"一日，偶书一题为《燕京大学赋》，由学生下堂后试撰。"有一名女生叫李素英，"文特佳，余甚加称赏，一时名播燕大、清华两校间。"

　　钱穆原在苏州中学教书，那时"中学始许男女同学，然仅初中约得女生一二人，高中尚未有。来燕大，则女生最多，讲堂上约占三分之一。后在清华上课，女生约占五分之一，北大则仅十分之一。燕大上课，学生最服从，绝不缺课，勤笔记。清华亦无缺课，然笔记则不如燕大之勤。北大最自由，选读此课者可不上堂，而课外来旁听者又特多。燕大在课外之师生集会则最多。北大最少，师生间仅有私人接触，无团体交际。清华又居两校间。此亦东西文化相异一象征也"。

　　1937 年抗战爆发，他先后在西南联大、华西大学、四川大学任教，撰写了《国史大纲》一书，行销全国，读此书倍增国家民族之感。1943 年，写了长达万言的《中国历史上青年从军先例》一文，呼吁青年踊跃参军，抵御外侮，保家卫国。1949 年，他到广州，后到香港，筹办新亚书院。1967 年迁居台北，潜心从事史学研究和教学工作，1987 年结束教学生涯。

钱穆治学由古文始，进而治五经，治先秦诸子，再进而治史学；由通史而至文化史、思想史。兼重训诂考据与义理，尚会通，于会通中探求中国学术文化之内在生命力和内在逻辑，弘扬中华民族文化。他对中华民族文化有精深的研究和深厚的感情，认为"我民族国家之前途仍将于我先民文化所贻自身内部获其生机"。

钱穆著作等身，有专著 80 种以上。1990 年 8 月 30 日病逝于台北，享年 96 岁。

谢 玉 铭

谢玉铭，字子喻。1893 年生于福建省晋江县。在培元中学毕业时，由于学习成绩优异，被推荐进入北平通州协和大学（燕京大学前身）。他在大学期间除了努力攻读物理学外，还特别注重提高英语水平，曾两次代表协和大学参加校际英语辩论比赛。

1917 年大学毕业后，谢玉铭回到培元中学，担任物理、数学教员，还兼任英语会话及语法的教学工作。

1921 年，谢玉铭应聘到燕京大学任教，担任物理实验等课程的教学工作。1923 年，他得到洛克菲勒基金会的奖学金资助，赴美留学，进入哥伦比亚大学研究生院攻读物理学。一年后即获硕士学位。为向名师求教，他转学到芝加哥大学，在诺贝尔奖的获得者迈克尔逊（A. A. Michelson）教授的指导下，从事光干涉的研究，1926 年获博士学位。学成后如约回到燕京大学，任副教授、教授。1929—1932 年任物理系主任。1932 年再度赴美，开展研究。1934 年回校任教。谢玉铭主讲过普通物理学、光学、气体动力论、近代物理学等许多课程，主持过高级物理实验，还指导本科生和研究生的毕业论文。他在多年教学经验的基础上和郭察理合编了《物理学原理及其应用》。不以惯常的按力、热、声、光、电等学科分支来编排，而依物理学在社会生活中的运用，分交通与通讯、供水与水能、适应气候、帮助眼睛、音乐与游戏五大部分，把物理学的基本原理和日常生活结合起来。除了一般课程外，物理系还开设高年级学生必修的课程"当代物理学文献研讨会",由教师和研究生报告阅读文献的心得,以活跃学术空气。

燕京大学物理系成立于1926年,与清华大学物理系同时,而晚于北京大学物理系,但在三校中,燕京物理系是最先招收研究生的。从谢玉铭担任系主任的1929年开始,到1937年,共招收研究生二十余人,其中不少人后来成为我国著名的物理学家,如孟昭英、张文裕、王承书、王明贞、褚圣麟等。

1937年抗战爆发,他离开北平,先后在湖南大学、唐山交通大学任教。1939年应厦门大学之聘任物理系教授。抗战时期,厦门大学迁至山城长汀,办学条件极为艰辛,但他协助校长,出色地完成了工作。谢玉铭还任校音乐委员会主席,不仅对学生歌咏团给以指导,还帮助修理钢琴,为学校的大型歌唱活动进行钢琴伴奏。

1946年后,谢玉铭在马尼拉东方大学任教18年,其中16年担任物理系主任。在东方大学期间,他两次被学校及学生联合投票选为教学优越教授。1968年谢玉铭退休,移居台湾,兼任台北市实践家政经济学院物理学和英文教学工作多年。

1932—1934年间,谢玉铭应邀到美国加州理工学院任客座教授,他和休斯敦(W. V. Houston)合作开展氯原子光谱巴尔末系精细结构的研究,发现了后来被称为兰姆移位的现象。这在光谱学和量子电动力学发展史上具有重要意义。在14年后的1947年,由于科学工作的发展,人们进一步认识和肯定了谢玉铭和休斯敦的工作成就。1990年,科学界把这项杰出工作的首功归于谢玉铭和休斯敦。

谢玉铭深刻了解实验工作在理工学科中的重要性。在燕大和其他学校讲授普通物理学时,几乎每堂课都有生动且富有启发性的演示实验。这些实验是他不惜用很多时间和精力准备的,演示所用的仪器设备,许多是他亲自设计、制作出来的。这些实验很受学生欢迎。他非常重视训练学生动手设计、制造实验仪器。在燕大,他为物理系建立了一个金工和木工室,聘请能工巧匠,指导高年级学生和研究生使用机床等加工设备,为论文中所需的实验作准备。物理系的许多仪器设备就是在他指导下制造出来的。他对学生的实验操作和实验报告,尤其对于数据处理、结果讨论都有严格要求。他规定助教指导实验前,必须自己动手做完实验全过程;对学生的实验报告要认真审阅,不合格者应退回重做。

谢玉铭的夫人张舜英也是燕大学生。谢玉铭女儿谢希德从小在燕园长大，现已去世，曾任中科院院士，她是著名物理学家、原复旦大学校长。

谢玉铭为人正直不阿，勤勤恳恳为教育事业、造就人才贡献了毕生精力，在学术上有重要贡献，但他从不夸耀居功。这种严谨谦虚的学风，值得后人仿效发扬。他逝世于 1986 年。

赵 萝 蕤

赵萝蕤，著名翻译家、英美文学专家，博士生导师。

赵萝蕤是浙江杭州人，1912 年出生于一个高级知识分子家庭，从童年开始她一直受到严格的教育。她的父亲是著名神学家赵紫宸。受父亲影响，她 7 岁时，除读中国古典文学外，就已开始读西方文学了。

1928 年考入燕京大学国文系，1930 年转入英语系。1932 年毕业时年仅 20 岁。同年考入清华大学外国文学研究所，为英美文学研究生。因受著名诗人戴望舒约稿，她成功地将当时震动整个西方世界的名作艾略特的《荒原》从英文译成中文，成为她翻译的第一部文学作品，在当时文学界引起很大的轰动。叶公超为之写了著名的序言，邢光祖写了评论，最后两句是："艾略特这首长诗是近代诗的'荒原'中的灵芝，而赵女士的这册译本是我国翻译界的'荒原'上的奇葩。"从而也开创了将英美现代派文学译介到中国的先河。

1935—1937 年，赵萝蕤在燕京大学任教。1936 年和知名诗人、古文字学家、考古学家陈梦家结婚。1944 年，与陈梦家一同赴美，在芝加哥大学攻读英语语言文学，1946 年获文学硕士学位，1948 年获哲学博士学位。赵萝蕤认为这是她一生中很重要的四年。那时芝大的英语系在美国是第一流的，"40 年代的芝大英语系正是它的全盛时代"。她得益于向许多著名学者学习，特别是世界知名学者克莱思教授。克莱思教授文艺理论和实践一课，不但学识渊博，讲解精湛，而且每一命题反复举例，详细剖析，要求学生每周交一篇学习心得，赵萝蕤获益匪浅。

在第四年，她专修美国文学。芝加哥大学是最早开设美国文学的大学。赵萝蕤的博士论文是研究小说家亨利·詹姆斯，由此成为国际上最早研究这位小说家的学者之一。她读了詹姆斯的全部作品，感到非常亲切，而且努力搜集詹姆斯的各方面的作品，不仅小说，还包括书评、多种旅行杂记、书信集、传记、自传、未完成小说等，可算得上是美国第三名詹姆斯图书收藏家。

1948 年冬，赵萝蕤在芝大结束学业。而陈梦家已于前一年回国。她只身一人回到上海。这时北平西郊已经解放。她搭乘一架给傅作义部队运粮的飞机飞回北平，迎接古都的新生。

她回到母校燕大任教，并担任西语系主任。1952 年院系调整后，任北京大学教授，同时从事英美文学的翻译和研究工作。

1957 年，她翻译的朗费罗（1807—1882）的诗《海瓦隆之歌》出版了。这首诗赞扬了美国印第安人的英雄事迹。

1964 年，她与杨周翰、吴达元教授共同主编《欧洲文学史》。这是一本积多年教学经验的大学教材，也是积学者多年研究成果的一本学术价值较高的著作。

1979 年以后又翻译了詹姆斯的《黛西·密勒》等佳作。

自 80 年代后期，她着手翻译惠特曼的《草叶集》。赵萝蕤花了近12 年时间研究有关这位伟大诗人和他作品的文学资料，甚至出国访问众多的著名学者。她说："惠特曼的作品有难以克服的语言障碍。"有许多翻译者还不能正确理解诗里的内在含义。经过艰苦和专心致志的准备，她花了三年时间，成功地译完了惠特曼的诗集。为了最好地保留诗人的风格，她无数次地校对译稿。

"我认为一位好翻译家应该既谦虚又勤奋。他应该忠实于原文，而不应该随心所欲地用自己的风格去翻译。"由于赵萝蕤的不懈努力，她的中译本《草叶集》在中国读者中获得了盛誉。她被公认为将西方文学介绍给中国读者的当代最有成就的翻译家之一。

1996 年出版了她的著作《我的读书生涯》。

赵萝蕤在世界文坛上颇负盛名。为了表彰她的成就，芝加哥大学在建校一百周年的时候，授予她首次颁发的"专业成就奖"（1991 年）。1994 年她又获得"中美文学交流奖"和"彩虹翻译奖"。

她在耄耋之年仍十分关心并积极参加燕京研究院和燕大校友会的工作。1993 年燕京研究院成立后，她出任英语研究所名誉主任。1995 年起任新出版的《燕京学报》编委。在撰写英文摘要等方面做了大量工作。

1998 年 1 月 1 日，赵萝蕤病逝于北京。她逝世之后，家人遵嘱将她的全部藏书捐赠给燕京研究院图书馆。

陈 芳 芝

陈芳芝，1914年生，广东潮汕人，著名国际法学家，中外关系史学家，中国边疆史学家，北京大学教授。

陈芳芝自幼生长在香港，深刻感受到殖民统治的滋味，在幼小的心灵里，就萌发了强烈的爱国思想和民族自尊心。1931年，也就是"九一八"事变日本帝国主义占领我国东北的那一年，她才17岁，竟不顾家人的劝阻，坚持由香港考入北平燕京大学政治系学习。在30年代的时候，中国妇女能够进入高等学府学习的不多，而学习政治、国际法的就更少。陈芳芝决心打破传统，成为当时燕京政治系的唯一女生。

她才华出众，勤敏好学，成绩出类拔萃。她上课极专心听讲，但从不做笔记，写文章很少打草稿，而且往往一遍定稿。她不但学业出众，也是体育健儿，喜欢打网球，也擅长骑马。1935年，本科毕业后进入燕大研究院。1936年，获美国著名的女子学院拜扬麦尔学院（Bryn Mawr College）奖学金，出国深造，师从当时国际法大师芬维克（C. G. Fenwick）教授。正当攻读硕士的时候，爆发了抗日战争。突然接到燕京大学通知，要她提前回国。她不甘心于没有拿到学位就回去，遂向校方提出，缩短期限，越过硕士径直攻读博士，竟蒙破例许可。陈芳芝不负厚望，以优异成绩名列金榜，于1939年获博士学位。芬维克教授很欣赏她，要求她留校，共同进行国际法问题的研究。面对抗日战争已经爆发的形势，她认为，作为一个中国人，在祖国受难时，不能坐视，因此婉言谢绝了导师的盛情，于1940年年初，毅然回到了烽火连天的北平，并任教于燕京大学。

1941年，太平洋战争爆发，燕大遭日寇关闭，她辗转到了抗日后方成都，投入了燕大成都复校工作。一度担任女部主任。她处处关心同学，有的同学生了病，她把自己订的牛奶让给同学喝。宿舍失火了，她和同学一起抢救。日寇投降的第二年，成都燕大迁回北平，陈芳芝出任政治系主任、研究院导师，时年32岁。她在燕大任教以来，教过许多课，她说，政治系所有的课差不多都开过。她教学认真，要求很严，给分很紧，传说学生有点怕她。其实选她课的人并不少，至今有人回忆起她的讲课，"内容之详实，论证之严谨、精辟，发人深省，令人叹服"，"内容广泛，有条不紊地印在脑海中"；"她的讲授是那样的深邃和宽广，她的知识是那样的渊博而系统，她所引的许多东西都是我闻所未闻，见所未见的，令我茅塞顿开"。

她出任政治系主任的时候，开始了对中国东北边疆的系统研究，她把对祖国的爱，对侵略者的恨，与自己的科学研究紧密结合起来，并为之倾注了毕生的心血。

她在前人研究的基础上，发挥所长，把国际法研究的成果运用于边疆问题的研究之中，提出了自己独到的见解。其精辟论述比较集中地反映在1948年至1950年的中英文论文当中，她以英文发表在《燕京学报》（社会科学版）上的四篇文章，是我国较早系统阐述沙俄侵华史的力作，在国际上备受瞩目。于第四篇中，论述了沙俄步步向东扩张，不断掠夺我国领土、侵犯我国权益的种种行径。特别是她在反复对照了《瑷珲条约》的几种文本之后，从国际法的角度指出，在第二次鸦片战争期间，沙俄迫使清廷割让大兴安岭以南、黑龙江以北、乌苏里江以东及新疆西部共约144万平方公里的土地，是违反国际法的。她的精辟论述早为国际学者所接受并一再引用，却被某些大国沙文主义者视为眼中钉。在60年代中苏边界纠纷升级时，他们纠集一些人进行围攻，说什么"彻头彻尾对俄国极为仇视"。而陈芳芝的声名则更为远扬。在当年她以爱厄妮丝·陈的名字发表文章，人们不知是何人，最后查明乃是陈芳芝。

新中国成立后，以新的面目步入世界外交舞台，有许多问题需要讨论研究。外交部不时召开高校国际法教授会议，咨询意见。陈芳芝事先都认真做好准备。陈芳芝的大学同窗龚普生大姐当时任职外交部，参与其事。龚大姐回忆道："芳芝每次发言都很有内容，不像某些人空洞无物，徒负虚名。"

1952年，陈芳芝和燕大师生一起参加了广西的土地改革运动，身为副团长的她坚持与农民三同（同吃、同住、同劳动）。她后来回忆说："最打动我的心情的是，作为一个中国人，我居然一直生活在城市里，年过三十，尚未看见过占我国80%的农村及其居民。"她认为参加土改是"我生命中一段愉快的时期"。

60年代，陈芳芝写出了另一篇重要论文《"九·一八"事变时期美国对日本的绥靖政策》，论述了20世纪初国际形势的新变化。她以大量的材料，包括新发表的外交文件，详尽、深入地揭露了帝国主义之间相互勾结又相互斗争的内幕与实质。日本逐步取代沙俄，得寸进尺，妄图独霸东北以至整个中国的狼子野心昭然若揭；新兴的金元帝国美国正极力向远东扩张，出现了老牌帝国主义与美、日在华的争夺战，而其中美日之间的矛盾表现得更为激烈，成为诸矛盾中的主要矛盾。由此可见，陈芳芝的论文不仅具有很高的学术价值，而且有它的现实意义。

陈芳芝治学态度严谨，研究学问锲而不舍，强调要详尽占有材料，进行系统研究。她从小在香港读英文书院，中文底子较差，到燕京跟冰心学到点像样的中文。而她要进行边疆史的研究，必须阅读大量的中国文献包括古典文献，这对她的困难是可想而知的。可是她知难而进，一点一滴，认真去做。她原本有个全面计划，准备从东北开始向西而南，循边定题，依历史顺序，对帝国主义侵夺我国领土主权的详情史实，撰写系列论文。可是由于种种客观条件，这项研究被长期搁置下来。

改革开放后，陈芳芝已身患重病，深知全面完成研究计划已然无望。而这时，她的历史问题已经平反，"文革"中所强加不实之词已经推翻，她不顾病痛，更加再接再厉，坚持致力于东北边疆的研究。她孜孜不倦地收集了大量的中外古今的文献、考古资料，用以论证东北地区自古以来就是中国领土不可分割的一部分，而且抱病又为学生开课，讲述这方面的内容。遗憾的是，她的病情愈来愈重，难以继续工作。她恋恋不舍地离开北京，到香港治病疗养。可是她的心仍留在内地，情思所系仍是她的边疆史研究。她最初没有再版旧作的意愿，经过学生们的再三恳请，她才选定了八篇论文结集，在重病中修订并亲自绘制了一幅彩色地图。经过多方努力，这本《东北史探讨》的论文集终于出版了。随之，1995 年 11 月，她离开了人世。

她留下的遗嘱是，将她的骨灰洒在长城以北。

陈芳芝对祖国之爱，对科学之爱，无怨无悔，至死不渝！

（以上原载《燕京大学人物志》第一辑，北京大学出版社 2001 年版）

程 应 镠

程应镠，江西新建人，1916 年生。历史学家。上海师范大学历史系教授。1935 年进入燕京大学历史系学习。那时他深感华北之大已安放不下一张安静的书桌。年轻的程应镠积极投身于"一二·九"爱国救亡运动之中，加入了中华民族解放先锋队和北方左联。燕京大学是他参加革命活动的起点。

卢沟桥事变后，他又毅然到抗日军队中从事宣传工作。"南北此心系烽火"，这句诗是他在民族危亡时的心灵写照。后一度在武汉大学借读，于1938年入昆明西南联大，1940年毕业。抗战胜利后，他追随闻一多先生，参加爱国民主运动，他的名字也被列上了黑名单。后来转赴上海。这时，"反饥饿、反内战、反迫害"运动正风起云涌，他又成了上海"大教联"的中坚分子，参加了反蒋斗争。他撰写了不少立论鲜明、文笔犀利的政论和杂文。

他早年主要从事文学创作，师从沈从文，笔名流金。解放后，主要进行历史教学和研究工作。开始研究魏晋南北朝史，写出了《四世纪初至五世纪末中国北方坞壁略论》、《论北魏实行均田令的对象与地区》、《南北朝史话》、《释史》、《释新民》等重要论著。晚年专攻宋史。1957年受到不公正对待，近二十年被剥夺发表学术文章的权利。直到70年代末，方得以复出。为了教育事业和学术研究的复兴，他无怨无悔奋力工作，把失去的时间补回来。"报国谁知白首心？"这是他又一次的心灵写照。他是上海师大历史系、上海师大古籍整理研究所和中国宋史研究会的创建人之一，是上海师大历史系首任系主任、古籍所首位所长、宋史研究会副会长兼秘书长。

程应镠对于宋史的研究是多方面的。自1970年起，他以十多年的时间从事宋代史籍的整理研究。为了完成二十四史卷帙最为庞大的《宋史》的校点，他放下多年从事的魏晋南北朝史的研究，全力以赴，自始至终参与主持了《宋史》的整理。1976年，他又组织力量开始校标研究宋史另一要籍《续资治通鉴长编》，他亲自为前189卷定稿。后又承担了《文献通考》的整理工作。《宋史》、《长编》、《通考》三大书的整理出版，是宋史研究中功被后世的大事。在整理过程中，由于许多词语和典制今人不甚了解，他深感有编写一本宋史辞典的必要。而1979年全国史学规划会议决定编纂《中国历史大辞典》，其中《宋史卷》约请邓广铭先生和他主编，并由他具体负责。从设计词目、邀请作者到审读定稿，他都认真负责。考虑到宋代名物制度最难索解，他决定对食货、职官、兵刑等词目尽量兼收并蓄。1984年，《宋史卷》完成出版，成为我国第一部断代史专业词典。同时，他还进行了宋代历史人物的研究。他主张在充分全面掌握资料的基础上，先作出人物长编，再写出传记，着力叙事，刻画与事相关的人。他坚信论从史出，不主张在传记里发议论，连夹叙夹议也尽量避免。他认为，人是复杂的，对人的了解要全面，着力表现人物思想、事业上最本质、最主流的部分，对其性格、情绪等其他侧面也要努力发掘，分析他的局限，这样才能有血有肉地凸现一个全面完整的人物形象。他以巨大的精力和功力，写出了《范仲淹新传》和《司马光新传》。这两本传记的问世，被宋史学界推为人物研究的佳作。关于如何进行历史人物研究，他除了多次进行讲演外，还写了《谈历史人物的研究》一文。

作为长期从事师范教育的历史学家，他对历史教学改革和如何培养历史学人才，提出了许多有价值的意见。他反对把历史研究和历史教学简单化，反对以一成不变的理论在历史研究和教学中贴标签，主张以人物为主，即使讲制度也可以讲人物。他把历史课讲得津津有味、栩栩如生。他讲课时感情十分投入，有时激越雄辩，使人振奋；有时深沉低回，令人感慨；或描述人物，或引据诗词，都能高屋建瓴又挥洒自如。在人才培养、治学方法上，要求史料考信与史学理论的结合，他对史料功夫的训练是严格的，而又特别重视理论素养。同时要求史学成果与文字表达的完美结合。他的著作还有《一年集》（散文集）、《南北朝史话》等，并发表了学术论文百余篇。

1994 年程应镠在上海逝世。次年，他的学生们编辑出版了他的学术文集《流金集》。

董　晨

董晨，原名宋世选，中国共产党优秀党员，全国劳动模范。1914年 1 月 16 日生于辽宁省凤城县。1935 年考入燕京大学化学系，1939 年 8 月参加革命，1943 年 4 月加入中国共产党。1997 年 2 月 11 日因复发脑溢血，在北京逝世，终年 83 岁。

青少年时期的宋世选身处东北，深受日本侵略者的欺凌，萌发了热爱祖国、反对列强的民族民主主义的思想。进入燕大不久，"一二·九"运动爆发，他积极投身于爱国运动，参加了 12 月 9 日和 12 月 16 日两次游行示威。当时宋世选佩戴臂章，担任纠察，表现英勇。

1939 年 8 月与同学虞颂舜、高景云（蔼亭）结伴奔赴晋察冀抗日根据地，更名为董晨，曾任晋察冀边区五专署技师、边区政府工业实验室副主任、边区工矿局技师、华北联大自然科学室教员。在根据地最艰苦、最险恶的"反扫荡"环境下，与日寇浴血奋战，多次负伤。虽身患重病，仍然坚持对敌斗争。同时运用自己所学，发挥聪明才智，利用当地有限的物质资源组织生产，努力解决军需困难，为敌后根据地的巩固和建设事业服务。

抗日战争胜利后，他曾任东北日报社秘书长。当时根据地新闻纸张奇缺，他主动请命去吉林石岘造纸厂工作，被任命为厂长。这个厂是日本侵略者留下的一个烂摊子。当时环境险恶，生产任务艰巨。他一面对国民党残余势力展开坚决斗争；一面团结朝鲜族、汉族职工以及留用的日籍技术人员，排除困难，恢复生产。他深入每个车间，顶班参加过每个工段的操作，除些失去了左手。他创造了一整套的先进管理方法，使工厂的生产面貌为之一新。既大幅度增加了产量，又提高了产品质量。他所写的《怎样当厂长》一书是建国之初具有示范意义和广泛影响的企业管理文献。他因之成为当时东北地区有名的模范厂长。

1948 年冬至 1949 年 2 月期间，董晨凭着自己熟悉英语的有利条件，以富商身份租用苏联货船"波尔塔瓦"号，满载东北的大豆、皮货、药材等并携带巨额黄金，从一朝鲜港口起航，赴香港购买东北工业建设急需的物资、器材和设备。不料当货船驶近香港尚未靠岸时，竟触礁下沉。在这千钧一发之际，他迅速将黄金缠在身上，爬上桅杆，才幸免于难。虽保住了黄金，而货船中物资却遭海水浸泡，损失惨重。在港期间，在香港地下工委的领导下，他出色地完成了采购任务。待"波尔塔瓦"号修复，准备返航时，他按照党的指示，将一批从国统区秘密转移到香港的著名爱国民主人士及文艺界人士接到船上，把他们化装成船上的工作人员，掩护他们巧妙地躲过每次靠岸时国民党特务的登船检查，保证这些人士安全地抵达东北，使他们得以参加即将召开的全国政协和开国大典。

全国解放之后，董晨满腔热忱地投身于社会主义革命和建设事业，两次获得东北工业部颁发的一等奖章，并出席了 1950 年第一次全国工农兵劳动模范代表大会。他是我国 50 年代初工业战线的一位著名全国劳模。1950 年，以董晨为厂长的石岘造纸厂在全国最先实行车间经济核算，并且加强财务成本管理，从而有效地降低了生产成本，提高了经济效益，工厂被东北工业部命名为"成本管理先进厂"称号。

随后，董晨任东北科学研究所大连分所（今中国科学院大连化学物理研究所）所长、沈阳金属研究所党委书记兼所长及中国科学院东北分院党组成员。他努力贯彻党对知识分子的政策，团结了许多科技界爱国的青年知识分子，寄予厚望，赤诚相待，引导他们成为日后科技事业的骨干。

他曾长期在国家计委和国家经委工作，历任国家计委重工业局副局长、国家经委化学工业计划局局长、石油化工局局长、国家经委党组成员、国家经委委员兼新技术局局长、华北经济协作区领导小组副组长、国家物资总局副局长，任国家计委专职委员，在化工、冶金、石油和新技术领域从事计划管理工作。在制定和落实国民经济计划、方针、政策和规划轻、重工业基本比例等方面，常深入实际调查研究，并不断及时学习大量新的专业知识，出色完成了上级领导交给的各项任务。他曾在邓小平、薄一波同志的直接领导下，参与制定《中国工业发展七十条》，为发展我国工业倾注了大量心血。改革开放后，他十分关注我国经济和科技领域的长远发展规划，并积极倡导和参与这方面的工作。为此，在1988年他荣获国家计委、国家经委和国家科委联合颁发的"国家重要领域技术政策研究"表彰证书；1989年又因"1986—2000年全国科技长远规划前期研究"课题，荣获国家科委颁发的表彰其突出贡献的荣誉证书。这些研究工作为后来的"星火计划"、"火炬计划"奠定了基础。

特别是在1973—1974年间，他遵照周恩来总理关于在全国开展环境保护工作的指示，从无到有，积极组建中国的环保机构，成功地筹备召开了全国第一次环境保护工作会议。他曾担任国务院环境保护领导小组办公室主任。两次率中国代表团参加在日内瓦和内罗毕举行的世界环保大会。在国家物资总局期间，由于他的积极倡导，先后筹建了计算中心、北京物资学院、中国物资出版社和物资集装箱运输系统，为发展我国现代化的物资流通事业做出了重要贡献。

亓象岑

亓象岑，山东莱芜人，1912年10月生。1936年参加中华民族解放先锋队，1938年加入中国共产党。1936年考入燕京大学物理系。1995年6月病逝于济南，终年84岁。

亓象岑从青少年时代就倾向进步。1932年在北京大同中学读高中期间，与进步同学组成读书会，称"青年健进会"，取互相勉励、正直健康地前进之意。1935年，在北京参加了"一二·九"学生运动，义愤填膺地参与了游行示威。1936年进入燕京不久，参加了中华民族解放先锋队。他同时获得了燕京大学奖学金，本可以实现他立志当学者、科学家的意愿，可是震惊中外的七七事变爆发了。在这决定民族命运的生死关头，他毅然放弃了学业，投入到抗战洪流。

抗战爆发后，亓象岑回到山东宣传抗日，利用他各方面的社会关系，发动群众，组织武装，开展对敌斗争。在党的领导下，于1938年1月1

日组织发动了莱芜莲花山抗日武装起义，拉起了一支抗日队伍，与徂莱山起义的四支队汇合后，被组织派回莱芜县开展地方抗日活动。组织地方抗日民主政府建立工作，坚持地方斗争，在极其残酷复杂的环境中，坚持党的路线，发动群众，打击国民党顽固势力，扩大抗日统一战线，英勇奋斗，为泰山地区抗日根据地的建立和发展作出了积极贡献。他历任八路军驻莱芜办事处主任，莱芜行署主任，泰、莱、历、章、淄、博、新七县行政联合办事处党团委员、秘书长，泰山专署党组副书记、秘书长。

1945 年年底，他在济南从事秘密工作，积极贯彻党的方针指示，卓有成效地开展了对国民党军队策反及情报工作。解放战争时期，历任济南市人民政府秘书长，市政府党组书记，中共济南市委委员、市委国民党军队工作部部长，中共华东局济南国民党军队工作委员会副书记。济南解放后，任济南市军事管制委员会政务部副部长。

建国后，他长期在经济战线从事领导工作。历任济南市工商局局长，市府秘书长，市委常委，市计委主任，市财委书记、主任，副市长，市委书记处书记，省物价委副主任，省物价局局长、党组书记，省计委副主任，省工业生产委员会副主任，省粮食厅厅长、党组书记，省财委副主任、党组副书记兼省财贸政治部第一副主任，省财委顾问，省政协四届委员会常委等职。他注重学习党的路线、方针、政策，深入调查研究，结合工作实际，认真贯彻党的经济政策，工作兢兢业业，埋头苦干，团结同志，联系群众。他带病坚持工作，为社会主义革命和建设事业付出了毕生精力。

1983 年离职休养，享受副省级待遇。他在体弱多病的情况下，仍关心党和国家大事，关心山东的经济建设。离休后，仍为解决泰山区"肃托"错案和部分老同志冤假错案的平反，做了大量的工作，并为党史研究及征集工作撰写了大量真实具体的重要资料。

（以上原载《燕京大学人物志》第二辑，北京大学出版社 2002 年版）

至当为归的聂崇岐先生

"不苟同，不苟立异，不为高奇之论，而以至当为归"①，这是聂崇岐教授对宋人洪迈学术所做的概括，也正是他自己文章的追求和个人人生的写照。

聂崇岐教授，字筱山（小山），一作筱珊，师友与同学们习惯称他为聂先生。1903 年 10 月 9 日出生于河北蓟县（今天津市蓟县）马道庄一个破落地主家庭里。1962 年 4 月 17 日逝世，享年五十有九。今年是聂先生逝世四十周年，明年又恰逢他诞辰一百周年。我们应当纪念这位为学术界、教育界默默奉献一生的前辈老师。

在五十九年的时光里，他大部分时间是在燕园度过的。1921 年，年仅 17 岁的聂先生考入燕京大学。由于家境困难，他从小就有"苦读治饿"的经验，勤奋学习，成绩优秀。可是，为了攒足学杂费，他必须勤工俭学。当时，燕京正值修建新校，于是他投入校区整修，校园里到处洒下他辛勤的汗水。同时他还得教家馆，当编辑，四处"打工"，所以他历时七年大学才得以毕业。

他毕业时，正赶上北洋政府教育部举办毕业会考，其中作文题目是用文言文写一篇《颐和园游记》。聂先生虽就读燕大多年，由于花不起一块大洋买门票，从未进入过近在咫尺的颐和园。但是他凭着丰富的历史知识以及见过的园景照片，用流畅的文字，写出一篇洋洋洒洒的文章，并取得了这次会考的第一名。时任主考官的教育部长得知这一情况后，为之大为称赞，惊叹不已。

1931 年，哈佛燕京学社引得编纂处成立，聂先生就应老师洪煨莲教授之召，进入该处。除日寇占领时期外，他一直在哈佛燕京学社工作，前后二十年，为引得编纂做出了重要贡献。与此同时，他开设了多

---

① 聂崇岐：《容斋随笔五集综合引得》序，《引得》第十三号，燕京大学引得编纂处，1933 年 5 月第 1 版。

种课程，培养了大批学生，进行了宋史研究，写出了一批有价值的文章。院系调整之后，他应范文澜先生之邀，进入中国科学院近代史研究所，编辑了大量重要的近代史资料，同时，进行古籍整理，参与《资治通鉴》、《廿四史》等重要典籍的标点、注释等工作。正俟上述工作告一段落，可以着手撰写他企盼多年的《中国政治制度史》时，心脏病猝发，不幸谢世，带着未完成的许多心愿离开人世。而他留下了许多看似细琐却显示功力、看似平凡却为后人开路的基础工作，留下了许多显示光彩、饱含资料的论文，值得我们深刻纪念，值得我们好好学习。

一

"引得"是洪煨莲教授对英文 Index 的音译，是对日本学者"索引"的改译。其含义即较旧译为佳，又与原音相近，[①] 是一个中外互通的名称。"引得者，执其引以得其文也。"[②] "引得"，是一种检索图书资料的学术工具。"古籍引得"，则是以古代书籍为检查范围的专门工具。明清时期，我国已有类似的著作[③]，但尚不完备。而系统地、体例较为完整地进行引得编纂，则自 20 世纪 30 年代燕京大学引得编纂处才开始。在引进西方编纂引得的基础上，以史部中的人名、地名、官名等专门名词为一般引得外，还专门对经部、子部、集部，以"堪靠灯"（Concordance）式指引人们探得中国古籍的每一个字的奥秘，利用科学的方法帮助人们查寻和利用古籍，为一代代学子提供便利，嘉惠学林。这是一项宏大的学术工程，在中国现代学术史上是具有开创性的工作。

1928 年聂先生大学毕业之时，正是哈佛燕京学社创始之年。哈佛燕京学社是由美国铝业大王（铝土矿电分解发明者）查尔斯·马丁·赫尔（Chartes M. Hall）捐赠的一部分遗产所建立的学术机构。其遗嘱指定这一笔捐款专为研究东方文化、实际上主要是为研究中国古代文化之用。1928—1930 年，正在哈佛大学讲学的燕京大学历史系主任洪煨莲教授，有感于美国学生对浩如烟海的中国古籍难以查寻的困惑，并结合自己的经历，提出以他多年设计的"中国字庋撷法"来编纂"引得"的倡议。这项倡议很顺利地得到了刚成立的哈佛燕京学社本部的赞同。

---

① 洪业：《引得说》，第 8 页，《引得》特刊之四，燕京大学引得编纂处，1932 年 12 月第 1 版。

② 同上书，第 5 页。

③ 如明代的《洪武正韵》、清代的《史姓韵编》。

接着，在燕京大学成立了引得编纂处，洪先生回国后立即着手组建。

1931 年引得编纂处成立之初，只设主任兼总纂一人，即由洪先生自己兼任，综理大政方针。下设编辑三人，即田继综（后改名田农，执教于首都师范大学多年）、聂崇岐和李书春。1933 年于主任之外，增设副主任兼副主编一人，由聂崇岐兼任。另外成立一个引得校印所，所长由李书春兼任，专管印刷出版之事，引得的发行事务由马锡田负责。从而较早地形成了立项、编辑、出版、发行"一条龙"作业系统。田继综于 1935 年离去。因此，编纂引得的大量实际工作落到了聂先生身上，一干就是二十多年。洪先生晚年回忆说，"引得编纂处的成绩，大半归功于他两位学生，编纂方面由聂崇岐负责。聂为人耿直，博闻强识，办事说一不二，有'铁面御史'之称；事务方面由李书春负责，李长袖善舞，很能开源节流"①。

编纂引得的目的，是"把中国最主要的经书史籍有系统地重新校勘，用现代眼光加以评估，并加编引得（索引）和词汇索引"②。中国有着五千多年的悠久历史，是世界上唯一保存文字记载绵延不绝的国家。古代典籍汗牛充栋，而且内容丰富，是中国传统文化长期积淀的结晶。当然有精华也有糟粕。在古籍流传的过程中，存在着大量的仿造、脱落、错舛和失误，行文又无标点，难以句读，更难以了解其中的准确含义。面对浩瀚的古籍，一方面需要加以整理；另一方面需要加以利用。编纂引得固然是为了加以利用，正是为了加以正确的利用，必然包含细致地整理。这不仅能满足国外学者的需要，对于国内学者也可能更为必要。洪先生就说过："想到少时读书不知利用学术工具之苦，真是例不胜举。"③ 这些引得不但为"学者研究古籍大开了方便之门，还提供了可靠、正确、而有标点符号的版本给读者使用"④。"因为有了这些引得讨论中国人物、典章、制度，不能再含含糊糊，必须指明其出处。有了这些相互参照的工具，无数历史上的字义、日期、地点，都得以澄清，扫除了多少千百年来的腐迁垢秽，提高了'历史真理'的标准。"⑤

从 1931 年到 1951 年，说来有二十年时间，而在那时中国处于内忧外患的情况下，只有头十年是在较为理想的环境下进行的。而编纂处只

① ［美］陈毓贤：《洪业传》，北京大学出版社，1996 年 1 月第 1 版，第 119 页。

② 同上书，第 117 页。

③ 洪业：《引得说》，第 3 页。

④ ［美］陈毓贤：《洪业传》，第 118 页。

⑤ 同上书，第 117 页。

有十人左右的力量，聂崇岐先生和他的同仁们默默无闻一点一滴地耕耘着，完成了大量的任务。共计编纂四十一种正刊，二十三种特刊（附原文的为特刊），合计六十四种，其中八分之七为编纂处完成，外稿只占八分之一。

引得编纂处早期开始编纂引得，多以篇幅不甚大、编辑不甚繁难的古籍为起点，而且是大家通力合作完成，如《说苑》、《白虎通》等，就是很好的例子。聂先生独自完成的是《仪礼引得附郑注引书及贾疏引得》。有了这些宝贵经验，丰富并修正了原有的一些做法。1933 年，编纂重点转向经、史、子、集等基本文献。二十年间，《十三经》中除《尚书》由顾颉刚先生完成《通检》外（而"他用的是引得编纂处的人，体例也按照引得编纂处的惯例"，只是不用"引得"这两个字，不用"中国字庋撷法"）①，其他均由引得编纂处编纂而成。"二十四史"完成了"前四史"的编纂，《晋史》、《清史稿》已开始着手。先秦诸子已编成《庄子》、《墨子》、《荀子》三部，文学典籍方面有《全上古三代秦汉三国六朝文作者引得》、《艺文志二十种综合引得》、《宋诗记事著者引得》、《元诗引事著者引得》、《元诗记事著者引传》、《文选注引书引得》等。传记方面有《四十七种宋代传记综合引得》、《辽金元传记三十种综合引得》等。在注重基本文献的基础上，引得编纂处还注意扩大资料范围，编纂一批为学者所需的引得，如《容斋随笔五集综合引得》、《四库全书总目及未收书目引得》、《明代敕书考附引得》、《藏书纪事引得》等。此外，编纂处也重视组织外稿，如许地山先生的《佛藏子目引得》，翁独健先生的《道藏子目引得》，房兆楹、杜联喆夫妇的《三十三种清代传记综合引得》等，都由引得编纂处纳入计划，相继编纂，出版发行。

古籍引得（索引）以其检索对象和功能的不同，呈现出各种不同的形态，归纳起来，大体上可分为三种类型：（1）字句索引。又可分为逐字索引、字词索引和句子索引。（2）专名索引。又可分为人名索引、地名索引、职官索引、篇目索引和书名索引。（3）主题索引。又可分为关键词索引和分类索引，或称综合索引（引得）。在上世纪三四十年代，引得编纂处在筚路蓝缕的开创时期，这些类型都涉及了。当然不可能那么周详完备，而这种开创探索是很有意义的。特别是综合引得，既不同于字句索引的有字必收，也不同于专名索引的只取专名，而

---

① ［美］陈毓贤：《洪业传》，第 117 页。

是如洪先生所说的，要把原书语言环境"中间的重要字眼"一一标举出来，然后将这些"重要字眼"混合编次，并设置必要的参照项目，即成为综合性关键词索引。这些"重要字眼"，洪先生称之为"目"，"目者头目之意"也。综合引得（索引）依靠这些"目"提纲挈领，导引检索门径。这就为编纂者和使用者打开了广阔的天地，根据重要和需要提供了多种多样的引得（索引）。而如今，人们习惯称之为"主题索引"，已是广为应用了。

编纂引得之所以取得如此巨大成功，得力于有一套科学程序和科学管理。这个科学管理方法的形成是和实际主持此项工作的聂先生分不开的。这个程序在工作进行两年之后，由洪先生执笔，写成一篇《引得说》（特刊之四），总结归纳为十个步骤：（一）选书，（二）选本，（三）标点，（四）抄片，（五）校片，（六）编号，（七）稿本，（八）印刷，（九）印本校对，（十）加序。"标点工作实为引得全体之关键。"[1] 标点或称之为钩标，编者"就书之性质加以钩标"[2]，钩标合理才便于检索。"钩标者必先置身于古人之地，熟知著者于每段文字用意所在，为备目注，唯简而确，更须虑及因千百年之经过，而书中偶见之名物故事，亦往往可为后世学者考据之材料，各于文中钩录焉。"[3] 洪先生说："我们二年来的工作，对于上列方法颇有变通更改之处。"根据实践，及时小结，及时更改，目的是"应编简而备，疏而不漏之引得"[4]。

由于方法的科学，也培养出了熟练的人才。引得编纂处有一支精干的队伍。"书记员兼抄录员初为五人，后增到八人，最多达十五人。""关长庆编校引得最为熟练，达到只要告知一个汉字的数码，即能马上说出汉字来的惊人程度，因此被提升为助编。"[5] 这个数码是由洪先生发明的"中国字庋撷法"提出的。"庋撷是两个古字：放进、抽出之意。"[6] 庋撷法是经洪先生多年揣摩研究而提出的，规定每个汉字有六个数字位置，其中第二到第五位数相近于王云五的四角号码。"这方法

---

① 洪业：《引得说》，第 45 页。

② 王钟翰：《哈佛燕京学社与引得编纂处》，《燕大文史资料》第 3 辑，北京大学出版社，1990 年 3 月第 1 版，第 26 页。

③ 洪业：《引得说》，第 45 页。

④ 同上书，第 37—38 页。

⑤ 王钟翰：《哈佛燕京学社与引得编纂处》，《燕大文史资料》第 3 辑，第 25 页。

⑥ ［美］陈毓贤：《洪业传》，第 81 页。

的优点是易学易找，而且学会以后看到 6 个号码，就马上可想像出原字是什么形状。"① 但是，由于种种原因，这个方法并未能推广开来，只能在燕京大学内使用。即以"庋撷"这两个稀见的古字而言，一般人都念不出声来，也就不能为广大读者所接受，从而也影响了引得的推广。稍后，"为便于不娴熟中国字庋撷者计，择每目之首一字分别为笔画及拼音二检字，附于引得之前，每字下皆附中国字庋撷号码"②。新中国成立后，由上海古籍出版社影印的一部分引得都附以四角号码，以便使用。

每部引得前面都有序言。"所谓序者，我们拟叙述原书著撰之来历，及其板本之源流，并稍评量其价值焉。"③ 聂先生所作的序以史部、集部为多，其中最长最著名的要算《艺文志二十种综合引得》。所谓"艺文志二十种"，是包括原附正史者七，补辑者八，禁毁者四，征访者一，尽量收集齐备。这篇序言长达数万字，从二十种艺文志所著录之典籍及历代藏书概况，阐述了中国目录学史略，诸家目录之优缺点，提出"中国典籍浩繁，时愈后，书愈多，为之剖析类分以统摄之愈难"④，着重指出四大问题，认为必须慎重对待图书分类新法。可以认为，这是一部中国目录学简史，也是聂先生编纂引得的一篇精心结构的力作。

引得编纂处于 1951 年停止工作。其中有些工作进行了一半，有的接近完成，但都全部搁置了。洪先生回忆说："后悔没有编一部历代政府机关及官职的综合引得，以帮助学者明了各朝代制度及官职的演变；也后悔没编一部综合地名引得，用以研究各地方历史的名称、范围的伸缩，以及地理的变迁。"他还嘱咐王钟翰先生，"《清史稿》、《清实录》及《东华录》应参照合编成一部综合引得"⑤。

聂崇岐先生 27 岁时进入引得编纂处，从此潜心埋首于浩如烟海的古籍中，从编纂引得中，阅读、整理了大量的典籍，汲取了丰富的历史知识，奠定了渊博的学术基础，进行了众多有价值的工作。即使在1942 年秋，由于太平洋战争，引得编纂处被中断工作，而聂先生转入

---

① ［美］陈毓贤：《洪业传》，第 81 页。

② 《四十七种宋代传记综合引得》叙例第八，《引得》第三十四号，燕京大学引得编纂处，1939 年 2 月第 1 版。

③ 洪业：《引得说》，第 63 页。

④ 聂崇岐：《艺文志二十种综合引得》序，第 22 页，燕京大学引得编纂处，1933 年 1月第 1 版。

⑤ ［美］陈毓贤：《洪业传》，第 119 页。

中法大学汉学研究所，仍从事与引得相同的通检工作。在中法汉学研究所所出版的十四种通检中，由聂先生主持的就有七种——《论衡》、《春秋繁露》、《淮南子》、《吕氏春秋》、《潜夫论》、《新序》、《风俗通义》，受到国内外学术界的瞩目。引得和通检的编纂出版，被誉为"功著当代"的学术奠基工程。

二

自上世纪30年代起，聂先生在紧张地从事引得编纂的同时，还坚持进行了对宋史的研究。他涉猎的方面很广，政治、军事、地理、举仕、文化以及外交等都在他的研究领域之内。他的研究范围并不局限于宋代，然重点在"天水一朝"。

首先，他重视从整体上把握宋代。《四十七种宋代传记综合引得序》写道："两宋享国逾三百年。初为辽侮，继为金覆，终为元灭，武事无足言；第文化地位，远超当时并立诸国。言义理，有理学之勃兴；言词章，有词之发扬光大；言考据，有疑古风气之崛起；言政治经济制度，熙宁变法，尤足震撼千古；故在文化史上，拟有宋于晚周两汉，良非过誉也。"[1] 他十分推崇宋代文化的勃兴和成就，尤其值得注意的是，对王安石变法的肯定和赞扬。在他逝世后所出版的遗作《宋史丛考》第一篇《宋役法述》中，就阐述了王安石的熙宁变法。文章一开头，他就写道："王安石革旧制，司马光等群起攻之；其争论最烈、商讨最详者，厥惟役法。良以青苗、市易、方田、均输、保甲、保马种种新猷，问题皆较单纯，不似役法之复杂曲折且互有利弊也。"[2] 他抓住了这个"最烈"、"最详"、"复杂曲折"的问题，从这一角度出发，讲述了新旧党争的全过程，冷静地分析了其中的"利弊"。聂先生告诉我们："宋代役法多殊于古"[3]，既不是服兵役，也不是服劳役，而是一种职役，也就是如何任用基层政权的衙役，以差役改为职役。宋初实行职役，弊病很多，造成大多人家倾家荡产，惨绝人寰。王安石采取"输助役钱"，以免职役，再以招募方式，充实衙役，这也是一种基层政权人事制度的改革，实行起来，有利有弊，争论不休。而聂先生则总结为，

① 《四十七种宋代传记综合引得》序。该序并未署名，从多方推断，当为聂崇岐先生撰写。燕京引得除洪先生撰序署名外，凡在处里的工作人员，一般皆不署名。
② 聂崇岐：《宋役法述》，《宋史丛考》上册，中华书局，1980年3月第1版，第1页。
③ 同上书，第1页。

"募役之害究不若差役之烈"。实际上，增加了财政收入，增强了国家实力。"夫利源既开，再图杜塞，宁非难事。且王安石主张变法，表面上固为解决民困，实则冀由此以求富强。其最终目的既如此，则岂能因三五人言而变其政策。故无论反对者以何种方式阻挠新政，皆不能如愿以偿也。"① 通过这场复杂的几经反复的、既是皇家内部的宫闱之争、又表现为外朝的新旧党争，聂先生热情歌颂了王安石的改革。

其次，他十分重视资料工作，重视资料的准确性。所以，他的文章多是考据性的。"考据之学，兴于唐，盛于宋，前后名家，凡数十辈。宋政尚宽仁，文网疏阔，学士大夫，每就闻见所及，自军国重事以至委巷琐谈，箸于竹帛；故私家笔记之书远超前代。"② 宋代政策既较宽容，又由于印刷技术的改善，经济之发展，所以出书很多，形成文化繁荣的局面。由于资料增多，可收集参考的也就加多，其中孰是孰非，孰真孰伪，就要认真考证了。聂先生所写论文，资料十分丰富，而且在考证方面下了很大工夫，力求提供准确可靠的材料。聂先生的第一篇论文是应顾颉刚先生之约所写的《宋史·地理志考异》。那时顾先生正在燕大任教，和一批青年学生发起创立禹贡学会，并和谭其骧先生以个人出资的方式编印《禹贡半月刊》，从事历代地理沿革的探讨。由于《宋史·地理志》讹谬过多，"坚嘱（崇岐）为文校正，以充篇幅③。聂先生用了一年的时间完成，受到学术界的好评和重视。他取浙江局刻本《宋史》为底本，就其地理部分，与江宁局刻本《太平寰宇记》，冯氏家刻本《元丰九域志》，士礼居本《舆地广记》及广州刻本《舆地纪胜》，"相互勘对，较其同异，分别劄记"。又参以浙江局刻本《玉海》、《文献通考》、《续资治通鉴长编》以及国学汇刊本《宋太宗实录残卷》，淮南局刻本《东都事略》，彭氏家刻本《隆平集》等书，"钞撮考索，成为兹编"。聂先生为慎重起见，"以各书所载互异颇多，孰是孰非，一时难辨，因舍校正之名，改称《宋史·地理志考异》"④，表现了一个学者严谨治学的态度。这篇论文连同聂先生的另一篇大作《补宋史艺文志》，于1936年一起被收入上海开明书店出版的《二十五史补编》。还有一个范例，就是在他身后面世的《校宋史本纪札记》，他以《续资治

① 聂崇岐：《宋役法述》，《宋史丛考》上册，中华书局，1980年3月第1版，第38、39页。
② 聂崇岐：《容斋随笔五集综合引得》序。
③ 聂崇岐：《宋史地理志考异》，《宋史丛考》下册，第493页。
④ 同上书，第493页。

通鉴长编》和其他一些书校读《宋史·本纪》，逐卷逐页地记录下来，并有自己的判断。他还逐事逐句加以校对，写下自己的判语："是也"，"应据正"，"应改"；或是"或似"，"未知孰是"。据统计，共做纠谬八百四十条。这种细致、周密、踏实的学风，是应该大力提倡的。

聂先生读书还有一个习惯，就是看到有关材料，就注意收集，随手记录下来，汇成一组材料或撰成一篇文章。如《麟州杨氏遗闻六记》，"宋杨家将故事，以小说戏曲之宣传，大河南北，几于妇孺皆知。稗官野史，里巷之谈，固不足信；而《宋史·杨业传》所述，又嫌略简，难尽窥事实之曲折。年来涉猎书史，遇关杨业祖孙父子之事，辄迻录之，为日既久，粗有所获"①。告诉我们他是如何成为读书做学问的有心人。

由于对宋史的稔熟，掌握资料的丰富和详尽，聂先生被人们以"活宋"雅号誉之。

第三，聂先生撰写论文的选题具有独创性，多是前人未曾涉猎或是未曾注意的重要问题。由于他是从资料入手，许多问题都是由于资料零散不完备或是互相牴牾、真相不明而引起思考的。他十分敏锐地抓住问题，加以论证，而又侧重于典章制度。一些问题，经他梳理钩稽，便将其来龙去脉，原原本本阐述得十分清楚，所涉及的方方面面和有关人物事件也交代得明明白白。

聂先生所撰写的《宋代府州军监之分析》是一篇与《宋史地理志考异》相对应的讲述宋代地方行政区划的文章。他认为："宋人记全国地理之书，今存者有：乐史《太平寰宇记》，王存《元丰九域志》，欧阳忞《舆地广记》及王象之《舆地纪胜》。四者互有短长，且皆不免讹谬；又以成书时代最晚者系在宁宗时，金未能综述天水一朝地理沿革之概况。《宋史·地理志》于赵氏三百二十年疆域变迁，大致已述及矣；但错乱牴牾，不一而足，难为典据。"② 而他以参稽所得，详细论述了州及军监之废置，府州军监之降升以及府州郡号及府州军监之更名。聂先生还喜欢用表格呈述，使读者一目了然。

《宋词科考》与《宋代制举考略》，也是聂先生的一组姊妹篇，讲述宋代两种不同的仕举。由于现有材料"所述过简"或是"尚无专述可观"，聂先生也是"就暇暑参稽所得，排比成编"。在两文中，他详

---

① 聂崇岐：《麟州杨氏遗闻六记》，《宋史丛考》下册，第376页。
② 聂崇岐：《宋代府州军监之分析》，《宋史丛考》上册，第70页。

细讨论了两种取仕方式的演变，叙述了宏词登科官职录，历朝有多少人，是哪些人。对制举，他在论述了科目的沿革之后，写道："宋代制举之诏虽数数下，而御试则仅二十二次，入等者不过四十一人。"同时把这四十一人逐个列出，分析道："宋人之推崇制举可谓至矣，誉为拔取非常之材，称为期待杰出之士。"而实际上，"则所谓制举以策论取人，并不过尔尔；而不察实际，妄为推崇者，亦可以休矣！"① 在封建时代，相对而言，宋代还是重视知识分子、重视文官制度的，其结果，也不过尔尔。

聂先生的另一篇重要论文是《宋辽交聘考》。以"其周旋聘问之仪，揖让进退之节，较之各朝尤多创举，制度规程颇有可述"。聂先生详细论述了宋辽之外交，使节之选派，国书之体制，礼物之名色，使节之接送，使节之待遇，仪注及璪录，附有详细的《生辰国信使副表》、《正旦国信使副表》、《祭吊等国信使副表》以及《泛使表》。在这礼仪交聘的背后，明白显露出的是"弱国无外交"的实质。聂先生不无沉痛地写道："两朝使节，大致言之，宋多谦和，辽多粗犷。盖宋以力不如人，而中华为礼义之邦，故少肯逾越法纪，自贻伊戚。辽则不然，武事虽优，而文化不竞；以之使者常有桀骜之气，少温顺之风。"② 这篇文章正是写于抗日战争的相持阶段，聂先生不会是无所感而发的。

还应该提到的是，由于聂先生的细致周详，往往在翻阅资料时，就众人所常碰到而不加深究的问题，抓住不放，引出一大篇文章来。如《汉代官俸质疑》，就汉代秩奉的石与斛的问题，引发思考；"石"是衡的单位，"斛"是量的单位。"一种制度，用了两种不同系统的单位，弄得名实相乖。"为此，聂先生进行了详细的论证。还引了不少数学计算，进行反复核实，以求不"要把人搅糊涂了"。③ 又如《论宋太祖收兵权》，这是大家都知道的"杯酒释兵权"，而"杯酒释兵权"与罢藩镇之举，是否是一回事，世人有三种看法。聂先生加以详尽论证，告诉我们："宋太祖收兵权，为我国历史一件大事，其有功于人民，自不待言。但其所收之兵权，有内外之分。内为罢宿将典禁兵，即世人所熟知之'杯酒释兵权'是也。外为撤罢藩镇，……此种政策之完成盖已在真宗之世。"不要把两者混淆了，不要"蹈陶靖节读书不求甚解之覆辙

① 聂崇岐：《宋词科考》、《宋代制举考略》，《宋史丛考》上册，第127、171、191—192、203页。
② 聂崇岐：《宋辽交聘考》，《宋史丛考》下册，第283、330页。
③ 聂崇岐：《汉代官俸质疑》，《宋史丛考》上册，第231页。

者也"。结论为:"端以宋初中央势力雄厚,远非唐代可比;而节度使自五代以来,势渐衰弱,已不敢抗衡朝廷矣。"同时,对收兵权的设计者赵普,"为人固多有可议者。第过不掩功,况过又率属私行,而功则在生民与社稷乎?"① 做出了客观公正的评价。说明聂先生不仅精于考证,更有自己独到的见解。

第四,我以为,聂先生在做学问、写文章上是有一个标准的,这就是"不苟同,不苟立异,不为高奇之论,而以至当为归"。这就是本文开头提到的他对洪迈所做的评价,也正是他自己遵循的原则。不苟同,表明有个性,不附和,不盲从。不苟立异,不要轻率立异,要详尽占有材料,认真思考。不作无稽之谈,不追求"高奇"、"惊人之笔",重要的是"至当为归"。当是底,也是恰当。以至当为归,就是探索到底,力争完美,实事求是。

在《宋代制举考略》和《宋词科考》两文中,聂先生都强烈反对那种华而不实的学风,提倡务实精神。对于制举,他说:"殊不知,能言者未必能行,而笃行者又每不好多言。策论衡材,亦不过取其言之是否成理,至能否力行,则决非由几千文字所得体识。"② 对注重四六句的词科,他认为"遗精华而取糟粕,重技巧而忽性灵","每致连篇皆为故典,累牍半属陈辞"③,从而表现出了严肃的批判态度。

一个半实朴素的历史学者,总是对人民寄予关怀,对人民的苦难给予极大的同情。聂先生在《宋役法述》一文中表现得十分明显,他多次写道:"官吏贪残枉法,鱼肉编氓,致民畏役如虎之例,不胜枚举";"满纸血泪,不忍卒读,真所谓'苛政猛于虎矣'。"以至发出"人民遂永沉沦于昏天黑地中矣"④ 的悲叹。

聂先生又说,"宋人尚气节,喜标榜,又重文章,好撰述"⑤。他虽不事张扬,却很自负。王钟翰先生说:"如果说聂有缺点的话,那就是由于他过于精明能干,自视过高,不但对古书好吹毛求疵,而且对今人也喜欢求全责备。"⑥ 由此,也曾引起一些麻烦。

---

① 聂崇岐:《论宋太祖收兵权》,《宋史丛考》上册,第282—283、267页。
② 聂崇岐:《宋代制举考略》,同上书,第203页。
③ 聂崇岐:《宋词科考》,同上书,第169页。
④ 聂崇岐:《宋役法述》,同上书,第21、14、67页。
⑤ 《四十七宋代传记综合引得》序。
⑥ 王钟翰:《洪煨莲先生与引得编纂处》,《学林漫录》8集,中华书局,1983年4月第1版,第57页。

再有，聂先生的论文格式也是很规范的。他尊重历史，总是从历史的发展中阐述问题，这是历史主义的基本要求。论文前有绪论或引言，提出问题，通过历程阐述，又在各个层面展开，后归纳为结论，相当完整、谨严。

三

1952 年，高校院系调整，聂先生调入中国科学院历史研究第三所，任三所史料编辑室的研究员，实际主持编辑室的工作。擅长爬梳整理史料工作的他在新环境中又有了新的用武之地。编辑室的工作人员仅有五六人，主要是来自原在燕京工作过的同志。大家齐心协力，列大纲、找资料，兢兢业业，从事史料的收集、整理、标点、编辑，包括从极为繁冗的资料中汰选、鉴定与数量可观的外文资料的翻译，其工作量之大是可以想象得到的。他们平均每年编辑并翻译出版上百万字的史料，成为近代史所人数最少成绩最大的编辑室。在短短几年内，先后完成出版了《捻军》、《中法战争》、《中日战争》、《洋务运动》，圆满地完成了《中国近代史资料丛刊》的全部任务；同时，还编辑了《金钱会资料》、《捻军史料别集》、《刘坤一选集》、《锡良遗稿》等专题资料。据我所知，《捻军》是他一个人完成的。

在编辑史料的过程中，聂先生努力学习历史唯物主义。在撰写《中法战争资料叙例》中，他指出，这场战争是"十九世纪八十年代中国人民为了反抗法国资产阶级的侵略越南和中国各地而进行的正义的战争。在战争的过程中，站在最前线和越南人民共同作战的黑旗军和其他部队以及中国各地人民，表现了顽强的反抗精神，给予侵略者以不断的打击而取得军事上的巨大胜利"；"中法战争不仅是援助越南，也是中国自卫的战争，也就是说它是中国近代史上一次重要的民族战争"[①]。他在这里指出了中法战争的性质，说明了人民在战争中的作用。这个叙例得到范文澜先生的肯定和鼓励。

在编纂近代史资料的过程中，精明细心的聂先生发现了一些为人所忽略的史料，经他仔细收集和整理，成为史学研究中的新课题，《金钱会资料》就是这样一部成果。在《说明》中他写道："我觉得，企图明

---

① 编者：《中法战争资料叙例》，第 1 页，中国史学会主编：《中法战争》（一），上海人民出版社，1957 年 9 月第 1 版。

了咸、同两朝人民反抗统治阶级的斗争，深入研究太平天国以及天地会、捻军，固然是必然的；但为了确切知道当时革命活动的全部情况，即使声势不大的革命组织，似乎也不应稍为忽视。因此，近年来，我于编纂几种中国近代史资料的过程中，凡是遇到有关咸、同时代人民革命组织的记述，都顺便将它们抄下来。"① 这说明聂先生的治学思想有了深化，他热情关注人民群众的革命斗争，并细心地收集了这些不为人们注意的资料。

1959 年，聂先生兼任历史三所工具书组的组长，主管全组的业务，还担任国务院古籍整理出版规划小组的成员。顾颉刚先生受周恩来同志委托，主持标点《资治通鉴》，顾先生便立即指名邀请聂先生参加。参加者还有王崇武、容肇祖、张政烺等著名史家，分别负责各卷的标点工作。聂先生自始至终、认真负责承担了二百九十七卷《通鉴》正文和胡三省注文、十二卷《释文辨误》的标点和复校。继而，聂先生又负责点校《宋史》，初次点校已经完成，并写出一些《校勘记》样稿。《续资治通鉴长编》的标点由容肇祖先生担任，聂先生负责校阅。承担这些重大庞大的古籍点校，并非常人所能胜任，而聂先生不负众望，总能保质保量完成。

为了培养古籍整理研究和编辑人才，聂先生 1961 年冬应邀到北京大学古典文献专业授课，教授中国职官制度史。当时并没有讲稿。后来，应邀把所讲的内容撮要写出来，在《光明日报·史学》上发表。这也可以说是聂先生当时着手撰写的《中国政治制度史》的一个初步提纲。而到 1962 年 4 月 17 日凌晨 3 时许，他像往日一样，伏案工作，专心构思时，不幸逝去。《中国政治制度史》和《中国职官大辞典》两部大书，来不及问世，就随先生的辞世而长逝了。

聂先生有着深厚的史学功力、博古通今的学识和勤奋严谨的学风。他曾说：做学问"既要专心，尚需清心"。"清心者即摈弃名利俗务的困扰。因而只有清心，才能专心；唯有专心，才能充分发挥自己的才智。"② 他还说："学问靠积累而来，只要扎进去一二十年，老天爷不会埋没人才。"又说："文艺搞好是需要天才的，还有理由自负；研究历

① 聂崇岐：《说明》，第 1 页，聂崇岐编：《金钱会资料》，上海人民出版社，1958 年 5 月第 1 版。

② 聂宝璋、聂宝瑜：《聂崇岐》，燕京研究院编《燕京大学人物志》第一辑，北京大学出版社，2001 年 4 月第 1 版，第 268 页。

史不是靠天才，而是靠功夫，没有自负的理由。"① 他正是这样的一个典型人物，遨游书海几十年，下了非同凡人的苦功，但他并不是死读书，是对资料反复加以思考归纳，而且还留意坊间，寻找不为人所重视或不为人知的材料，取得了巨大的成就。他给自己的书斋取名"淡宁堂"，以诸葛孔明的名言"淡泊以明志，宁静以致远"而自励。把功名利禄看得很淡薄，心情自然就能宁静下来，去专心致志研究学问。专心、清心、不苟同、不苟立异、不为高奇之论，聂先生五十九年的一生，也可以说是成就了一名至当而归不可多得的学者。

（原载《燕京学报》新 14 期，2003 年 5 月）

① 闻黎明：《聂崇岐》，刘启林主编：《当代中国社会科学名家》，社会科学文献出版社，1989 年 6 月第 1 版，第 273 页。

不知疲倦的"大眼睛"

——怀念念高

　　念高有一双明亮的大眼睛，不知他姓名的人就管他叫"大眼睛"。每当校友会有什么活动，都可以看到他的身影；在举行重大活动时，更少不了那双忙碌的不知疲倦的眼睛。今年是燕京大学成立八十五周年，又是雷老九十九岁华诞。可是，我们不再能看到念高了。病魔无情迅速地夺走了他。我在参加这些活动时，恍然若有所失。环顾四周，原来是"遍插茱萸少一人"。

　　念高是品学兼优的好同学。他是我的老学长，1941年入学的。由于种种原因，我于1947年入学时，他还在学校。1949年北平解放，他奉调到《北平解放报》社工作。那天，我们刚从城里宣传城市政策回到学校，在六楼宿舍的盥洗室，我和他相遇，他正在那里细心地洗一双袜子，陷入沉思。我很奇怪，他为什么洗得这么慢。原来他就要离校了，这是他多年学习生活战斗的地方。他究竟想些什么我不清楚，可是，这个学校留给他太多的记忆。念高是品学兼优的，他得过金钥匙，选入斐陶斐学会，这是很难的。他平日不事张扬，埋头工作，身份没有暴露，所以，一直留在校内。临近解放时，许多同志都撤退了，而他担起了更繁重的工作，特别是要办好《燕京新闻》和《燕大双周刊》。他坚持支撑着，完成了不少重要工作。

　　念高是德才兼备的好干部。离校后，他一直在新闻战线工作。"文革"前，主要在《北京日报》；"文革"后，到旅游出版社，他创办了英文旅游报。周游同志是燕大校友，也是念高的上级，对他十分信任、放手。念高曾负责政治版面，勤勤恳恳，小心谨慎。念高也常上夜班，任劳任怨，吃苦在先。他为人又很谦和，所以，受到同志们的敬重和爱护。"文革"后，由于他出身燕京，外文又好，知识面广，被调到旅游战线开辟一个新天地。改革开放以后，旅游是个新兴产业，我国又是旅游资源十分丰富的国家，随着人民生活水平的提高，旅游成为人们日益增长的需求。这是项具有开创意义的工作。念高特别在创办英文版《中国旅游报》向海外宣传上做出了杰出贡献。

念高是乐于助人的好伙伴。他人际关系好，平易近人，又热心助人，不辞劳苦，广泛与人联系。许多人很乐意与他做朋友，找他帮助。他是校友会名副其实的联络部长，亲身做了许多细琐的事情。他还十分细心，许多事情，他都记得一清二楚，处理得当。让我难忘的是，我、洪一龙、蔡次明和念高一起编辑《燕京大学人物志》的工作。从策划开始，到组稿、编辑、印刷、校对、出版，无不浸透了他的心血。他广泛向海内外校友发出信函，希望毫无遗漏地把一些重要人物都能选入，并且不断努力发掘一些未详人物。稿件初步到齐后，由我们分头编辑，再由他总纂。不仅要有稿子，还要有照片。这也十分费力，由他汇总，不能搞错。最后由他排列顺序，再由他做出索引。这些工作，都是十分繁杂而且非常细致的。《人物志》出版，虽然还有些遗憾，但总的反映是好的。这不能不归功于念高的努力。那时，他已是八十岁的老人了，每次编辑组开会，他都背着大包袱、大口袋，一件件查找，一件件落实，真是任劳任怨。

念高是和蔼可亲、治家有方的家长。他有一个幸福的家。老两口相亲相爱，相敬如宾。孩子个个有出息，代代有人。念高和传瑗是多年的战友和同事，一路走过风雨，相扶走过坎坷。传瑗有糖尿病，前几年又摔了，行动不便，可由于念高精心照料，却康复得很好。而没想到一向身体健康的念高，却罹病先走了。传瑗十分怀念他，一直就当他没有离开一样，每晚还同过去一样，为他读报。他们的孩子，两个女儿、一个儿子都十分孝敬，而且事业有成。尤其令人高兴的是，他们的第三代都表现突出，现在还在学习，而前程远大。念高为人厚道，一定会有好报的。

念高离开我们半年有余了，他那双明亮的不知疲倦的大眼睛，似乎仍然闪烁在我们的面前！

2004 年 10 月 26 日

（原载《燕大校友通讯》第 42 期，2005 年 2 月）

未 名 湖

老而弥坚　锐意求索

——怀念费孝通老学长

我最早知道费老是在解放前从《观察》杂志上，他是《观察》的主要撰稿人之一，对当时的青年学生影响很大。面对抗战胜利后的局势，国家何去何从，一些青年学生，渴望寻求答案。那时介绍英国情况，特别是费边社的情况，有两位作家，萧乾和费孝通，是很受欢迎的，而他们两位又都是燕京的学长。后来，到燕京上学，费老作为民主教授，我作为学生自治会学艺部的一员，曾请他讲演或出席会议，就有所接触。解放以后，他作为一位知识分子的代表，一直受到人们的关注。他的沉浮、兴衰、荣辱，其实并不只是关系他个人，在某种方面，也反映了知识分子或是知识分子政策的变化。真像"早春天气"一样，他的命运和广大知识分子是联系在一起的。这些，都是值得认真研究的。而我在这里所要说的，或是所要怀念的，是从他本人，或是我所接触到的他本人，对学术、对事业，更是对真理的执著追求。特别体现在他的晚年，他是那样地严格要求自己，以一种十分强烈的愿望，努力学习，反省自我，开拓进取，以求达到新的境界。

一

费老是社会学人类学的国际知名学者。社会学人类学在中国的命运，也是几经坎坷。在极"左"思潮的引导下，社会学以及一些社会科学长期被打入"冷宫"，处于受批判受压制的地位，从事这些学科的学者也遭遇了同样的命运。在那个时候，有这样的观点，不仅以为"马列"是唯一的至高无上的真理；而且，在社会科学领域，只要"马列"一家，可以"包治百病"，其他学科都是"伪科学"，都是不值一提的。这种"目空一切"、"高居至上"的思潮，实际上阻碍了我国社会科学的进步，所呼唤的"百花齐放，百家争鸣"也是不可能实现的。

其实，任何一个学科，只要是科学的，也如同马列主义一样，是没有国界的。发源于法国的社会学，也应该是没有国界的。不能以为只有外国人才能研究社会学，中国人就不能或不需要研究社会学；同样，也不能以为社会学只能是资产阶级思想体系，而不能反映人民大众的意愿和利益。而且，任何一门学问，都是在不断的变革和革新之中。人们当初不知道，现在可能知道了，费老当年所从事的社会学，正处在一个变革的时期。

应该说，费老是很幸运的。他的成功，不仅反映了他本人的努力，而且也有老师的指导和提携。他的成功，不只是因为他有着好机遇，有着难得的学术机缘，而且也反映着时代发展的必然。费老一生遇到很多好老师，使他终身受益，也是终身不忘的，最主要的是两位，一位是中国的吴文藻先生，一位是波兰裔的英籍教授马林诺斯基。吴先生最早提出"社会学中国化"的主张，他尖锐地指出，"中国的民族学和社会学始而由外人用外国文字介绍，例证多用外文材料；继而由国人用外国文字讲述，有多讲外国材料者。"他大声呼吁，组织学术界同仁共同行动起来，找寻一种有益的理论框架，并把它与中国的国情结合起来进行研究，努力训练出中国"独立的科学人才，来进行独立的科学研究"。他为此付出很大的努力，他有计划地安排人力，分赴全国各地开展调查，撰写材料，取得很大成绩。他也安排人力，选定目标，派遣他们到国外学习，以示深造。费孝通就是他寄予很大希望、重点培养的对象。他先安排费老到清华师从史禄国教授学习，进一步送他到英国伦敦政治经济学院（现在的伦敦大学），师从马林诺斯基教授。

马林诺斯基（费老称之为马老师）出生于受瓜分、受宰割的波兰。从他的民族情感出发，对西方学术有一种叛逆精神，他强烈反对西方中心论。那时的思想家和人类学家，"都将西方当成是全体人类未来发展的方向，也就是将西方放在文明阶梯的最顶端"。而马林诺斯基却把注意力放在了"落后民族"和"土著地区"。这也正反映了第一次世界大战以后，殖民地半殖民地人民的觉醒。他亲自到落后地区去做调查，不像多数人类学家属于"摇椅上的学者"，他们利用传教士、探险家、商人对非西方民族的记载，来整理自己的思路、描述人文类型，构思人文世界的宏观历史与地理关系，而是脚踏实地从事所说的"田野工作"。马林诺斯基为此写下了大量的著作，形成了著名的文化功能学派。他所写的《西太平洋的航海者》、《野蛮人的性生活》和《珊瑚岛上的田园和巫术》以及他的得意门生们的系列著作，都成为这个学派的代表作。

费老是1930年插班进入燕大社会系，学了三年，进入清华研究院。

1935 年清华研究院毕业后，费老用了一年时间在国内进行社会调查，为赴英留学师从马林诺斯基做准备。费老说他们那时的留学不像现在是做了相当学术准备的。费老的调查先在广西大瑶山的瑶族地区，费老和新婚夫人王同惠女士是燕京的同学，是志同道合的伙伴，不幸的是在广西遇难，王同惠牺牲了，费老受了伤，而这却是他们田野工作的开始。

为了养伤，也是排遣情绪，费老回到了江苏老家。在他姐姐费达生女士开展桑蚕工作的开弦弓村继续进行社会调查，这也就是后来的《江村经济》的基础。说起江南的蚕桑丝织，大家知道，有着悠久的历史。相传黄帝的帝后缥祖就是蚕桑能手。这种传统的"男耕女织"，小农经济的农业和家庭手工业的结合，在 20 世纪初正在发生着变化。在第一次世界大战之后，我国的民族工业在夹缝中得到发展，包括丝织业。国家也派遣一批批"官费生"到国外特别是日本去学习。我的父亲（夏道湘）和费达生等一批学子就是在日本学习制丝的同学。他们回国后一直保持着联系，有的在学校教书，有的在政府工作，有的则开厂成了经营者和资本家。他们形成网络，互通声气，相互支持。我父亲先在浙江大学、中央大学任教，后到政府实业部从事技术管理，而费老的姐姐则一直在基层，勤奋实地工作。1924 年，费达生在开弦弓村建立了第一个蚕业指导所，组织了 21 户人家参加蚕业合作社，使用改良蚕种，用科学方法饲养，获得了丰收。第二年，扩大到 120 户，实行了共同消毒、共同催青、稚蚕共育、共同售茧。由于科学技术的应用带来了远远优于普通养蚕的产量和质量，农民纷纷要求入社。于是，在吴江、吴县、无锡、武进等地迅速推广，并于 1929 年 1 月，在开弦弓村成立了生丝精制运销合作社丝厂，这是我国现代史上第一个农民自己办的丝厂，时为国内外各界所瞩目。费老也几度为他姐姐的事业撰文，在报刊发表，既是总结经验，冀期推广，也是呼吁公众，重视农村，以免农村衰敝。费老深知，中国农村问题众多，不仅存在沉重的压迫剥削，租税繁重，而且单就农业或是种植业很难"致富"，问题还在"副业"。换句话说，农村的出路在副业。而就以江南普遍的副业"丝织业"来说，当时却面临着许多困难，外有日本丝织、外国洋布的挤压，内有丝织业本身的诸多难题，茅盾笔下的《春蚕》就是明显的悲惨写照。从《江村经济》开始，以致以后费老一再访问江村，都是为了探索解决中国这个人口众多、生齿日繁、耕地很少，而又日趋严重的"三农"问题。

费老带着《江村经济》或是《中国农民生活》的材料，1937 年来到伦敦。马林诺斯基十分欣赏这个调查。费老说："从原来面貌看，人类学指的是'先进的西方人'研究'落后的非西方人'。三十年代后期，我以英文提交了研究中国农民生活的论文，马林诺斯基老师曾高兴地说，这开启了'土著研究土著'的新风气。"应该说，费老带去的是素材，在伦敦，经过马林诺斯基的指点，采用马林诺斯基的方法，才整理成形的。这个方法，也就是著名的"区域研究法"，或是"类型研究法"，费老后来说，也可以叫"模式研究法"。

还应该强调两点：一是这种描述、分析、归纳、总结固然是重要的，但决不能忽视事迹的创造者，劳动创造世界，还是费达生和千千万万的劳动者推动了江村的变化；二是中国学者的创造。费孝通和王同惠在就学时期，就翻译过一本外国人所写的《甘肃土人的婚姻》一书。当时，王同惠就说，为什么我们自己不能写土族的书，而要外国人写？为此，他们毕业后就到广西瑶山进行调查，而费老完成的《江村经济》正是对亡妻最好的纪念。

二

时光到了1978年，"四人帮"被粉碎，长期占统治地位的"左"倾思潮受到了彻底批判，我国实行了改革开放的新政策，学术界也发生了巨大的变化。费老说他由此开始了"第二次学术生命"。由邓小平提出要"补课"，恢复社会学。胡乔木同志出面，于1979年年初，邀请费老出任中国社会科学院社会学所所长，奉命组织恢复、实际是重建中国社会学，这是一个沉重而又光荣的担子。而费老此时已是69岁的老人了，他说他曾经犹豫过，但是，他还是满腔热情地积极投入到这个重建工作之中。

由于长期受到"左"倾思潮的破坏，停顿了近三十年的学科，要恢复重建，谈何容易？不仅是研究的中断，讯息的中断，资料的中断，更重要的是人才的断档。过去从事过社会学研究和教学的，不是转行，就是年迈，七零八落，很难组织起一支队伍。而费老正是面对这些困难，全力以赴，积极探索，想办法，出主意。在这个时段里，我亲身感受到，他不仅思路敏捷，而且有很强的组织能力，绝不是一般"书呆子"所可比喻的。在这些繁杂的工作中，费老特别注意社会学系的恢复和重建，他把让社会学在高等学校里扎根，当成重建的重要一环。而他首选北大，要求在北大首先建立社会学系。他和雷老（雷洁琼前辈）多次来到北大，和北大校领导商谈问题。我这时正任北大社会科学处的处长，1982年，我调至教育部，也是从事这方面的工作。所以，和费老接触较多，恢复和重建社会学系正是我们分内的事。

为了重建社会学系，费老是有个工作步骤的，他心中有数，一步一步地实施他的规划。这一方面，已有潘乃穆同志的文章，讲得详细具体。我以为，有几点是值得着重提出的，这也为新建或重建学系（学科）提供了经验。

首先是编写一本教材《社会学概论》。当时，一边在谈论建系，一边就采取行动。费老提出要编一本基础性的教材，既是为教学用，为培训用，也是为向社会普及用。社会学由于中断多年，人们对之很生疏，不知道社会学是干什么的，包括哪些内容和范围。所以，很需要这样一本教材，否则，办系或办班，连一个最基本的东西都没有。而费老他本人并不搞这个，也没有讲过概论课，但他自告奋勇担任主编，和大家一起学习讨论。我记得，那年（1979年）夏天，在北大学生宿舍借用的一个屋子里，他们挥汗如雨，开展讨论。通过编书也初步汇集了人才。这个稿子，当然是初步的，而总算有了一个基础。

其次，先招研究生，再招本科生。这看似一个反常的现象，而确属十分必要。因为，当务之急，要解决师资问题。于是，从北大相关系科选拔一批自愿改学社会学的学生，这些学生大多为三年级学生，有相当的基础。通过学习，成为最早培养的一批种子。而且研究生培养不似本科生那样要从基础课抓起，在教学上有更大的灵活性，可以教学相长。

第三，抓好"五脏六腑"，就是建设好五门课。要办系，培养本科生，一定要把重要课程或称核心课程开好。社会学概论如前述是基本的，但就此一门是不够的。此外，还有社会学方法与调查、社会经济统计、社会心理学和中外社会学史。这就搭起了课程架子，再不断扩充、加强，形成社会学专业的课程体系。

第四，开展科学研究，进行社会调查。费老不是静态地在大学殿堂办学，而是十分注意开展调查研究，他一再强调的"从实求知"就是研究实际问题，看到新变化、新发展，加以分析研究。他曾以"江村"为据点，多次重返江村，以至达二十五次之多。他先后指出"苏南模式"、"温州模式"、"珠江模式"、"小城镇，大问题"、"小商品，大市场"、"草根经济"等等，足迹遍及大江南北，长城内外，为新时期的社会主义建设提出了许多重要的建议，形成了新的观点。

第五，推进中外学术交流。由于多年的封闭，急需了解国外的学术进展和学术动态。他不断邀请国外著名学者来华讲学，自己也走出去，亲身了解国外的状况和变化，又不断派遣研究生、教师出国学习和访问，以掌握国外的最新情况。同时，他也组织国内学者的交流和研讨，沟通信息，交流成果。他组织了许多重要的有中外学者参加的研讨班。据我所知，如"现代化与中国文化研讨会"就办了八届，"社会学人类学研讨班"办了六届，还有博士后的研讨班，等等，他都十分关心，只要身体许可，都去讲话，参加讨论。

由于费老等人的积极推动，到1985年已有北大、复旦、南开、中山等五所高校正式建立了社会学系。教育部在广州召开了全国高校系统的社会学专业发展工作会议，总结五年来的建设情况和经验。费老和雷老前来参加，会议由我主持。费老在会上说，目前全国已有五所高校正式设置了社会学专业，这是"五口通商"，先沿海后内地，符合外来文化发展规律。今后社会学会沿江（长江）而上，南京、武汉以及重庆等城市高校都有望很快建立社会学专业。果然如费老所说，学科发展很快，不只是沿江，而是全国都普遍在高校建立了社会学专业。这实际上反映了时代对社会学人才的需求，也反映了人们对社会学的认识越来越清楚。

三

面对这样迅速的发展，费老当然很高兴，但也很担忧。他冷静地看到，这是一种"速成"，基础还不牢固。对他自己所起的作用也很谦虚，以为是"但开风气不为师"。他更主要的是看到，世界科学技术、学术研究的飞速发展。他一再说："我多次谈到，从二十世纪前期到二十一世纪的初期，我们和我们的国家一起经历了从农业社会（乡土社会）到工业社会，再从工业社会到信息社会的大转变，我用'三级两跳'这个概念来形容二十世纪中国的这一系列变化。在文化变迁和经济发展如此快速的时代，从事人类学研究的同人，又如何来面对现实社会的变化？"费老绝不是固步自封的人，也不是年迈老者抱残守缺的人，更不是躺在已往的成就上，坐吃老本的人，他具有强烈的进取心，要跟上时代，迎接挑战。他深知，世界变化之大、之快，促使他必须抓紧时间，振作精神，创造新的辉煌。

在他七十多岁、快要八十的时候，经常听他唠叨："到了八十以后，时间所剩不多了，就像几个铜板，要放在哪里，一定要好好掂量掂量。"他是十分珍惜时光的人，要把宝贵的时间用在最恰当的地方。在这段时间里，由于工作关系，我和费老接触少了，也不便去打扰他。而从最近看到的一些材料，仍可明显看到他那颗跳动着的心，不断在求索，努力在攀登。

令我没有想到的是，他首先提出的是要"补课"。这个"补课"，不是对晚辈后学，不是对小字辈说的，而首先是对他自己，他带头进行"补课"。他不是无的放矢、"放空炮"，而是实实在在找出 30 年代由吴文藻先生聘请的派克教授的书，也是他当年的老师，重温旧课，并且做了笔记。同时，也针对自己知识方面的不足，提出要学习历史，并和苏秉琦教授一起提出中华民族一体多元的发展理论。费老的兴趣十分广泛，他还对玉的研究产生过很大热情。

其次，"行行重行行"。他不断开拓他的调查领域，也不断增广他的研究范围。他除了关心东部地区、沿海地区，又把视角投向港澳。他除了注意长江三角洲、珠江三角洲，又考虑到黄河三角洲，他提出黄河三角洲落后的原因何在？更考虑到京津地区、环渤海湾地区，同时，把视线投向大西北，他曾十一次到甘肃，研究河西走廊的开发问题。总之，他的注意力十分广泛，他切盼着进入小康生活的中国社会日益富强。费老曾说过，他最大的幸福是看到自己的梦想实现，中国农民和农村的生活水平有了很大的提高，在这个过程中，他自身出了力。

第三，费老在晚年，思想十分活跃，提出许多新概念、新思想，或者给予一些传统概念以新的解释。他说："人类每逢重大的历史转折时期，就会出现各种各样的所谓'圣贤'，其实，这些'圣贤'就是那个时代所需要的，具有博大、深邃、广阔的新思路和新人文理念的代表人物。"而在今天，"圣贤"不大可能是由某一种文明或某一个人物来担当，费老以为，这个"圣贤"应该而且必然是各种文明交流融合的结晶，是全人类"全力"的体现。

费老十分重视"和而不同"这个概念，认为这个概念不是他发明的，它是中国传统文化中的一个核心概念。这种"和而不同"的状态，是一种非常高的境界，它是人们的理想。他还提出了"文化自觉"，什么是文化自觉？简单地说，就是每个文明中的人对自己的文明进行了反省，做到"自知之明"。后来，他又进一步提出"各美其美，美人之美，美美与共，天下大同"的设想，他以为，这几句话表达了他对未来的理想，同时也说出了要实现这一理想的手段。他认为，如果人们真的做到"美美与共"，也就是在欣赏本民族文明的同时，也能欣赏、尊重其他民族文明，那么，地球上不同文化、不同民族、不同国家之间就达到了一种和谐，就会出现持久而稳定的"和而不同"。

如今，费老已经驾鹤西去，永远离开了我们。他给我们留下了丰富的精神遗产，也留下了不少未竟事业，他还留下了不少遗愿。我有时觉得，费老仍然活着，他在看着我们，娓娓而谈。费老特别关心和爱护中青年学者，希望他们具有宽广的胸怀、深邃的思想、丰富的知识，认真实干，不断提高知识分子使命感与责任感，进一步把社会学人类学建设好，进一步探索未知的学术领域，为把祖国建成社会主义现代化国家，迈入和谐健康的信息社会而努力奋斗。

（原载《燕京学报》新 20 期，2006 年 5 月）

出类拔萃的燕京传人

——《怀念林孟熹》前言

　　孟熹走了，走得突然，令大家感到惋惜。他是长期和病痛做斗争，而且一直一边坚持治疗一边开展多种活动，是带着不舍而又有所顿悟离去的，所以更令大家感到敬佩。"昔人已乘黄鹤去，此地空余黄鹤楼。"我们总想为乘鹤西去的"昔人"做点什么，正好，孟熹的亲属提出要编辑一本纪念文集，因此立即得到燕大北京校友会的支持和推动，并且成立了一个编辑小组，经过共同努力，在短期内，已经编写完成，呈现在大家的面前。借这个机会，我想谈谈我所认识的孟熹。

　　这个集子比较全面地反映了孟熹的一生。我所认识的孟熹：他是有着幸福的青少年，渴于求知上进的青少年；有着坎坷的中年，善于在逆境磨砺刚毅的中年；有着灿烂的晚年，厚积薄发大为发展的晚年。晚霞红云，分外好看。

　　孟熹 1928 年生于广州，祖籍广东番禺。他出生于一个殷实富裕之家，祖父林仲升曾任清朝两广盐运使，被封授一品荣禄大夫，晚年从事化妆品实业；父亲林汝珩，中国早期的留美学生，曾经从政，致力办教育，后移居香港，经营工商业，而且擅词学，工倚声。在这样的家庭环境中，孟熹又受到了良好的学校教育。他在辗转各地的中、小学校中，又受到许多名师的指点，学业大有长进，而且广泛阅读课外书籍，参加多种课内外活动，崭露头角，身手不凡。1940 年，就读于广东大学附属中学，初一时在全校演讲比赛获第一名，全省学生运动会获短跑冠军。1943 年，他继续就读于广东大学附属中学，高一时被选任学生自治会主席，校内辩论、演讲比赛均获首名，又主演田汉所写的独幕话剧《湖上的悲剧》，初展才华。在学校良师指导下，视野拓展，广泛阅读哲学、政治、文学等名著，对辩证唯物论尤感兴趣，而且开始接触苏联文学作品和介绍中国共产党的书籍，使他的思想认识产生了变化。

　　除了接受家庭和学校教育之外，孟熹在青少年时期还接受到这样三方面的思想影响，对成长之中的孟熹影响很大。一是在抗战时期，他曾寄读于广州光孝禅寺，此乃六祖旧地，古佛青灯，浸染佛地，结下了佛缘。由此，孟熹有较丰富的佛学知识，对一些典故，能找到佛典依据，对佛学的思想精粹，能用心体验，对佛理有所探求，常引述戊戌六君子所言"明佛理，轻生死"。晚年自称"半空居士"，书斋名为"半空精舍"，这固然还有一些情由；而他早知"空"字之不易，如能达到"半空"，于愿足矣！二是接受武术训练。在初一时因运动受伤，延请名中医、名拳师林荫堂治疗，康复后获传授拳法。在高中时，课余又蒙百粤名拳师陈年柏传授蔡李佛拳。在青少年时代，他就接受名师指导，所以辈分较高，在晚年日益受到人们尊重。他不仅熟悉南拳，而且受到武侠精神的影响，侠肝义胆，扶贫济困。三是接受中国传统文化熏陶。在家庭和学校老师的培养下，他有较好的国学根底，更受到一代宗师叶恭焯的教诲，早岁出入门墙，得益匪浅。他能诗善词，而且养成了对收藏的兴趣和品评文物的眼光。他不仅国文功底深厚，而且英文也很好。1946年在上海大同大学读一年级时，受业于著名英文教授葛传椝，英文成绩居全班之冠。

大家知道，香港和广州是鸦片战争之后首批开放的地区，最早接触西方文化。生长在这里的孟熹，从孩提时代起，就处于急剧变化的中西方文化的交汇和碰撞之中。由于他的勤奋好学，在家庭和学校的良好教育中，使他对中学和西学都能很好地吸收，并有着较强的中文和英文的语言文字能力。这是在港穗地区成长起来的青少年难得的优越条件，这也是在中西文化并重的燕京大学所具有的特长和优势。所以，孟熹来到燕京，可谓如鱼得水，能更好地发挥他的潜能和所长。

1947年秋，孟熹来到北平，进入燕京大学。他以插班生入政治系外交组，以优异成绩，获准免修大学的国文和英文课程，可以直接选修专业课程。然而，这个时候，国内形势已经发生很大变化，"反内战，反饥饿，反迫害"的斗争日趋高涨，燕园内的民主进步活动十分活跃，孟熹也为热烈的斗争形势所感染，积极投身于进步学生活动之中，他曾任政治系学生会主席、燕京生活社社长、全校壁报联合会主席。并在1947年冬，司徒雷登秘密返回学校时，作为学生代表，向司徒陈述意见。他善与人交，结交广泛，和生活情趣旨意相投的梅绍武、刘光华等同学私交很好，逐步成为"铁哥们儿"。与此同时，他对学业仍然抓得很紧。政治系是个不大的系，教师也不多，他特别受到系主任陈芳芝教授的青睐。芳芝先生对学生要求很严，对学业要求毫不放松。孟熹在繁忙的社会活动之中，顽强地完成学业，常常挑灯夜读。陈先生为了关心他，把自己办公室的钥匙交给他，可以利用较好的条件"开夜车"。由于孟熹主修国际法，也受益于国际法权威梅汝璈大法官的教诲。梅先生虽不是燕大教授，而应芳芝先生之约，在燕大兼课。后来孟熹追忆燕大的老师，充满了对陈芳芝和梅汝璈老师的感激之情。

这期间，也发生了一些不愉快的事情。1950年，孟熹被吸收为中共候补党员。由于当时受"左"的思想影响，在1951年转正时，召开支部大会，未获通过。改革开放之后，北大党委做了平反决定。

1951年孟熹毕业，陈芳芝教授盼望孟熹留校任教，协同办好政治系，属意培养为衣钵传人。孟熹虽有感师恩，晚年犹有"帐训求真铭记今"的诗句，但仍愿走向社会，接触更大的世面。于是毕业后被分配到中宣部，1953年调入《中苏友好报》，1954年调外交部国际关系研究所。他能进入这些单位，可见组织上对他还是信任的，并不因他被取消候补期而有所歧视。他在这些单位工作也是努力的。在工作之余，常常写出文章，在《光明日报》、《世界知识》等报刊发表。他所撰写的国际评论引起各方注意，特别是1954年刊于《光明日报》的《论日本经济对外贸易的正当出路》，以其灼见，引起日方的关注。

然而，正当孟熹步入而立之年，却于1957年被错划为右派，自此"处困苦之境长达20年之久"。

1957年，在整风鸣放会上，因发言主张健全法制，而被划为"右派分子"；因不同意组织结论，自行挂冠，遂被开除公职。在1958年当他回到阔别15年的故乡广州时，感怀今昔，写下了"昨日京旅似梦中，雪压城楼，怒沙卷朔风"的词句，反映了他当时的心情。1958年12月回到北京，即被公安局扣留，解往公安局所辖玉泉山搬运大队当装卸工，实行强制性超重体力劳动。有时需扛负400斤重物，幸赖少年习武，尚堪支撑。同时得到梅绍武的友情接待，在轮休时，到梅府"打牙祭"休整。

劳改的生活是单调的、烦闷的，可也有波澜不惊的壮举。事情发生在1961年7月，孟熹随装卸队被派往修筑京密运河的引水灌渠。当时，北京连降暴雨，紧急调动部队、民工等抢修堤坝防洪。当时有一个民工因失足落水，孟熹当即奋不顾身，跳入急流，抢救民工。这一举动受到防汛指挥部通报表扬，称赞孟熹发扬共产主义精神舍己救人。在这年10月，因英勇抢救落水民工等由，孟熹被宣布摘掉"右派"帽子。

1961年9月，孟熹和同在装卸队的程秀华女士结婚。秀华女士原为北京师范大学俄语系学生，因在日记中流露出对反右运动不满，被揭发而遭开除学籍，送往天堂河农场劳动教养，后调入玉泉山装卸队。从而二人相识，"同为天涯沦落人"，相知相爱而结为连理。孟熹和秀华组成了一个美满家庭，育有两子一女。两人风雨同舟，互相依傍，相濡以沫，感情甚笃。

孟熹摘掉戴了九年的右派帽子，正逢广东佛山当局希望其母亲吴坚女士投资家乡佛山市的经济建设。老太太要求将孟熹调至佛山，恢复公职。1961 年 1 月，孟熹偕妻来到佛山，4 月任华侨旅行服务社副经理。1964 年，任佛山第四中学副校长。1965 年，调佛山第二轻工业局陶瓷研究所任研究员。1966 年 4 月，母亲病逝，他悲痛不已，却不准赴港奔丧，以尽孝心。接着，"文化大革命"开始，新的厄运再次降临，7 月被抄家并被拘禁于二轻局，后又遣往蚊香厂当锅炉工，监督劳动。1970 年 4 月再次抄家，被监禁于蚊香厂至次年 1 月。1973 年任职于佛山彩色印刷厂。

孟熹的中年是坎坷的，而他在坎坷中受到磨砺，更为刚毅，也更为理性。他因母亲病故而申请赴港，未被批准，一直等待到 1978 年。他利用在佛山彩印厂工作的机会，自学与彩印有关的化学、美术知识，在业务往来中，结识了庄稼、曾良等石湾陶瓷制作名家及韩美林、黄胄、关山月等著名国画家，对陶瓷及国画产生了浓厚兴趣。而且他对烹调也很感兴趣，学习厨艺，成为美食家。这时，他的思想也是很高扬的。在困厄之中，以于谦诗句"粉身碎骨全不惜，要留清白在人间"自许，常对人言："我要证明我是爱国的。"1962 年年底，他的长子诞生，取名卫烈，是取为捍卫先烈换来之成果的意思。1963 年次子出生，1972 年爱女出生，分别取名为震风、笑天，可以想见，也自有其含义。1978 年，改革开放之后，孟熹怀着复杂心情携全家赴港。行至深圳罗湖桥头，百感交集，赋诗述怀："残叶奈何辞故枝，桥头举步复踟蹰。多情故里喜重见，无功老骥枉驱驰。卅载功罪凭君说，一片冰心难我移。神州何日奔万马，愿化飞尘伴征衣。"这样一颗怦怦跳动的心，着实感人。由此走出了二十年的困苦之境，对于这段往事，孟熹曾对一位美国知交说："I lost everything but my dignity"。由此可见他的自信、自重和自尊。

移居香港以后，孟熹翻开了人生的新的一页。自认的"老骥"也进入了老年时期，这也是他一生最为光彩的阶段。他以只争朝夕的精神完成了许多工作，做了很多事情。由于这是近二三十年的事，大家都耳熟能详，我也可以简略记述。

他返回香港后，投身工商界。时值中国对外开放的起步阶段，孟熹率先回国投资，在广州兴建住宅楼群东湖新村。这是我国第一个中外合资的民用建筑项目，也是我国首次向海外发售之房地产物业。针对当时"文革"以后，投资人和买主疑虑重重，他参考国际上某些不稳定地区之经验，建议中国银行开设"政治风险"保险，加强了投资人和买主的信心，数天之内楼宇预售一空。他又引进国外技术，从意大利引进生产线，在深圳开设全国规模最大的大理石开采及加工综合企业，生产作为建筑的装饰材料，开风气之先。孟熹的父亲曾从事建筑业，在香港修建过高档住宅。孟熹由此重振家业。

另一方面，他积极钻研法律。孟熹深知法律为市场经济乃至现代社会的重要武器。开放改革后的中国，也日趋强调"法治"。此后，他曾担任过近十个国际非营利组织的法律顾问。他还应加拿大的约克大学之邀，讲授过中国法律。由是，孟熹的晚年活动有赖于两个基础：一是经济基础，具有一定的实力；一是法律基础，他参与各种活动的身份，就是法律顾问。

在从事一段工商业活动之后，作为燕京精神的传人，孟熹总感到有些格格不入。"昔曾书剑领骚风，今弃儒冠拜臭铜"，实因商场非孟熹的夙愿。这不仅表明他的清高，更说明他心中有着更重要的打算。正当此时，燕京香港校友会、燕京北京校友会已组织起来，开展活动。孟熹是香港校友会的骨干，十分积极。每当有校友访港，他都热情接待，共叙往事，畅述友情。他也经常返回大陆，拳拳报国之志、报校之心跃然欲出。"家山望断古来悲，归燕年年王谢思。"他和陈鸹校友（陈芳芝教授之弟）接触日渐频繁，共同的心愿、共同的作为把他们紧紧连在一起，成为莫逆之交，共同推动着众多事业的发展。他们俩各有所长，各有自己的背景，也各有自己的联系面，相互取长补短，紧密联合，形成默契，都以燕京精神推动燕京事业的发展。

80年代，广大燕京校友都积极为燕京复校而努力。孟熹和陈鸹更是这一活动的积极推动者。孟熹后半生一个很大的心愿，就是要把燕京精神发扬光大，把燕京的办学经验更好地总结，把燕京的优良传统和办学理念更好地加以推广，把燕京人物的优秀品质和杰出成就更好地加以发掘和发扬。在复校一时无望的情况下，孟熹率先提出举办燕京研究院，以北大分校为依托，开展燕京研究院的教学和学术活动，举办学术研讨会，和北大等校联合招收研究生等。同时，还在分校举办外语系。孟熹和陈鸹不仅外出募款，还自己捐资，协助办好外语、经济等系。这里，要着重提出的是出版新《燕京学报》，这原是侯仁之学长提出的，而孟熹积极支持，担任常务编委，并坚持要用繁体字排印，以利发行于港澳台和海外。目前，《燕京学报》已刊出了二十一期，保持并发展了原《燕京学报》的风格和水准，受到海内外学界的关注，这是继承和发扬燕京学术传统的重大举措。他还和陈鸽学长为发扬燕京精神，开展多种活动。他们组织力量在四川、云南等地开展扶贫活动，开展职业技术培训，卓有成效；并组织美国著名的医学专家来华巡诊，开展合作交流，实施高难度的心脏手术；又组织中美宗教界人士的合作交流，培训神职人员。他还为黄光普老校友为燕京神学院捐赠教堂一事不断奔波联系，终于落成。他身体不好，却广泛开展活动，跑遍了许多地区，并引佛教的话，自喻为"游方僧。"他写道："游方僧亦称行脚僧，有异于寻常，不潜修于名山宝刹，自甘坠入凡尘，云游四方，弘扬佛法，沿门化缘，广种善根。"燕京精神就在这位"游方僧"的云游下广结善缘，"广种善根"。

孟熹不只是马不停蹄地四方云游，他也坐下来撰写著作，为大家称道的是《司徒雷登与中国政局》一书。这本书有一个写作过程：从一篇文章、一个小册子而发展为一本书，从局限于司徒雷登的晚年而扩大到几乎一生，这表明了孟熹的探索过程。在友人的帮助和推动下，他逐步收集材料，不断扩大内涵。这是一部冲破禁区的书，由内部发行转为公开发售。为了这本书，孟熹是花了很大工夫的，显示了他的功力。他收集了大量材料，特别是查阅了美国档案，国务院的解密档案，简称"FRUS"。据我不完全统计，孟熹运用了其中的三、四、五、六、七、八、九诸卷的材料，形成他书中独具的珍贵资料，揭示了过去不为人知的事情，如在1926年"三一八"事件中司徒雷登的表现，表明是站在学生一边的，从而澄清了一些问题。他以自己的事业所长，着重阐述了司徒和中国政局的政治关系，也是人们所不大知晓的角度。在书的前言中，孟熹着重提出燕京大学在中国近现代高等教育史上的地位问题，认为在司徒雷登的主持下，燕大在短短的三十多年里创造了两个奇迹，并为燕大所做出的特殊贡献而大声疾呼。谈到这本书，也必然要提到他和傅泾波先生的忘年交以及和傅家子女的关系。傅先生向孟熹讲述了旁人不知而他所经历的事情，嘱托他一定要写下来，这也是孟熹写作的动力之一。孟熹大作的出版，得到了傅家的极力称赞。这是一本写司徒雷登的书，也是一本为燕京正名的书，一本广为介绍燕京的书。

孟熹另一个重要的编辑活动，就是出版陈芳芝先生的《东北史探讨》。他对芳芝先生是极其尊重极其爱戴的，称陈先生为恩师。他多次宣扬陈先生的学术成就，为对陈先生的不公正对待而鸣不平，称赞陈先生为揭露新老沙皇的侵华行径而感愤。陈先生的遗愿是把骨灰洒在长城以外，表示永远和长城在一起，和祖国在一起，为祖国守卫疆土。孟熹遵照所嘱，亲执其事，十分动情。陈先生由于命运多舛，很多写作任务都未克完成。在陈先生去世后，孟熹多方搜集、整理、翻译，很快出版了陈先生的《东北史探讨》一书。近年，他还积极支持《赵紫宸文集》的编辑与出版。他和赵紫宸先生的交往不多，而他以为文集的出版是相当重要的事情，对如何编好这部书，他提出了许多宝贵意见。他还利用到国外图书馆的方便，特别是欧美的一些图书馆，收集到一些珍贵资料，提供给编者。

孟熹是真情的，他十分钟情于燕京，钟情于燕京的师友。他每次来京，只要有可能，总是多方联系，看望师友。他经常拜访雷洁琼老师、黄华学长、侯仁之老师、龚普生大姐等前辈，他也主动拜访周汝昌学长、王世襄学长，送去自己的著作、诗文，并和他们常有诗词唱和。孟熹和张定、轲犁、卢念高等校友的关系也是十分密切的，经常在一起讨论研究问题。他曾有一篇感人的怀念念高的文章。至于李慎之学长，孟熹则是十分尊重钦佩，惊叹慎之的学识和高见，他们经常谈诗论词。他们最后一次相见是在慎之的新居，墙上有幅新挂的李锐手书王安石的七律《咏竹》。这首诗的首联为："人怜直节生来瘦，自许高材老更刚。"孟熹正是把"自许高材老更刚"当作慎之的写照，后来以此为题，写了一篇怀念慎之的文章。只是诗中最后一句"乞与伶伦学凤凰"，慎之曾嘱孟熹查一下"学凤凰"的出处。然而，孟熹还来不及复命，慎之就已经仙逝了。在燕京校友之间如此如切如磋、相互砥砺的情谊，并不是甚么泛泛之交，而是有着深厚的意蕴。对陈树普学长（康奉），孟熹认为"他是我当年的引路人，至今犹存敬佩之心"。在孟熹逝后，树普在所写的《痛悼老友孟熹》的诗作注中写道："'老弥刚'，君凤喜王介甫'自许高材老更刚'句，自此可见其'精神不倒退'、'老当益壮'。"可见，孟熹（其实也包含树普老兄）都是以此自许。衷心祝愿燕京的校友个个都能"自许高材老更刚"，这也是燕京精神的感召。

晚年的孟熹不仅活跃在大陆，而且在加拿大也是努力开拓的。1986年，他们全家移居加拿大，逐步融入新的环境。他除了参与一些高校的活动外，主要致力全加武术界的大联合。孟熹自幼好勇习武，曾拜在两位名重一时的广东武术大师门下，虽然早已荒废所学，但因乃师盛名，仍被奉为前辈。当时加拿大的武林各据山头，由来已久，他曾多方撮合，实现大联合。孟熹被聘为全加武术团体联合总会的武术顾问。而且，全加武术联合会现已成为国际武术联合会的成员，历次国际比赛成绩骄人。此外，他闲来以收藏中国书画及鉴赏文物自娱，曾任加拿大安大略省工艺美术学院中国文化委员会主席，协助有关方面整理、鉴定、保护中国文物，起到了很好的作用。由此，孟熹受到中国驻加使领馆和广大侨胞的尊重和景仰，尊他为侨领。

综上所述，观孟熹的一生，有着幸福好学的青少年、坎坷磨砺的中年、光彩照人的晚年。大致算起来，约有三十年的青少年，二十年的中年和三十年的晚年。孟熹本还有很多计划和设想，他还有许多任务，只是时不我待，难以实现了。所以，他是带着不舍的心情走的，可是他顿悟到"空"的含义，驾鹤西去了。

林孟熹的一生虽属坎坷，而终其一生，特别在后期是光彩的，有贡献的。他在燕京精神的培育下，热爱祖国，热爱燕京；他为人刚正，坚持真理，扶危济困，善与人处，真诚待人；他知识广博，富于文采，善于钻研，兴趣广泛，多才多艺，对生活充满情趣。他是在燕京精神培育下，成为燕京的传人；他具有燕京精神的基本素质和潜能，而为传承燕京精神发挥了更大的作用！

孟熹在生前曾为逝去的"故人"写出多篇的追忆文章和动人诗词，而如今却是我们来为他结集写送别文字的时候了。

孟熹，一位出类拔萃的燕京传人，安息吧！

2006 年 12 月 25 日

（原载《怀念林孟熹》，香港：凌天出版社 2006 年版）

真情的孟熹

今天，我们在这里沉痛怀念林孟熹学长。

大家都有很多话要说，也有很多事情值得回忆。

我和孟熹相识近六十年。我们是在 1947 年一起进入燕京的。他是插班生，我是本科生；他是 46 学号，我是 47 学号。他的年龄也长我一岁，当然是我的学长。我今天主要想讲的是孟熹的真情，他对燕京的真情，对师友的真情。

2000 年 8-9 月间，我们到加拿大，在多伦多去看望了孟熹。在他的新家里，看到他书房的雅号是"半空精舍"。在他的一些文章后面，也落款为安大略湖畔"半空精舍"。我有些纳闷，他是否信佛？而为何称"半空"？那不空的一半究竟是什么？为了解释这个问题，他当时给我们看了为他的大作《神州梦碎录》出版后，他和周汝昌学长唱和的诗作。最近，我又查了些文字材料，就有点明白了。他在和诗中写道："缘尽空遗山寺泪。"在注里说："亡妻见弃后，曾登五台山塔院寺，求渡苦海。"他的夫人是他落难时的难友，是他事业的伙伴，是他生活的伴侣，他们感情很深。夫人的去世对他打击很大，伤痛很大，所以他想出家。然而，接着一句是，"众生哀乐尚情牵"，他又回到凡世。原来就是这个"情"字把他牵回来了。接着一首，他又写道，他好似"王谢堂前燕"，"年年思归"。于是，方知他署称"半空"的用心。那么，他归到哪里去呢？其实就是归到燕京这个情结。他所说的"众生哀乐"是个很广泛的概念，说明他心胸的广阔。以"众生哀乐"为念，不是一般的情意，也不是小小的情意。这其中最牵动他的情的，我以为就是对燕京的情，对师友的情，当然也包括对家人的情。这是高尚的情，真挚的情，这份真情的后面是刻骨铭心的深情大爱，是沉甸甸的责任。这也使我加深了对孟熹的认识。

孟熹虽然读过很多学校，可是使他情有独钟的则是燕京。他后半生一个很大的心愿，就是把燕京精神发扬光大，把燕京的办学经验更好地总结，把燕京的优良传统和办学理念更好地加以推广，把燕京人物的优秀质量和杰出成就更好地加以发掘和发扬。当然，这也是我们燕京人共同的愿望。这些年来，我们也和他一起从事这方面的工作。然而，他做得最好，最出色，最不遗余力。在他遭受丧妻之痛和身患癌症之后，仍然坚持不懈地工作着。

　　他一方面著书立说。最为大家称道的是《司徒雷登与中国政局》。大家知道，这本书有一个写作过程：从一篇文章，一个小册子而发展为一部著作；从局限于司徒雷登的晚年，而扩大了范围和内涵。这是一部冲破禁区的书，由内部发行转为公开发售。为了这本书，孟熹是花了很大工夫的，显示了孟熹的功力。他收集了大量材料，特别是查阅了美国档案，这就是美国国务院解密了的档案，简称为"FRUS"。据我不完全的统计，孟熹运用了其中的三、四、五、六、七、八、九诸卷的材料，形成他书中独具的珍贵的资料，揭示了过去不为人知的事情，如在"三一八"事件中司徒雷登的表现，从而也澄清了一些问题。在书的前言中，他着重提出在司徒雷登主持下的燕京大学在短短的三十多年里所创造的两个奇迹，为燕大在中国高等教育发展史上所做出的特殊贡献而大声疾呼。说到这本书，也必然要提到孟熹和傅泾波先生的忘年交，傅先生向孟熹讲了不少旁人不知而他所经历的事情，嘱托他一定要写下来。孟熹大作的出版，也得到傅家的极力称赞。这是一本写司徒雷登的书，可是，也是为燕京正名的书，广为介绍燕京的书。

　　另一方面，孟熹也用更多的时间和精力，以实际行动推动校友会的工作。在我们燕京校友中，有许多关心校友会事业的学长。我以为，孟熹是其中最为突出的一个。他和陈鸽学长一起，可以说是最卖力，最肯花时间，也最为实在地推动校友会工作。二十多年来，他们每年都要来北京，有时一年好几次，何况他们又都重病在身，长途跋涉，跨越大洋飞行是很伤身体的。我们的心情也是很复杂的，担心他们的身体，感到过意不去；可是又盼望他们来，希望他们帮助推动工作。而他们却竟无怨言，积极投入工作。

　　他们和我们一起开会，找人，出主意，想办法。他们还拿出资金支持学报，支持分校工作。每当工作有一点进展，他们比我们还高兴；每当工作有一点麻烦，他们比我们还着急。我们知道，在孟熹的品格中有刚强的一面。由于受过挫折和磨难，他有一股不服输的劲头，越是困难，越要干；越是受压，越要干。在他们的推动下，燕京研究院得以成立，开展活动。"燕京研究院"这个名称就是孟熹学长率先提出的。出版新《燕京学报》是侯仁之学长提议的，而孟熹学长积极支持，并且坚持要用繁体字。此外，他们还组织力量在四川、云南开展扶贫活动；组织美国有名的医学专家来华巡诊，开展合作交流；还组织宗教界人士进行合作交流。针对其中的一次活动，1996年在美国加州召开的燕京经验国际研讨会，孟熹曾在1997年写过一篇文章，名为《万里游方散记》。他在前言里写道："游方僧亦称行脚僧，有异于寻常，不潜修于名山宝刹，自甘坠入凡尘，云游四方，弘扬佛法，沿门化缘，广种善根。"他自喻为游方僧，"此番追随北京诸学长北美纵横万里，其旨亦有类斯欤？"孟熹学长的广结善缘，辛勤奔波，必然会结出善果来。

孟熹钟情于燕京，必然钟情于燕京的师友。他写过多篇文章回忆或怀念师友，都是富有真情、极富内容的。这里，我只想举几个例子。他对于陈芳芝先生是极其尊重的，称陈先生为恩师。他多次宣扬陈先生的学术成就，为对陈先生的不公正对待而鸣不平，他称赞陈先生为揭露新老沙皇的侵华行径而感愤。遵照陈先生的遗愿把骨灰洒在长城以外，他亲执其事。那天，夕阳西下，站在长城上，他抛洒陈先生骨灰时，泪流满面，泣不成声。在陈先生去世后，他们很快出版了陈先生的著作《东北史探讨》。他还积极支持《赵紫宸文集》的编辑与出版，对如何编好这部书，他提出许多宝贵意见。他还利用到国外图书馆的方便，特别是美欧的一些图书馆，收集到一些珍贵资料，提供给编者。

在同辈的学友中，和他关系最为密切的当属陈鸰学长。他们是十分默契的搭档，相互支持，心心相印。他们各有自己的联系面，又各有所长。在他们的亲密配合下，完成了许多难以完成的事业。孟熹真诚待人，善与人交，人脉很好，都反映出他的真情。他对李慎之学长十分敬佩，引王安石诗句"自许高材老更刚"以为写照。他和刘光华学长是多年的患难之交，自称是"我生平最知己的挚友，可谓'刎颈之交'"。他和卢念高学长通过校友会的工作，结下了深厚的友谊。在最近一篇悼念念高的文章中，孟熹有一段十分感人的描写，也可能很多学长都看过了，我想再重复一下。那是在2004年燕京神学院举行礼拜堂落成典礼时所发生的事情。在过去短短的一年多，捐款人黄光普校友和承办人卢念高校友都相继去世了，只有了解情况的孟熹出席了仪式，并在会上做了即兴发言。这个发言反应很好。为什么？孟熹写道："这里有一件大家都想不到的神秘。就是念高夫人李传琇说，她不但自己出席，而且会与念高一同去，把念高的照片带在提包里好听我的讲话。"孟熹接着写道："第二天我在台上果然看到坐在前排的传琇身前放着个提包，心中不禁怦然一动。轮到我讲话时，不由自主望向那个提包。真奇怪！似乎真的看见里面那幅照片，那双大大的眼睛，那种点头微笑，明知是'幻由心生'，却令我如触电般的兴奋，感情奔放有如决堤大江，一泻千里不能收。我一边讲一边暗问：'念高，你听到吗？'你肯定听到的，你不在天上，也不在泉下，就在我面前。"这是多么动人的描写，多么动人的真情！

当然，孟熹一生还有很多方面，他是收藏家、鉴赏家、美食家，他是诗人，他热爱生活，文武双全，多才多艺。

在最近一期（44 期）的《校友通讯》上，孟熹写了一篇名叫《故人遗事钩沉》的文章，开头他引用两句唐人崔颢的诗："昔人已乘黄鹤去，此地空余黄鹤楼。"说："这几年不少良朋知己已相继驾鹤西去"，而"言笑音容不时浮现眼前"，所以，他钩沉点滴遗闻轶事，"聊解思念之殷"。而如今，没有想到孟熹也驾鹤而去了。真是"黄鹤一去不复返，白云千载空悠悠"，使我们这些在"空余的黄鹤楼"里的人，感到特别的惆怅！特别的空灵！但是，孟熹，我们会感悟到你的真情，我们会感谢你的真情。安息吧！孟熹！

就在今年年初返回多伦多的头一天晚上，他给我们打电话，兴致勃勃地说四月份燕京校友返校活动时，他就要回来的。他是多么想再为燕京精神的发扬光大而继续奔走呼号啊！他对燕京的真情，真是"春蚕到死丝方尽，蜡炬成灰泪始干"，一直奉献到生命的最后一息，孟熹的精神就是以真情执著追求真理的燕京精神，孟熹已经与燕京融为一体。你的精神将永远和燕京、燕京人在一起！

2006 年 2 月 16 日在"林孟熹学长追思会"上的发言
（原载《怀念林孟熹》，香港：凌天出版社 2006 年版）

送别新《燕京学报》的三位老编委

王钟翰老师走了。他是继赵靖先生之后，在今年仙逝的第二位新《燕京学报》的老编委。加上 2006 年年末去世的林焘先生，两年之内我们手捧白菊，已经连续送别了三位编委。每当看到在《学报》上印着编委名字，由没有什么特殊标记，到打上黑框，再到消失，心中就强烈地感受着哀恸和思念。

新《燕京学报》是在改革开放之后，在侯仁之老师的倡议下，在众多校友和各个方面的大力支持下，于 1995 年创刊的。起初得到陈翰、林孟熹学长的援助，后又得到美国哈佛大学哈佛燕京学社的资助，于今已经出版了 23 期。王钟翰、林焘、赵靖三位学长一开始就积极支持《学报》，成为常务编委。他们都自己动笔写稿，并努力组稿、审稿。《学报》在继承传统之上，不断扩展领域，广泛联系，提高质量，保持风格，刊发了许多颇有价值的好文章，深得海内外学术界的好评。

王钟翰、林焘、赵靖三位都是我们的老学长。他们是在三个不同时期进入燕京的。钟翰先生于抗战前的 1934 年入学，那时正值燕京的黄金时期。林焘先生则是抗战后的 1939 年入学，那时正处于孤岛时期。赵靖先生则是太平洋战争爆发的 1941 年入学的，那时正日益受到日寇的胁迫。他们三位都经过艰难曲折，先后来到大后方的成都，继续在成都燕京学习和工作；后来又都回到北平，在燕京任教。他们所从事的专业虽各不相同，而都和燕京有着深厚的渊源关系，都在燕京学习成长，又都为燕京做出了贡献，所以，也都成为新《燕京学报》的骨干力量。我和他们也都有着较长较深的关系。

我和钟翰先生同出历史系。1948 年秋，他从美国回到燕京，在历史系任教。我和他的最初接触是他协助邓之诚先生指导我的毕业论文，论文题目是《论李自成》。当时正值解放初期，工作十分繁忙，无暇安心读书写作。在王先生的帮助下，我勉强通过论文。而我们那时却对王先生产生一些误解。因为他于 1946 年抗战胜利后，获哈佛燕京学社奖学金赴美，入哈佛大学研究生院攻读博士。结果，未能拿下博士，于1948年怏怏回国，好似进京赶考，名落孙山。学生们中间，听到这些传闻，一方面替他惋惜，另一方面也很埋怨。因为历史系历届派送哈佛的学生，都是拿到博士，荣耀返校，而他为什么就没拿下，岂不破坏了历史系的传统，而为人"取笑"？王先生也有"无颜见江东父老"之感。后来，接触多了，得知钟翰先生在校一直为优秀学生，不论在中学还是大学，都获得过许多荣誉。尤其是1938年在燕大本科毕业，获裴陶裴金钥匙奖。2002年，黄昆学长获国家最高科技奖，在谈起黄昆曾在燕京获得罕有的司徒雷登奖时，王先生告诉我，他在黄昆前也曾获得过此奖。可见，钟翰先生是十分优秀的。而后又在他的自述①中得知，他之所以在哈佛落榜，是由于和教日语的老师的关系搞僵了，他在课堂上，当场揭出了老师的错误，结果被这位老师使了绊子，这样我也就豁然知晓了。王先生为人十分耿直，他对老师，无论是邓之诚、洪煨莲、顾颉刚，还是陈寅恪诸师长都十分尊敬，极力奉待，相处很好。但他也有湖南人的"犟"脾气。当他感到别人对他不尊重时，他也不会趋炎附势。当时，哈佛要求他改读硕士，他认为已经在燕京拿到硕士了，为什么还要读硕士？显然是对他的不尊重。于是什么也不拿就回国。关系搞僵了，为此，也就付出了代价。另一件事，也可看出他的"犟"劲。北平沦陷时，日本军人要和司徒校长比酒量，以此炫耀。而王先生的酒量在燕京师生中是出名的，于是，司徒就找钟翰先生和他们对饮比赛。结果，日本人比输，甘拜下风。王先生后来对我说，当时做不了什么别的，就喝酒而言，可以把日本比下去，刹一下他们的气焰。王先生说："日本人既以武力压人，我自然不肯输这口气，要他自取其辱。"②

钟翰先生是我国著名的清史、满族史专家。他勤奋好学，刻苦钻研，博学多闻，勇于开拓。在20世纪50年代，他曾撰写了《清史杂考》一书，在反右斗争中，不幸错划为右派，而该书因约稿在运动之前，仍能幸运出版。而由此二十多年，他未曾写过一字。改革开放以后，由于落实了政策，他得以解放，多年的积蓄一朝喷发，他写出了许多有价值的文章和书籍。他的专著有：《清史杂考》、《清史新考》、《清史续考》、《清史余考》、《清史补考》与《清史列传校注》、《清鉴易知录详校》。2002年，中华书局在王先生九十诞辰之际，编辑出版了《王

① 王钟翰：《王钟翰学述》，浙江人民出版社，1999年1月第1版，第81—82页。
② 同上书，第66—67页。

钟翰清史论集》。合著的有：《满族简史》、《中国历史地图集·东北卷》、《中国历史地图集释文汇编·东北卷》、《清史稿》标点本。主编的有：《满族史研究集》、《中国民族史》等。钟翰先生曾获得多种奖项，是中央民族大学的终身教授。他的多种论著在国外和中国台湾地区发表。从 20 世纪 80 年代中期开始，他先后应邀前往中国香港、台湾等地区和意大利、法国、美国、日本等国家进行学术访问和学术交流。

他的学术研究领域十分广阔，而比较着力的是清代前期问题，尤其是关于雍正继位问题的研究。这是他连续四十多年不断探索的问题。早在 20 世纪 40 年代后期，他针对孟森先生所写的《清世宗入承大统考》，敢于提出不同意见。孟心史（森）先生是清史的权威，在清史研究上属于前辈，颇有建树。可是，王先生却不能苟同他的观点。这时，正值王先生从哈佛"落选"归来，内心虽然郁闷，但他却没有因遭受"打击"和"白眼"而不振，保持了"犟"劲和敏锐的眼力，埋首苦干。他根据雍正亲撰的《大义觉迷录》和雍正时的肖奭龄（一作肖奭）所写的《永宪录》等材料，提出雍正是篡位的观点，写成了《清世宗夺嫡考实》一文，发表在《燕京学报》第 48 期。接着，在第 49 期，又写了《胤祯西征纪实》一文。这是一个姊妹篇，从不同的角度，论述了同一问题，这篇文章得到钟翰先生远在美国哈佛的老师洪煨莲教授的"拍案叫好"，同时也得到国内名流叶恭绰先生的好评，引起海内外的重视①。

由此，王先生一直思考着这个问题。这是清史领域的重大问题，也是学术界和普通老百姓都很关心的问题。在 40 年后，他根据国内外出现的新材料，又进一步研究这个问题，写出了《清圣祖遗诏考辨》和《胤祯与抚远大将军王奏档》两文，这是又一个新的姊妹篇。关于雍正问题，他抓住了康熙"遗诏"这个关键环节，反复考证，认为"遗诏"是伪造的。由于近些年胤祯档案的逐渐面世，抚远大将军王奏档、奏议、奏折陆续问世，进一步说明雍正对胤祯的迫害，使得王先生原来的论点又得到新的印证。

钟翰先生这种专一的精神是令人钦佩的。他告诉人们，做学问"要揪住不放，穷追猛打，进行深入、具体的研究，这也需要长期的知识积累"。王先生是喜欢考据的，也是擅长考据的。他的主要著作都命名为"考"。而随着时代的发展，他的认识和文风也在变化，他说："我在

---

① 王钟翰：《王钟翰学述》，浙江人民出版社，1999 年 1 月第 1 版，第 95 页。

80—90年代围绕40年前关于雍正篡位这一旧题所写的部分文章，与40年前相比，一个明显的变化是文章中的议论多了。""已不是严格的考据文字。"他认为，"其所以如此，是因为文章的内容已发生了变化，线索依然是雍正篡位，但涉及的问题已远非止此。诸如清代政治的承续性、边疆的民族宗教政策、雍正的历史地位等等，这些问题都不是考据所能解决的。社会在前进，社会对历史研究的要求也在提高，我自己在这种变化中也自觉不自觉地跟着变化"。在这里，我要着重提出的是，钟翰先生虽然认定雍正是篡位的，而且对亲朋包括像隆科多、年羹尧这些辅佐重臣进行残酷镇压，但仍然肯定雍正的历史地位，反映了他作为历史学家的冷静和客观。他总结道："我自觉眼界比原来更开阔了，每写一个问题，心中所涌出的主题往往非止一个，而是有许多相关的问题同时萌发，下笔写来，心中虽可融会贯通、左右逢源，然而年龄精力所限，已无法逐一进行考证，这也算我在前进中的遗憾之处吧。"①

王先生为人耿直，在对待历史人物上，他十分激烈地鞭挞那些伪君子，而把同情和正义送给那些被迫害受诬陷的人物。关于清初李光地和陈梦雷的考证和评价，就明显地反映出王先生的这种品格。李光地是康熙朝有名的理学大师，与熊履锡并列全国榜首。然而，经过王先生的研究，这个理学大家却是个委琐小人，卖友求荣，落井下石。他先于1984年写了《陈梦雷与李光地绝交书》，后又于1995年在新《燕京学报》第一期上发表了《李光地生平研究的问题》，一股正义之气跃然纸上。

到了晚年，王先生作为一位有成就的年高德劭的史学专家，不断地以自己的亲身经历、亲身体会勉励和告诫年轻学子。他写了《王钟翰学述》。在结尾时，他写道："一是要尊重历史，尊重事实，这是一切研究工作的前提。""这是一个严肃、正直的学者应当坚持的态度，在任何情况下都必须持客观、冷静、实事求是的态度，这是做学问的基本前提。""二是在确立基准的前提下，尽量扩大知识面。"研究历史对功底要求很严格，不仅要学理论，要熟悉典章制度，还要学习语言，多多益善，也就是要有深厚的史学素养和基本功。他接着说："尤其是在当今世界，学科门类日益增多，研究领域分工细密，相关内容却越来越庞大的情况下，拓宽知识面的问题日益严峻地摆在我们面前，如果不以加倍的努力来学习，就会感到力不从心，落在时代的后面。"他又说："研

---

① 王钟翰：《王钟翰学述》，浙江人民出版社，1999年1月第1版，第259、112—113页。

究历史没有什么窍门。正如我所提的一些校勘工作，需要的就是耐心、细心、专心、恒心，经得起长期坐冷板凳的考验。""最重要的还是多思：好学深思，心知其意，不仅要知其然，而且还要知其所以然，这是根本的根本。不管怎样，历史研究总离不开坐冷板凳的功夫，没有这种功夫，是作不出好文章来的。表面上看起来，这些都是死功夫，很花费时间，但却是硬功夫，真功夫，如果做好了，持之以恒，是会得到事半功倍的效果的。"① 王老的这些肺腑之言，经验之谈，岂不值得我们深思，努力学习以指导实践吗?! 这些遗言不就是留给我们最珍贵的遗产吗?!

林焘先生走得很急。从病重住院到仙逝只是短短几天。我们知道，林先生是老病号，有好几次都是"大难不死"，没有想到，这次可真的走了。一方面固然是年纪大了，身体更弱了；另一方面，我想也是因为主持编写陆志韦校长纪念文集过于劳累所致。林先生是陆校长的得意门生，如今对陆校长、尤其知晓关于他的学术成就方面的人已经不多了。在"三反"运动时期，出于形势所迫，林先生曾经"批判"过陆校长。改革开放后，志韦先生得以平反，林先生内心十分高兴，可总想为陆校长多做点什么。新《燕京学报》有一个"燕京学人"专栏，林焘先生于 1997 年在第三期上，就写了《陆志韦先生对中国语言学的贡献》的长文，详细评价了陆先生的贡献，并且回忆了他和陆先生一道工作的温馨情景。到了 2005—2006 年，他又主持编写了陆先生的纪念文集，从收集稿件，组织编目到审稿、定稿，林先生都花费了不少心血，希望早日出书，送到每位校友手中，而后不久就传来林先生病故的消息。

据先生自己所叙，他是经俞平伯先生的指点，进入语言学特别是音韵学这个专业领域的②。在成都，他师从李方桂先生，后到北平跟随陆志韦先生从事研究，在语言学上卓有建树。可就我所知，他的工作和研究范围还是很宽广的。我和他有过两度工作上的接触。一次是在北大为开设大学语文。那时正值 20 世纪 50 年代末 60 年代初的经济调整时期，大学里提出要补课。其中的一项措施就是开设大学语文，林焘先生是主持这一工作的业务负责人，我作为北大社会科学工作处的负责人，和他一道参与研究并推动这项工作。那时属于经济困难时期，林先生又是大

---

① 王钟翰：《王钟翰学述》，浙江人民出版社，1999 年 1 月第 1 版，第 258—260 页。

② 林焘：《林焘》，《燕京大学人物志》第二辑，北京大学出版社，2002 年 4 月第 1 版，第 157 页。

病初愈，但却精神抖擞，领着一帮青年人，为提高学生的语文水平、做到"文从字顺"而努力。另外一次是改革开放后，对外汉语教学十分火爆，林先生是当时北大对外汉语教学中心（后改为海外教育学院）的负责人，我在教育部工作，我们为了提高我国对外汉语教师水平又在一起工作了。林先生也是积极地投入这一事业。这些工作可以看成林先生的"副业"，而他的主要工作仍是他的语音学。有几次，我去参观他的实验室，当时外汇虽然紧张，我们总是想办法为他们添置一些设备。记得印象很深的是，他带我们去看一台语音识别系统，把一些原始的杂乱无章的声音，经过处理，即能辨别出不同个体的声音。这种研究，不论在公安战线还是在国防战线都是很有用处的。林先生早年致力于传统音韵学研究，1952年以后主要从事现代汉语的教学和研究工作，以语音为主，兼及语法和词汇，着重研究语音和语法的关系。1978年起，负责筹建和主持北大中文系语音实验室，开始用现代实验语音学的方法研究语音。著有《语音探索集稿》、《语音学教程》、《林焘语音学论文集》等，并主编《20世纪中国学术大典·语言学卷》①。

林焘先生和杜荣先生在燕大可以称为一对令人瞩目的"男才女貌"和"才子佳人"。他们虽分属中文系和西语系，可是却都酷爱昆曲和京剧，是著名的票友。林焘先生的行当是小生，杜荣先生是青衣，他们经常联袂登台演出，加以李欧校友的伴奏，一时传为佳话。由于戏曲之缘把他们结合在一起，虽然历经坎坷，而矢志不渝，白头偕老。林先生白皙的面孔，亲切的微笑，常常留在人们的脑海里。

赵靖先生和我虽然工作上接触不多，可我们曾多年同住在中关园，经常碰面。特别是他喜欢散步，他那高大的身躯，默默地走着，给我留下了印象。后来，有一阵看不到他出来，知道是病了，也很为他担心。又后来，看到一些材料，知道他从1941年至1948年，前后三入燕京，而这三次都使他从困境进入顺境，"在人生途程上登上一个新台阶"。这就是他谈的"三进宫"。1941年考入燕大，是他的"一进宫"。那时他在山东济南齐鲁中学读高中，齐鲁中学同燕大建立了优秀毕业生保送入学的关系。他得到了保送，但仍须考试国文、英文、智力测验三门课程。为备考而奋斗时，他自书"破釜沉舟"四字，悬为座右铭，结果一击而中，他说："我顺利登上了这一台阶，并从此成了燕京的一员。

① 林焘：《林焘》，《燕京大学人物志》第二辑，北京大学出版社，2002年4月第1版，第157页。

我至今引为平生的一件快事。""二进宫"是1942年燕大被封闭后，他逃离沦陷区，走到陕西宝鸡，盘费断绝，举目无亲。他说自己跋涉一个月，风霜雨露，衣衫褴褛，憔悴如乞丐。正在百无聊赖之时，看到燕大在成都复校的消息，在宝鸡青年会等四处设点接待内迁师生，供应食宿，并发给赴蓉路费，他喜出望外，"就在几乎是陷入绝境的情况下，一举迈入坦途"。"三进宫"是1948年。那时他最理想的去向，是回燕京大学，燕大经济系也正缺教师。可是，他要从南开回到燕大，一时无有力引荐之人。正在这时，陈芳芝先生主动帮他想办法，"这对我又是一次意想不到的事情"。他和陈芳芝先生并无什么深厚的关系，只是1941年上过半年"政治学原理"的课。陈先生每次上课，先向学生提问，他说："我经常抢答，并且总能令她满意。"由于在1948年这样一个关键时刻回到了燕大，能够安定下来，冷静地思考一下大的形势和个人抉择，为迎接解放作思想准备，这对他以后几十年的人生经历，"其影响更非前两次'进宫'所可比"①。

赵靖先生1948年回到母校燕大，任经济系讲师、副教授。1952年院系调整后，任北京大学经济系副教授、教授。1959年，他开始研究中国经济思想史，辛勤开拓中国经济思想史这一新学科。我国经济思想史是块亟待开发的学术领域，有着丰富的思想资料，也有着众多的思想人物。然而资料分散，缺乏整理研究。赵靖先生他们先从近代经济史入手。1961年，他和南开大学易梦虹教授一起主编《中国近代经济思想史》教材，至1966年2月出版了上、中、下三册，其修订本（1980年）被评为全国优秀教材。近二十多年来，他不但继续深入研究中国近代经济思想史，还开展了古代经济思想史的研究，教学与科研硕果累累。

他认为，研究中国古代经济思想史，不能照搬西方研究经济思想史的方法，即不能按商品、价值、货币、资本、利润等等范畴的发展进行，而是应根据中国的社会自然经济状况，按地产、地租、赋税的范畴来研究。他建立的"地产—地租—赋税"的理论结构，对学科的发展和建设起了重要作用②。同时，他对于中国古代经济思想史的分期问题也提出了自己的意见。1986年起，他带领一批中青年教师编写《中国

---

① 林焘：《林焘》，《燕京大学人物志》第二辑，北京大学出版社，2002年4月第1版，第209—210页。

② 《燕大文史资料》第九辑，北京大学出版社，1995年11月第1版，第339—340页。

经济思想通史》，这本巨著由先秦写到 1949 年，共分六大卷，二百余万字。在 1998 年北京大学百年校庆前已出版了前四卷近代部分，其中第一卷获北京市社会科学研究一等奖。他的主要著作还有《中国近代经济思想史讲话》（1982 年）、《中国古代经济思想史讲话》（1985 年）、《中国经济管理思想史教程》（1993 年，获 1995 年高校优秀教材一等奖）、《经济学志》（1998 年，《中华文化通志》之一）、《中国经济思想述要》（1998 年）等。

还应当提出的是，在新《燕京学报》第七期，赵靖老师还写了一篇《中国传统人口思想探微》，详尽分析了中国传统的人口思想，对节制生育、控制人口等提出了宝贵意见。

以上三位老编委都是学业有成，著作等身，有着重要贡献的人物。他们是带着成就和荣誉而离开的。他们劳累一生，多经波折，也应该安息了。可我们每想起他们，都有着不尽的思念和惆怅。每当想起召开《学报》编委会，他们只要身体允许，都积极参加，踊跃发言，献计献策，欢歌笑语，他们的音容笑貌仍时时显现在我们的面前。他们平易近人，热情助人，不尚虚荣，艰苦朴素，严正刚直，孜孜以求。我总记得钟翰老师为我修改、润色文稿的情景。我还有很多问题要向他们请教，还有很多事情要求他们帮助。可是，已经不可能了。唯一能让他们感到安慰的是，我们将更好地担当起他们留下的责任，我们这些也已步入耄耋之年的"年轻人"将继续努力办好《学报》，尽心尽力，尽力而为。这也是他们的嘱托。

让我们为三位老编委送行！

2007 年 12 月 16 日

（原载《燕京学报》新 24 期，2008 年 5 月）

悼念张芝联教授

随着改革开放的日益推进，国际学术交往也日趋频繁，我们迫切需要众多的高水平的国际文化交流使者。我们怀念那些改革开放以来推进国际文化学术交流的开拓者、先行者。张芝联先生就是其中值得尊敬的一位。张先生在完成繁重的任务之后，以九十高龄和我们永别了，我们悼念他、敬重他。

芝联先生成长于官宦书香之家。他曾三次来到燕京大学，和燕京的关系十分密切，他也是我们新《燕京学报》的老编委。第一次是在1935—1937年，他说："1935年夏我考入燕京大学西语系。两年燕京生活是我一生的大转机。那里有的是自由、愉快、友爱、生命；那里除了教室生活外，还充满着学术研究的空气；那里教授和学生是打成一片的；那里更有爱国的表示——'一二·九'、'一二·一六'的学生运动；那里有集体和热闹，那里也有孤独和寂寞。在那里，人生只是真、善、美的追求。"① 由于抗日战争爆发，他被迫南返上海。然而，1941—1945年他第二次来到燕园。他说："1941年秋我重新考入燕京大学研究院，攻读历史。这是我热心向往的。"当时他享受哈佛燕京学社奖学金，每年500元。在洪煨莲教授的建议下，以明末清初历史作为攻读范围，而且暗自庆幸能拜孟老（张孟劬教授）为师，"他对我也格外诱掖，爱护备至"。"在孟老和聂崇岐先生指导下，我写了《〈资治通鉴〉纂修始末》一文（刊载在《汉学》创刊号，1944）。这是我第一篇略有创见的论文，材料翔实，言之成理，结论基本正确，直到60年代翁老重写此题时仍需参考此文。"第三次为1951—1952年，他说："我自己因劳累过度，心脏病复发，不得不辞去上海光华一切职务，于

---

① 张芝联：《张芝联》，《燕京大学人物志》第二辑，北京大学出版社，2002年4月第1版，第64页。

1951 年 3 月重返燕京大学，在历史系任教，讲授世界史，这时燕大已改国立。"①

　　他三度进入燕园，这三度都对他的人生产生重大影响，奠定了他博学多才、横跨文史、兼长中国史与世界史的基础。他通晓多种语言，特别专长于英语和法语。这些都为他日后游刃有余地从事国际文化学术交流提供了优越的条件。从事国际文化交流首先要过语言关，不只是能"听懂会说"，而且要熟练掌握，这样才有"共同语言"；其次，知识面要广，对中外的学术源流与现状有较深入的了解，能够相通；第三，要有良好的人脉，和学术界的知名人士善交朋友，活动的范围广阔，和国际学术高手能"平起平坐"，有些要成为多年的挚友。芝联先生是具备这些条件的。在日寇占领北平期间，他进了中法汉学研究所，从那时起，他就结交了一些汉学家，这种友谊日后逐步发展。

　　在第二度来到燕大的时候，张先生在北平有了一个温馨的小家。他和心理系的高才生、燕京才女郭心晖（郭蕊）结为连理，他们的小家成为一个"沙龙"。志同道合、声气相求的同学朋友经常聚合在一起，他们是吴兴华、宋淇、孙以亮（孙道临）、吴允曾、侯仁之等，在一起交流学术、探讨问题、畅谈国家前途与战后建设计划。这时，他还和吴兴华、宋淇等合作，由他任主编，出版了一本文学刊物《西洋文学》。

　　由此联想起在 20 世纪五六十年代，北大、清华、燕京等校合并成新北大以后，邵循正教授、王铁崖教授、张芝联教授、田余庆教授等和我经常在周末聚会，在一起打桥牌，促膝谈心，交流信息，其乐融融，直到深夜。

　　谈起芝联先生的学术基础，不能不简要介绍一下他的家世。他出生于浙江宁波望族。他父亲张寿镛老先生，② 光绪二十九年中举，民国成立后，历任浙江、江苏、湖北财政厅长以及财政部次长等职，为争取财政好转，颇多建树。1925 年五卅惨案发生，张寿镛时任沪海道尹，向租界当局严正交涉，终使被捕群众获释。其时上海圣约翰大学美国校长卜舫济迫害、开除声援五卅惨案的五百多名师生，张寿镛与王丰镐等为"收回教育权"，接纳离校师生，创办光华大学，并被选为校长。这是对中国现代高等教育的一大贡献。同时，张老先生还将精力用于访书、购书、校书、藏书、印书。他主编的《四明丛书》八集（9—10 集拟

　　① 张芝联：《张芝联》，《燕京大学人物志》第二辑，第 64—65 页。

　　② 参见张注洪：《评介〈张寿镛先生传〉》，《中国近现代史史料学述论》，汕头大学出版社，2008 年 6 月第 1 版，第 121 页。

目）计千余卷，在郡州丛书编纂中堪称搜罗最广，校勘最精，著录最全，部头最大，弥补了一代文献和学术思想研究的不足。还要提到的是，张寿镛与郑振铎等抢救珍贵古籍万余种，给日寇掠夺我国珍本书籍的阴谋以有力打击。张先生正是在这样的家教下长大。他自幼在家塾读儒家经典、古文诗词，学习外文，在高中阶段才进入学校，然后进入燕大。他的哥哥张鄂联早他两年进入燕京经济系。他的岳父郭云观也曾任燕大政治系、法律系教授，一度曾暂代燕大校长。

抗日战争胜利以后，张芝联先生有机会出国留学。他先后在美国耶鲁大学和英国牛津大学学习。他并不热衷于获取学位，而注重体察西方的社会和教育，多方接触学术界人士。1947年夏，巴黎教科文组织举办国际了解讨论会，张先生应邀参加。讲座会历时七周，他在会上结识了不少外国教育界朋友，为以后国际学术交流活动创造了条件。1947年11月，张先生回到国内。他回到了光华大学，担任大学副教授、中学副校长，此时正当"而立"之年，在大学讲授"西洋通史"和"西方史学名著"。这时国内斗争异常激烈，人民解放军节节胜利，国民党节节败退，但仍企图负隅顽抗，迫害民主进步运动。张先生凭其一腔爱国热情，在讲课时痛斥国民党反民主暴行，支持进步学生运动。南京教育部给光华大学校长朱经农密件，要追查张先生①。张先生不为所动，引起反动分子的恶毒攻击，而他横眉冷对。

在欢呼全国解放之后，张先生第三次来到燕京大学，随即转入北京大学。建国之初，他和吴兴华等教授参加了世界和平理事会在北京召开的会议，担任翻译工作，出色地完成了任务。1956年8月，他同翦伯赞、周一良、夏鼐等经莫斯科到巴黎，参加第九届国际青年汉学家会议，有机会接触一批各国的新兴的汉学家，特别是法国的中年学者，他们后来都成为各自领域的专家、权威。他还结识了一些外国的马克思主义历史学家。芝联先生敏锐地感觉到，西方汉学家不断用新的方法研究新问题，做出不少成绩。他一面鼓励年轻的中国史学工作者注意国外学术动态，学好外文，以便直接同外国同行进行交流；一面从1956年起，在《历史研究》上每期发表一两篇介绍国外史学动态的文章和书评，在课堂上讲授西方史学流派，介绍了德国学派、年鉴学派、文化形态学派和大企业史派等。1959年2月，美国著名黑人学者杜波伊斯来华度

① 张芝联：《我的学术道路》（代序），《我的学术道路》，生活·读书·新知三联书店，2007年11月第1版，第11页。

过 91 岁诞辰，他应邀到北大作题为《中国与非洲》的演讲，张先生愉快地接受了为他做翻译的工作。2 月 23 日下午，杜波伊斯发表热情洋溢的讲演，张先生逐字逐句翻译。次日《人民日报》刊载了讲稿的翻译全文，标题为《非洲，站起来！面向升起的太阳！黑色大陆可以从中国得到最多的友谊和同情》①。

粉碎"四人帮"以后，国家步入改革开放的新时期。多年的闭关自守、与世隔绝的状态逐步打破，但在许多方面仍显示出我们与世界的差距。我们需要了解世界，吮吸优秀的文化滋养、了解世界近年来所发生的变化和进步，以便找出差距，逐步迎头赶上。这种差距不只反映在经济建设上，同样也反映在文化学术建设上。当然，我们必须冷静对待，善于取舍抉择，为我所用。另一方面，世界也同样需要了解中国，世界对中国的了解也是十分不够的，不仅存在着一些偏见和歪曲，还存在大量的无知和茫然。海外的汉学家，从一小批稀有的以研究古代中国为主的人群，迅速扩大为大批的众多的研究近现代中国特别是当代中国为主的队伍。我们需要和他们接触，增进了解。更重要的是，我们要主动地大规模多方位地把古老的更是当代的中国介绍出去。芝联先生当时已届六十，已是步入老年了，可是他心情激荡，时逢盛世，是他展示才华、报效祖国的时候了。他积极投身于这一伟大的洪流之中，往往不辞辛劳，奔波于祖国与世界各地。这三十年，应该是他一生中最为辉煌的三十年，是他硕果累累最为丰收的三十年。

开放之初，他先以个人关系接受国外大学邀请，赴海外讲学访问。在实践中，他探索着国际文化学术交流的渠道和形式，逐渐找到一些方式和门径，以便更有效地推进国际学术文化教育交流，取得更好的效果。据我从旁观察，结合他自己所述，主要有四条重要途径和措施。

一　建立健全学术组织，建设交流基地

芝联先生深知要开展国际文化学术交流这一庞大的事业，绝不能单枪匹马、单兵作战，而必须组织起来。他始终以北京大学作为依托，开展活动。恢复高考之后，他就立即招收研究生，组成师生队伍，开展研究。在当时国际交流中，一批中年以至老年学者最感困难的是语言无法

---

①　张芝联：《我的学术道路》（代序），《我的学术道路》，生活·读书·新知三联书店，2007 年 11 月第 1 版，第 13 页。

交流，有话说不出，大大影响了效果。张先生在五六十年代就相当重视研究生和青年教师的外语学习，他把大家组织起来，亲自授课。开始主要是为了"看"，能查阅文献；后来则更注重"说"，进行面对面的交流。所以，他要求大家过好"语言关"。在担任《学报》编委的时候，他很关心《学报》文章的英文摘要稿，注意不要出错。

张先生的研究和写作逐渐集中到两个主要方面，一是当代西方史学，一是法国历史；到国外讲学时，他还要涉及中国历史和史学。为在我国发展法国史研究，他同各大学、社科院同行于 1978 年酝酿建立法国史学会，该会于 1979 年在哈尔滨正式成立，成为组织、协调全国法国史研究的联络站，张先生当选为会长。1989 年学会成立十周年时，欣逢法国大革命二百周年纪念，他们在上海组织召开以"中国与法国大革命"为主题的国际学术讨论会，学会活动达到了高潮。1985 年，法国政府授予他法兰西共和国荣誉军团骑士勋章。

1989 年在北京外国问题研究会成立大会上，张先生首次强调研究人权问题的重要性，并主持承担了"国际关系中的人权问题"的课题研究。1995 年他当选为中国 18 世纪研究会会长。1988 年他从北京大学退休后，仍担任北大欧洲研究中心主任。通过这些基地，他聚积人才，培训人才，开展研究，做出了成绩，这是开展国际学术文化交流的保证。

二 开展学术活动，推进学术交流

张先生积极组织学术活动，活跃学术气氛，时而在国内，时而在海外，推进国际文化学术教育的交流。在这些活动中，主要有两项：一是召开国际学术会议；一是进行学术演讲。而这两项也是互相交叉的。

开展这些学术活动，张先生都是认真筹备，充实内容，力争学术水平的提高，而不像某些活动，以学术为幌子，拉关系、搞噱头。张先生自己总是准备文章，求有新意。

改革开放后，如前所述，于 1979 年迅速成立了法国史学会，在 80年代几乎每年都要召开学术讨论会，每次选一二重点，年会上的论文整理发表在《法国史通讯》上，至今已出十二期。1993 年是清乾隆皇帝接见英国首遣使节马戛尔尼勋爵二百周年，芝联先生和人民大学清史所戴逸教授联合发起并主持召开了中英通使二百周年国际学术讨论会。讨论会在二百年前英使觐见乾隆的同月、同日、同一地点——承德揭幕，有中（包括中国台湾）、英、法、德、美等国和地区六十多位学者参加。会议在承德避暑山庄的烟雨楼大厅进行，气氛融洽，与会者畅所欲言，热烈争鸣。会议议题广泛，会内的交锋和会外的交流更是丰富多彩，给与会者留下了深刻印象。会后出版了《中英通使二百周年学术讨论会论文集》。

二十多年来，芝联先生在世界各地巡回讲演，题目多样，内容丰富，他的声音传遍四方。我们不可能过多地摘引，仅列出他的演讲题目，就可知其一斑①。1986 年 11 月 24 日在美国华盛顿伍德罗·威尔逊国际学者中心（Woodrow Wilson Center for International Scholars）讲演：《变革中的中国》。1994 年 3 月 2 日在菲律宾马尼拉国际人权研讨会发言：《人权研究在中国》。1997 年 5 月 28 日在台湾东吴大学的讲演：《提高大学科学水平的途径》。1997 年 6 月 26 日在香港环太平洋论坛会议上的讲演：《香港回归祖国：一个历史学家的感想》。1997 年 8 月 22 日在瑞典乌普萨拉国际 18 世纪研究会上的发言：《未完成的启蒙：中国的经验》。1998 年 9 月 24 日在上海环太平洋论坛总会场的演讲：《回忆旧上海》。1998 年 2 月 20 日在国立新加坡大学东亚研究所讨论会上的讲话：《关于人权问题》。1998 年 11 月 18 日在罗马意中友好协会"北京大学百周年研讨会"上的讲话：《北京大学建校一百年纪念与历史研究：简要的回顾》。2000 年在教育部和全国高校音乐教育学会举办的音乐师资训练班上的讲课：《18、19 世纪的欧洲》。2001 年 4 月在香港岭南大学胡永辉杰出访问学人讲座上的讲演：《对全球化的认识和忧虑》。2001 年 9 月在维也纳为"国际 18 世纪研究会"提交的论文：《18 世纪（乾隆时期）中国的新经济和社会思想》。2002 年 8 月韩国首尔国际历史会议提交的论文：《中国大学世界史教学及观念的变化》。2000 年 10 月悉尼泛太平洋论坛大会上的讲演稿：《对 20 世纪中国的个人回顾：赠意大利汉学家恩里卡·科洛蒂·皮舍尔》（2002 年修改稿）。1997 年在中国法国史研究会上的讲话：《关于启蒙运动若干问题的再认识》（2002 年修改）。在波兰华沙 2002 年关于"自由"概念问题讨论会上的讲演：《18 世纪（乾隆时期）中国知识分子争取自由的三种形式》。2003 年环太平洋论坛中国问题特别圆桌会议上的发言：《评法国汉学家杜明近著〈中国向何处去?〉》。2005 年在华东师大海外中国学研究中心的发言：《泛谈"汉学"与"汉学家"的作用》。2005 年在北大德国

---

① 张芝联：《二十年来演讲录》目录，生活·读书·新知三联书店，2007 年 11 月第 1 版。

研究会成立大会上的讲话：《我和德国学术界的联系》等等。

三　采取"请进来、送出去"的办法培养人才

张先生很重视人才培养，后继有人。他在台湾东吴大学的讲演中就谈到"请进来、送出去"，请国外的专家到我国教课；送人到国外学习培养。以法国史为例，有一位法国革命史的专家阿·索布尔（A. Soboul）是马克思主义者，他的书在全世界都非常流行。1981 年，张先生请他到中国讲学一个月，不仅讲了九个专题，下午晚上还安排问题解答。采取的办法是发通知给全国，告之开班的时间、地点和办法，很多搞法国史、世界近代史的都来报名，形成一个讲习班，索布尔教授无形中收了四五十个徒弟，面对面地教，这就是所谓的"请进来"①。

"送出去"就是把年轻有培养前途的学生送到国外培养。有短期有长期，长期大概不过一年，短期就是几个月。当然也有读学位的。张先生利用关系，除了国家派遣渠道外，多方开辟途径，争取资金，争取名额。1982 年，张先生在巴黎和人文科学研究院院长、法国当代最有名的历史学家布罗代尔（F. Braudel）商谈，送学生到法国进修。1982 年送出去两人，一年后回来，成绩很好，以后第二年、第三年、第四年，每年都送出去一人。通过这个关系，我们派学法国史的人过去，他们又派汉学家过来，这样跟法国学术界的接触也就多了。他说："送出去念书回来的老师，对于科学研究最新的消息成就，及出版的东西他都熟悉，所写论文的水平一下子就提高了。"②

对送出去的人，张先生认为尽可能要参加外国的研究中心。国外有些研究所办得很好，在那里可以利用他们的设备，接触各式各样的人，还帮你调来图书，在那里待上一年半载，收获非常大。当然竞争也很激烈，申请的人很多，一定要作好充分准备，做好研究计划。进行这种交流，外文不用说，学术基础当然重要。

其中也存在一些问题，令他失望的是有的不回来了。他曾送学生到法国、英国、美国、加拿大，有的如期回返，有的则滞留不归，等着接班的愿望也落空了。其实，我们的眼光要放远一点，只要"海外军团"

---

① 张芝联：《二十年来演讲录》目录，生活·读书·新知三联书店，2007 年 11 月第 1 版，第 17—18 页。

② 同上书，第 18 页。

能够发挥作用，也是很重要的力量。

四　以丰硕的科研成果，推动学术交流

要以成果推动交流。没有高质量的研究成果推动不了高水平的交流，反之，有了高水平的交流就更能催生高质量的成果。改革开放以后，张先生已步入老年，他以老骥伏枥的精神，顽强拼搏，使得他的晚年绚烂多姿，多年的积蓄得以迸发，硕果累累，值得向他庆贺，也值得我们学习。一是他孜孜不倦，勤奋耕耘。他值九十高龄，仍笔耕不断，十分认真努力。他说：现在真正体会到王勃所说："老当益壮，宁知白首之心；穷且益坚，不坠青云之志。"2007 年他的第二位夫人王双女士忽然仙逝，对他打击很大。我劝他好好休息，他说还有几部书稿等待出版，憩不下来。而到 2008 年初，我去看他，他竟拿出四部新著送给我，令我惊叹不已。这四部新著是：《中国面向世界》、《我的学术道路》、《二十年来演讲录》、《法国史论集》。这是他最后的贡献。他还告诉我，他正和子侄们在撰写他父亲的传记。可惜未克完工，他就谢世了。可见他真是笔耕到最后一刻。二是他不断发掘潜力，拓展领域。张先生在"文革"以前以世界近代史教学为主，后来进入近代欧洲史学史，接着又转入法国史，并且涉及中国史和中国史学，真可谓是位多面手，学贯中西，文史兼长。他的著作有的是外文版。除前面提到的四本外，主要著作还有《从高卢到戴高乐》、《从〈通鉴〉到人权研究》、*Renewed Encounter：Selected Speeches and Essays 1979—1999*。主编的书有《世界通史：近代部分》上下册、《简明世界史》、《法国通史》、*China and the French Revolution*、《中国大百科全书·外国历史卷·欧洲史编》、《约园著作选辑》、《中英通使二百周年学术讨论会论文集》、《世界历史地图集》等。他的译书有《英国大学》、《1815—1870 年的英国》（资料）、《戴高乐将军之死》。他核校的书有《法兰西内战》初稿、二稿、《法国史》、《法国大革命史》、《旧制度与法国大革命》。他还参与了王充《论衡》的注释工作。① 三是他关心现实，直抒己见。他继承并发扬浙东学派的精神，关心现实，研究现实。他维护改革开放，捍卫祖国尊严，对于一些歪曲和诽谤，他严厉驳斥，对于上海、香港，他以亲身经历，新旧对比，发表议论，颇有感情，也有说服力。对于人权问题，他也毫不

---

① 　张芝联：《张芝联教授简历》，《我的学术道路》，第 299—300 页。

躲闪回避，而是充分发表自己的看法。对于我国高等教育以及文科改革，他充满激情，进行评说，并提出建议。对于历史问题，主张要实事求是，既要注意当时的历史条件和历史环境，又要从现实出发，正确剖析历史。第四，坚持发扬优良学风。张先生在一个历史系博士研究生的宿舍里看到"无恒产而有恒心者唯士为能"这句孟轲的话（见《孟子·梁惠王上》）被当做座右铭，写在床头，引起深思。他以为，无"恒产"也可以有"恒心"，"君子固穷"，"安贫乐道"，这是中国知识分子的优良传统。这位博士生要立志继承这个传统是难能可贵的，值得钦佩的。为此，他写了文章宣传这种精神。他大声说："谁说历史这门学问没有用？"历史工作者大可发挥专长，施展才干。他说："提高民族文化水平，培养爱国爱民素质，揭露封建遗毒，发扬民主思想，比较各国的监督牵掣制度，总结历史经验教训，都是历史工作者可以做、应该做的事。'直笔'、'直书'，不是我国自古以来史学的优良传统吗？我们的历史工作者的队伍不是为数过多而是太少了。"他还呼吁要清除史学发展中的种种障碍，如设置禁区、垄断资料、脱离实际、抱残守缺；一句话，要进一步解放思想。[①] 在《我的学术道路》（2007 年 7 月 1 日）一文的最后他写道："仔细想想，从《资治通鉴》到'人权研究'，无形中贯串着一条线索，即'温古知新'，'经世致用'，这是老祖宗，特别是我们浙东大儒留下的好传统。要真正继承这个传统，发扬光大这个传统，并不是容易的事。人生有涯而知无涯。"[②] 他已经预感到自己的人生已快要走到尽头，但他仍然期待着，想在新世纪来临以后更加有所建树。

芝联先生，安息吧！你所期待的建树一定会由后人来实现！

（原载《燕京学报》新 26 期，2009 年 5 月）

---

① 张芝联：《无恒产而有恒心者唯士为能》，《群言》1988 年第 5 期。
② 张芝联：《我的学术道路》（代序），第 21—22 页。

我们这一辈人中的骄傲
——怀念张世龙、吴文达、孟广平好友

　　世龙、文达相继离去，加上前些年走的广平，每每想到他们，心中无限惋惜、惆怅和悲凉。我们是同一辈人，他们是我们的骄傲。我们年龄相仿，经历相同，又长期共同生活在燕园，我们一生中的重大转折点又都在燕京。十七八岁的时候，我们相继来到燕京大学，在这里学习、生活、追求进步，后又留校工作，结婚生子，在这里成长，成家立业。广平说："我们是小人穿大衣裳。"从少不更事，经过摸爬滚打，历经风雨，担当"重任"，如今已是八十上下的老人了。他们三位都是各自领域的开拓者，杰出人物，做出很大贡献，不幸相继离去。他们才智超群，刻苦努力，并且各有自己的个性和特长。我们长期工作、生活在一起，关系密切。我们大家钦佩他们，又关爱他们。一旦分手，真有说不出的痛楚和依恋，往日的情景一一呈现在眼前。

　　我和文达相识得早一些。1947年，我们一起在上海考入燕京，一起检查身体，共同北上。文达成绩优秀，获得奖学金，免交学费。1949年夏，北平解放后，我们一起在西城区暑期学园工作，和中学生们一起学习"猴子变人"（社会发展史），了解新社会。1953年暑假，我们又一道参加校工会组织的休假，在戒台寺"修炼"。同去的有朱光潜教授等。我们经常外出爬山，现在依然记得朱先生的声音：年轻人，努力呀！又像读到了他的《给青年的十二封信》，在激励我们。

　　1954年5月2日，张世龙、孙亦梁和我三家一起举行集体婚礼，十分热闹，来了许多亲友。北京大学江隆基副校长、周培源教务长、翦伯赞教授等都来参加。我们从此有了各自的小家，从集体宿舍搬到家属宿舍，结束单身汉生活。谈起家，我们大多数人都是离乡背井，远离故里，而世龙和广平则在京津有家。我们有时应邀到他们家去过国庆或新年，享用丰盛的美餐，谈天论地，其乐融融。

　　建国初期，世龙和广平参加政治课教学，主要教中共党史，世龙是负责人。他们是学理工的，搞起马列，很不容易。院系调整后，他们又一起调到校部教学研究科，学习苏联，推进教学改革。世龙是科长，大家叫他"老科"。我和文达分别在历史系和数学系任教。文达曾参加华罗庚主持的讨论班，随即开始从事计算数学这个新兴学科的建设工作。1956年向科学进军，世龙回到系里，不久在北大主持研制大型计算机工作，他们是北大计算科学事业的开拓者。

60年代初，我被调至北大校部，和广平一起都在教务部门。我在社会科学处，他在教学行政处。在三年困难时期之后，遵照"调整、巩固、提高"的方针，为恢复教学秩序，提高教学质量而工作。情况刚好一点，就紧急来了"千万不要忘记阶级斗争"，从社教运动开始，北大比其他高校都更早地进入混乱时期。这时世龙因调至二机部在三线，而在北大的我们几个由于处境命运相同，紧紧连在一起。在不断地被抄家、批斗、检查、劳动之中，我们尚能时而见面，递个眼神，背地谈两句关心的话，相互支撑着。我和广平、钮友傿等属学校机关的"黑帮"，在一起倒白菜、缝被褥（为串联的人们用），以及大田劳动。其实他俩身体也并不好，可总抢着干重活。一次外出到玉泉山周边劳动，正好侯仁之老师和我们一起去。一天他被叫回学校"批斗"，第二天没有回来，可当天我们就返校了。我去帮助他收拾行李，发现他的被子被血染红了，心中吃了一惊。回来后，进入劳动大院（牛棚），我恰好和文达分在一屋。他睡在我旁边，另一边是沈克琦。睡的是地铺，我们的垫被就交叠在一起。那时，龚理嘉等也在牛棚，可她还有四个不大的孩子在家里，真是够惨的。

1969年，我们先后来到江西南昌鲤鱼洲"劳动改造"。我作为先遣队先行，在血吸虫疫地和雷击区，我们"战天斗地"，"风口浪尖练红心"。在下放过程中，由于多起事故，死了好几个人，所幸没有燕京同学。而大家的身体都不同程度受到影响，原患有肺病的广平则发现无名尿血，而他却十分乐观、坚强。

在粉碎"四人帮"的1976年，由于老潘（潘宪继学长）在公安局工作，得悉比较早，就叫我和文达到他家去，告诉我们这一喜讯。我们还有瑞琏大姐聊了好久，心情十分激动。到了后半夜，我骑车带着文达，从黄寺一直猛蹬，回到中关园。那时年纪尚轻，精力还很充沛。由此，校友间的联系开始增多起来。虽经历坎坷，由于大环境的变化，对青年时代的友谊倍感珍贵，有不少的话语要相互倾诉，面对时局的变化，又有不少信息要互相沟通。文达和理嘉家住对门，成为校友聚会的场所。经常聚会的有：项淳一、陈维屏夫妻、康奉、陈英夫妇、吴其进夫妻、潘宪继、刘瑞涟夫妇、还有李延宁、丁磐石、杨宗禹、洪一龙等。每次人数不一。在北大工作的几个则努力做好接待，每家提供各自的"拿手菜"。每次聚会都是欢声笑语，热闹非凡。

"四人帮"粉碎以后，由于政策逐步落实，我们都各自走上不同的岗位。广平和我先后调至教育部。他先在科学技术司，干得出色，就调任首任职业技术教育司司长。这是将原中等专业教育司改为职业教育司，对全国除中师以外的中等专业学校、农业中学、职业中学进行综合管理，以便对全国职业技术教育进行统一归口和全面指导。职业技术教育虽然在我国有多年发展的历史，可一直不被人们重视，也缺乏研究。随着国民经济和社会事业的发展，职业技术教育越来越受到关注。广平过去没有从事过这方面的工作，比较陌生，从筹建职教司开始，就深知担子很重，于是兢兢业业、筚路蓝缕，辛勤开拓。他重视调查研究，广泛收集国内外资料。在国外职业技术教育也有多种模式，德国的"二元制"一时被国内人们看好，竞相模仿。可广平却很冷静，不遁于"一隅之见"，主张采用多种模式，共同试验，摸索适合我国国情的做法。同时，加强理论上的研究，例如职业教育和技术教育是一码事还是两码事，中等职业技术教育和高等职业技术教育的区别以及和普通教育的关联等等。他在任的时间不算长，退休以后仍热心参与职教工作，以不同方式开展研讨，推动发展。他访问过不少国家，和国外很多职业技术教育机构建立了联系。他英语好，能自由地和外国同行交流。而且他善于运用先进科技，在出席一些国内外学术会议时，他总用大量的幻灯片或影像资料来展示他所阐述的内容。这在当时还是不多见的，受到欢迎。由于他和同志们的共同努力，使得我国的职业技术教育得到健康发展。在他最后的日子里，正式出版了一本《我的职业技术教育观》（2005年5月，孟广平著），集中反映了他在职业技术教育方面的思考和实践，也为他的人生画了一个圆满句号。

广平为人忠厚，乐于助人。他谦逊待人，任劳任怨，善于团结人，勇挑重担。他有很强的组织管理能力，在他组织领导下的人都感到心情舒畅。他很诙谐，爱开玩笑，活跃氛围。他的小名叫"大乖"，一直到老，大家都沿用这个称呼叫他，反映了大家对他的"疼爱"。

世龙于1976年自三线回京，调到北京综合仪器厂任工程师。1978年应周培源校长的邀请，回校任北京大学首任计算机科学技术系主任。他是北大计算技术专业的创始人，北大"红旗"型计算机的设计师，我国第一台自行设计、制造的大型计算机——119机（109甲机）的主要设计师之一。他可以说是我国大型计算机设计制造方面的元老，所以，大家又称他为"张总"。在"文革"中，他在困难条件下，设计研制了大面积数学化 X—Y 绘画仪，后又为上海华东所的百万次计算机系统等国防科研项目做出贡献。1986 年，他向国家体委提出在亚运会上使用计算机管理系统的建议，为我国大型运动会的计算机管理开了先河。他曾开设过"计算机原理"、"脉冲技术"等课程，与吴允曾先生等合作翻译了布斯的《快速电子计算机》一书，由科学出版社出版。在他的言传身教影响下，逐步形成了一支既有创新思想，又能吃苦实干、淡泊名利的计算机教师队伍，不仅为北京大学计算机科学的建立，而且为我国一批批计算机新型人才的培养打下了良好的基础。

世龙天性聪颖，博学多闻，文理兼长。他钻研马列，酷爱文史。1990 年离休后，转而从事他喜爱的历史和哲学研究，写了多篇心得文章。他为人耿直，针对一些不同见解，喜欢开展争论。后来将他 1985 年执笔整理的《未名湖畔的风云——记解放战争时期北平燕京大学地下党的斗争》等回忆录和一些有关文章汇集成《燕园絮语》一书出版，为后人留下了宝贵的资料。他本拟写出更多的文字，有的也已写成初稿，可惜天不假年，未能完成夙愿。他曾两次写信给我，共同探讨一些问题。而今睹物思人，无限感伤。

文达在解放初期就敏锐地注视着数学科学发展的新方向——计算数学。他是我国最早从事计算数学教学、研究及应用开发的学者之一，为中国计算机数学的开拓和发展做出了卓越的贡献。1955 年在徐献瑜老师的引领和支持下，北京大学开始筹建全国高校第一个计算数学专业。1957 至 1959 年，文达前往苏联进修计算数学。回国后继续在北大从事教学科研工作，先后开设复变函数论、计算方法等课程，教学效果显著。他指导的毕业论文具有很高的学术水平。他所进行的微分和偏微分方程数值解方面的研究，也取得了重要成果。他精通英语、俄语，曾与他人合作翻译了《复变函数引论》（俄）、《数学分析简明教程》（俄）、《差分方程的稳定性》（俄）、《解偏微方程的差与方法》（英）等多篇有价值的论文和专著。

1978 年后，文达来到北京市计算中心，曾任主任。作为学术带头人，他主持完成了联合国开发署援助项目，组建"北京国际经济信息中心"。该项目的完成使北京计算中心成为全国最有实力的计算中心，为首都各大部委、大专院校提供了广泛的信息服务，培养了大量人才，为中国计算机的应用、推广、普及和国际合作起到了重要的推动作用，得到了联合国开发署的好评。文达还是我国最早意识到符号计算重要意义并积极推进这一学科方向发展的学者，也是国际公认的符号和数值混合计算的先驱者之一，在致力于符号计算的研究和探索上，在众多方面都取得了国际领先的重要成果。

文达具有敏锐的数学直觉和扎实的数学功底，终身热爱数学，热爱计算。他毕生重视人才培养，大力提携青年才俊，培养出满园桃李，芬芳天下。他关爱学生，培养学生；学生则爱戴老师，敬重老师，形成亦师亦友、融洽无间的师生情谊。他和一届届学生都有着亲密的关系，他以拥有一大批优秀学生而自豪。文达还有良好的文史基础，他知识广博，思维敏捷。记得年轻时候，我们常以《水浒传》中108将的诨名和本名相互猜对，他总是随口应答。他语言诙谐，善与人交。同时他为人正派，疾恶如仇，态度明朗。他自信自傲，但能保持冷静低调。在学生时代，可能由于年龄较小，同学们习惯称他为"小九"，后来年纪大了，则称"老九"了，这种昵称竟和某个时期的蔑称"臭老九"相应。

世龙和广平多年患病，健康欠佳。文达虽时有不适，身体还是不错的，遽然离去，出人意料。总的来说，我们这一辈人已是到"谢幕"的时候了。六十多年的友情，一旦断裂，真让人受不了。我们是在一起共患难、共欢乐的伙伴，我们从年轻到老相互搀扶，互相鼓励，相互支持，一路走来。他们是同辈人中的骄傲。谨此泣别，祝愿他们走好，永远安息。

写于 2009 年 2 月
（原载《燕大校友通讯》第 58 期，2010 年 6 月）

博雅塔

沉痛悼念雷洁琼老师

罕见的生活在两个世纪的雷老驾鹤西去了，惊闻之余，我们不禁愕然。回忆往事，点点滴滴，雷老一生和燕京大学有着十分密切的联系。我们燕京校友深切怀念她、敬重她。

雷老是著名的社会学家、法学家、教育家，杰出的社会活动家。作为世纪老人，雷老是世纪的见证人。她几乎经历了 20 世纪以来所有重大的历史事件，丰富绚丽的人生印记是她经历了许多风雨和变故的见证。她从事过多种职业，可她始终以为自己是一名教师，而教师也是她最引以自豪、最乐于从事的职业。作为一名教师，她曾在很多学校任职，都给她留下美好的回忆。而她情系最深、联系最多的则是燕京大学了。

雷老虽不是燕大的学生（她的大学本科和研究生阶段教育是在美国度过的），但她踏入社会的第一步，就跨进了燕大，任教于社会系。虽然雷老在燕大工作的时间不如有些人那么长，燕大却在她一生中留下了深重的烙印，她也为燕大作出了重要贡献。1931 年秋，她跨入了燕大的校门，那时燕大刚迁入西郊新址不久，一切初具规模，欣欣向荣，踌躇满志，正待发展。26 岁的雷老，在阔别祖国 7 年之后，怀着报国之志来到心仪已久的北平。她早年在广州参加了轰轰烈烈的五四运动后，本拟北上，由于父亲的劝阻，结果和哥哥一起到美国上学，未能追随她的高班同学许广平奔赴北平。来到燕京之后，她的心情十分激动，久久难以平静。

然而，正当此时，她面临的环境却是日本帝国主义的步步紧逼，侵略中国的野心日益暴露。她来到燕园不到 2 周，就爆发了震惊中外的"九一八"事变。面对祖国民族的危亡，是奋起投身于捍卫祖国的革命洪流之中，还是蜷缩于美丽的燕园之内；另外，在学术上，是积极开拓社会学的新兴领域，开展社会工作，还是按部就班，照本宣科地进行教学。雷老都迅速做出了明确的抉择，并成为她始终坚持的奋斗目标，又开启了她绚丽灿烂的人生。

永远站在第一线

"九一八"事变后，按照日本田中奏折的基本方针，日本帝国主义的侵略魔爪一步步伸向了华北，通过"华北自治"、"何梅协定"等一系列活动，达到侵占中国的目的，中国人民救亡图存的呼声也日益高涨。这些进一步激发了雷老的爱国主义热情。她说："在我心中，爱国主义是至高无上的。"于是，刚回国不久的雷老就积极投入到抗日救亡的洪流。由于雷老出身于开明的家庭，自幼就受到反抗强暴、公道正直的教育。她祖父曾到美国当劳工，受尽屈辱。所以，她7岁时就由父亲带领，到广州的"猪仔"船上，向劳工宣讲，让他们不要上当受骗，要了解真相，受到劳工的称赞。1919年爆发五四运动，14岁的她担任就读的广东省私立女师的学生联合会宣传部长，追随许广平等成为运动的积极分子。雷老认为："五四精神是照亮我的人生道路的一盏明灯。"在美国南加州大学求学期间，雷老参加了"反帝大同盟"和"国际学生协会"。在这里，她认识了中共早期党员施滉和罗素忤。当时，她并不知道他们是共产党员，只是听到他们关于拯救中国的议论，觉得很受启发，也很符合自己的愿望。施回国不久便牺牲了，施滉的献身精神使雷老深为感动。而回国后的雷老活动范围扩大了，接触到更多的进步人士和共产党员。雷老和郑振铎、顾颉刚等教授发起组织了"燕大中国教职员抗日救国会"，为抗日将士募捐。1934年，她还应燕大同事谢冰心女士之邀，深入到平绥铁路沿线的包头、大同调查，寻求抗日兴国之路。1935年12月9日，中共北平党组织决定在这一天发动抗日救亡学生示威游行，反对"华北自治"。燕大进步学生将这一消息告诉了进步教师严景耀，严又把这一消息告诉了雷老。出于朴实的爱国热情，她决定参加燕大学生组织的游行队伍，冒着凛冽寒风与学生一起并肩游行。当时燕大教职员参加游行的仅她一人。12月16日，是伪冀察政务委员会粉墨登场的日子，北平大中学校爱国学生发动了第二次声势浩大的示威游行。在"一二·九"运动中，雷老亲眼看到国民党顽固派对爱国学生抗日救亡运动的压制，更激发了她的爱国热情，使她更坚定地站到"一二·一六"学生运动一边，她感到和爱国青年的心更贴近了。

更为重要的是，雷老认为："我是从1935年北平爆发'一二·九'学生运动时，同爱国的进步学生接触中，逐渐认识共产党的。"她结识了不少虽未暴露身份而内心明白他们是共产党员的学生和朋友，进一步了解了党的方针和政策，和共产党的关系逐步密切，由此成为与共产党合作多年的战友和同志。她当时看到了中共中央发出的《为抗日救国告全体同胞书》（即"八一宣言"），使她认识到是中国共产党承担起拯救国家和民族危亡的重任，感到抗日救国有了领导力量。

1936年，抗日救亡活动在文化教育界更加深入。就在这年10月，雷老与104名文化教育界人士联合签名发表了《平津文化界对时局宣言》，宣传抗日，反对华北沦为"第二个满洲国"。这个宣言在社会上产生了深远影响。这一年冬，傅作义将军在绥远抗击日本侵略者，收复百灵庙等地。燕京大学组团赴绥远慰问，成员大部分是地下党员和民先队员，由雷老任团长，她们深入到战士中，走进蒙古包，热情慰问抗日将士，共庆百灵庙大捷。

1937年"七七"事变，日本侵华全面开战。这时雷老因假期返省探亲，不在北平。而她随即做出了重要决定。燕大规定，教师在工作6年后，有一年学术休假，可以赴美深造。雷老本该可以有一年学术休假机会，她不仅放弃这个机会，而且毅然放弃燕园舒适安静的生活与教学环境，奔赴抗日前线，在江西省开展妇女工作。用雷老的话说："在爱国主义的驱使下，走出象牙之塔。"在江西工作是十分艰苦的，不仅表现在物质方面，还表现在长期生活在封闭古老而又狭小的乡村天地的女人，"不知有国家也不知有世界"，真可谓"洋博士"遇到了"土表嫂"。而雷老能够不怕困难，热情努力地工作着。她从赣东赣西跑到赣南赣北，走了二十多个县，这对她深入中国农村了解国情，有着莫大的帮助。她曾到过苏区旧地，看着苏区标语，听着苏区歌曲，老表对红军的留恋，老区人民不屈的精神，深深感染了她。她更有幸在庐山，会见了邓颖超大姐，听她讲述"陕甘宁边区的妇女运动"。更难得的是，在吉安会见了周恩来同志，听他讲述毛泽东《论持久战》的观点，释去了疑团，鼓舞了信心，看到了前景。她撰写文章，举办讲座，创办刊物，发动群众，培训妇女，为抗日救亡运动作出了积极贡献。

1941年，雷老和严景耀教授在上海结婚。她的生活又进入了一个重要阶段。严先生1924—1928年在燕大读书，毕业后留校，也是我们敬爱的老师。共同的理想，共同的追求，使他们结合在一起。他们俩都是民主促进会的创始人，在前进的道路上，携手并进。在燕大，雷、严成为进步教授的代表。

抗战后期，他们在孤岛上海，团结进步力量，评论时局。胜利以后，他们积极投入到"反对内战，争取和平"的伟大斗争之中。1946年年底，中国民主促进会宣告成立。1946年的"六二三"下关惨案，雷老成为反抗国民党反动统治的杰出代表。1946年6月，上海人民团体联合会组织上海各界人士赴南京和平请愿团，她是请愿团中最年轻的代表。在南京下关车站，请愿团遭到国民党特务暴徒毒打，她身负重伤。血淋淋的现实，使她在光明与黑暗的决战时刻，更加清醒地认识到应该选择的道路。"血溅金陵忆当年"，雷老为新中国的诞生付出了血的代价。

1946年秋，雷老回到了阔别十年的燕园。这时，民主进步力量已经有了很大的发展。这年冬，爆发了"沈崇事件"，雷老再一次和学生们一起在凛冽的寒风中走上街头，严正抗议美军驻华和暴行。1948年年底，北平西郊解放，燕园也解放了。1949年年初，雷、严作为民进的代表，应中共中央的邀请，出席在西柏坡召开的民主党派会议，共商国是，为新中国的建立做准备。雷老第一次见到了毛泽东主席以及其他中央领导同志。毛主席曾与他们彻夜长谈。在这次会见中，雷老也代表燕大校长和师生问候中央领导，并询问了燕大的前景。

接着，雷老参加了第一届新政协和开国大典，登上了天安门。如今，参加第一届政协和开国大典的人已经屈指可数了。由此，雷老一步一步地参加了新政权的建设，始终站在第一线。她先后担任过众多的重要职务：政务院文教委员会委员，专家局副局长，北京政法学院副教务长，北京大学教授，北京市副市长，民进中央主席、名誉主席，全国妇联副主席，国际交流协会副会长，中国婚姻家庭研究会会长，第一、二、三、六、七、八届全国人大代表，全国人大法律委员会副主任委员，第六届人大常委，第六届全国政协副主席，第七、八届人大常委会副委员长，成为国家领导人。但雷老说："我还是教授"，"我还是一名教师"。

令雷老特别兴奋的是，她作为香港特别行政区基本法起草委员会的委员，从头到尾参加了基本法的起草工作，并多次到香港听取意见。雷老从孩提时代起就到过香港，以后又多次去过。1986年，已81岁的她亲自到香港听取各界对基本法（草案）征求意见稿的意见，短短20天时间，参加各种座谈会达110次之多。她对香港十分熟悉，而且有着浓厚感情。她同时还是澳门特别行政区基本法起草委员会副主任委员。雷老在1997年7月1日，以91岁高龄作为中央政府代表团的成员，亲自参与了香港的回归活动。抚今追昔，她心潮澎湃，感慨万千。雷老为在港澳顺利实现"一国两制"、促进祖国和平统一作出了重要贡献。

积极开拓社会学新学科的建设

雷老从青少年时代就怀着强烈的历史责任感和使命感,立志热爱祖国,服务社会,同时,她也和许多青年一样,有着"科学救国"、"教育救国"的理想。1924年19岁的她来到美国,在加州大学选修了化工。可是一年之后,她感到化工与自己兴趣不合。于是,转学社会学。这一学科深深地吸引了她,成为她终身从事的学科领域。而她偏重于应用社会学,不断开拓社会工作这一新兴专业,为社会学新学科的建设付出了辛勤劳动。

社会学,顾名思义,是观察社会现象研究社会问题的,它的最终目的当然是解决社会矛盾,促进社会进步。可是,出生于旧中国、成长于旧社会的雷老,亲身经历了旧时代,由于列强入侵,军阀混战,使得民不聊生,饿殍遍野,祖国大地,满目疮痍。雷老深知,中国又贫又弱,社会弊病太多,热切希望研究好社会学,找到医治社会的良方。可是,这个探索是漫长的。雷老随着时代的进步,不断推动学科发展。她深知学科发展离不开客观环境的变化;而在时代的发展中,她孜孜不倦地推动着学科前进。

最早,以社会学角度研究社会问题而取得的成果,是雷老在南加州大学撰写的硕士论文《对生长于美国的华人的一项研究》。雷老说:"(这)是我在南加州大学社会学系学习时根据对出生和成长于美国的洛杉矶华人所做的访谈取得的资料写成的。""我在几个美国老师的帮助下,克服了种种困难,花了将近一年的时间进行访谈并整理这些资料,最后终于完成了这一本东西。""促使我下决心去研究在洛杉矶的新一代华人(即在美国出生和长大的华人)以及他们与他们父辈及非华裔的美国人的关系的一个主要原因,是我在这一人群与这种关系中看到的两种文化的差异、碰撞及这种差异和碰撞对这个人群的影响。"也就是说,这些在美国出生和成长华人既没有被美国主流社会所接纳,处于一种边缘人的地位;又与他们的父母产生了代沟。因而,出现了很强的失落感。这一研究对于八九十年后的今天,仍有现实意义。

1931年,雷老受聘于燕大,来到社会学系。当时社会学系主任是吴文藻先生,吴先生极力主张"社会学中国化",是这一研究领域的创始人。他组织人力,有计划有步骤地开展这方面的调查和研究。吴先生欢迎雷老的到来，而且十分赏识她。一天，吴文藻对妻子冰心说："我们系新聘来一位年轻的女教师，不但教学认真，还带学生下乡访贫问苦，真是个热诚人。"雷老在燕京大学先后开设了"社会学入门"、"社会服务概论"、"贫困与救济"、"家庭问题"、"儿童福利问题"等课程。她所讲的社会学并不是一般枯燥、虚幻或纯粹美国式的社会学，而是站在正确的观点上，从实际出发的对社会认识的活知识。她以渊博的知识和火样的热情，一点一滴地培养着青年学生。她带领学生下清河，上定县，访贫民窟，进育婴堂，力图了解社会底层人的生活。她也曾到过门头沟，京郊山区的贫困状况给她留下难忘印象。她还和吴文藻夫妇一起到平绥铁路沿线的包头、大同调查，写了不少文章。从这些调查和研究中，希望能找到革弊图新的药剂良方。其结果正如她和严景耀先生讨论的那样："中国的农民问题和土地问题是社会制度问题。燕大社会系搞的乡村建设试验仅仅是一种改良做法，不可能从根本上解决问题。"

抗日战争爆发了。雷老毅然走出燕园，来到广大农村妇女之中，从事组织、训练和教育工作。她把课堂从高等学府移到了社会基层。这使社会学教授的雷老对社会的认识更清楚更深刻了。望着衣衫褴褛的妇女们，她感到心痛。她不知疲倦地往来于方圆百里的穷乡僻壤，教他们识字、唱歌，给他们讲国家、民族、前方的战事……她把讲义上那些复杂的事情、抽象的理论，化成浅显的故事、通俗的比喻，还配上图画，用"活的讲话方式"为她们上课，从而转为组织妇女、动员妇女的重要力量。由此改变了一群妇女，而这群妇女同时也在改变着家庭，改变着社会。这使雷老深深体会到妇女解放的意义，而这种解放是同民族的解放分不开的，也是和教育分不开的。

解放以后，由于"左"的思潮的影响，从批判社会学进而将社会学系撤销，这种情况延续了二十多年。直到粉碎"四人帮"，迎来了科学的春天。社会学才重新恢复，走上重建之路。雷老和费孝通先生以及社会学界的老人，为此付出了艰辛的努力。他们首先在北京大学恢复了社会学系。然后，大力培训人才，开讲座，办培训班，招收研究生，努力弥补人才的断档和空缺。随后，在全国许多所大学先后成立了社会学系，人们逐步认识到社会学的重要和社会学人才的紧迫，社会学呈现出一派繁荣景象。

为了促进社会学的繁荣，一方面要加强对外交流，一方面则要加强科学研究。雷老虽年事已高，仍积极从事科研工作，她的研究课题集中于婚姻家庭问题，并且进行过几次大规模的社会调查。被列入国家哲学和社会科学"六五"与"七五"规划重点课题的就有《五城市家庭研究》、《改革以来农村婚姻家庭的变化》以及90年代初的《七城市家庭研究》。她指导课题组，对北京、上海、天津、南京、成都五大城市的家庭生活进行了新中国成立后首次大规模的问卷调查，揭示了社会变迁过程中家庭作为社会细胞所发生的深刻变化，分析了家庭结构小型化趋势对经济社会各方面可能产生的影响。由此，雷老还曾获奖。后来，"现代中国城乡家庭研究"课题组又完成了《世纪之交的城乡家庭》。这些成果，都是在雷老的关心和指导下进行的。雷老认为，将近二十年的努力，"从而对中国转型期的城乡家庭的变迁取得比过去更深刻的认识，为中国家庭社会学的繁荣和发展做出自己更大的贡献"。

雷老多次说过，她是中国第一代专业社会工作者。她也为社会工作专业学科的建设进行着不懈的努力。如今，社会工作专业逐步受到大家的重视，特别是和社区建设结合起来，需要大量的社会工作者，这对于形成和谐社会起着非常重要的作用。相信社会工作学科会更加兴旺！

她十分关注妇女问题和教育事业，早在上世纪三四十年代就发表了中国家庭问题和农村妇女问题的重要论文。新中国成立后，她又多次发表论文专著，在许多场合积极呼吁保护妇女权利。她一生钟情于教育，她经常说："振兴中华，教育为本。"认为"尊重知识，尊重人才"是发展教育的根本支撑点，多次呼吁提高教师待遇，保障教育经费，关注失学青少年。耄耋之年，雷老仍参与教育法规的制定和执法检查，为新中国教育事业发展和法制完善忘我地奔波。

亲密无间的师生情谊

雷老热情秉直，善与人处。所以她有很多老老少少的朋友，而其中与燕京师生的情谊是最为浓厚的。

雷老与吴文藻、冰心夫妇有着六十多年的友情。自从雷老来到燕园不久，吴文藻先生就热情邀请她到家作客，而且告诉冰心："你一定会喜欢她。"后来，雷老邀请他们俩加入民进，关系就更进一步了。雷老说"冰心是我最敬爱的朋友，也是我的骄傲"，冰心也说："雷洁琼是我一生最敬爱的朋友。"

雷老在《忆杨刚》一文中说："我和杨刚同志早在1931年就认识。""我们同岁，住在一个宿舍，很接近，可以说是邻居。"杨刚是燕大英文系的高才生。1949年，雷老和杨刚一起参加中国人民政治协商会议，1954年，又都当选为第一届全国人民代表大会的代表。雷老写道："后来在社会活动中，接待外宾中，多次见面叙谈，从她的著作和活动中，大家都公认她是国际问题专家和妇女界难得的人才。"

雷老是在革命斗争中，在工作中结识这许多朋友的。在燕大校友中，她和许多人都有着亲密的关系，如龚普生大姐，侯仁之、张纬瑛夫妇，黄华校友，吴阶平校友，张友渔校友等等。龚大姐和侯先生都是高龄老人，身体也不好。可是他们都惦记着雷老，不时去看望雷老，以表达思念之情，雷老也关心着他们。龚大姐已然去世，而侯先生已满百岁。雷老和燕大的外籍教师和校友，也保持着联系。在纪念夏仁德先生诞辰105周年的时候，雷老说："夏先生是中国人民忠诚的朋友。他在燕京大学执教20多年，精心授业，热爱同学，他和他的夫人对燕京学生给予多方面的关怀和帮助，对中国的进步事业和美中人民的友谊都有突出的贡献。""夏仁德先生的优秀品格和感人事迹，将永远留在我们心底！"韩素音女士是中国人民的老朋友，也是燕大的校友，是雷老近六十年的朋友。在1966年对外友协授予她"人民友好使者"的仪式上，雷老说："她热爱中国，时刻关心着中国的社会主义建设，她与陆文星先生为促进中国人民与世界各国人民的友谊与了解作出了突出的贡献。"

雷老被燕大同学们称为导师，这种师生之谊是在革命中建立的。在伟大的"一二·九"运动中，雷老毫不畏惧毫不退缩，是一个真心追求真理的学者，出现在伟大的行列之中。当学生抬着棺材游行，棺材里躺着请愿时被军警屠杀的爱国者的尸体，雷老与学生们同在！当燕大学生因请愿被捕下狱，在陆军监狱里尝受着爱国有罪的苦痛的时候，雷老受校方之托来慰问他们，鼓励他们！当学生们开展下乡运动，去唤醒胼手胝足的"泥腿子"、"乡下佬"起来抗日救国的时候，在北国天寒地冻，北风呼啸的日子，有雷老和其他两位燕大教师陪伴着他们，奔波于冰天雪地之中。雷老是何等坚持正义，热爱青年，不论环境如何险恶，如何困难，她永远站在青年学生的行列之中，鼓励他们并和他们一起前进！

当1948年夏秋，国民党节节败退的时候，国民党大肆逮捕青年学生，"八一九"军警包围了燕京大学，在这危机的时刻，雷老和陆志韦、翁独健、夏仁德、严景耀以及其他进步教师一起掩护了上黑名单的学生，又将地下党员交给她的一箱进步书刊放在自己家里。这时，虽然国民党派出要员，多次劝说动员北平各大学教授离校南下，而雷老和严先生却积极参加燕京大学师生员工的护校运动，欣欣鼓舞地迎接北平解放，迎接新中国的诞生！

领导燕大北京校友会

1952 年，燕京大学合并于北京大学，从此，燕大不复存在。可是，广大的燕京校友们仍在怀念着母校，怀念着燕园。1984 年燕京大学北京校友会成立，把校友们重新团聚起来。大家一致推举雷老出任会长，校友们欢聚在雷老的周围。燕大历届校友会，雷老都连任会长。大家追思往昔，话说现在，展望未来，相互感应，相互交流。而雷老对燕京，对燕大校友也有着无限的深情厚谊。

燕大校友都已进入古稀之年，绝大多数都从岗位上下来。大家有更多的时间，追忆过去，总结经验，写出一批批文字或拍出一段段影像。在雷老的倡议或支持下，校友会成立了"文史资料编辑委员会"，曾由冰心老人和萧乾学长担任主编，陆续出版了 10 期燕大文史资料，积累了大量的资料和图片。后来又成立了"燕京大学史稿编辑委员会"，雷老担任名誉顾问。2000 年，《燕京大学史稿》出版发行时，雷老出席了首发式。2001 年和 2002 年，相继出版了以侯仁之学长为主编的《燕京大学人物志》第一辑和第二辑。有的系或班级还出版了自己的纪念文集，在此基础上，一些专著和论文也陆续发表，对进一步研究燕京以及有关人物事件，理清事实，正确评价，都有着重要作用。

在雷老的领导下，校友会出版了《燕京大学校友通讯》，目前已经出到 60 期。这个刊物每年出两三期，受到广大校友的欢迎。它是广大海内外校友联系的纽带和桥梁，报道了海内外各地校友的信息，发表了他们的一些近作，有的是专论，有的是游记，有的是缅怀，有的是追忆，形式多样，生动活泼，内容充实，令人爱不释手。篇幅一再扩充，有时不得不另发增刊。雷老也很喜欢这个刊物，看到刊物如同看到校友们一样。

在雷老的积极推动下，北京校友会和有关方面联合成立了燕京研究院。燕京研究院 1993 年成立，雷老出任董事长。这为培养人才，开展研究，促进中外学术交流，起了很多的作用。燕京研究院出版的《燕京学报》（新版），由侯仁之学长任主编，徐苹芳、丁磐石学长任副主编，已经出版到 30 期，发表了许多重要的学术文章，受到好评。

在雷老的支持下，校友会还与国际专业服务机构合作，在四川、云南、重庆等民族地区开展扶贫活动，很有成效，成为典型。

开展的活动还有很多，影响比较大的则是一年一度的返校节了。雷老虽然年事已高，只要有可能，她总是亲自参加，和来自各地的校友们团聚，欢声笑语，十分高兴。近年由于行动不便，不能出行，而她总是惦记着大家，和大家的心系在一起。每年正月初三，新春伊始，或是九月十二，雷老生日，校友会总代表广大校友前往看望，向雷老问候祝福，雷老总是热情接待。大家围坐在她的身边，洋溢着欢乐、融洽的气氛，仿佛又回到了半个世纪前，在燕园雷老家里那样欢聚的情景。

雷老走过了 106 岁的历程，燕京大学是她人生历程中最重要的阶段。雷老的一生是光辉的一生，追求真理的一生。她顾全大局，坚持原则，胸怀坦荡，平易近人，具有崇高的道德风范和人格魅力，赢得了广大人民和燕京师生的尊敬和爱戴。她高尚的品格、无私奉献的精神永远值得我们学习。

（原载《燕京学报》新 30 期，2012 年 8 月）

怀念苹芳

今年 4 月 22 日，苹芳主持召开《燕京学报》编委会。有近一年不见，大家都感到苹芳瘦了，气色不佳，但他还和往常一样，坚持把会开完。不到一个月，5 月 21 日上午，忽然接到苹芳夫人徐保善同志（燕大校友）的电话，说苹芳病危。我们十分惊愕，下午赶到医院，他已昏迷。女儿在病榻旁不断呼唤他，情绪激动，奈无回天之力。就在 22 日清晨，他离我们而去。

苹芳 1930 年出生于山东济南，原籍是山东招远。1948 年夏，从济南至北平求学。1949 年考入北京师范大学历史系，1950 年再考入燕京大学新闻系（学号 50113），次年转到历史系，从一年级读起。1952 年院系调整后，入北京大学历史系考古专业，这时考古学正式在高等学校列为专业。1955 年，作为第一届考古专业毕业生步入社会。苹芳是以六年时间读完大学本科，时间虽然长了一点，可他受到很多学养丰厚、学术造诣很高的名师指点，加以自己勤奋好学，学业进步得很快，一般的毕业生多不可望其项背。

1956 年，苹芳在南开大学担任一年郑天挺教授的助手之后，旋即调入中国科学院考古所工作，开始了他长期在考古历史战线的耕耘，并做出了许多杰出的成就。改革开放以后，经过拨乱反正，苹芳同志的工作更为出色，担任的事项更为繁重。1995 年，在燕大诸多校友的齐心努力下，《燕京学报》得以复刊，由侯仁之、周一良老师出任主编，而他俩毕竟年事已高，难以负担《学报》的实际工作，经过推荐，由苹芳和丁磐石两位学长自第三期开始担任副主编，而苹芳同志的担子更重一些。由于我也忝列编委，和苹芳的接触也更多一些，逐步了解了他的学术成就和为人处世，对他也更加敬重。

苹芳的学术兴趣十分广泛，博览群书，所从事的研究领域很广，在许多方面取得重大成果。他善于把考古资料和文献材料结合起来，正如王国维所言，把考古发掘所得与书本文献相印证是一条新的学术道路。

苹芳同志是充分掌握了这两个方面，取得了别人难以取得的成就，是其中的杰出代表。据《燕京大学人物志》所载，苹芳的学术研究成果大体可概括为六个方面。

一 关于居延汉简的研究

汉简是指两汉时代遗留下来的简牍。早在北周时代就有人在居延地区发现汉代"竹简"书。1930—1931年，中国、瑞典学者合组的西北科学考察团在甘肃、内蒙古境内的额济纳河两岸和内蒙古额济纳旗黑城东南的汉代边塞遗址里，发现了一万枚左右汉简。这次发现汉简的地点，在北部的属汉代张掖郡居延都尉辖区，在南部的属张掖郡肩水都尉辖区，但习惯上把这两个地区出土的汉简统称为居延简。

考古所曾组织人力从事居延汉简的研究。先后于1959年和1980年出版了《居延汉简甲编》和《居延汉简甲乙编》。苹芳参与了这一研究，《居延汉简甲乙编》是苹芳的专著，较之《居延汉简甲编》，除了搜集资料之外，又做了不少研究加工。此外，他还写了《居延考古发掘的新收获》、《居延、敦煌发现的〈塞上蓬火品约〉——兼释汉代的蓬火制度》、《瓦因托尼出土廪食简的整理与研究》（合著）等。2009年，苹芳在新《燕京学报》第26期所发表的《从居延到黑城（亦集乃）——中国西部开发中的历史经验一瞥》一文中，不仅运用了居延汉简，还发掘了有关文献，论述了一千多年来中国在西部居延一带开发的历史经验。他论述，西汉决心在此屯垦移民，先军垦，后民屯。"居延烽隧遗址出土的简牍文书与屯田有关的集中发现在两个地点，一是居延防线最北端的瓦因托尼（西北科学考察团编号为A10），它是居延都尉府殄北侯官的通泽第二亭（后改为殄北第二隧）。二是靠近居延防线南端的大湾（西北科学考察团编号为A35），为肩水都尉府治所。前者是居延推行代田的屯垦区；后者是肩水都尉驿马田官的屯垦区。"他接着叙述了经北魏、北周、隋和唐初时的居延，唐垂拱二年（公元686年）陈子昂所见的居延，直到元代的亦集乃。他最后在文中写道："居延绿洲兴而衰、衰而又兴、兴后再衰的历史教训是够深刻的。它将为我们今日西部开发事业提供什么经验呢？以史为鉴，确实是一个值得深思的问题。"

二 关于中国古代城市考古学研究

这是一项十分重要，也是十分新颖的研究。随着改革开放的日益深入，城市规划、城市建设日益发展。对于有着悠久历史传统的城市的研究日益提上日程，如何既建设现代化都市，又保护好历史文化遗产，这其中充满了争论和碰撞，也充斥着利益驱动，反映出对历史、现状的理解。关于中国古代城市考古学的研究，既是一个学术性课题，又是一个涉及现实城市建设的争论焦点。苹芳作为一个严肃的学者，热情投入古代城市考古学的研究。他在这方面的研究成果有：《中国古代城市考古与古史研究》、《元大都的勘查和发掘》、《论历史文化名城北京的古代城市规划及其保护》等等。他又积极参与现实的城市规划的争论，为捍卫祖国传统文化，为保护悠久历史古迹呐喊奋斗而声嘶力竭，呕心沥血。

苹芳曾参与了《中国古代都城资料选刊》的策划工作。他曾先后主持金中都、元大都、南宋临安以及扬州唐宋古城的发掘与勘察工作。而他情有独钟的则是北京。这其中还有一段传为学界佳话，就是他和赵正之教授的"元大都情结"。赵正之先生是清华大学建筑系教授，是苹芳的前辈，专门从事元大都城市规划的研究。苹芳曾在 1957 年前后，经夏鼐所长指派，参与清华建筑系所组织的山西古代建筑调查，和赵先生合作，从此结下了深厚的友谊。赵先生经过细密考研，一直以为，北京长安街以北的街区就是元大都时代的基本面貌，横平竖直，整齐排列，历经明、清、民国，也无大变化。这在世界城市发展史上，是独一无二、难以匹比的范例，而且是根据规划，逐步建设的，具有中国特色，与世界其他城市迥然不同，享有极高历史文化价值，应当十分珍惜，妥加保护。可惜，赵先生在上世纪 50 年代后期罹患癌症，难以把他的成果贡献出来。这时，北京大学宿白教授就要苹芳在 1960 年，每天到医院，记录赵先生的讲述，断断续续坚持了两个多月，终于记录下来，可赵先生也就撒手人寰了。苹芳接着进行了整理，写成《元大都平面规划复原的研究》（赵正之著），准备在 1966 年《考古学报》副刊上发表。然而爆发了"文化大革命"，印成的书被销毁，直到"文革"后，才得以重新出版。

在"文革"期间，具有悠久历史的北京城墙被拆毁，苹芳也适逢带领考古队伍，正在现场。对于城墙要拆与否，陈伯达要郭沫若表态，郭老到了现场，苹芳陪伴在旁。令人惊讶的是，在西直门拆毁瓮城时，发现了城墙里面还有一座元代的和义门，这是极有历史价值的。在那时的情况下，郭老说他自身都难保，也保不了城墙。事后谈及，都感到十分惋惜。

"文革"以后，苹芳通过进一步研究，运用文献资料，进行实地考察，给出了元大都以及明、清时代的北京平面图，做出了贡献。苹芳为此和谢辰生等人一直坚持要全面保护北京故都，不能只是划片保护。由此，他被称为顽固的"保守派"。在城市开发中，他们进行了"保卫战"。每拆迁一片，他们就呼吁一遍，不断地在和推土机较量，为保护优秀传统文化，为保护历史古迹，他们真可谓声嘶力竭，拼了老命。

三 关于古代陵墓制度的考古学研究

在研究古代都市的同时，苹芳也进行了古代陵墓制度的研究。成果有：《中国古代的坟丘墓》、《中国秦汉魏晋南北朝时代的陵园和茔域》、《东汉洛阳城南郊的刑徒墓地》、《唐宋墓葬中的"明器神煞"与"墓仪"制度——读〈大汉原陵秘葬经〉札记》等等。中国一向有祖先崇拜，对丧葬十分重视。墓葬中也保存着重要的历史文物，考古工作对墓葬发掘极为看重。苹芳同志进一步把墓葬作为一种制度加以研究，他不仅研究古代帝王、上层人士的陵寝、墓葬，也研究了刑徒的墓地。力求从制度上、礼制上研究古代坟丘，做了综合性探求。前些年，在北京郊区大葆台的汉代墓葬发掘中，发现了黄肠题凑的棺椁。这种黄肠题凑过去只是在文献中看到，如今发现了实物，苹芳十分兴奋，证实了这种高规格的殡葬方式。

近年来，由于商业炒作，争吃祖宗饭。许多地方对古代名人出生地和墓地，争相宣布为己属，争相寻找历史考古依据。如对诸葛亮的出生地就有多地争认，各不相让。前些时候，关于曹操的墓地所在地问题又引起波澜。苹芳同志力排众议，认为证据不足，必须慎重严肃对待。这虽然容易招人忌恨，却反映出他的为人耿直与学术坚持。

四 关于"丝绸之路"考古学研究

由于从事西北地区的考古研究，他对古代"丝绸之路"产生了兴趣，后来并进一步扩展到"海上丝绸之路"的研究。他曾参加在中国举办的陆上和海上"丝绸之路"的学术研讨会。他的相关研究成果有：《考古学上所见中国境内的丝绸之路》、《近年关于"丝绸之路"考古的新发现和研究》、《在西部开发中关于中外关系史的考古学研究》等等。

1995年，新《燕京学报》第一期刊有苹芳所写的《考古学上所见中国境内的丝绸之路》，这是一篇颇有分量也很重要的文章。文章开头，苹芳就写道："中国境内的丝绸之路是长期以来在国内交通路线上形成的，外国商旅贡使经常沿某些路线往来，逐渐形成带有国际性的旅行路线，即后来所称之'丝绸之路'。中国境内的丝绸之路，由于受社会的或自然环境的因素制约，随着时代而变迁。要确定丝绸之路所经具体路线，除文献上有明确记载之外，考古学的发现也极其重要。在丝绸之路沿线发现了许多从外国输入的遗物，诸如东罗马（拜占庭）和阿拉伯金币、波斯萨珊银币、东罗马和萨珊金银器、首饰，罗马、萨珊和伊斯兰的玻璃器，以及中亚织做的'波斯锦'等等。特别是在文献上没有记载的情况下，这些考古发现在研究丝绸之路方面便有重要的意义。"

苹芳用了很大工夫，细心搜集了丝绸之路沿线所发现的外国遗物。在东段，有西安、陕西、宁夏、青海、甘肃等地。在西段，有楼兰、米兰、和阗、阿图什、乌恰、吐鲁番、阿斯塔那、焉耆、轮台、库车等地以及洛阳、河北、山西等地。他又收集了中国北方的草原丝绸之路上的内蒙古、山西、北京、天津、河北、辽宁等地的遗物，还记述了海上丝绸之路上的广州、广东、湖南、福建、浙江、湖北、江苏、河南、山东各地的遗存物。苹芳自称："此文原是1990年8月间在联合国教科文组织丝绸之路沙漠路线乌鲁木齐国际学术讨论会上的讲演稿，因时间所限，内容简略。其后新考古材料不断发表。今年八月间，乃在讲演稿之基础上，重新改写，增加海上丝绸之路内容。"他自始至今用了四年时间，通过辛勤搜寻，爬梳整理，以翔实的资料，重现了当年中国境内的丝绸之路。

五 关于宗教、戏曲和其他遗迹遗物研究

苹芳同志主要是从事历史考古的，涉及面广。他曾著有：《中国舍利塔基考述》、《僧伽造像的发现和僧伽崇拜》、《中国石窟寺考古的创建历程——读宿白先生〈中国石窟寺研究〉》、《元大都也里可温十字寺考》、《宋元墓中的杂剧雕刻》、《三国两晋南北朝的铜镜》等等。

六 关于中国考古学的综合研究

苹芳很重视中国考古学的综合研究，主要是中国文明起源的考古学研究，著有：《中国文明起源考古学研究的回顾与展望》、《中国古代城市考古与古史研究》、《中国文明的形成及其在世界文明史上的地位》（合著）、《中国文明的形成》（合著）、《考古学所见秦汉帝国的形成与统一》、《宋元明考古学》等等。

1989年至1991年，他作为中国社会科学院考古研究所所长、《考古》杂志主编，组织了"文明起源"课题组，通过主持召开座谈会、组织学术考察、综合研究大量的文献和实物资料、发表笔谈等形式，有组织、有计划地探索中国文明的起源。他在苏秉琦、费孝通等前辈研究的基础上，又结识了海外杰出华裔学者张光直教授，携手共同研究。这种由国家一级学术研究机构主持的多家研究单位参与的研究举措，使中国文明起源的研究获得了实质进展，开启了中国文明起源研究的新阶段。

在1999年，新《燕京学报》第六期上所刊载的由徐苹芳、张光直合署的《中国文明的形成及其在世界文明史上的地位》，是一篇十分重要的文章。题解上说明，本文为《中国文明的形成》一书中的第九章。第一部分作者为徐苹芳，第二部分作者为张光直。

苹芳在他执笔的中国文明的形成部分中，起始就写道："中国的历史在秦代以前经历了旧石器时代、新石器时代和夏商周三代，约从公元前一百多万年到公元前三世纪末。在这个历史过程中，旧石器时代是极其漫长的。从一万多年以来的新石器时代至夏商周三代，虽然占不到整个先秦历史的百分之一的岁月，但它却包含着氏族社会从母系向父系的演变，也包含着氏族社会向文明社会的转变，还包含着夏商部族文化向西周华夏共同体文化迈进的历程，以及秦始皇统一中国和汉武帝完成统一大业的全部历史。"这个简明的概括既说明了历史发展中各个阶段的变化，又说明了各个阶段的特色，"形成了中国文明的特色，并直接影响着其后的中国社会历史和文化的发展"。

他告诉我们：文明起源和文明社会的诞生是两个不同的历史阶段，要经过一个很长的从量变到质变的过程。文明社会产生是一次社会性质变化的飞跃。

他的结论是："中国文明的形成是自身发展的，是土生土长的原生文明。""人类创造了文明，中国人创造了中国文明。"

苹芳同志另一个重要贡献，就是担任新《燕京学报》的副主编，实际主持《学报》工作。这也是他晚年用力甚多、费时甚多的一项任务。由于《学报》没有专职的编辑人员和行政人员，主要靠大家业余奉献，又加上来稿可用的不多，主要靠约稿，因此，苹芳和磐石两位显得特别辛苦。《学报》经费自1999年第三期开始由哈佛燕京学社慷慨提供，而我们总是勤俭办刊，不多花一分钱。苹芳同志运用他在学术界的广泛人脉，通过多种渠道，约请海内外名家赐稿。先后有吴大猷、季羡林、饶宗颐、侯仁之、周一良、林耀华、王钟翰、王伊同、许倬云、何炳棣、丁伟志等等学者来稿；苹芳还将顾颉刚、陈梦家等人的遗作整理发表，为《学报》赢得光荣与称誉。《学报》内容丰富，精彩纷呈。饶宗颐老人曾在一次岭南校友会上说："《燕京学报》是他最喜欢看的刊物之一。"苹芳还组约了一些篇幅比较大或比较冷僻，在其他刊物难以发表的文章，如论述契丹文字等在《学报》发表。除了组稿，苹芳还以很大精力审稿改稿，以及校订史料。他说他家藏书较多，对于注释，他都认真查对，可见他是很用心的。他坚持《学报》的传统风格，讲求实证，论证充实，朴实无华。而且为了适应港、澳、台及海外学者，《学报》坚持排印繁体字。

我和苹芳接触的时间不算长，也不很多，可我很敬佩他的人品，现在追思起来，给我留下很深的印象。他身上体现了中国知识分子的优秀品质。

他敬爱师长。从读书到工作，在人生的各个阶段，他都受到不同良师的点拨和爱护，他都深深尊敬他们。在燕大时的邓之诚、侯仁之，南开时的郑天挺，北大时的苏秉琦、宿白，考古所时的夏鼐、陈梦家、顾颉刚，清华的梁思成、赵正之等等。每每谈起他们，他都肃然起敬、努力从老师前辈那里汲取智慧和力量。

他谦虚低调。他不事张扬，默默工作。尽管他在许多方面取得重要成果，而他从不炫耀自己，做了一些事情，也不声张。如近年学术界轰动一时的"夏商周断代工程"，虽已取得不少成果，可有些人揄扬过甚，而且把年代断得过细过死，缺乏有力证据，一时宣扬过头。苹芳同志为此写了长篇意见书，坦陈己见，具列尚待深入考察商榷的问题，送报有关领导。结果意见被采纳，宣传降温。可平日他很少就此大吹大擂，很少人知道是他提了意见。

他耿直坚持。这体现了他的责任心和使命感。他对于一些认准了的事情是十分坚持的，而且相当固执。就对北京城市的保护而言，他被聘为一些委员会的成员，总是慷慨陈词，反复论述。他以为北京和欧洲都市是两种不同的类型，从元大都时代起，就是有规划进行的。这份遗产有着特殊意义。他的意见虽一再被否决，可他仍是直言不讳，饱含着深厚的思想感情和责任意识。同样，他也参加全国古籍整理项目的评审，非常坚持原则，对于不属于古籍整理性质的项目，卡得很严。他深知古籍整理是非常艰苦的工作，有限经费必须用在刀刃上。由此，他的耿直也得罪了一些人。

他勤奋好学。苹芳以勤补拙自勉，十分用功。他博览群书，兴趣广泛，尊敬师友，多方吸收，抓紧时间，努力学习。他有书法根底，硬笔字写得很工整漂亮。他兼职很多，社会活动也多，近年因患病，身体虚弱，他仍珍惜时光，争分夺秒。就在这次病重时期，他仍带着书籍到医院，可是病情迅速变化，书籍也就随他而去了。

苹芳同志走了，我依然记得他在主持《学报》编委会的情景，依然想象他伏案埋头审稿的状态。他依然活在我们的心中！

2011 年 9 月

（原载《君子之风——怀念考古学家徐苹芳》，

《燕京学报》编辑部 2011 年版）

在王平教授追思会上的发言

我代表我和我老伴说几句。我们和李欧、王平一家的关系既深且远，参加王平这个追思会引起我们很多美好的回忆。

解放前，因为李欧参加讲助职系统的活动，和我们学生系统不发生横向联系，尽管同在燕京大学，却并不认识，解放后才有了较多的接触，慢慢也才有了较多的了解。李欧进燕京是在 1937 年，也就是"七七"事变后这一特殊的年代，王平是在 1938 年。四年以后，李欧毕业进入了研究院，又赶上 1941 年 12 月 8 日爆发的太平洋事件。就是在 12 月 8 日当晚，李欧被日本人拘捕，可能因为李欧曾经做过数学系学生会主席。他先被带到西苑，后又被转移到北大红楼地下室。和他一起被捕的师生共有二十多人，其中学生 11 名。在关押了 26 天之后才开始审问他，主要是关于他本人有什么抗日活动，和什么人有联系等。当时他们这 11 个学生已经在暗中达成共识，即凡是熟悉的关系，"已经离开学校的可以说，尚留在学校的绝对不说"。当时日本人很凶，在反复拷问得不到需要的材料时，翻译就把李欧从椅子上拉起来，狠狠地摔到地上去。经过几个回合的斗争，他们仍然守口如瓶，日本人也就不得不把他们放了出来。李欧写的《狱中 33 天》，就是他的这一段经历。王平在那时还是个大家闺秀，参加活动很少。

我和他们的接触主要是在解放后了。印象较深的是 1952 年夏天，当时三校合并工作已经开始，我和李欧两人负责组织三校的老师去青岛旅游。接着就是筹备 10 月 1 日国庆游行，当时他家住在镜春园，王平先把孩子带回了姥姥家。10 月 1 日前一天晚上，我干脆住到他家去。凌晨四五点钟，我们两人一起领着队伍到清华园坐火车到西直门，然后再带领燕京师生走到天安门去参加检阅。

院系调整后，李欧被分配去了清华大学。清华是一所多科型的工科大学，对学生的数学基础要求很高，李欧的数学教学当然无可挑剔。他能把数学概念深入浅出地讲得非常清楚，板书也非常漂亮，不用圆规就能把圆画得滴溜儿圆，因此受到学生和领导的高度好评。1954（或1955）年的第一届世界青年联欢节，是由团中央书记胡耀邦亲自带队去莫斯科再转赴布加勒斯特。李欧作为成员之一当然很高兴，回来兴致勃勃地讲述一路的见闻和联欢节的盛况。至今我还保留着一个盖子上刻着莫斯科大学图案的草绿色塑料圆盒，那就是他用仅有的一点零用钱买回来送给我的珍贵礼物。那一段时间他还是清华大学工会主席，正当他热情很高、全身心地投入教学和社会工作的时候，遗憾的是，1957年反右派运动来临，他被莫名其妙地打成了右派，从此入了另册。

王平在解放以后走出了原来学习、工作的小圈子，积极追求进步，1952年申请入党，我是她的入党介绍人。反右运动当然对她也是很大的打击，但她始终是实事求是的。首先是如何面对她的解剖教研室主任崔芝兰教授的问题。崔为人正直，敢讲真话，当时有人主张将她划为右派，王平坚决反对。实际上那时王平已经面临自己的丈夫李欧划右派的问题，她还敢于站出来坚持真理，主持正义，这是非常难能可贵的。

王平看起来是一个温文尔雅的人，干起工作来却是坚定执著，令人钦佩。"文革"期间，王平还坚持挑头研究"小鸭肝炎"，这是很不容易的。因为那是一个天下大乱的时期，自己和家里也受到冲击，她还在那里埋头苦干，孜孜不倦地搞科研，而且做出成绩，还获了奖，这不是一般人能够办得到的。我们当时正在江西鲤鱼洲劳动改造，听到她的科研项目得奖的消息，真是由衷地为她高兴。另外，还应该特别提到的，王平是我国大熊猫研究的开拓者。为此，她曾经到加拿大去做过学术报告。

王平在收集整理燕京大学生物系的有关资料、总结办系经验上做了大量工作，做出了贡献。在燕大校史资料里，大家可以看到一篇关于介绍生物系的文章，那就是王平组织唐冀雪、邝宇宽等撰写，而主要由她总其成的。她在总结办系经验中，提到胡经甫、李汝祺、刘承钊三位中国教授任系主任对燕京生物系建设所起的重要作用，并特别指出燕京生物系主任博爱理（Miss Boring）女士的贡献。总结里说道，当年他们经常举办科学报告会，要求教师特别是青年教师、研究生就当时国内外科学界的最新信息、最新发展情况做出报告，以开阔大家的学术视野。她还翻译了燕京生物系主任博爱理（Miss Boring）女士的传记。此外，她还提到当时生物系有一个大的实验室，高年级学生和研究生每个人有一张实验台，可以在那里学习和工作，老师经常给予指导，这个实验室就成为彼此相互交流的平台。这些做法都是值得借鉴的。

1991 年，《燕大文史资料》请李欧组织校友撰写数学系的办系经验，他自己写了《回忆燕大数学系》的文章。遗憾的是，他未能看到文章的出版就去世了。

2004 年，我们利用到美国开会的机会，转道波士顿去看望了王平。她和小女儿李建一家热情接待了我们。她不顾年高体弱，坚持陪同我们一起去了朴次茅斯和哈佛大学等处。我们是学历史的，很想看看英国早期移民登上新大陆的起点，她居然陪我们一起登上了"五月花号"。原来"五月花号"不只是一条船，而是一批运送移民的船只。现在保留的一张珍贵照片，就是我们俩和王平、李建一家在海滩边的合影。回来后，我写了《漫步美国历史的脚印》。今天，这点点滴滴的回忆一起涌上了心头，久久挥之不去。

我们能够参加这个追思会，回忆王平、李欧一生的贡献令我们感动，回忆几十年和王平、李欧一家的交往，深感友谊的可贵。今后我们和他们的子女的友谊还将会长存。

2012 年 5 月

站在改革开放的前沿,创"四个第一"的洪君彦

经过长期顽强与疾病做斗争,君彦不幸永远离开了我们,我们深感悲痛。近年来,君彦多次与死神擦肩而过,他向我们描述了那些斗争的亲历,我们真为他庆幸,也告诫他要更加小心。最近,他曾四次脑梗,我们相信他能够挺过来。可惜由于他连续重病,体质日益衰弱,加以多种病发,虽有大夫的精心治疗,特别是贤英的温馨呵护,亲朋的热切关爱,仍是撒手人寰,驾鹤西去,我们祝愿他好生安息。

我们和君彦多年相交,曾是燕大的同学,又在北大长期一起工作,虽不在一个系科,可一直是很熟稔的。特别在改革开放以后,我们曾住上下楼,过从比较密切,相知也就更多一些。进入改革开放,我们都是相继年过半百的人,可都是重新焕发了青春。回忆起来,君彦那时繁忙紧张、积极奋进的情景,历历在目,努力站在改革开放的前沿,我深感到他在争创"四个第一"中的一些突出表现。那么,"四个第一"指的是些什么事呢?

第一,在北大也是在全国首先创立世界经济专业。1959年,毛主席赞扬任继愈先生为研究佛教的"凤毛麟角"的人才,提出要开展对世界"三大宗教"的研究。接着,周总理借势加以扩展,提出要加强对国际问题的研究,要在高等学校和中国科学院,设置国际问题研究机构和专业,以开展专门研究和培养相应人才。于是,在北大设置了世界史专业、世界经济专业、国际政治专业、国际法专业等以及宗教所、亚非所、南亚所等。洪君彦等一批年轻人在1959年就承担了创建世界经济专业的任务。

作为一个新兴专业在北大创立,实际上是要创建一个新学科,建立一支研究队伍。周总理当时对北大时任校长的陆平说:"北大这样的综合性大学应当培养一批研究当代世界经济的人才。我们不能对当代世界经济不甚了了。中国社会主义建设离不开世界经济,世界经济也离不开中国经济的发展。"遵照周总理的指示,筚路蓝缕,君彦他们开始了新

的征程。当时力量很小，只有5个人：洪君彦、蔡沫培、巫宁耕、田万苍、张德修。洪君彦是世界经济教研室主任。这个新生的弱小的教研室得到了系主任陈岱孙先生的大力支持。陈先生是著名的经济学家，对西方经济学和世界经济都有深厚的功底和研究。他们又广泛和有关部门与外界联系，争取支援。很快，在1960年与人民大学一起招收本科生；为了培养师资，又于1961年，开始招收研究生。

然而，在那样的年代，世界经济专业不可能有很大的发展，只是在1964年招收了第二届学生，并在"文革"中招收过两届工农兵学员。真正的发展是在"文革"之后。

1977年恢复高考，正像井喷一样，众多优秀学子纷纷进入高校。而世界经济是一个十分热门的专业，改革开放的大局吸引着广大考生，世界经济专业成为趋之若鹜的学科。有人谈文科中的六成状元进入这个年轻又新颖的专业。君彦和他的团队都十分重视这一批又一批的莘莘学子。他们基础好，能力强，有着强烈的求知欲和上进心。君彦和学生们的关系非常好，真是亦师亦友，以至于学生们在纷纷毕业之后，历届学生都和他保持着亲密的关系。学生们关心他，爱护他，尊重他；他也关心他们，呵护他们，祝福他们。最近出版的一本书《洪君彦和他的学生们》就记录了许多感人的故事和动人的情节。洪君彦不仅认真地上课教书，而且关注学生们的方方面面，为他们排忧解难，为他们规划未来，出谋划策。他为学生们所取得的成就而高兴，为学生们的进步而喜悦。学生们称他为"洪老师"、"洪教头"。如今学生们也纷纷成才，在国内外的各种舞台上十分活跃，承担着重要任务，发挥着重大作用。君彦真可谓桃李满天下，春华秋实。

第二，他是首位在中美建立外交关系后，由富布赖特基金会邀请访问美国的中国社会科学学者。1980年，君彦应美国富布赖特（Fulbright）基金会邀请，赴美国纽约哥伦比亚大学经济系和东亚研究所做访问学者。这是一份荣誉，也是一份责任。

他自从创办世界经济专业之后，就以研究美国经济作为主要目标。他也是较早从事研究美国经济的专家。1959年发表在《北京大学学报》的《不稳定的美国经济》这篇草创时期的论文，表明他们是以研究为基础来进行创业的。接着，1963年，他与罗承熙合作在《国际问题研究》杂志上发表《美国钢铁工业的资本积累与钢铁工人的贫困化》，进一步分析了美国三大骨干企业——钢铁、石油和建筑之一的钢铁工业的状况。这些文章里，他运用大量统计数据，注重实证，不仅在相对封闭、没有计算机、没有网上通讯的年代显得难能可贵，也与时下流行的粗制滥造、东拼西凑、只讲数量不求质量的浮躁风气形成鲜明对比。然而，这些研究还是初步的。他渴望能够走出国门，亲自走向世界，开拓视野，增长见识。因此，他十分兴奋地作为首批中国的访问学者，来到美国，来到哥伦比亚大学。他在学习考察的过程中，也向美国学术界、向美国朋友介绍中国，介绍中国改革开放的情况。

1986 年，君彦又应美国卢斯基金会（Luce Foundation）邀请，赴美国密歇根安阿伯（Ann Arbor）密歇根大学经济系和中国问题研究中心做访问学者。提起卢斯基金会，大家知道它和燕大有着密切的关系。亨利·卢斯（Henry Luce）是卢斯基金会的创办人，也是美国著名的《生活》（Life）杂志的创办人。他的父亲哈利·卢斯（Harry Luce）曾是燕大的副校长，受司徒雷登校长之托，专门负责燕大的筹款工作。燕大未名湖上岛亭的卢斯亭，就是为纪念他，由他们家族捐助建立的。在访问期间，君彦多次参加国际学术会议，并在会上做主题发言。

在这里，必须提到的一件事，就是在 1980 年访问期间，君彦以中国专家身份，在美国商务部为中国对外经济与贸易部打赢了薄荷脑油反倾销的官司。那时，美国贝尔公司以反倾销为由起诉中国，可正值改革开放初期，各方面的准备都不足，而美国已开始竖起反倾销的大棒。我驻美使馆找不到相应的律师以应诉，于是找到了洪君彦，君彦欣然接受。他也下了一番工夫，进行调查研究。他找到的突破口，是他的下乡生活体验。他以亲身经历，说明中国农民是靠肩扛手挑来运输薄荷脑的，根本不存在什么政府的大量补贴，在美国商务部的论证会上，赢得了掌声，打胜了官司。这靠着他流利的英语、熟悉的生活以及他的灵活机智。为此，他受到中国政府有关部门的高度赞扬。

1987 年，他又参加由美国福特基金会资助的中美教育研究联合会。在 1987 年和 1990 年曾两次赴美，先后访问了许多著名大学，和有关专家共同研讨教学改革与学术交流问题。这些开创性的活动有力地促进了中美经济文化交流，为西方经济学教学、经济理论的普及与专业人才的培养打下了基础。

每次回国后，他都把国外的所见所闻由浅入深地与学生分享。记得当时我在北大社会科学处工作，曾组织过多次讲演，也请君彦在大礼堂向全校师生介绍过。那时国门刚打开，对外部世界还是知之甚少。他的课堂堂堂爆满，不仅经济系，其他各系的学生都跑来听。他带到教室里的是闻所未闻的信息和新颖的视角，他敢于讲话，善于讲话，用精彩的故事、风趣的语言，向学生展示出一个与"常识"很不一样的外部世界。

第三，率队首次在新加坡参加亚洲大专辩论会，并获得冠军。1986年7月，新加坡广播局邀请新加坡国立大学、北京大学、香港中文大学和澳门东亚大学的本科生，在新加坡举办了一场队际辩论赛。这次辩论赛参加的学校只有四个，规模不大，可有着特别意义。他们邀请来自刚刚开放的中国大学生参加比赛，引起了人们的很大兴趣。采取的方式是电视直播，很是吸引人。而组织这个活动的目的是为了提升当地的汉语水平。

北大如何挑选那些辩手去参加比赛呢？原先通知说，要参加一个关于发展中国家经济方面的国际学生学术交流。于是，就确定在世界经济专业所开设的发展中国家经济这门课的学生中挑选，组成一个参赛小组，他们是：马朝旭、杨金林、于学军、李玖和王雷。由任课教师巫宁耕为指导，洪君彦担任领队。参会小组进行了紧张的准备，查找资料，到有关部门参观访问。到参会的题目发来后，洪君彦首先意识到，这并不是一个纯粹的学术活动，而是带有宣传娱乐性质的辩论会，由此，准备工作也紧急转向辩论形式的训练。

辩论会事先给出三个题目，然后抽签决定每个场次的题目和对手，北大队所抽的两场题目分别是贸易壁垒和旅游业。由于场外的努力准备，场上的积极表现和纯正的普通话，北大队两次都胜出了。王雷获得了决定场的最佳辩手，马朝旭获得了整个比赛的最佳辩手，在四个代表团中，北大最受欢迎。

这次辩论会的取胜，同学们都感到多亏洪老师的精心指导，君彦广受赞扬的流利英语、广博知识、优雅风度，在整个活动中得到充分的展现。有的同学写道："同学们不仅得到洪老师在演讲技巧、辩论诀窍方面的具体指导，更受到洪老师乐观、幽默、大气、从容精神的熏陶，充满信心，轻松上阵，谈笑自若，纵横捭阖，小试锋芒，一举夺魁。令世人对北大，对改革开放的中国刮目相看！"

第四，北大成立世界经济系，洪君彦担任首任系主任。1985年，随着形势的发展和实际的需要，北京大学成立了经济学院，下设三个系：经济系、世界经济系、工商管理系。

世界经济专业经过二十多年的发展，逐步成长壮大，学科建设、课程建设、队伍建设以及资料建设等等都颇具规模，对外交流也日趋活跃，不断发展。君彦辛勤培育、为之奉献的事业正欣欣向荣，阔步前行。

　　1995 年，他与陈贤英校友结婚，遂在香港定居，他有一个幸福安详的晚年。他们俩都十分热爱燕京，积极参加燕京校友会活动。只是晚年病痛不断，而在 2009 年，燕大成立九十周年时，他仍抱病来京参加活动。当时见他仍是精神矍铄，情绪很高，可惜由于活动很多，不能更多相聚。每年圣诞新年，总收到他的热情贺卡，虽相隔遥远，内心总是相互惦记着。如今已是天人相隔，无比惆怅。祝愿他安息，祝贤英一家安康！

2012 年 9 月

（原载《燕大校友通讯》第 66 期，2013 年 1 月）

喜庆侯仁之先生百岁寿辰

今年是仁之先生百年寿辰。

我们敬重他，向他祝福；我们敬爱他，向他学习。

燕京校友中，不乏高龄人，可越过百岁的毕竟是凤毛麟角，仁之先生能进入这一行列，真是可喜可贺。侯先生的百年生涯，虽也经历坎坷，可却是光辉的百年，硕果累累的百年。他有着炽热的爱国情结，刻苦努力，开拓学术，在北京史、北京历史地理、沙漠地理、城市地理，进而构建历史地理学等诸多方面，都有突出贡献。他的学术研究密切结合实际，对有中国特色的社会主义建设起了重要作用。他是一位著名的国际学者，在国际学术界享有很高声誉。他着力提携后进，培养人才，形成了一支强大的学术团队。他热爱燕京，积极推动燕大校友会的工作，由他发起、组织出版新《燕京学报》，并担任主编，使《学报》工作取得很大成绩。

一　炽热的爱国情结

侯先生祖籍山东恩县，1911 年 12 月出生于河北枣强县。当年正是辛亥革命爆发之年，推翻帝制、建立民国，是中国近现代历史的重要转折时期。仁之先生自幼就很关心国事，经常与同学友人特别是他的弟弟侯硕之先生议论时事，发表意见，充满爱国之心、救国之情。他的第一篇作品发表在济南齐鲁大学出版的刊物《鲁铎》上，那是 1929 年他 18 岁时在中学时代的习作。[1]

1932 年，他毕业于通县潞河中学，经保送报考燕京大学历史系，获奖学金入学。入学不久，在校园中漫步，有一座墓碑进入他的眼帘，

---

[1] 张玮瑛：《序》，侯仁之著：《北京城的生命印记》，第 8 页，生活·读书·新知三联书店，2009 年 3 月第 1 版。

使他受到很大震撼。这就是为 1926 年"三一八"事件中牺牲的校友魏士毅烈士所立的墓碑。这个墓碑并不大，位置也很偏僻，但却深深地吸引了仁之先生的注意，特别是其上的碑文：

> 国有巨蠹政不纲　城狐社鼠争跳梁
>
> 公门喋血歼我良　牺牲小己终取偿
>
> 北斗无酒南箕扬　民心向背关兴亡
>
> 愿后死者长毋忘

"细读这篇铭文，我不禁联想到，如此强烈地谴责当时的军阀以及反动政府的石刻，既是燕京大学青年学生爱国主义的重要标志，又是燕京大学领导维护和发扬青年学生爱国主义思想的无可争辩的说明。如今回想，这应该是我在燕京大学所接受的爱国主义教育的第一课。"[①] 他在多篇回忆文章中，都一再提到这个墓碑，认为是一座丰碑，在全国高校中独一无二的为"三一八"事件所建立的丰碑。

那时正值 1931 年"九一八"事变之后，日本侵略者入侵东三省，又进一步向华北的万里长城推进。燕京大学师生的抗日活动也不断活跃。在教师中流传着一个宣传抗日的内部刊物，封面上印着"火把"两个大字。历史系顾颉刚教授组织大家利用业余时间，编写抗日救国的宣传材料，用"通俗读物编刊社"名义发行。学生们不断发起支援长城沿线抗日将士的活动。由于南京中央政府的"不抵抗政策"，终于激发了 1935 年 12 月 9 日这一天开始的爱国学生运动，并逐渐扩展到其他城市。这些活动都深深激励了仁之先生的爱国热情。

爱国主义精神的熏陶不仅在课外，而且也在课内、在教学中；不仅是感性的激励，而且也有理性的认知。当时燕大历史系在洪煨莲、顾颉刚、邓之诚等先生的教导下，效法明末清初顾炎武等学者的"经世致用"思想，以"天下兴亡，匹夫有责"为己任，带领学生，以历史教学和研究为救国之路。他们深受顾炎武所言"感四国之多难，耻经生之乏术"的影响，痛贬读书人的虚浮学风，提倡"经世致用"，学习顾炎武大声疾呼："今日者，拯斯人于涂炭，为万世开太平。""我用了三年时间，在北平沦陷后国难深重的时刻，完成了《天下郡国利病书》山东一省的续编。煨莲（洪业）师又及时推荐，把这篇硕士论文，作为《燕京学报》专号之十九付印出版，在敌伪统治下，这本书包含着拯救

① 侯仁之：《我从燕京大学来》（代序），《燕京大学人物志》第一辑，第 4 页，北京大学出版社，2001 年 4 月第 1 版。

祖国、重建家园的思想，如果不是在燕京大学和洪煨莲教授的指导下，是不可能问世的。"①

1940 年，仁之先生完成硕士学业后留校任教。这时司徒雷登校长忽然约他谈话，要求他在教课之外兼管学生工作。因为当时学校处于沦陷区，学生中所遇到的问题很多，有的学生因战争影响，经济来源困难，有的学生在敌伪统治下不能安心学习，要求到国统区或解放区去（也称大后方和边区）等等，这些都需要给予关心和帮助。由于仁之老师在校已有 8 年做学生（4 年本科、4 年硕士生）的经历，对学生比较了解，经过三次商谈，决定成立一个学生辅导委员会（Student Welfare Committee）主管有关学生事宜。由深受学生敬佩的夏仁德（Sailer）教授做主席，他做副主席，便于和学生联系。② 夏仁德教授主要负责为经济上急需的学生安排各种各样的"自助工作"（self help work），因工种的不同，计时付酬。

仁之先生所负责的主要工作，则是学生中所遇到的另一方面的问题，即随着抗日战争的日益发展，日本侵略者的"大扫荡"也日益疯狂，这时有少数学生宁愿放弃个人学习的机会，要投身到抗日救国的斗争中去。其中有他所熟悉的学生直接找到他，也有学生径直去找司徒校长提出他们的设想。司徒就要他具体负责这件事，但是司徒确定了一个原则，只要是停学去参加"抗日统一战线"的工作，无论是自愿到大后方（即国民党统治区），或是到解放区（即共产党八路军的抗战区），都应一律对待，给予支持，包括联系路线和给予路费补助。至于要求转学和就业的，不在此例。就是根据这一原则，他开始帮助学生离校工作，只是不能公开进行，只能在严格保守秘密的情况下，予以帮助③。当时燕大地下党的负责人陈絜同志，和司徒校长进行了联系。每批护送人员都由陈絜告之侯先生，由仁之老师通知学生，告之路线，接头暗号。有时，仁之先生还亲自护送，远远跟在后面，走到现今海淀西苑挂甲屯附近，看到有"老乡"来接应，才离去。也有时因临时变故，要改变行期，又要做一系列工作。这是件危险的工作，可仁之先生义无反顾，认真去做，没有发生差错。

时隔不久，1941 年 12 月 8 日，爆发了太平洋战争。这一天一早，

———————

① 侯仁之：《我从燕京大学来》（代序），《燕京大学人物志》第一辑，第 5 页。

② 同上。

③ 同上书，第 6 页。

日本宪兵立即包围了燕京大学，继而侵入校园。全体学生与教职员被驱逐出校。美籍教职员被关押到集中营，部分教职员与学生被逮捕，关押在北平日本宪兵队本部，司徒雷登也被拘留。被捕的教职员共 11 人，仁之先生也在其中，他是在天津被捕的，是最年轻的一个。洪煨莲和邓之诚以及陆志韦等教授也同遭逮捕，这完全是有预谋的。

侯先生所以被捕，是"南下大后方的学生有人走漏了消息，因此我遭到日本宪兵逮捕"。① 而他在被捕期间，表现得很坚强，保守秘密，日寇也奈何不得。应该说，被捕师生二十多人都表现得很英勇，以致和日本宪兵对骂对抗。侯仁之先生先由日本宪兵队关押在北大红楼地下室，后又转至北平监狱。在关押一年半之后，1942 年 6 月，被日寇军事法庭审讯，以"以心传心，抗日反日"的"罪名"判处徒刑一年，缓刑三年，取保开释，无迁居旅行自由②。在非人的拘押期间，仁之先生充满乐观精神。和他同拘一室的是燕大学生孙以亮，"以亮同学也就是现在的著名电影艺术家孙道临。那时他是燕大话剧团的主要成员，因为上演话剧有抗日色彩而被捕。他的长兄孙以宽在燕京大学化学系毕业后，在共产党地下组织的领导下，经我出面联系，前往太行山中去支援设在林县的北方抗日大学。因此我和以亮被捕之初，各自都很担心。直到分别被审之后，才开始放下心来。因为通过审讯可以断定日寇对燕大有学生前往解放区参加抗日的事，全无所闻。这时我们整日困守牢房，白天在严密监视下不准交谈，各自蹲踞一隅，默默无语。可是一到夜幕来临，两人平卧在地板上，便可交头接耳，畅所欲言了。当时究竟谈些什么，我已难回忆。"③ 而在 1986 年孙道临曾写回信给侯先生："曾记得当时窗外朔风怒吼，我们各自薄毯一方，睡硬地板。然而夜间谈话，带来多少温暖、希望！尝记得您谈起夜读习惯，浓茶一杯，竟夜不倦。且特爱 Ludwig 之书，并拟照 Ludwig 之法，写《黄河传》，雄心壮志使我产生不尽的幻想、遐想，几乎忘却囹圄之苦。"④ 信中所提到的 Ludwig，就是出生在德国又入了瑞士籍的著名传记作家路德维希（Emil Ludwig 1881-1948）。他先后出版过《拿破仑传》、《俾斯麦

---

① 侯仁之：《我从燕京大学来》（代序），《燕京大学人物志》第一辑，第 6 页，北京大学出版社，2001 年 4 月第 1 版。

② 同上。

③ 侯仁之：《黄河文化》序，《晚晴集》，第 175—176 页，新世界出版社，2001 年 9 月第 1 版。

④ 同上书，第 176 页。

传》、《歌德传》和《林肯传》等，引起侯先生感兴趣的是他1937年所写的《尼罗河传》。由于任务很多也很重，侯先生后来也就忘却了《黄河传》的编写，经孙道临学长的提醒，他立即组织力量，编写出版了《黄河文化》，作为一部综述发生和发展在黄河流域这一地区的祖国传统文化的书。

1945年8月，仁之老师的缓刑期刚满，日本侵略军战败投降。大家奔走相告，欣喜若狂。司徒雷登校长获释后，立即召集成立复校委员会，该委员会共7人，"我虽年轻，也被邀参加"。① 大家齐心努力，打理满目疮痍的校园，立即准备招生，以最短的时间，于当年10月正式开学上课。

1946年8月，仁之先生负笈远行，乘船前往英国利物浦大学，攻读历史地理学博士学位。他本应七年前就前往，只因第二次世界大战，交通阻隔，难以成行。在英国紧张的学习和研究的同时，他仍积极参与地下党所组织的留英学生活动。此时正值解放战争节节胜利，在燕大校友、地下党员曹天钦等人的组织推动下，他们开展多种活动，关注形势，团结学友，以积极姿态迎接新中国的诞生。仁之先生在取得博士学位后，立即做好准备，于1949年9月27日回到北平，兴奋地参加了开国大典。这也是我和仁之先生相识的开始。

新中国成立以后，仁之先生积极投身于新中国的建设之中，特别是北京市的规划建设，以自己的学识贡献给祖国。他同时在燕大和清华两校开课，在燕大开设"北京史"，在清华开设"市镇地理基础"，并应邀参加了梁思成先生所主持的"北京都市计划委员会"，作为委员之一②。由此也更加推动他的北京历史地理的研究，局面不断开拓，研究也逐步深入。在"文化大革命"中，仁之先生遭受残酷斗争，莫须有的批判使他受到沉重打击。然而，粉碎"四人帮"之后，他又焕发青春，以炽热的爱国情结奋发工作，迎接科学的春天。1980年，他获选中国科学院院士；"80年代，真是我学术生涯的大好时期，历史地理专业开始发展成长，后学渐长，又多次赴国外交流讲学，同时开始对比研究中外城市的历史地理，主编的《北京历史地图集》一集、二集相继出版，快慰之情，溢于言表……"③

---

① 侯仁之：《我从燕京大学来》（代序），《燕京大学人物志》第一辑，第6页。
② 侯仁之：《喜在华荫下，情结日益深》，《晚晴集》，第54页。
③ 侯仁之：《〈晚晴集〉自序》，《晚晴集》，第3页。

二　北京历史地理的权威

　　在燕京大学历史系"经世致用"的史学思想指导下，仁之先生打下了雄厚的史学基础，受到严格的史学训练。他在燕大本科和研究生共8年时间，是勤奋学习、刻苦钻研的8年，在洪煨莲、顾颉刚、邓之诚等教授的指导下，不断在学术上取得进展，崭露头角。他的学术兴趣逐渐由历史学转向历史地理，另辟蹊径，得到老师们的支持、鼓励和肯定，并为他创造条件，加以指导。同时，所受的史学训练，涵积的史学知识，也为他从事历史地理打下基础，发挥作用。

　　洪煨莲教授开设的"史学方法"一课，分初级和高级两档，他都认真选读了。"初级史学方法"的主要内容是科学论文写作训练。洪先生要求十分具体，例如必须掌握第一手资料，必须在写作中注出资料的来源，必须有新的发现或新的说明。然后按照一定格式，写成论文。课程讲授只用了半个学期，然后分配给每一位学生一个问题，要求学生到图书馆去查阅资料，分门别类写成卡片，进行整理研究，写成学期论文，作为学期成绩。开始阶段，洪先生总是出一些较为简单的题目，例如要求学生写出自己的家世、故里，再写一些棘手复杂的问题，如有争议的历史人物，如历史上最爱藏书的是谁？等等。仁之先生按照这些要求，认真去做。经过一番努力，他从三位学者的比较中，写出历史上最爱藏书的是明代的胡应麟，得到好评。"我得到煨莲师两个字的墨笔评语：'佳甚'。"①

　　"高级史学方法"则是洪先生进一步引导学生进行史学研究的训练。洪先生和北平书商多有联系，那时书商经常挟着一个蓝布包袱，走进校园，送书上门。洪先生也常去琉璃厂一带逛书摊。他把收集到的残书碎叶，分门别类，装入一个一个大牛皮纸口袋，放在图书馆楼顶角落处，让学生各自找一袋，独自查找印证材料。这就开始训练学生做毕业论文。这种把课程和毕业论文写作联系起来的做法也是颇有创意的。仁之老师那时已经注意研究黄河治理，他就收集材料，不断探寻，写了清代靳辅治河的《靳辅治河始末》一文。而在研究中，他发现了实际主持治河的是一个叫陈潢的人，为这个被诬陷入狱、迫害致死的"无名英

---

　　①　侯仁之：《我从燕京大学来》（代序），《燕京大学人物志》第一辑，第2页。

雄"翻了案，同样得到好评①。记得解放初期，在侯先生家里，他向我们讲述在洪煨莲教授指导下的这一段研究历程，十分兴奋，同时也告诉我们要认真学习，实事求是对待历史问题。

在硕士生阶段，侯先生用了三年时间，写了如前所述的《天下郡国利病书》的山东一省的续编，获得很大成功。他就是这样一步一个脚印地走来，在学术研究上不断攀登。

1936年，仁之先生在燕京大学本科毕业，留校作顾颉刚教授兼历史系主任的助教。"从1936年9月到1937年6月，顾颉刚教授别出心裁地开设了一门课，叫做'古迹古物调查实习'，每两个星期的星期六下午，要带学生到他事先选定的古建筑或重要古遗址所在地，或在北京城内，或在城外近郊，进行实地考察。事先他要我先根据他所提供的参考资料和我自己的检阅所得，写成书面材料，印发给同学作参考。这对我是个极为难得的训练，也进一步启发了我对研究北京历史地理的兴趣。"② 仁之先生也就一步一步地进入北京历史地理的研究领域。这些野外实习也吸引了比他高班却比他年龄小的历史系同学张玮瑛女士的参加，图书馆是他们经常碰面的场所，刻苦学习所展现的才华使他们相互爱慕，野外实习的收获和乐趣也滋润着他们的情感。

1937年"七七"事变，顾颉刚为避免日寇的逮捕，仓促离开北平南下。其后，仁之先生得到哈佛燕京学社的奖学金，在洪煨莲教授指导下，作硕士研究生。"煨莲师对我的教导，还不仅限于课业指导，他还有意在课外为我创造条件，使我得到更为广泛的业务训练。"有一次，学校医学预科主任博爱理教授（Professor Alice Boring）约他用英文为PAUW（Peking Association of University Women）即北平高校女教师协会，作一次题为 Geographical Peking（北京地理）的讲演。他"从来还没有用英语做过讲演，心里有些胆怯，极力推辞"。而博爱理教授就直截了当地告诉侯先生，她原来是要请洪煨莲教授去讲 Historical Peking（北京历史），而洪教授却一定要推荐他去讲 Geographical Peking。仁之先生再去找洪教授，洪先生十分郑重地指点他说："这正是你练习的好机会嘛！"要侯先生以写好的稿子先面对他试讲，然后再到会上去作报告③。这不仅锻炼了侯先生英语演讲的能力，也进一步加深了对北京历史地理的研究。

---

① 张玮瑛：《序》，《北京城的生命印记》，第1页。
② 侯仁之：《我从燕京大学来》（代序），《燕京大学人物志》第一辑，第4页。
③ 同上书，第2页。

1939 年 8 月，仁之先生和玮瑛老师在燕京大学临湖轩东厢结婚。"国难当头，婚事不张扬，仪式从简，只备便宴。司徒雷登校长是证婚人，我们的老师洪业教授、李荣芳教授及他们的夫人在座。从此，仁之和我相随相伴，从二十岁时的同窗，到现在九十多岁的老伴，走过了漫长的人生路程。"①

1942 年 6 月，侯先生取保开释，但无迁居旅行自由，只得寓居在天津岳父母家。他趁此写作因被捕入狱而中断的专题论文《北平金水河考》，并对天津聚落的起源做进一步研究②。

1946 年 8 月，按照七年前洪业教授为他制订的计划，侯先生负笈远行，乘船前往英国利物浦大学，就教于当代历史地理学的奠基人之一达比（Henry Clifford Darby）。在英期间，他倾注三年心血，对数年来积累的有如"砖头瓦片"般的资料和思考重新加以审视、提升，从现代历史地理学的角度构建，写成了论文《北平的历史地理》。1949 年夏，获得博士学位，③ 于新中国成立前回到北平。

新中国成立之后，侯先生投入到教学之中，又在清华兼课，同时，积极参与到新北京的早期规划建设。由梁思成教授推荐，1951 年 4 月，政务院任命他为北京市人民政府都市计划委员会委员。他立即开展了首都都市计划中西北郊制定文化教育区的地理条件和发展过程的实地考察。我记得有一次，他带着我还有赖朴吾（Ralph Lapwood 1909—1984）教授一起骑车在黑山扈、望儿山一带考察，了解水源情况，随即提交了回国后的第一篇论文《北京海淀附近的地形、水道与聚落》。此时，他萌发了编纂《北京历史地图集》的设想，并得到梁思成的鼓励和支持。1951 年 5 月，梁思成教授亲自给中国科学院写信，申请为侯先生配置一名专职绘画员，以协助工作。④《北京历史地图集》的编纂延续了四五十年，其中固然有受到"文化大革命"冲击的影响，同时更反映了仁之先生的探索研究过程，使之对北京历史地理的认识不断深化。在1995 年，他在为《北京历史地图集》二集所写的前言中说："《北京历史地图集》第一集的正式出版，忽已七年。现在这部续集的图稿清绘即将完成，问世可期。"他进一步写道："第一部图集的编绘，实际上还只是以北京市的政区沿革和北京城自金朝建都以至民国时期的城区演变

———————————

① 张玮瑛：《序》，《北京城的生命印记》，第 2 页。
② 同上书，第 3 页。
③ 同上书，第 4 页。
④ 同上。

为主，所涉及的历史地理研究内容和深度，还是有限的。现在这部续集的编绘，立意有所不同。"立意不同在哪里？"目的在于上溯到有文字直接记载以前、北京地区原始农业的萌芽和最初居民点在平原上出现的时期。"在续集中"首先编绘了现代北京政区以及有关地貌、水系、土壤、植被和气候诸图幅，以便参考。然后是从旧石器时代过渡到新石器时代的几种必要的连续图幅。至于全集中的核心部分，则是新石器时代最重要的遗址和遗存的分布图"。又再指出："北京地区处于不同渊源的南北两大文化系统之间，从历史地理学的研究来看，这是特别值得重视的。本图集为进一步深入探讨这一问题，提供了必要的条件。"

他又写道："随着新石器时代晚期气候条件逐渐趋向于寒冷与干燥，河水流量逐渐减少，北京平原腹地的湖泊沼泽，也处在逐渐萎缩以至消失的过程中。这时人类的活动从最初的山前台地和二级阶地上，逐渐转向平原腹地。正是在这一发展过程中，依傍古代永定河冲积扇上的蓟丘和附近的平地泉流而出现的原始聚落，以其南北交通上的有利条件而开始发展起来，终于成为商周之际的一个地方政治中心，也就是现在北京城最初起源的地方，此后人类活动的本身又加速了湖泊沼泽的进一步消失。追踪这一发展过程，在北京历史地理的研究中，是有着十分重要的意义的。不过这已超出本图集的时限范围，只有留待正在设计中的《北京历史地图集》第三集来进行反映了。"[1]

从文献上搜索，与上述情况相印证的是，侯先生从《礼记·乐记》上看到北京城的最早的历史记载。原文如下：

孔子授徒曰："武王克殷反商，未及下车，而封黄帝之后于蓟。"

蓟就是最早的北京城，据历史学家考订，这一年应是公元前1045年，这也就是北京城的建城纪念年。蓟究竟在哪里？北魏《水经注》的作者郦道元写到了蓟的地理位置和特点。《水经注·漯水篇》所记的漯水，就是现在北京西郊的永定河。

昔周武王封尧后于蓟，今城内西北隅有蓟丘，因丘以名邑也，犹鲁之曲阜，齐之营丘矣。

---

① 侯仁之：《北京历史地图集》二集前言，《晚晴集》，第172—174页。

仁之先生还引用了《水经注》里另一段话，蓟城有个湖，叫西湖：

湖有二源，水俱出县西北，平地导源，流注西湖。湖东西二里，南北三里，盖燕之旧池也。绿水澄澹，川亭望远，亦为游瞩之胜地也。[①]

一个丘，一个湖，作为古代北京城的标志可以确定下来。仁之先生还参照早于唐代的《郡国志》，其中也讲到蓟城的位置，与《水经注》相结合，共同复原了历史地貌。而由于"文革"后期的破坏，如今蓟丘，已不复存在，但可断定为在今白云观西侧。西湖则是今北京西客站附近的莲花池。仁之先生为保留这一北京最早的水源，而建议将西客站东移。他还解释了蓟本应在永定河渡口上建造，如同国际上许多城市都建在渡口边一样。是因为永定河水涨跌不一，在夏天暴雨大涨，泛滥成灾，于是选择了离渡口较近而又宜于建城的地方，这就是蓟丘与西湖的所在地了。这也可以说是中国人的智慧。可这也引起了一些国际学者的争议。由于永定河的"不驯"，所以后来将原名"无定河"改为"永定河"，期盼上苍的保佑。如今随着科学技术的进步，这些问题也就易于解决了。

到了 10 世纪，北方少数民族相继南下，无论是西北下来，东北下来，都必须先到达蓟。头一个下来的是辽，在原来蓟这个地区，建立陪都，改名南京。这就使北平地区由一个地方政治中心逐渐成为全国的政治中心，北京的大规模建设也随之兴起。

相继而来的是金，真正建都在这里。把辽的南京城向西、向东、向南三面扩大。把西湖下游的一段水道包入城市，开辟太液池。又在东北郊一带天然湖泊上建立一个离宫，就是大宁宫，也叫太宁宫。这在北京城建史上都是重要的设置。更重要的是，在永定河渡口上建了一个大桥，就是卢沟桥，至今是 862 年。[②]

金之后，继之而起的是元朝。元大都的建设是为今天的北京城奠定了基础。在元大都的兴建过程中，仁之先生特别强调了两个问题：一是增加北京的水源，二是城市的平面规划。这是由刘秉忠和郭守敬师徒两位完成的，这是两位重要的人物。由于金朝无法利用永定河水，元代把都城建在金代离宫的相应位置上，向北推移。水利专家郭守敬通过勘

---

① 侯仁之：《海峡两岸学术文化交流》，《晚晴集》，第 146—147 页。
② 同上书，第 150 页。

探，找到了今天昌平东南的白浮泉，经过巧妙测量计算，将地下水引入瓮山泊（今颐和园昆明湖），再进入大都城内的积水潭。大都的规划设计主要由刘秉忠负责，刘秉忠兼长儒道。他根据《周礼·考工记》的思想，"面朝后市，左祖右社"，形成"面南而王"。"大都是一个长方形的城市，在湖泊的东岸，根据大运河的起点，就是北面湖泊最向东凸出的那一点，这是全城中轴线的起点。从这个桥梁向北不远，正好在一片湖泊的东岸上，设计了全城的几何中心。"① 由此，北京城市建设最突出也最引以骄傲的是北京的中轴线形成了。进而展开全城的布局，逐步扩充完善。这一点也就是今天什刹海火神庙旁的"后门桥"。所以，仁之先生对莲花池和后门桥都是倾注心血，十分关注。他发起并主编"什刹海丛书"，也是为了更好阐述这一地区的丰厚的人文环境。校友徐苹芳教授曾根据资料绘制了元大都的平面图，仁之先生曾加以借鉴。解放初期，仁之先生曾带领燕京和清华历史系的学生参观过元代遗物，面对琼华岛（今北海公园白塔山），1265 年工匠们为忽必烈雕制的大酒缸"渎山大玉海"，他如数家珍的讲解，如今我们记忆犹新。

明初，大将徐达为防御北方民族，将元大都的北城向南压缩，后又开拓了外城，以至逐步定型明清时代的北京城。又开挖了南海，以所挖之土和护城河土填成一座"万岁山"②，即今日的景山，以拱卫皇城。

围绕着古代北京的地理环境、北京城的起源和城址选择、历代水源的开辟、城址的变迁沿革、古都北京的城市格局与规划设计等方面，仁之先生热情饱满地写了大量文章。1955 年发表在《北京大学学报》第 1期上的《北京都市发展过程中的水源问题》，就是其中重要的一篇。昆明湖的拓展、十三陵水库及官厅水库的建设，以及因人民大会堂的修建，从而发现了一些地下暗河，都使他兴奋不已，我记得他曾向我述说这些事情。他不但屡到现场，还写了多篇短文欢呼水源的开辟，讴歌战斗在水库工地上的英雄们。③

应当提到的是，仁之先生在对北京历史地理的研究不断深入的时候，他始终关注着燕园的追寻和研究。他沿着许地山、洪煨莲教授等的脚步，不断搜集新材料，找寻地下新遗迹。先于 1962 年写成《校园史话》，又于 1988 年增订为《燕园史话》出版。后来于 1993 年在北大中

---

① 侯仁之：《海峡两岸学术文化交流》，《晚晴集》，第 153 页。
② 同上书，第 155 页。
③ 张玮瑛：《序》，《北京城的生命印记》，第 5 页。

国传统文化研究中心主持的《国学研究》第一期上，发表了《记米万钟〈勺园修禊图〉》，将洪业先生找到的《勺园修禊图》以现代方法绘制成图发表。又在 2001 年 5 月《燕京学报》新 10 期上，发表了《未名湖溯源》一文，进一步追溯了未名湖的渊源，并且发表了乾隆年间英国马戛尔尼使团的随行画家 W. Alexander（W. 亚历山大）在淑春园所留下的一幅画舫写生画，至为珍贵。

张玮瑛先生写道："北京是仁之心中的'圣城'。仁之说，他对北京'知之愈深，爱之弥坚'。他写了多篇学术专题论文和科普读物介绍古都北京，阐述北京作为帝王之都的规划设计有其鲜明的帝王至上的主题思想，在进行旧城的改造和城市规划建设中，应以新的主题思想'人民至上'取代，既要继承历史文化传统，又要有所创新，体现人民首都的新面貌、新格局。"[①]

三 创建中国的历史地理学

1. 沙漠地理学、城市地理学

仁之先生在 1950 年 7 月回到祖国不到一年的时间，就发表了回国后的第一篇文章《"中国沿革地理"课程商榷》，提出了对中国沿革地理课程改革的设想。他将师从达比教授所学到的关于历史地理学的一些新概念、新方法，运用到中国，力图进行一些介绍和改革。经过多年的酝酿、思考，在"文革"之后的 1978 年，在北京大学庆祝建校八十周年的"五四科学讨论会"地理系分会上，侯先生提交了论文《历史地理学的理论与实践》，正式开启了历史地理学的学科建设和人才培养。[②]

1988 年，为庆祝北大建校九十周年所编辑的《精神的魅力》一书中，仁之先生饱含激情地写了一篇《在燕园里成长》的文章。"我个人深感兴奋的，就是我又亲眼看到了历史地理学的后起之秀，正在可爱的燕园里苗壮成长！"

在文中，他写道："最近，在我应约为《中国大百科全书》的地理学卷，撰写《历史地理学》这一条目时，为了阐明这门学科的发展过程，我才第一次追溯到它的前身，也就是在我国有悠久传统的关于政区演替和疆域变迁的研究。这项研究早在五四运动前夕，即蔡元培校长最

① 张玮瑛：《序》，《北京城的生命印记》，第 7 页。
② 同上书，第 4、7 页。

初到校之后，首先就是在北京大学以'中国地理沿革史'的名称，第一次被列入教学科目中，主讲的是张相文先生。到了三十年代前期，顾颉刚教授又在北京大学和燕京大学同时讲授了'中国疆域沿革史'。但是，'地理沿革史'或'疆域沿革史'虽然也曾命名为'沿革地理'，却仍然属于历史学的范畴，并一直在历史系讲授。随着现代科学的发展和分化，在沿革地理的领域里，又派生出一门新兴的具有独立理论体系的分支科学，这就是现代地理学领域中的'历史地理学'，而这门新兴的学科又是在解放初期院系调整后的新北京大学地质地理系首先得到了发展。""三十多年来，这门新兴学科在密切联系实际的前提下，已经为祖国的建设事业作出了应有的贡献。"①

历史地理学是一门交叉学科，是历史学和地理学的交叉，也是社会科学和自然科学的交叉。历史地理学是一门综合性的学科，涉及或包含着众多学科，除了历史学、地理学，还涉及考古学、气象学、生物学以及天文学等等。仁之先生曾对我感叹：自己的自然科学基础还不够，所培养的学生要具有更充实广博的基础。历史地理要研究史前环境，更重要的是，在人类的发展过程中，特别是社会组织形成以后，人类在自然环境和社会环境的冲击、碰撞与和谐、共生之中不断向前发展。我们不是环境因素决定论，而在生产力水平较低的情况下，自然环境，包括河流、山川、气候、风雨等等对人类的影响还是相当重要的。探寻这些自然环境的变化对今天的影响是十分重要的，进一步总结其中的规律尤为可贵。所以，历史地理学是紧密为现实服务的。

从事历史地理学的工作，不能只停止在书本上，必须进行大量的野外工作。仁之先生十分重视调查工作，他长年奔波在外，风餐露宿，找寻古迹，寻访遗址。他又善于把文献资料和野外调查结合起来。他所写的几乎所有的论文或通俗读物，都很好地融合了文献资料和室外考察，这显示出他的功力，也使人感到有根有据，真实可信。

他从事历史地理学研究，一直以北京地区作为基地，这就把北京历史地理和历史地理学的研究融合起来。这既发挥了他的特长，又不断开拓更广的研究领域。北京是一个典型地区，不只在国内，而且在国际也都具有典型性。以北京作为基地，就使历史地理学的研究不致空泛。而开展历史地理学的研究，又推进了北京历史地理研究的进展。他特别强

① 侯仁之：《在燕园里成长》，《精神的魅力》，第44—45页，北京大学出版社，1988年4月第1版。

调要结合生产实际，力求解决实际问题。例如从历史上北京附近河湖水系的变化入手，探讨区域环境变化，这对社会主义新北京的建设做出了重要贡献。

1958 年 10 月，国务院在内蒙古呼和浩特市召开"西北六省区治理沙漠规划会议"，侯先生代表北京大学地质地理系出席，会后组织多学科力量投入沙漠考察。由此，他又开辟了一个新领域——沙漠地理的考察研究。从 1960 年到 1964 年，他年年暑假都带领学生和年轻教师进沙漠。1960 年夏赴宁夏河东沙区，1961 年夏赴内蒙古乌兰布和沙漠，1962 年夏赴内蒙古及陕西榆林地区毛乌素沙漠。1962 年年底，由国务院农林办公室领导的治沙科学研究小组考虑用十年时间（1962—1972），完成从内蒙古西部到新疆南部的沙漠考察设想。仁之先生根据这个计划，1963 年再赴内蒙古乌兰布和沙漠，1964 年又赴陕西榆林地区及毛乌素沙漠。那几年正是"三年困难时期"，进入西北沙漠，条件更是艰苦。仁之先生凭着自己身体底子好和坚韧不拔的精神，始终斗志不减。一次，他乘坐的吉普车出事故，翻进沟里，插在胸前口袋里的两支钢笔都折断了，他万幸没有受伤。白天冒着酷暑出没沙丘，晚上与当地老乡交谈。在旅途中随手写下的《沙行小记》及《沙行续记》是那一段经历的生动记录，充满了乐观与豪情。[①]

1972 年，他从江西鲤鱼洲回校后半年，曾写了一份意见书，希望继续进行西北沙漠历史地理考察，然而却无人理会。直到六年后的 1978 年全国科学大会召开，仁之先生才得以重整行装，奔赴近二十年来一直不能忘怀的大西北沙区。6 月 4 日火车奔驰在包兰线上，他在随笔《塞上行》中兴奋地写道："科学的春天终于来到了。浩荡的东风把我送上再次前往大西北沙区的征途。"[②] 这次他参加科学院沙漠综合考察队，对从内蒙古西部到河西走廊古阳关一带沙区的成因和治理做了综合考察。从研究曾是水草丰盛人口稠密的地区逐步转变为沙漠干涸人烟稀少的地带，他进一步感到历史地理学科的重要。尤其是毛乌素沙漠的治理所带来的巨大变化，使他欣喜不已，不时向我们诉说这些成果。沙漠考察治理的实践使他更加坚定："历史地理工作者必须勇敢地打破旧传统，坚决走出小书房，跳出旧书堆，在当前生产任务的要求下，努力

---

① 张玮瑛：《序》，《北京城的生命印记》，第 5 页。
② 同上书，第 6—7 页。

开展野外的考察研究工作。"①

1993 年，仁之先生再次讲授全校选修课"北京历史地理"，作为一生教学的"结业式"。随后，在暑假带领学生去内蒙古赤峰市考察。不料大雨冲垮了路基，火车只到京郊怀柔就返回了。最后一次野外考察就这样结束了，那一年，他 82 岁。②

1974 年，河北邯郸在战备"深挖洞"时，发现了地下城墙夯土和战国时期文物。北大地理系的师生要前往"开门办学"，仁之先生趁此随队出走，摆脱了"四人帮"的纠缠，因江青曾让他"侍从"去小靳庄。那两年，他大部分时间在河北和山东，先后对邯郸、承德、淄博三座城市进行了实地考察。"文革"后，从大西北沙区回到学校，他招收了研究生，立即带领他们去安徽芜湖进行历史地理与城市规划的专题研究，由此，又开展了城市地理的考察研究。北京历史地理、沙漠地理、城市地理的考察研究都丰富和加深了中国历史地理学的研究；同时，历史地理学的理论和实践也推动了这些学科的深入发展。③

2. 开展国际交流　赢得学术赞誉

改革开放之后，自 1980 年起，侯先生利用出国开会讲学访问的机会，做学术研究，进行文化教育交流，向国外宣传介绍中国、介绍北京、介绍历史地理学在中国的现状和发展趋势，结识了许多学者专家。同时，他也拜谒了在哈佛的洪煨莲老师和英国的达比导师，兴奋之情难以忘怀。由于卓越的学术成就，侯先生也引起了国外的广泛关注，赢得了巨大的学术声誉。

1980 年，侯先生接受加拿大麦基尔大学的邀请，首次出国讲学，以后多次出国，主要是围绕北京研究进行的。使他十分激动的是，由于得到资助，得以对北京和华盛顿两个伟大首都进行对比研究。正巧华盛顿也是以中轴线为主进行规划建设的城市，所不同的是，华盛顿的中轴线是东西贯穿，国会山正处于中轴线的最高点，而北京却是南北向的，体现了中国的传统特色。

由于对北京研究的深入，他也找到了一批国外学者知音，他们也都赞美北京、热爱北京。有一个中文名字叫喜仁龙的瑞典人，曾拜周谷城为师学习中国文化，不止一次来到北京。据了解，喜仁龙大概是唯一的

---

① 张玮瑛：《序》，《北京城的生命印记》，第 7 页。

② 同上书，第 8 页。

③ 参见张玮瑛：《序》，《北京城的生命印迹》，第 6—7 页；《〈晚晴集〉自序》，《晚晴集》，第 3 页。

一个沿着北京城墙一步步走下来，并逐段加以描述的人，他写成一本书《北京的城墙与城门》。原著是 1924 年写的，中译本 1985 年才印出来①。丹麦建筑学家 Steen Eiler Rasmussen 在 1949 年出版过专著 *Towns and Buildings*（《城市和建筑》），在序中，他写道："整个北京城，乃是世界的奇观之一。它的平面布局，匀称而明朗，是一个卓越的纪念物，一个伟大文明的顶峰。"又写道："可曾有过完整的城市规划的先例，比它更辉煌更庄严的吗？" "这座城市，一座殿堂。"② 美国贝肯（Edmund N. Bacon）教授在 1949—1970 年，二十年间担任美国故都费城规划设计的总负责人，曾写了一本 *Design of Cities*（《城市规划》）。他曾多次来到北京，在书中将紫禁城城门用整幅图幅展示出来。他写道："在地球表面上，人类最伟大的个体工程，可能就是北京城。这个中国城市，乃是作为封建帝王的住所而设计而成的，集中表示这里是宇宙的中心。……它的平面设计是如此之杰出，这就为今天的城市建设提供了丰富的思想源泉。"③ 自然，也有另外一些声音，如曾任美国地理学会主席的澳大利亚人 Griffith Taylor（泰勒）博士，曾写了一本《城市地理学》，在就任美国地理学会主席的即席讲演中，他说："必须承认，北京城址的选择，并不是由任何明显的环境因素……或许可以认为在辽阔的华北大平原上，同一的自然地理范围之内，北京城的成长正好说明了关于自然环境偶然论的事实。"④ 他所宣扬的不可知论是和北京历史地理发展不相符的。

在国外期间，仁之先生从美国同行那里获悉联合国教科文组织《世界文化和自然遗产保护公约》的情况。世界文化和自然遗产委员会于 1976 年正式成立，而我国还没有参加这个公约。回国后，他立即为此事多方奔走。1985 年 4 月，在第六届全国政协第三次会议上，由仁之先生发起，征得阳含熙、郑孝燮、罗哲文三位委员的同意，联合签名向大会提交了"建议我政府尽早参加《世界文化和自然遗产保护公约》"的提案。提案送交全国人大常务委员会，后获得批准，中国成为了《公约》的缔约国，从 1987 年起开始进行世界遗产的申报工作⑤。我国已有三十多处成为世界自然和文化遗产，从而使这些地方更好地得到了开

---

① 侯仁之：《海峡两岸学术文化交流》，《晚晴集》，第 158 页。
② 同上书，第 156 页。
③ 同上书，第 157 页。
④ 同上书，第 149 页。
⑤ 张玮瑛：《序》，《北京城的生命印记》，第 7—8 页。

发和保护。

仁之先生积极参与海峡两岸的学术交流活动。他本拟应约亲赴台湾，后因身体状况，未能成行；而在北京，他多次接待过台湾友人。特别是 2000 年 11 月 9—10 日，他为台湾沈祖海建筑文教基金来京的学者连续两天作了两场学术报告，分别讲解了"历史上的北京城"和"试论现在北京城市规划建设"。同时，他还接受了一位来自台湾的研究生，"抓获"了一个小徒弟。①

由于杰出的工作，卓越的成就，仁之先生也获得了很多学术荣誉。1984 年，获利物浦大学荣誉科学博士学位。1999 年 10 月，获得了"何梁何利基金科学与技术成就奖"，这是由香港五位著名大亨所捐助的基金，用于奖励大陆著名学者，是很高的荣誉。又于同年 11 月，获美国地理学会"乔治·大卫森勋章"②，也是很高的荣耀。

3. 追思往昔 热爱燕京

1984 年，燕京大学北京校友会正式成立。

改革开放以后，燕大校友的联系大大加强，校友之间的活动也日益频繁。在多年隔绝之后，校友们纷纷聚合在一起，远在海外的校友也纷纷回到燕园，畅述友情，痛诉别离。仁之先生和玮瑛先生积极参加校友会的活动。由于他们经常出国，也更好地接触和联系海外校友，增进了海内外校友的沟通。他们夫妇俩分别是 1931 年、1932 年入学的，又一直学习、生活和工作在燕园，直到今天，加以侯先生又对燕园十分熟悉，所以，他俩成了在燕园生活时间最长的校友，已经有 80 年了。仁之先生也抓紧时间，写了许多回忆文章，以他的丰富经历，让人看了爱不释手。他所写的师生情、学友情，所写的燕京大学的重大事变，所总结的办学经验，都充分体现了燕京精神。

燕京大学北京校友会与北京大学分校携手合作，筹建燕京研究院，经北京市高等教育局批准，于 1993 年年初正式成立。仁之先生以 82 岁高龄荣任院长。燕京研究院的办学宗旨，首先在继承燕京大学优良学风，培养有关学科专门研究人才。仁之先生积极指导燕京研究的工作，推动研究院发展。他 1996 年亲自赴美，参加在南加州克莱蒙·麦肯纳大学举行的"燕京大学的经验与中国的高等教育学术研究会"，发表了

<hr>

① 侯仁之：《〈晚晴集〉自序》，《晚晴集》，第 5 页。
② 同上书，第 4 页。

《我从燕京大学来》的论文，①受到与会者的关注和赞赏。

仁之先生一直积极主张将创刊于 1927 年、在 1951 年出版第 40 期后停刊的《燕京学报》复刊。《燕京学报》曾蜚声中外。在新形势下，为了进一步弘扬祖国文化，理应继续编辑出版。经过一段时间的筹备，在 1994 年燕京大学建校七十五周年之后的一年，新《燕京学报》得以出版，仁之先生和周一良先生担任主编。他写了《新〈燕京学报〉发刊辞》，②一直关心新《燕京学报》的发展，并撰写文章。

张玮瑛先生写道："算起来，从 1936 年大学毕业留校任教起到 1966 年，是仁之工作生涯中的第一个三十年。'文革'开始，全部工作戛然而止，他抱憾不已。而经历了这场劫难之后，仁之又获得了生命中的第二个三十年，他对此无比珍惜。""这第二个三十年中，他几乎是全速奔跑，孜孜不倦，以勤补拙，不敢稍自懈怠，完全忘记了自己的年龄。他的旺盛精力一直延续到近九十岁。"③进入九十以后，由于走路困难加上视力衰退，不能出远门，他的目光回归到了早年学术道路的出发地，坚持努力，围绕海淀和燕园，完成了《未名湖溯源》、《海淀镇与北京城——历史发展过程中的地理关系和文化渊源》等论文，出版了《晚晴集》（此前曾出版《步芳集》和《奋蹄集》等）。仁之先生是热爱祖国、热爱北京、热爱燕京的。他的心永远和燕京联系在一起，平时不大唱歌的他，现在却常唱着燕大的校歌。玮瑛先生说："一个已有秋意的黎明，仁之和我在天光云影中，携手漫步在未名湖边。对于身旁的他，我想到了四个字：勤奋坚毅。"④勤奋坚毅也正是仁之先生一生的写照。他俩的形象正好被拍摄下来，令人羡慕、向往。

正值仁之先生百岁华诞之际，我们再一次衷心祝福他。

2010 年 3 月 1 日

（原载《燕京学报》新 30 期，2012 年 8 月）

---

① 编者：《出版说明》，《燕京大学人物志》第一辑，卷首。

② 侯仁之：《新〈燕京学报〉发刊辞》，《燕京学报》新 1 期，北京大学出版社，1995 年 8 月第 1 版。

③ 张玮瑛：《序》，《北京城的生命印记》，第 8—9 页。

④ 同上书，第 9 页。

怀念一良先生

在大学里，不管老师身份有何变化，一般称为先生。因此我一直称一良先生为周先生。

我和一良先生的初次相识是在 1952 年夏季。那时"三反"与知识分子思想改造运动已经基本结束，正积极筹备院系调整。周恩来总理指示，要组织北大、清华和燕京的教师去青岛休假，指定雷洁琼先生为休假团的团长，告诉她，这是一项特殊的任务。经三校讨论，具体组织工作由燕大牵头，并请周一良先生担任副团长，我则任秘书长。这次活动由于总理的关心，各方面都很重视，来回有专车接送，住宿饮食也安排得不错。当时梅兰芳剧团正在青岛演出，我们还免费看了一出《奇双会》。大家对这次活动比较满意。活动的组织者雷、周和我又都是燕京校友，增加了一份亲切感。我也得知，一良先生原是出生在青岛，多年没有回来过。不幸的是，正当他出生的第二天，生母就去世了，后由一位德国传教士卫礼贤夫人抚育。这也引起我的好奇。显赫的周家是中国近现代的官宦、实业之家，而刚出生的长子竟由一位外国牧师抚养。原来是这位德国人见到周叔弢先生的无奈，才主动承接的，也可以说是中外交流史上的一个佳话。周先生一直对生母十分眷恋，到了晚年，他努力追寻母亲的家世，搜集母亲的遗物，寄托哀思。

长大以后，一良先生进入燕大，也有一段曲折过程。他自小没有进过新式学堂，一直在家馆读书。从周先生的二弟珏良先生起，弟妹们也都分别从初中、小学、幼稚园进入新式学校了，说明弢翁并没有把对一良先生的教育方式一成不变地沿用到其他孩子身上。而弢翁对一良先生是寄予厚望的，也还可能带有深沉的感情因素。弢翁十分重视对孩子的教育，延聘的塾师束脩很高，是些饱学之士。所修科目，由他审定，开蒙读的是《孝经》，后有"四书"、《诗经》等等。后又聘请英文和日文教师。弢翁还给钱让一良先生购置书籍杂志，扩大视野，增长知识。

1927 年王国维先生自沉于昆明湖，对一良先生刺激很大。震动和哀伤之余，他想离开天津去北平寻师深造。由于没有数理化基础，又没有学历文凭，不可能考大学。这时燕京大学有专门培训中学国文老师的二年制国文专修科，入学不问学历，只考国文、历史。这时羧翁也感到只读私塾不够，就同意他去北平。于是，1930年，17岁的一良先生进入燕大专修科。读了一年，感到不是正途出身，就想转学。那时刚成立的辅仁大学查验文凭比较松，入学考试也松，他就想法入了辅仁历史系。读了一年，由于不满辅仁的教学，遂于1932年报考燕大插班生。由于也只考国文、英文，他终于进入历史系。

在燕京大学受邓之诚先生和洪煨莲先生影响较深，他毕生研究的重点魏晋南北朝史的兴趣是最初由邓先生讲的断代史课上培养起来的，他的第一篇史学论文《魏收的史学》是在邓先生指导下完成的。洪先生的两门（初级与高级）史学方法课，给予了他治史的严格训练。他的大学毕业论文《〈大日本史〉之史学》是洪先生出的题目并指导的，这也是中国学人第一篇全面评价日本重要史学著作的文章。1935年大学毕业时，他被选为斐陶斐荣誉学会会员，一般称之为拿到了金钥匙。毕业后，他又进入研究生院一年。在校期间，他还到清华大学旁听（他说是"偷听"）陈寅恪先生讲授的魏晋南北朝史，感到"眼前放一异彩"。在研究生院读了一年后，经陈先生推荐，一良先生进了中央研究院历史语言研究所，工作一年后去了美国哈佛大学读博士。一良先生的求学经历可以说是比较复杂的。他在家塾读书十年，师从张潞雪、唐兰等名家，可谓是个特长生，又曲折地在燕大、辅仁等校学习。这也令人想起目前各地举办的一些"国学班"，是否可以从中吸收一些经验，以利招生制度的改革。

1952年暑假自青岛回来后，加紧了三校（北大、清华、燕京）合并的步伐，活动也多一些。我还专门到清华去看望过一良先生。那时他住在清华胜因院一座单独的小楼，同在清华任教的、后来是我们教研室主任的邵循正先生也住在那里，是一幢平房。一良先生为何到了清华？一问才知是因为住房问题。内中缘由还得接着前面说起。1939年，一良先生已经离开燕京进了中央研究院，有一个赴美深造机会，燕大仍把到哈佛大学的奖学金给了他，从而开始了一良先生七年的在美学习生活。1946年全家回到中国。回国后，他的工作单位有多个选择，可他仍按当年与洪煨莲的约定回到燕大。据说刚回国的一良先生曾西装革履向邓之诚叩谢，表明他的感恩之心。可就是住房问题解决不好，由此周先生转到了清华。这住房问题后来一直困扰着他们家，直到"文革"

以后搬到朗润园，又迁至蓝旗营，条件才大有改善，可惜他已进入晚年。不过在他较长时期居住的东大地的小客厅里，我注意到挂着一幅他以小篆亲手书写的陶渊明"采菊东篱下，悠然见南山"的条幅，旁边又以楷体写了"余与懿咸喜陶公此句"，表明了他们的生活情趣和淡泊心态。

1956 年，一良先生申请入党，经支部讨论，上级批准，他成为一名共产党员。那时陈垣校长、刘仙洲副校长相继入党，党组织很重视吸收高级知识分子。新中国成立以后，一良先生表现积极，向组织靠拢；党组织也有意识关心他。土改运动中，曾安排少数进步的教授参加，一良先生于 1951 年曾去四川眉山参加土改，对他是一次锻炼。院系调整后，党组织要我具体负责他的入党申请工作，作他的入党介绍人。三校合并后，教师和学生党组织是分开的，各组成两个党支部，即文科教师党支部和理科教师党支部，文科学生党支部和理科学生党支部。我被任命为文科教师党支部书记。由于文理两科都包括很多系，范围很大，工作起来不方便，后就改为按系把教师和学生党员组织在一起，成立总支，下分设教师和学生支部，我则任历史系总支书记。

接手一良先生的入党问题后，我们也进行过多次交谈接触。对他的表现是肯定的，他的历史也是清楚的，他的家世我是知道的。他提到在平津战役时，主持天津战役的萧劲光、肖华将军，就将司令部设在他们家，可见党组织对他们家族的信任。他还谈到由于申请入党，他不再以文言文而改为白话文给他父亲写信，这表明了和旧传统的某种诀别。在审查中提出的一个问题是和胡适的关系。1946 年回国以后，他得知胡适有赴日之行，于是毛遂自荐，写信给胡适，希望担当此行的翻译。一良先生通谙日语和日本历史，很想有一个机会，亲历日本，到日本看看，遂向胡适提出这个要求。当时正值批判胡适的时候，对这情况也比较看重。但从总的情况看，一良先生和胡适没有什么特殊关系，说清楚就可以了。

一良先生的家族和社会关系，牵扯到我的主要是在"文革"时期。邓懿先生和一良先生抗战时期在美国，曾组织参与培训美军战士的华语和日语工作，而这一工作又是由宋美龄主持的。在"文革"中，造反派不知怎么查出了一张一良先生结婚时的照片，我爱人郑必俊那时只有八九岁，两家是邻居，关系很好，必俊被邀做牵纱女童，得以出现在照片上。造反派见到这张照片，如获至宝，大肆发挥想象，编造关系。在专门批斗我的会上，他们大喊大叫："你们看，走资派夏自强牵的是一条什么线，是一条又粗又臭的黑线。他的臭老婆牵着邓懿的婚纱，而邓懿又牵着宋美龄、蒋介石！"现在看来，这种逻辑推演，真是荒谬至极。

在我和他的接触过程中，我深深感到，一良先生醉心于学术研究，即使在比较困难的时期和条件下，他也抓紧时机和条件开展研究，令人感动。就我所知的，举几个例子。院系调整后，一良先生服从需要，转而开展亚洲史的教学和研究，但他仍挤出时间研究中国古代史。当史学界的重要刊物《历史研究》创刊时，他就写了一篇与时论不尽相同的论诸葛亮的文章。上世纪 60 年代初，周扬同志主持大学文科教材的编写工作，一良先生和吴于廑先生受命主持《世界通史》的编写工作。这本不是他的强项，而他却认真完成了，写成了一部不以西方为中心的世界通史，成为文科最早完成的第一套正式出版的教材，受到好评。"文革"以后，一次他到美国，本是休闲之旅，可是他并不闲着，随身也没有带什么资料书籍。他打听到纽约图书馆藏有江户时代著名政治家和学者新井白石的自传《折焚柴记》，于是设法借出，着手翻译，后由北大出版社出版。他还写出了《新井白石论》、《新井白石——中日文化交流的身体力行者》等文章。后来年纪逐渐大了，身体又不好，要写长文章感到力不从心，但仍孜孜不倦从事魏晋南北朝史的研究，出版了《魏晋南北朝史论集续编》、《魏晋南北朝史札记》等著作，留下了丰厚的学术遗产。

还有一个方面应该提到的是，一良先生是新中国中外学术文化交流的先行者和开拓者。由于条件和经历等诸多因素，在上个世纪五六十年代，中国尚处于封闭状态，一良先生就有多次出国交流的机会。他曾两次和翦老（伯赞）一起赴欧洲出席世界青年汉学家会议：一次是 1955年在荷兰；一次是 1956 年在法国。后一次还增加了夏鼐先生和张芝联先生。这两次都广泛接触了国外汉学家和有关人士，如费正清等人，了解了一些国外汉学动向和从事汉学研究队伍的状况。尽管在"左"的思想影响下，不能深入接触，可还是向国外展示了新中国文化教育学术的一些情况。在巴黎，他们除宣读论文以外，还办了展览，提供了图片、实物资料。一良先生还应埃塞俄比亚官方邀请，远去非洲，讲述中国通史。他以英文撰写了教材，受到赛拉西老皇帝的接见。回国后，他曾告诉我，虽在国外生活多年，可他仍不习惯他们提供的饮食，每到使馆，给他做一碗面条，就吃得十分香甜。改革开放以后，出国的机会就更多了，他也有更多的机会推动中外学术交流。为此，他受周扬同志嘱托，编写了一本《中外文化交流史》。他采取一个新办法，不是由他一个人或几个人编写，而是由他发凡起例，邀约 19 位有关专家，分别就他们所熟悉的 22 个国家与地区撰写与中国的文化交流历史。这是一部对史学工作者和外事工作者都有裨益的参考书。他的辛勤耕耘也得到相应的肯定和回报。特别是日本大阪向他颁发了山片蟠桃奖，1997 年他亲自前往领奖，受到很高的礼遇，中国学者得到此奖尚属首次。

一良先生受家教的影响，对师辈特别崇敬。而过去由于频繁的政治运动，使他对师长曾有过不恰当的批判，因此内心十分纠结，写出了《向胡适先生请罪》、《向陈寅恪先生请罪》诸文。特别是对寅恪先生，他在中山大学的讲演，怀着真挚的感情，十分诚恳，催人泪下。他也不断思索，加深对寅恪先生的认识。他概括陈先生所以取得如此辉煌的学术成就时说："我想，非凡的天资，其中包括敏锐的观察力与惊人的记忆力，是头一条。与天资并起作用的，是陈先生古今中外，博极群书。第三条是良好的训练，其中包括清代朴学的基础，古典诗文的修养，西方历史语言研究方法的训练，各种语言文学的掌握。最后但决非最不重要的一条，是勤奋刻苦。解放前卓然成一家的历史学大师中，完全地而不是部分地、充分地而不是稍稍地具备这四方面条件者，恐怕不多。"很多人以为，这四条也正好概括了一良先生自己。

一良先生在《燕京大学人物志》的自述中，最后写道："我的研究工作主流在历史。60 年来，我可说是经历了乾嘉朴学、西方近代史学和马克思史学三个不同阶段的训练。我今天的看法是，这三种类型的训练有一共同之点，即要求历史必须真实或尽量接近于真实，不可弄虚作假，编造篡改。只有真实的历史，才能成为'后事之师'。而研究历史最根本的态度和方法只有四个字：实事求是。"可以说，这是他对自己一生学术道路的总结。

明年，2013 年是周先生的百年诞辰，也是逝世 12 周年。我怀着崇敬的心情，追忆一良先生的过去，以表怀念。

备斋 体斋

我所经历的燕京大学的解放与新生

今年是中华人民共和国成立五十周年。五十年过去了，我已从一个二十岁的小伙子成了七十岁的老人。五十年时光的流逝，却永远抹不去当年的情景。五十年前，我怀着无比兴奋激动的心情，迎接着盼望已久的黎明，迎接着新中国的诞生。为了建设美好的新中国，五十年来，经历着许多风风雨雨，感受着成功的喜悦，也经受着挫折和考验。这五十年，我一直工作在高等教育战线，从事社会科学方面的教学、科研和管理工作。作为一名社会科学工作者，不断在探索着如何创建新型的社会科学事业。回忆往事，许多基本的做法和经验，已在新中国成立初期显见端倪。只是随着事业的发展和经验的积累，逐步丰富和发展了。特别是在党的十一届三中全会以后，在邓小平理论和党的基本路线指引下，社会科学事业走上更加健康发展的道路，为社会主义现代化建设做出更大的贡献，迎来了社会科学的又一个春天。

一 迎接解放 为建设新中国而奋斗

我是 1947 年秋考入燕京大学的。那时第三次国内革命战争正在激烈地进行，可是，战局态势已经发生了很大的变化。国民党军队已从全面进攻转入重点进攻，逐步转为防守，而中国人民解放军已取得节节胜利。国民党统治区内的学生运动也开展得轰轰烈烈，形成了第二条战线。这方生未死的斗争吸引着许多青年学生。由于地下党组织和进步同学的耐心细致工作，新入学的学生很快感受到温暖的友情，使我们这些迢迢千里从南京、上海来的青年一点不感到陌生，很快参加到进步学生的活动之中。我加入了火炬社，一个进步的群众社团。在火炬社内，和老大哥老大姐们每周至少活动一次，阅读进步书刊，讨论战局时势，开展多种文体活动，进行郊游等等。我们还利用寒假，在黄庄开办义学，一面办粥厂，一面办义校，并且有意识地访问义校学生中较为贫苦的家庭，接触到社会的底层，从而在理论和实践两个方面都加深了认识，逐步明确了自己的人生方向和人生价值。于是，在 1948 年 2 月，我被吸收加入党的外围组织——进步青年协会，简称 P.Y.；又于同年 9 月，被吸收加入中国共产党，成为地下党组织的一名成员。

到了 1948 年下半年，形势朝着更加有利于人民的方面转变。由于形势的变化，一些老大哥老大姐都撤退到解放区，校内的年轻力量逐步成为骨干。我成了火炬社的社长，学着大哥大姐们的样子，耐心细致地做团结争取广大青年的工作，同时，在学生自治会做干事。我积极组织进步教授来校讲演，逐一拜访了吴晗、朱自清、翁独健、雷洁琼、樊弘、费青等等一大批民主教授，和他们交谈，听取他们的意见，并使他们和广大同学直接见面，为他们提供讲坛。他们抨击时政，阐述形势，指明方向，使同学们受到很大教育。

这时，由于解放在即，党组织提出隐蔽的方针，不再开展什么大规模的斗争，注意保存力量。同时，反复进行气节教育，因为那时随时有被捕的可能，要求每个党员一定要保守秘密，不能暴露身份，更不能向敌人提供组织情况。我当时秘密地会见过一些从狱中出来的同志，看到他们身上或听到他们讲述的所受的酷刑，从内心产生敬意，也有一些紧张，更重要的是为他们坚贞不屈的气节所感动，暗下决心要向他们学习，也为极少数惊慌失措以致出卖同志、出卖组织或是趁机逃跑、脱离组织的人感到可耻。

黎明前的黑暗毕竟是短暂的，随着辽沈战役的胜利，平津战役即将打响。全国性的胜利已经为期不远了，压倒一切的任务，已不是要推翻、砸碎一个旧世界，而是要满怀豪情迎接、建设一个新世界。从1948 年 12 月揭开了平津战役的序幕，在短短一周时间，毛泽东主席连续两次电示保护清华、燕京等高等学校及名胜古迹。

12 月 13 日拂晓，东北野战军先头部队攻下沙河车站后，又继续向西南方向前进。将近中午，当部队进到万寿山圆明园遗址之间的平川地带时，突遭国民党军队的猛烈炮击，他们企图利用周围的名胜古迹和燕京、清华两校作为掩护，以阻挡解放军前进。我军在此方向只好暂停前进，而将进攻矛头转而向南，直取丰台。13 日，在校园里已经清晰听到隆隆的炮声。下午全校停课，除少数学生乘车回城外，绝大多数师生都留在校内。经过动员，组织起来，保卫燕园。在校的同学几乎个个都报名参加了护校的纠察队，学生自治会按系把大家组成若干个小组，夜以继日地在燕园四周的院墙内站岗巡逻。当时国民党的军车一辆辆地呼啸而过，表明国民党已在撤退。当时我们所担心的是，国民党的残兵败将涌入校内，或是在解放军尚未到达之前，地痞流氓闯进校园，趁火打劫。这时有个国民党军官带领一帮士兵进入学校察看，打算在校园内的土山上设置炮位，这将严重影响学校的安全。虽经多方劝阻，但那个蛮不讲理的军官就是不听。正在这时，请来了外籍教师、进步教授夏仁德，大鼻子教授指着那个飞扬跋扈的军官说："你们的司令傅作义是我的朋友，这里是学校，不能随便架设大炮。"色厉内荏的国民党军官二话没说，乖乖地领着他的喽啰溜掉了。一波未平一波又起，到晚上，又有一批海淀流氓冲开东操场一带的破损围墙，闯进来了，也被我们挡了回去。又传说，清华园内落有炮弹，实际上当时炮弹并没有落在清华园里，而是落在清华北围墙外几处地方，也让人够紧张的。这一消息，传到了党中央。毛主席立即于 12 月 15 日凌晨 2 时亲笔批示，并以军委名义急电东北野战军司令员林彪、政委罗荣桓、参谋长刘亚楼和十三兵团司令员程子华、参谋长黄志勇，电文中说："请你们通知部队注意保护清华燕京等学校及名胜古迹等。"（见毛主席批示手迹）其实，为了保护西郊，地下党早就做了准备。我们每个党员都分派了一定任务，丈量地形，画好草图，以保证解放军掌握地形。我就负责丈量老虎洞那一带。同时，解放军为保护燕园、清华园、圆明园等地不受损害，规定在此地区作战不使用炮击，而只用步枪、刺刀与敌人作战，宁愿自己多付出鲜血和生命，也要换取这些地区和部门完整地回到人民手中。

在全体动员护校的斗争中，涌现了许多感人的事情。一些年小体弱的同学都坚持在外巡逻，夜晚又黑又冷，不少人摔跤跌倒，都毫无怨言；一些教职员送来了茶水和食物，使同学们深受感动；大师傅准备了热腾腾的夜宵，供下岗的师生食用；为了防止断粮，采取了许多办法，保证供应；为了防止断水断电，自己启动备用发电机，以防万一。

1 月 14 日在紧张中度过。到了 15 日凌晨，情况发生了变化。有人反映西校门外有人走动。于是纠察队跑到门边，闭着气息侧耳去听。这时星月无光，黑暗中门外果然有动静，于是问道："门外有人吗？"问了两声，忽听门外传来一个东北口音：

"我们是中国人民解放军，你们这儿是啥地方？"语气十分温和。

"我们这儿是燕京大学，高等学校。"门内赶紧回答着。

"解放军保护国家和人民财产，你们不用怕。"

"同志，我们不怕，我们正在保护校园安全。"

门外的解放军战士小声交谈几句，沉默了。

接着在西门值班的同学惊喜地打开校门，欢迎他们入校。可解放军同志微笑着摆摆手说："我们不进，上面有命令，你们的安全由我们负责，你们放心休息吧！"同学们出校门一看，一张布告已经贴在校门墙外，大意是说为保护文教设施、文化古迹，未经批准，不得入内。啊！我们解放了！顿时，消息传遍校园，校园一片欢腾！全校师生兴奋地迎接着第一个黎明的曙光！

15 日午后，同学们纷纷走出校门，在海淀大街上，到处可见头戴翻毛皮帽子、身穿黄色棉军装、脚蹬大棉鞋的解放军战士，他们个个和蔼可亲。同学们不禁和他们攀谈起来。有的谈着解放军的官兵关系，有的谈着土改政策，有的谈着何时攻打北平？他们说："我们可以把北平一分钟就打下来，可这不但不受到褒奖，反要受到批评和处分，因为我们违背了保护城市的政策。"还谈起北平的学生运动，他们表示钦佩。他们还谦虚地说："我们不过是老粗，至于将来的建设，都有赖于诸位了，你们的知识是无限的。"

燕园、清华园解放后，毛主席很高兴，他当即以军委名义致电林彪、罗荣桓等，电文中表现了对燕京师生的信任与期望，12 月 17 日下午 6 时发出的这一电示是：

> 林、罗、刘并告程、黄：（一）丰台、门头沟、石景山、长辛店系重要工业区，我五纵、十一纵正在此区作战，望令他们充分注意保护工业，其办法是一切原封不动，用原来的工人、职员、厂长、经理办事，我军只派员监督，派兵保护。（二）沙河、清河、海淀、西山系重要文化古迹区，对一切原来管理人员亦是原封不动，我军只派兵保护，派人联系，尤其注意与清华、燕京等大学教职员学生联系，和他们共同商量如何在作战时减少损失。（三）……
>
> 军委十七日十八时（见毛主席批示手迹）

17 日下午，十三兵团政治部主任刘道生（后任海军副司令员）来校为全体师生员工做报告。听报告人数之多，为燕大历史上所罕见，连地板上、门口外、窗台上都坐满了人。他谈了两个问题，一个是将革命进行到底，提出不能怜惜蛇一样的恶人；一个是要把美国帝国主义和美国人民分开，指出帮助国民党打内战的帝国主义是我们的敌人，但美国人民是我们的朋友。他还特别提出燕大的美籍教授，对教学作出贡献，是我们很好的朋友。会后，陆志韦教授希望新华社能播发一则消息，说明燕园解放，人员安全，以免海内外亲友悬念。

此后，燕大开展了一系列的活动。首先，组织师生进行学习，学习新民主主义政策，学习城市政策。钱俊瑞、光未然（张光年）、艾青等都来到学校作报告，和师生座谈，辅导学习。其次，进行入城宣传准备，准备宣传品、文艺节目。光未然一直住在学校，帮助筹备宣传工作。第三，和解放军进行联欢，观看文工团排演节目，特别是《血泪仇》、《白毛女》等革命戏剧对师生影响很大，一些革命歌曲如《解放区的天》等更是到处传唱。师生们也扭起了秧歌，包括一些外籍教师也跟着跳，她（他）们的动作虽然有时令人发笑，可态度却很认真，神情很专注。大家都生活在兴奋激动之中。

这时，还有一个小插曲。新闻系46级同学高健飞（后在抗美援朝战场上牺牲）约我一道去投奔解放军。我当时也未向组织请示，就和他各骑一辆自行车，直奔门头沟的三家店，那时解放军的前线指挥部就设在那里。骑了一整天，路上几乎没有人，好不容易找到了十三兵团政治部，刘道生同志把我们安排住下，却不同意我们参军，说是革命需要人，建设更需要人，要留在校内，学好本领，劝我们回校。我们只好回来，还挨了组织上的批评，理由是未经许可，不能擅自行动。这对我教训很深。形势不同了，当时的主要任务是为建设新中国而奋斗，这和跟着队伍跑，投奔解放军的时代不同了，而且调动干部要经过组织，由此增强了自己的组织观念。

接着，党组织内部也开展了一系列活动。党处于地下状态时，是不能发生横向关系的。解放了，情况就不同了，开始召开全体党员会议，在党内使大家相互见面，兴奋的劲头就不用说了。记得第一次在颐和园门外的颐和园小学内，由荣高棠同志和清华、燕京的党员见面，做报告。后来，在清华农学院，现中共中央高级党校内，由市委书记彭真同志向大家做报告。大家都很激动，地下党也就逐步公开了。

接着，北平终于和平解放，于1949年2月1日举行解放军入城式。燕京和清华的队伍提前一天进城，站在前门外大街上，欢迎解放军。古城北平迎来了新生！

二 燕京新生 为高等教育注入力量

大部队回校后，恢复了正常的教学秩序，解放后第一个新学期开始了。表面看来，似乎是平静的，没有什么变化。而实际上，却是不平静的，悄悄地发生着极为深刻的变化。一些同学陆续调出了，走上为新中国建设的各种岗位。学校里开出了一些新课程，如社会发展史、新民主主义论、中国革命史等，这些课程大多采取讲大课的方式，全校师生集中在礼堂，由艾思奇、荣孟源等同志来校讲课。同时也聘请了一些新教师，如翦伯赞、沈志远、林汉达等，这些长期战斗在民主革命前列的进步教授，很受师生们的欢迎，他们的教学内容也很新颖。另外一点，应该特别提出的是，有几位在国外学习和工作的燕京教授，在围城时期有些人纷纷南逃的情况下，他们却从美国赶回燕园，如赵萝蕤教授于1948年冬获得美国芝加哥大学博士学位后，拒绝留下工作邀请，想方设法，毅然回到被围困的北平。聂崇岐教授接受哈佛大学任客座教授邀请才三个月，本应任期一年，也谢绝挽留，坚决回国。还有在英国获博士学位的侯仁之教授也冲破阻力，于1949年9月回到北平，以十分激动的心情，参加了开国大典。

由此可见，燕京师生是由衷地迎接新中国的，因为燕京大学是在一种错综复杂的情况下成长发展的。燕京大学成立于1919年，诞生时正处于中国人民反帝斗争的高潮时期。外国教会，实际上是以美国教会为主，在中国办学有较长的历史。他们把"办学"和"施医"作为传教的辅助手段。办学主要是为外国子弟上学提供条件，培养神职人员，同时也培养中国的"领袖人才"，使中国基督化。后来，教会越来越重视教育，尤其是要把重点放在创办大学上。他们有许多言论，典型的像圣约翰大学校长卜舫济（F. L. Hawks Pott），把教会大学喻为"设在中国的西点军校"，"正在训练未来的领袖和司令官，他们在将来要对（中国）大众施加最巨大和最有力的影响"。这些话语清楚地告诉我们：教会大学的办学宗旨是什么，必然深深地印在教会大学的办学者包括燕京大学创办人的脑海里。可是，在中国的现实环境里，并不能完全按照办学者的主观意图行事。

1919年5月7日，在司徒雷登主持的第一次毕业训章典礼（讲道）上（因为燕京大学是由几所大学合并组成的，所以有毕业生），学生因去欢迎释放归来的"五四"运动被捕同学而几乎无人与会，司徒雷登头一遭就遇到这样的情况。（这件事，美国克林顿总统在1998年访问北大时还谈及，不过他并不清楚细节，把地点、时间也搞错了。）五四运动以后，中国人民的爱国运动持续发展。1922年发生了非基督教运动，接着1922—1928年发生了收回教育主权运动。这对刚刚成立的燕京大学是个巨大冲击。学校顺应形势，进行了必要的也是重大的改革，主要是世俗化、中国化和应用化。

燕大在成立之初，便废除了宗教作为全体学生必修课程的规定，进而又改变学生必须做礼拜的旧例，并将宗教学院单独成立，对外不把它作为学校的组成部分。学生中的基督徒比例一度很高，后来越来越小了。学校里既有信仰宗教的自由，也有不信仰甚至反对宗教的自由。使宗教教育在燕京下降为从属的地位，突出了教育职能。接着，燕大完成了向中国政府注册的手续。根据规定，大学校长必须由中国人士担任。经过推举，由爱国基督徒、著名学者、前清翰林吴雷川担任，司徒雷登改称校务长，掌握实权。校董会和教师阵容也进行了调整，中国成员均占三分之二。还加大了中文课程的比重，提高了中文教学水平，规定学生在 60 个必修的学分中，要选修 12 个学分的中国文学和 4 个学分的中国历史课程。燕大吸收美国发展职业教育的经验，先后建立了制革、家政、农科、陶瓷、劳工统计调查、教育、宗教事业和社会服务等一系列职业性专科，为中国培养出了一批既具有职业技能又适应社会需要的专业人才，努力成为"现在中国最有用的学校"。后来又发展了另一些带有应用性的学科，最为引人注意的是新闻系和社会系，开创了中国高等新闻教育和社会学教育的先河。在这三项中，最为重要的是"中国化"，燕京大学曾提出要"彻底中国化"。而由于种种的局限，这是不可能做到的。

1922—1936 年，司徒雷登曾十次赴美募捐，募集了大量私人捐款。充裕的财政收入为学校发展提供了条件。1921 年通过勘察，从陕西督军北洋军阀陈树藩手中买下了淑春园和勺园故址，融中西建筑风格为一体，建设新校。1926 年开始迁入，1929 年基本建成，一座崭新的校园建立在北京西郊风景区，改变了建校初期那种校舍简陋、人员稀少、质量不高、矛盾又多的窘迫情况，十分引人注目。燕京由于重视师资队伍，完善图书设备，重视基础教学，严格要求学生，重视文化交流，努力融贯中西学术，重视学生全面发展，培养多种才能。所以，教学质量和学术水平逐步提高。为医务界、新闻界、外交界、学术界特别是教育界培养了不少人才。

燕京大学师生有着长期的爱国民主传统。地下党的力量很强大。1923 年有了第一名共产党员，1925 年有了第一个党支部。除了短期（1934 年 1 月–1935 年 11 月）停顿外，党组织一直活跃在燕京大学。他们在困难的条件下，艰苦奋斗，团结广大师生员工，为实现党的任务而努力，使广大燕大师生始终站在斗争的前列。由于燕京的特殊环境，做出了一些十分突出的事情。如 1926 年"三一八"事件以后，北平几所高校都有牺牲的烈士，都立有纪念碑，唯独燕大为魏士毅烈士刻写的铭文最为鲜明。这座纪念碑一直竖在校园内。

> 国有巨蠹政不纲　城狐社鼠争跳梁
> 公门喋血歼我良　牺牲小己终取偿
> 北斗无酒南箕扬　民心向背关兴亡
> 愿后死者长毋忘

又如，1936 年 6 月，在新闻系任教的中国人民的朋友斯诺，在访问延安之后，在《燕大周刊》第 7 卷第 17、18 期中，连续发表了《毛泽东访问记》，突破国民党的文化封锁，在国内中文报刊中首次公开展示了毛泽东及其战友的形象。又于 1937 年 2 月 5 日和 22 日，在燕大新闻学会和历史学会上，分别展出了斯诺入陕拍摄的一百多张苏区照片，放映了三百多张幻灯片和三百余尺电影胶片。许多师生第一次看到毛泽东、周恩来、彭德怀等红军领袖的形象以及苏区人民艰苦奋斗蒸蒸日上的精神面貌，受到很大鼓舞。

在燕京大学进行教学的过程中，也传授了西方的意识形态，西方的世界观、人生观、价值观必然对师生有着很大影响。这种影响可能比其他大学要更大更深一些，这是一个应该正视的问题。同时，这也是一个复杂的问题。因为固然要看到受到西方意识形态影响的一面，同时，也要看到西方意识并不全是糟粕，也有优秀的内涵。在燕大，也不只是念洋文，读洋书，也传授中国的文化，特别是传统文化中的精华部分也同样影响着师生。更重要的是，时代不同了，在校园里还传播着马克思主义社会主义的思潮。燕京的小环境脱离不了整个中国和世界的大环境，而大环境制约着小环境。燕大师生的世界观、人生观、价值观正是在这样错综复杂的环境下成长着、变化着、发展着。

新中国成立后，人民政府根据《共同纲领》关于"应有计划有步骤地改革旧的教育制度、教育内容和教学方法"的规定，以及中共七届三中全会确定的"有步骤地谨慎地进行旧有学校教育事业和旧有社会文化事业的改革工作，争取一切爱国的知识分子为人民服务"的要求，逐步对文化教育事业进行了深刻的改革。其中一项是对接受外国津贴的学校进行接管。

在解放初期，有些问题也在酝酿讨论之中。由于建国伊始，国库并不充裕，开支项目很多，曾考虑继续接受国外资助，"盗泉（田）之水可以养鱼"。又如一度待在南京的司徒雷登，也可以到北京，与当局商谈。这些还在拟议中的事项，由于形势的变化，都改变了。1949 年，美国白皮书的发表，毛主席连续发表了《别了，司徒雷登》、《历史唯心主义的破产》等一系列文章，中美关系进一步处于对峙状态。接着，爆发了抗美援朝战争，中国人民进一步掀起反对美国帝国主义的斗争。

1951 年，教育部召开处理接受外国津贴的高等学校工作会议。燕京大学被宣布为接管学校，改为公立，由毛泽东主席任命陆志韦教授为校长。教育部马叙伦部长、钱俊瑞、曾昭抡副部长到校宣布上述决定后，全校师生一致拥护，一片欢腾，在办公楼前扎起了彩坊，以示庆祝。燕京的接管是很顺利的，没有遇到什么波折和麻烦，不像辅仁大学，由于天主教会的顽固立场，拒绝政府出资，只能强行接办。这和燕京的情况和各方面的工作是分不开的。

燕大师生在解放初期积极参加了思想改造以及后来发展为政治批判的运动，在运动中也曾出现过简单粗暴的情况。而和广大知识分子、文教工作人员一样，燕京师生满怀激情学习理论，提高认识，改造思想，深入实际，接触工农，努力了解新社会，熟悉新社会，为建设新中国贡献自己的力量。1952 年，经过院系调整，燕大并入了北京大学，自此不复存在。

三　努力学习　开创社会科学新型事业

解放不久，翦伯赞教授就来到燕京大学工作，后转为北京大学教授，担任历史系主任和副校长，1955 年当选为中国科学院哲学社会科学学部委员，是新中国成立初期社会科学界的重要人物。翦老是 30 年代的老党员，早年就从事马克思主义理论和中国历史的研究，长期在斗争前线，团结广大知识界，开展进步的文化教育活动。新中国成立之后，翦老以极大的热情，投身于新中国的建设，主要是社会科学事业。翦老有许多好的想法和做法，并亲身实践着。我有幸长期在他的领导下工作，获益不少。应该特别强调的是，翦老的这些想法和做法并不是他个人的，他是一个组织性很强的党员，十分尊重党的领导，他的工作是按照党的指示做的或是经过请示而后做的。他长期在周恩来同志领导下工作，和党的各级领导有着密切的关系。同时，也要看到，这些虽属新中国成立初期的事情，谈的主要是历史学科，工作范围也很有限，而且也没有一个全面的整体规划，只是一步一步做起来的。可回想起来，仍是很有意义的。我当时是个参加工作不久的年轻人，一边工作一边学习，我至今以为，它的意义并不局限于历史学科，而是构筑成开展社会科学的一些基本思路。我在以后所从事的工作中，也一直本着这些思路，不断丰富和发展，使之更为完善。由于篇幅关系，我只简要地归纳一下。

一、学习理论，树立马克思主义毛泽东思想的指导地位。翦老，我们一般称之为"老马列"，十分重视理论学习，对马列经典著作非常喜爱，也非常熟悉，重视理论的指导作用。在研究中国 18 世纪上半叶的社会性质时，他从《红楼梦》著作中探索中国资本主义萌芽问题。他反复阅读列宁的《俄国资本主义的发展》一书，以列宁所论述的俄国资本主义，认真在《红楼梦》或其他史实中找寻印证，取得了很好的成绩。而更多的情况是把马克思主义当成立场、观点、方法，以指导教学和研究。他一再说，我们既要反对教条主义，又要反对修正主义，要创造性地发展马克思主义。随着形势的发展，他先后发表了《对处理若干历史问题的初步意见》和《目前史学研究中存在的几个问题》等论文，批评学术界从 50 年代后期开始出现的极"左"思潮，捍卫马克思主义的原则。这些论文，实际上是对多年社会科学工作经验教训的总结，饱含着他的心得体会，如今仍闪烁着光辉。结果，反而遭到批判。在今天，情况不同了，我们要高举邓小平理论的伟大旗帜，使之切实落实到社会科学事业之中。

二、大声疾呼，反复强调社会科学的重要性。新中国成立初期，社会上就流行着"重理轻文"的倾向，翦老对此也很关注，从发表讲演到写文章，从各种会议到个别谈话，从接触领导到一般群众，他都反复阐述社会科学的重要地位和作用。他循循善诱地告诉青年朋友和青年教师，为什么要学习历史和如何研究历史。记得 50 年代，有一次叶剑英元帅找他帮助部队战士学习历史，他十分兴奋。以后全国政协和中央党校都开设了历史讲座，他鼓励北大教师外出讲课，多做贡献。他常说，"重理轻文"的现象会长期存在，"重理"是对的，"轻文"就不对了，要不断讲清这个道理。不单要靠讲，更要靠做，要让社会科学本身做出成绩，以实际效应说服大家。

三、深入实际，正确发挥社会科学的战斗作用。翦老自早年参加革命，就拿起社会科学这个武器，打击敌人，教育人民，起着突出的作用。他的许多论述，选题恰当，论述鲜明，文字泼辣，击中要害，如《桃花扇底看南朝》《我的姓氏，我的故乡》等，成为脍炙人口的佳篇，广为传诵。新中国成立后，他十分注意正确发挥社会科学的战斗作用，注意革命性与科学性的统一，强调观点与材料的统一。他提出："要严格地运用历史唯物主义的原则，把历史事件和人物放在他们自己的历史条件之下，用无产阶级观点加以说明。""不要类比，历史的类比是很危险的"，"不要影射，以古射今或以今射古"，"不要推论，一再推论就会用主观观念代替客观的历史"。"不要附会"，"不要过多地追溯或展现，应该把历史事件和人物写在他们出现的时期"。这些都很有针对性，至今也有作用。

四、重视材料，大力加强基本资料的建设工作。新中国成立以前，翦老颠沛流离，居无定所，加以生活困难，无钱购书，而一些人封锁资料，据为己有。这些使他感触很深。所以，刚一解放，他就特别重视资料的收集、编辑和出版工作。首先，响应毛主席在《改造我们的学习》一文中的号召，组织力量，编辑"中国近代史资料丛刊"，共11种，两千余万字。后又结合《中国史纲要》的出版，编辑一套"中国通史教学参考资料"，还出版了多种工具书。他也注意大力收集、整理各种原始材料，认为这是社会科学最基本最重要的基础工程，必须认真做好。

五、拓宽知识面，重视学科交叉。社会科学的各门学科都是相互关联的。翦老很注意拓宽知识面，加以他本人的丰富阅历，所以能够不囿于一隅，融会贯通。他注意中国史和世界史的融合，主张研究中国史要从世界背景出发，要从当时的世界形势考虑，这种以世界眼光看待中国历史是很难得的。他主张创办世界史专业，认为中国人要以世界为对象来研究问题。他重视考古发掘和考古发现，所以，在北大，办了全国第一个考古专业和世界史专业，使得考古和历史相互融合、促进。他还提出，在北大创办古典文献专业，有计划地培养古籍整理和研究人才。这些，在我国高校社会科学发展史上都是重要的事情。他本人文学修养很深，文字十分优美；既有深刻的说理，又有流畅生动的表述；既善于理论思维，又能综合概括。所以，人们喜欢读他的文章，他的《内蒙访古》等把学术论文和文学散文融为一体，成为传世的名篇。

六、百家争鸣，活跃学术空气，发扬学术民主。翦老深知，要繁荣学术，必须开展多种学术活动。他积极主办学术讲座，并且多方邀请学术界人士来校讲演。由于他的组织，一些学术界著名人物，如郭沫若、徐特立、范文澜、吕振羽、侯外庐等都来校讲演，师生们得以一瞻他们的风采。他组织开展多种学术讨论，范文澜同志主编的《中国通史简编》出版后，北大就举行了学术讨论会。他倡议北大举行一年一度的"五四科学讨论会"，如今已经形成传统。翦伯赞教授自己带头撰写论文，参加讨论。还有一次，苏联大百科全书约请中国同志撰写中国历史条目，组织上委托翦老执笔。他邀请一些专家，认真讨论后写出，可是，苏联学者却以和他们观点不同而拒绝采用，这对翦老影响很大，结果在中国发表。他坚持发扬学术民主，主张平等相待，不能以势压人；主张言之有据，不能胡乱上纲；主张如切如磋，善于吸收，不要自以为是，盲目自大。

七、开展国际学术交流，广泛进行学术联系。翦老在解放前曾出国留学、考察，是睁眼看世界的人。也结交了一些国际友人。解放之后，虽然国家尚处于封闭状态，他却积极探寻与海外的联系。他曾参加过世界和平大会、欧洲青年汉学家会议，到过捷克、荷兰和法国，也作为以郭沫若为团长的中国社会科学代表团的重要成员，出访过日本。在北大历史系，他聘请了苏联和民主德国的专家，讲授苏联史和德国史，广泛接待来访的各国学术友人。他主动收集、了解、研究国外学术界的动态，进行广泛的学术交流。

八、重视人才培养，加紧社会科学队伍的建设。翦老以所培养的本科生、研究生，源源不断地为社会科学领域输送新生力量。通过教学、编书、专题研究、学术讨论等多种方式，促使研究力量踏实成长。

五十年已经过去了，如今中国已进入了现代化建设的新时代。在改革开放的新形势下，社会科学事业得到更大的发展，科研成果累累，人才代代辈出，在结构布局、事业发展、条件保证等方面都有了很大的变化，翦老的一些基本思路也得到充实和发展。然而，当今仍存在不少问题和困难，许多地方尚不如人意，有待改进和加强，研究的质量和水平也尚待提高。回忆往事，衷心祝愿我们的事业更加兴旺发达，取得更大成就！

（原载《中国高等教育》1999 年第 9 期，为删节稿，此处所录为全文）

从解放到新中国成立

1948年秋，我从上海北上返回燕京大学。经过"八一九"大逮捕之后，进步学生大撤退至解放区，校内显得有些"冷清"。然而，就在开学不久，反动学生挑起学生自治会选举之争，以夺取学生自治会的领导权。这是解放前夕最大的一次公开较量，我们取得了胜利。接着，党组织根据形势，提出了"保存实力，进行隐蔽"的方针。一方面，开展气节教育，要求党员在任何困难情况下，永不叛党。我当时还秘密会见过一些被营救出狱的同志，为他们的高尚情操所感动。另一方面，积极组织迎接解放的活动。党组织分配任务，分段丈量海淀的地形地貌。我们就以原始的走步来计算路程，了解并分析军事形势，在群众组织学习会上讲解研讨。还把一些进步书刊隐蔽起来，以防不测。

到了12月，形势变化就更快了。当时担心国共双方军事力量出现空隙情况，坏人乘隙而入。党组织和校方商谈，组织起护校委员会，昼夜巡逻。还预演了万一反动军警或其他势力进入校园，如何自卫的方案。也真有一次海淀一些反动势力冲毁学校院墙，企图入校抢劫，被我们挡回。那时陆志韦校长和许多进步教师都和学生站在一起。

12月15日凌晨2时，毛主席亲笔批示以军委名义急电华北野战军及第十三兵团，电文说，"请你们通知部队注意保护清华、燕京大学及名胜古迹等"。随即，燕园解放。解放军战士轻轻扣着西校门的门窗说："我们是解放军，你们不要害怕，我们保护你们来了。"于是，校园一片欢腾！17日下午6时，毛主席又以军委名义致电林彪、罗荣桓等，电文中有："沙河、清河、海淀、西山系重要文化古迹区，对一些原来管理人员亦是原封不动，我军只派人保护，派人联系，尤其注意与清华、燕京大学教职员学生联系，和他们共同商量如何在作战时减少损失。"我们在海淀街头，看到很多戴着皮帽、身着棉衣的解放军战士，感到很新奇又很亲切。解放区的天真是明朗的天！

接着，燕大西校门贴出以十三兵团政治部主任刘道生署名的安民告示。新年将近，刘道生专门来校做报告，阐述毛主席所写的元旦社论——《将革命进行到底》。同时，说明要把美国帝国主义和美国人民分开。当时，陆校长要求新华社播出一条消息，说明燕大师生平安无事。至此，解放军和燕大师生的关系逐渐密切。解放军领导邀请一些师生到驻地进行军民联欢。我和新闻系的一位高年级同学高健飞（后在抗美援朝中牺牲）各自骑了一辆自行车，顶着寒风，骑到平津前沿指挥部——三家店，找到刘道生同志，要求参军，后被劝说回校，说明解放军已不接受个人的投奔，而要听从组织调遣。我回来还为此写了检查。

这时，北平和平解放正在积极进行中。全校成立"燕京大学迎接解放行动委员会"，准备城内解放后，随军入城，在市民中开展宣传与组织工作。为了进一步了解共产党的城市政策，上级安排了一系列的学习报告。首先由市委书记彭真同志在清华农学院院内（现中共中央党校）作报告，还有荣高棠同志在颐和园小学的报告，以及钱俊瑞、刘道生同志的报告。上级还委派光未然同志来校组织培训宣传工作。我们入城宣传队共分为五个大队，我担任第三大队队长。经过约一个月的培训，我们组织了文艺节目表演，还有各种口头和书面的宣传材料。

1949 年 1 月 31 日，北平和平解放。2 月 3 日，解放军举行盛大入城式，燕大学生乘火车于清晨三点整随军入城。我们就列队在前门外大街，欢迎解放军威武雄壮地进入北平城。在前门楼上，林彪、罗荣桓、聂荣臻、叶剑英、彭真等首长检阅入城式。我们十分兴奋，挥舞着标语旗帜，感受着解放的喜悦。我们当时住在和平门的北京师范大学的教室里，在街道、学校中宣讲城市政策、工商政策等，一周后才返回学校。这其中一个重要事件，就是在国会街北大四院，召开了全市党员大会，党政领导与大家见面，地下党员也相互公开，经过多年艰苦卓绝的斗争，终于取得胜利。抚今追昔，感慨万千，这是万里长征的第一步。

返校后，恢复了上课，又重新开始教学活动。然而，心情是不平静的。一件要事是公布党员名单，公开共产党的组织。这在全校引起轰动。有些党员是为大家早已知晓的，而有些为人们意料所不及。如长期担任司徒雷登秘书的老共产党员杨汝信同志，以及担任化学系主任的于兴胄同志（也是老党员，不久就调至教育部工作）。当时，地下党员分属不同的系统，在学生中就有南系和北系。在教职员中，学员又属另外的系统。由此，始合并统一于一个系统中。紧接着就是建团工作，以地下党的外围组织、新民主主义青年联盟（简称 N. Y）和进步青年协会（简称 P. Y）等地下组织为基础，合并扩大组织成了新民主主义青年团组织。一批积极分子要求入党入团。

为了解新社会、熟悉新社会，了解马克思主义、熟悉马克思主义，学校组织了一系列的学习报告。有的进步教授被长期聘任来校任教，如翦伯赞、沈志远、林汉达等；有些则短期到校讲演，这样邀请的人就更多了。各个系还分别邀请有关的专家学者来做报告，记得到校比较多的是时任人民银行行长的南汉宸讲经济形势，农业专家孙晓屯讲农村情况，大家都处于喜悦兴奋之中。这时，也遇到一些特别的情况，那时上海一个特务学生，隐瞒身份混入燕京大学，十分嚣张，散播反动言论。我们配合公安机关，查明实情，召开大会，揭露他的反动言行，当场逮捕，提高了大家的认识。

解放以后，燕京面临一个重要问题：是否接收美国捐款问题。周总理在当时财政经济相当困难的情况下，提出只要美方不在原则上干预我们，以"盗泉之水可以养鱼"为由，主张可以继续接受私人捐款。陆志韦校长1949年五六月份给联合托事部执行秘书李默伦信中说："现在不是中国的黑暗时期，而是一个新的黎明。在中国近三千年的历史，我们从没有这样一个清廉和负责的政府。""新环境下教育需要一个新的思想体系，但我们不能脱离传统。""政府方面肯定的指示，必要的课程改革稳步前进。……给予特定范围的经济补助。""必修的政治教育课程与公立学校同。容许宗教课为选修课。在教学中避免宗教情绪。"同时，司徒雷登也在探索赴北平访问，试图与中共高层建立新的联系。由于形势变化，这些计划都没有实现。后来抗美援朝战争爆发，我国"一边倒"外交政策更为明确。燕京大学随后改为国立，陆志韦校长随之受到严肃批判，"经费问题"也成为罪名之一。

解放战争的节节胜利，新政协会议的顺利召开，迎来了新中国的建立。1949年10月1日清晨，我们从清华园坐火车，来到西直门，燕京大学队伍集结在天安门东侧，我们有幸参加了开国大典。天安门广场真是人山人海，人们兴奋异常。尽管条件比较简陋，也缺乏组织经验，检阅队伍通过速度很慢，人们仍然耐心等待。听到天空传来飞机的轰鸣声，人们高兴不已，为自己的雄鹰守卫蓝天而骄傲。开国大典下午3时开始，我们的队伍下午进入三座门，全体师生高呼"中华人民共和国万岁！""中国共产党万岁！"与此同时，毛主席也呼口号："学生同志们万岁！""燕京大学的同学们万岁！"

今年是中华人民共和国成立六十周年。回顾六十年前的往事，历历在目，依然那样新鲜、实在。人生六十一甲子，在历史的长河中，不过短暂一瞬；而对于个体来说，又是那样复杂多样，就是从解放到新中国成立不到一年的时间来说，也是那样丰富多彩，而我如今也从一个少不更事的青年变成一个八旬老者。我和伟大祖国一起成长，经过太多的艰难曲折，有太多的欢乐，也有不少苦闷和不安。我从燕京大学毕业后留校任教，到并入北京大学，后又转至教育部工作，一直工作在高教战线上。我国的高教事业和祖国其他事业一样，有了飞速的发展和辉煌成就，也有着不少的失误和挫折。在当前世界金融危机的冲击下，我国的高教事业仍是欣欣向荣，但也存在不少困难和问题。在欢庆新中国成立六十周年的时候，我们要更加冷静地总结过去，昂首阔步地面向未来，夺取更大的胜利！

（原载《激情岁月——献给新中国 60 华诞》，
教育部离退休老干部局编印，2009 年）

毛主席为燕大题写校名

　　解放后，各高等院校要求毛主席题写校名的很多，但回应不多，燕京大学也在要求之列，可毛主席很快就题写了。记得燕大改国立不久，大致在 1951 年春，毛主席通过彭真同志送来了他亲笔题写的"燕京大学"校名，是写在一张信笺上的，而且一连写了好几个"燕京大学"。那时我任燕大学生会主席，接到这题字后，心情激动，立即将它陈列在图书馆入口处的一个柜子里，供大家观看。同时还写了一篇短文，介绍这个题字。

　　不久，学校将题字制成校徽，分红底白字与白底红字两种，前者为教师佩戴，后者为学生佩戴。仿佛记得那年"五一"节，师生们佩戴着新校徽，兴高采烈地参加了市里组织的大游行。

　　1952 年院系调整，这个校徽成为燕京人的永久纪念物。

1993 年 9 月 30 日

（原载《燕大文史资料》第八辑，北京大学出版社 1994 年版）

附录 夏自强：亲历燕京学生运动

陈　远　采写

夏自强，生于 1929 年，安徽人。1947 年考入燕京大学历史系，1951 年毕业后留校做助教，1952 年转为北京大学教师，历任历史系副系主任、副教授，北京大学副教务长。1982 年调至教育部，历任高教一司副司长、司长。被教育部评为研究员。1994 年离休。编有《燕京大学人物志》（副主编）、《中国概况：改革中前进的高校文科教育》（主编）、"中国近现代国情丛书"等书，撰有燕京大学和中国高等教育方面论文多篇。

一　参加火炬社，学生运动风起云涌

在夏自强的回忆里，燕京生活留给他最深刻的记忆不是读书生活，而是当年轰轰烈烈的学生运动。一入燕京，夏自强就接触到了当时活动在燕园的地下党组织。

我刚刚入学的时候，燕京的环境还是比较安定的。我在上海还没有到燕京的时候，地下党组织的迎新组织就把我们从上海带过来了。过来之后，我就参加了一个社团，叫做火炬社。火炬社当时以读书会的形式，几乎每周都举办活动，那些大哥哥大姐姐们带着我们这些新生在一起交友、畅谈形势，同时还搞些游戏、郊游的活动，这让我们这些新入学的新生感到很温馨。

入学没有多久，就发生了"龚理康事件"，龚理康是育英中学的学生，跟我一样刚入燕京。龚理康在育英的时候是陈琏（陈布雷的女儿，她的家是党的据点）的学生。那时候，国民党突然就抓了陈琏和她的丈夫。龚理康在不知情的情况下，还是像往常一样到老师家里去，在那里，他也被抓了。那时候的燕京很注意保护学生，第三天就由学校出面把龚保释出来。他出来之后，我们到学校西校门去欢迎他。当时我们并不知道龚理康的政治面目，同学的被捕让我们觉得国民党抓人并不是离我们很远的事情：原本很平静的生活怎么就被破坏了？

后来呢，我们就开始感觉到形势比较紧张了。那时候的燕京，也逐渐地渗透进了一些三青团分子。有一次我跟着一个老大哥在未名湖边散步，突然就有一个人在靠近未名湖边的三楼（现在的"才德兼备"中的"兼"楼）那边对我们喊："某某某，你小心点！"但是那时候，国民党已经开始节节败退了。我们火炬社经常在一起讨论内战的形势，我经常被推荐去为大家介绍一些在报纸上看到的消息。就这样，我的活动逐渐地跳出了原来的小圈子。

1947 年前后，学生运动遭到频繁镇压，之前有 1946 年的"沈崇事件"，之后有 1947 年、1948 年间的"四五事件"等等。我们燕京的学生当时经常到北大的民主广场集合，上街游行。我记得有好几次，我们坐在新华门前，那是李宗仁所在的参议院，要求释放被逮捕的学生。我们把道路层层包围起来，交通都堵塞了。

1948 年夏天，"八一九"大逮捕开始了。北大、清华、燕京都有很多学生上了黑名单。当时我放暑假回了南方老家。回来后我听同学们讲：当时的斗争非常激烈，学生被集合在学校礼堂，士兵到处搜捕。当时的教授都一致地站在学生这边，用各种方式保护学生。有的同学事先没有走成，就躲在草棚里待了好几天。还有的人逃避的方式更有意思，他们跟卖牛奶的商量好，从学校的墙上跳出去，装扮成卖牛奶的逃走。

二 加入地下党，参加秘密活动

一次次具体的事件，让夏自强对于当时的情势有了清楚的认识，所以，在听到地下党准备发展他的时候，他顺理成章地成了燕京的地下党员。这样的身份，让夏自强接触到了当年燕京校园里地下党活动的一些核心事件。

之前我并不是党员，只是属于外围组织的进步青年协会，也是秘密组织，但不是地下党。虽然"八一九"大逮捕的时候我没有在场，但是由于后来我做了火炬社的社长，平时活动也比较积极，组织也注意到"八一九"大逮捕之后，地下党的大部分力量都撤退了。留下的党支部书记是我们火炬社的老成员。她找到我，问我："我们这里有一个共产党的组织，你愿不愿意参加？"我听了以后很高兴，就加入了。

我被发展之后，党支部书记告诉了我跟其他地下党接头的暗号。我们所有人都准备撤退了。我记得当时西四的寺庙有一个照相馆，跟现在一样，照证件照都要到那里去。我们在那里照了照片，照得都不像自己，贴在良民证上。然后拿着良民证从北京到天津，再由天津到泊头，然后再到解放区去。我那时胆子很大，还专门送发展我的领导到前门火车站去解放区，还跑到监狱中去看望被逮捕的同事。

我们这些留在燕京的地下党员一方面注意保存力量，一方面准备迎接解放军。我们在海淀一步步地去量，每人负责一片地，然后每人画一片地图，拼起来之后就是一个完整的海淀地图。我们把地图提供给解放军，供他们参考，这样，他们在进攻的时候就能知道什么地方是道路，什么地方是房子。

三 解放军敲开燕园的门

1948—1949 年，这段时期在中国现代史上具有标志性，在那些岁月中，中国经历了翻天覆地的变化。不同的人对于自己当时经历的回忆是不同的，作为地下党员的夏自强如此回忆当年的燕京岁月，隔了 50 多年的岁月沧桑，我依然在他的叙述中感受到了他当时的热情，那种不为私利的热情，是值得让人感动的。

1948 年 12 月 16 日，四野的部队就打到西郊来了。那些日子很紧张，之前还有一段真空：国民党的军队已经撤退了，共产党的部队还没有来。北京的守旧武装常常冲到学校里来，学生们自动组织了护校委员会，我在里面也负一定的责任。我记得那时我们轮流巡逻，那些守旧武装来了之后，我们就给挡回去，还有几次，我们护校的队伍差点被冲散了。当时我们组织这些活动全凭着自己的热情。

16 日晚上，突然有很多人敲我们的西校门。大家都不知道是谁，门后面传过来一个声音："同学们，请不要怕，我们是人民解放军。"消息一下子在校园里就传开了，学生把大门打开，解放军就进了燕园。第二天，我们跑到街上去看，到处都是戴着皮帽子、穿着棉衣裳、皮靴子的四野部队。当时有一个十三兵团的政治部主任到我们学校作报告，给我们讲"将革命进行到底"。我们听了很兴奋，我和另外一个同学骑着自行车去要求参军。那时候解放军已经有规矩了，我们当然没有被接受。在那里住了两个晚上，就回到了学校。回来后，党组织就批评了我，说我无组织无纪律，擅自一个人行动。

当时正赶上过阴历年，解放军派了很多卡车把学生接到他们那里去搞联欢。我们学校内部则组织了人，宣传解放军的政策。当时一共组织了五六个大队，我是第三大队的负责人，差不多做了一个多月的准备工作。解放军是在2月1日进的城。1月31日，我们从清华园坐火车到了西直门，当时住在北师大的教室里，准备迎接解放军入城。

回到学校之后，一部分人由于组织上的调动就离开了学校。我虽然没有做什么轰轰烈烈的事情，矮子里面拔将军，我成为了学生会主席。毕业之后，我留在了学校做助教。

四　朝鲜战争改变燕京命运

除了院系调整这个大背景，燕京大学是如何消失的？这个问题在我一开始进入到这个系列的时候就纠缠着我。我想知道细节，所有琐碎的细节。当事人大多不在人世，在夏自强这个曾经经历这些运动的非核心人物的口中，我能够听到什么样的故事呢？

我毕业之前，关于是否保留燕京大学这个问题曾经持续了很长时间。周恩来总理当时有个很著名的观点叫"盗泉之水，可以养田"，认为只要美国不干涉燕京的事情，我们还是可以接受美国托事部的钱来办我们的教育。也有资料说，司徒雷登也想回到燕京来，当时中央就通过陆志韦以私人名义给司徒雷登写信，欢迎他回到燕京。

但是抗美援朝战争爆发之后，整个事情就都变了。1950年底先是召开了一个会议，决定接管美国人在中国办的十三所学校，其中就包括燕京大学。之后燕京就宣布改为国立。当时毛泽东还专门写了委任状，委任陆志韦为国立燕京大学的校长。我们燕京的学生还请求毛泽东为我们题写了校徽。当时对于燕京大学还是比较优待的。记得华北的物资交流会刚刚成立的时候，周总理特批了一辆火车，把我们燕京的学生拉到那里去参观。在那里，我们看到了欣欣向荣的景象，很受鼓舞。

1950年，我们学校自身也发生了一些变化，一个重要的变化就是课程改革。首要的改革就是要开政治课，其他的课程也要逐渐改造。一些教授来到燕京，开始在课堂上讲历史唯物主义，讲革命史。在抗美援朝之后，美籍的教授就不被允许在燕京讲课了。西语系的教授柯安西走的时候，西语系有的学生给他送了一面旗子：春风化雨，惠我良多。这件事情在后来的思想改造运动中被拿来作为那些学生"认贼作父"的证据。

1951年下半年，思想改造运动就开始了。燕京的思想改造运动主要集中在三个人身上：陆志韦、张东荪和赵紫宸。到了1952年院系调整，情况更加不同了，燕京大学在这次大调整后就不复存在了。

（原载《新京报》2005年4月1日）

送 别 爸 爸（代后记）

夏　青

　　我亲爱的爸爸夏自强，在 2014 年 5 月 16 日的清晨离开了我们。我们失去了至爱的亲人，感到无限的悲痛！

　　今天，我们全家在这里举行告别仪式，为他老人家送行。

　　爸爸于 1947 年 17 岁进入燕京大学历史系读书，18 岁在燕大加入中国共产党。从那时起，中国共产党党章和"因真理，得自由，以服务"的燕大校训就成为他一生追求的理想、目标和做人做事的准则。从 1951 年在燕大留校任教开始，他把毕生精力全部奉献给了中国的教育主要是高等教育事业，直到病重期间似梦非梦中还大声呼吁："要加大投入对留守儿童和女童的教育经费。"在病榻上得知北京大学将要给燕京校友会一些办公用房时，他在一个深夜，严肃而急切地对妈妈说："我有几点意见要讲，你一定要记下来。"妈妈以为他要留下关于家庭、个人问题的遗言，结果他气喘吁吁说的却是关于如何建立燕京大学校史馆的五条意见。每个人的生命都有他特有的轨迹，而爸爸就像宇宙中一颗永远闪光的恒星，有他不变的位置和方向，那就是他一生热爱并全身心投入的教育事业和情有独钟的燕大情结。

　　爸爸生病对我们全家是一个巨大的灾难，但是我们始终和爸爸一起，坚强、乐观地与病魔做斗争。在这二百多个日日夜夜，我们互相鼓励、互相支撑，闯过了一关又一关。爸爸吃着我们为他制作的饮食经常报以微笑，说："我很幸福。"我们一家在受难中，依然享受着一种别样的天伦之乐。在爸爸住院的一百多天里，妈妈始终夜以继日地陪护在他的身边。一个 84 岁的老人，坚持精心地照顾着自己 85 岁的老伴儿，他们相濡以沫，不离不弃，感动了身边所有的医护人员。5 月 2 日，爸爸、妈妈在病房中相依相伴地度过了他们 59 周年的结婚纪念日。当时爸爸已经非常虚弱，他只轻轻地说了一句："一片冰心在玉壶。""真是不容易！"在爸爸被病折磨得非常痛苦时，妈妈心疼地哭了。爸爸却让妈妈"不要哭，要坚强"。当妈妈为他的病紧张、害怕的时候，他就反复对妈妈说："要冷静，平静，安静，镇静。你要管好你自己！"

爸爸就像他的名字一样永远自强不息，在病重期间还在唱《歌唱祖国》、吟诵古诗词。尽管我多年远在国外，但每次回到他的身边，都会受到有声和无声的教诲。爸爸是个什么样的人，在这次与他日日夜夜相处中，对他又有了更深入的了解。爸爸曾经搞过地下工作，我问他怕不怕？他说："不怕。"我问他当时是怎么想的？他说："为了祖国的解放。"爸爸平时的一个座右铭是："只问耕耘，不问收获。"无论遇到什么情况，他都是默默耕耘，从无怨言。我问他，你受到不公正待遇时为什么始终沉默？他说："只管做自己的事情，何必计较别人怎么说！"爸爸心地善良，朴实无华，永远是那样心平气和。他严于律己，宽以待人，是一位真正的谦谦君子。我爱人晓恩说，在她陪护爸爸的一个深夜，不由得想到匈牙利著名爱国诗人裴多菲的《鹳鸟》诗中所说的："为什么我们没有翅膀，终日在大地上挣扎。世界无限广大，人的足迹可以到达海角天涯。然而理想却在向我召唤：不是去尘世的远方，而是奔向那神圣的自由天堂。"晓恩说，在我们很多人还在为这样那样的私利而迷茫、矛盾、挣扎甚至争斗的时候，爸爸却早已超越了世俗的羁绊，他的追求是天下为公，他的理想是大同世界。这些就是我亲爱的爸爸为我们留下的最宝贵的精神财富。

天地默默，不尽千言万语！回忆爸爸的一生，有风和日丽，也有狂风暴雨。无论在什么样的情况下，我们全家都是紧紧地拥抱在一起。能有这样一个家，是何等的幸运！我为能有这样的爸爸而骄傲。爸爸选择了旭日东升、阳光普照的时刻，回归到光明的大宇宙中去了。爸爸，你用最后的生命给我们上了一堂最神圣的课。我们一定会按照您的嘱咐，坚定、坚持、坚强地生活下去。

我们在爸爸生病期间之所以有这样的力量，还来自于至爱亲朋的关怀和鼓励。尽管爸爸还是走了，但是，你们给予我们的爱永远是激励我们前行的力量。

爸爸的崇高、美好并不是一个特例，他只是那一代有理想、有抱负、有追求的人们当中的一分子。他们是那样纯洁真诚，宽广豁达，光明磊落；他们不谋私利，脚踏实地，没有一丝浮躁；他们做出了巨大贡献却从不求回报，他们的真善美是由内而外散发出的精神、思想、道德的光芒，他们是用自己的生命践行并书写出了一个真正大写的人，他们是中国的脊梁。正是因为有这样一代人众志成城，无私奉献，才有我们祖国的蒸蒸日上和美好明天。他们是我们后辈人心中永远的太阳。

爸爸没有离开我们，他的精神永远和我们在一起。今天我们和大家一起送别他，一起为他祈福！

最后，感谢各位长辈几十年来对我们家庭的关心和帮助，感谢各位挚爱亲朋今天来为我爸爸送行。